KB243107

안현일 판타지 장편 소설

페나인의 상인들

The Merchants of Penaine

7

페나인의 상인들 7
안현일 판타지 장편 소설

초판 1쇄 찍은 날 § 2002년 6월 12일
초판 1쇄 펴낸 날 § 2002년 6월 20일

지은이 § 안현일
펴낸이 § 서경석

편집장 § 문혜영
편집책임 § 김희정
편집 § 장상수 · 박영주 · 권민정 · 이종민
마케팅 § 정필 · 강양원 · 김규진 · 안진원

펴낸곳 § 도서출판 청어람
등록번호 § 제1081-1-89호
등록일자 § 1999. 5. 31
어람번호 § 제1-0250호

주소 § 경기도 부천시 원미구 심곡1동 350-1 남성B/D 3F (우) 420-011
전화 § 032-656-4452 팩스 § 032-656-4453
e-mail § eoram99@chollian.net

ⓒ 안현일, 2001

값 7,500원

ISBN 89-5505-206-5 (SET)
ISBN 89-5505-390-8 04810

안현일 판타지 장편 소설

페나인의 상인들

The Merchants of Penaine

7 새로운 영웅

완결

도서출판
청어람

✿ 목차

74. 저주의 기사 크레멘트 / 7

75. 마르덴의 적기사 곤라크 / 38

76. 땅의 맹약과 물의 맹약 / 54

77. 돌아온 사람들 / 82

78. 포란 성 최후의 전투 / 101

79. 수요일에 온 왕자 / 128

80. 페로즈 성 / 156

81. 떠나는 자와 남는 자 / 196

82. 무너진 윈저 성 / 220

83. 암습과 매복의 계 / 255

84. 최후의 전투 / 284

85. 그리고… / 318

"지금이라도 후퇴해야 합니다!"

빛이 바랜 갑옷을 입은 렌베토의 일갈이었다.

"아직 늦지 않았습니다. 더 이상의 싸움은 무의미합니다."

"이것은 국가의 장래가 걸린 전투요, 렌베토 경! 무의미하다는 말은 삼가는 게 좋겠군."

힐난하는 상대는 노년의 장군이었다.

그의 이름은 코노러 바얀 경. 제8근위대의 군단장으로서 또한 군단장 중에 가장 나이가 많았다. 뚝심과 끈기로 정평이 난 인물로 '노장은 죽지 않았다' 라는 것을 몸소 실천하는 장군이기도 했다. 그러나 한편으로는 '고집과 집념의 화신' 이란 애칭도 있어서 군단장은 물론 휘하의 천기장들조차 고개를 저을 정도였다.

원래는 하얀색이었을 막사는 누렇게 변색되었고 그 안에는 코노러와 렌베토가 마주 앉았다. 8군단과 9군단을 이끄는 군단장인 두 사람은 현재 서로의 의견 차이 때문에 격하게 토론을 벌이는 중이었다. 렌베토는 성으로의 후퇴를, 코노러는 야전을 계속 치러야 한다는 것이 두 사람의 주장이었다.

근위대 제8, 제9군단 총병력 이만이 현재 위치한 곳은 위클리프 동남부 바이나르 평원이었다.

제4, 제7군단은 레스터 령을 점거하러 떠난 후 소식 두절 상태였고 제1, 제2, 제3, 제10군단은 갑작스러운 칼버딘의 반란을 진압하러… 라기보다는 침공당한 콘버드를 구원하러 북쪽 전선에 투입되었다. 상황이 이러한지라 현재 모스 섬에서 출격하여 윈저를 점령하다시피 한 할튼을 저지하기 위해 남하한 근위대는 겨우 사만에 불과했다. 그나마도 두 개로 나뉘어 바이나르 평원의 동쪽과 남쪽으로 포진한 상태로 동쪽 진지에 구축한 군단이 바로 렌베토가 속한 제8, 제9군단이었고 그 나머지 제5, 제6군단은 남쪽에 위치했다.

그리고 바이나르 평원이 끝나는 곳, 평원에서 보자면 북서쪽에 페나인의 수도 페로즈 성이 위치했다. 또한 그곳을 지키는 군대는 케리드 원의 친위대였다.

그들은 약 보름 전에 이곳에 군대를 상주한 후 앞으로의 전투에 대비했다. 우선 윈저에서 탈출한 귀족들과 주민들의 정보에 근거해 적을 파악하는 데 주력했다. 특히 윈저 성 전투에 참가했던 마법사 학회 출신 마법사들의 정보가 가장 주효했다.

그렇기 때문에 페로즈에서 출격한 근위대는 뉴카슬 협곡 전투를 치렀던 버나드보다 훨씬 더 많이 적에 대해 알고 있었던 셈이었다. 특히 적군이 검이나 활, 마법에도 피해를 입지 않는 오크라는 것, 그것도 언데드 계열이란 것도 이미 알고 있었다. 그럼에도 야전을 치르기 위해 성을 나선 것은 적에게 대포가 있기 때문이었다.

대포의 성능이나 효능에 대해 정확히 알진 못해도, 아니, 그렇기 때문에 막연히 가공할 신무기라도 되는 것처럼 상상을 부풀려 성전보다는 야전을 택한 것이다.

그리고 처음부터 렌베토는 야전을 포기하고 성전을 주장했다. 페로즈 성을 나서기 전부터, 나선 후에도, 바이나르 평원에 군대가 주둔하고도, 그리고 전쟁이 시작되었을 때에도 그는 후퇴를 고집했다. 가히 코노러와 맞먹는 고집을 보이고 있었지만 지금까지는 계속 묵살되었다. 그것은 근위대의 서열상 렌베토보다 코노러가 더 상급자였기 때문이었다.

"경의 뜻은 잘 알고 있소. 하지만 전투는 이제 시작되었소. 지금 후퇴를 한다는 것은 어리석은 짓이오."

"지금이 아니면 후퇴할 수 없는 상황이 될 겁니다. 게다가 지금은 근위대가 사방으로 흩어져 있지 않습니까? 이 상황은 각개격파당하기 쉽습니다. 우선 근위대의 병력을 응집해 결전을 치를 준비를 하는 것이 현명합니다."

"물론 그 말도 일리는 있소. 하지만 레스터로 간 근위대는 소식 두절 상태이고 콘버드로 간 근위대 역시 이곳으로 빼돌릴 수는 없지 않소? 설사 모일 수 있다 해도 그 시간 동안 적군이 잠자코 있을 리도 만무하오. 경의 주장은 그다지 최선의 방법은 아니오."

"제가 말하는 것은 현재 위클리프에 남아 있는 병력이라도 합쳐야 한다는 겁니다."

"위클리프는 평야가 많소. 사만의 병력을 나눈 것도 그 길목을 지키기 위해서인데 군대를 합친다면 대체 어딜 지키겠다는 거요?”

“성입니다!”

단호하게 렌베토는 외쳤다.

“우린 페로즈 성을 지켜야 합니다.”

“거기엔 친위대가 있소.”

하지만 코노러 역시 짤막하게 응수했다.

렌베토는 잠시 흥분을 가라앉히려는 듯 숨을 몰아쉬었다. 그리고 언성을 낮춰 차분하게 설명했다.

“우리가 상대하는 것은 언데드입니다. 언데드는 죽지 않습니다. 당연하지요! 그것들은 이미 죽은 것들이니까요. 어떠한 물리적 타격도 해를 끼칠 수 없단 말입니다. 그러므로 지금은 성으로 후퇴해 적을 관찰하여 약점을 찾는 것이 가장 중요합니다.”

“렌베토 경은 질리지도 않는군. 벌써 일주일째 같은 얘기를 반복하고 있지 않소?”

“그만큼 중요하기 때문입니다!”

렌베토의 언성이 다시 높아졌을 때 코노러는 손을 들어 그를 제지했다.

“언데드와 싸우는 것이 얼마나 힘든지는 그대만큼 나 역시 잘 알고 있소. 지금 우리가 처한 상황이 바로 그러한 것 아니겠소? 하지만 그렇다 해도 후퇴할 수는 없소. 우리 모두가 바이나르 평원에 뼈를 묻는다고 해도 절대! 후퇴할 수는 없소. 후퇴해서는 안 되오.”

그의 대답을, 고집과 신념으로 똘똘 뭉친 노장군의 본심이라고 생각되는 대답을 듣고 렌베토는 아연해졌다. 그는 더듬거리며 물었다.

“겨, 경께서는 이곳에서 모두 죽자는 것입니까?”

"아니, 아니오. 그런 뜻은 아니라오. 하지만 렌베토 경, 그대 역시 윈저 성의 최후에 대해 들었을 것이오. 그들에겐 대포가 있기 때문에 성전은 절대 치를 수 없다는 것이 나의 생각이오."

"물론 대포의 위력에 대해선 잘 알고 있습니다. 하지만 윈저 성과 페로즈 성은 그 규모와 수비력에서 엄청난 차이를 보입니다. 분명 막을 수 있을 것입니다."

"확실하지 않은 것을 믿고 작전을 펼 수는 없는 거요. 내 생각은 전혀 다르단 말이오."

그의 대답을 듣고 렌베토는 움찔 몸을 떨었다. 그 대답이 막연히 고집을 부리는 것이 아닌 뭔가 계산이 깔린 것이란 판단이 들었다. 그리고 곰곰이 지금까지 코노러 경과 토론한 시간을 되짚었다. 생각해 보면 언성을 높이며 분을 삭이지 못하는 쪽은 항상 자신이었다. 코노러는 끝내 자신의 주장을 굽히지 않았지만 항상 침착했으며 차분한 표정을 유지했었다.

렌베토 자신이 언데드와의 야전이 옳지 않다고 생각하여 후퇴한 후 성전을 치르자고 주장하는 것처럼 코노러 역시 성전을 포기하고 야전을 택하는 명확한 이유가 있음이 분명했다. 그리고 그것은 대포라는 적의 신무기에 대한 그의 걱정이라고 판단했다.

"야론 인들의 신무기 대포가 위력적이긴 합니다만."

"매우 위협적이오."

말을 끊으며 코노러는 대답했다. 얼핏 잔주름이 가득한 그의 눈자위가 실룩거리는 것을 렌베토는 눈치 챘다.

"경은 내가 노장이라는 것을 모르는 게요?"

그렇게 말하며 코노러는 미소를 지었다. 하지만 그 미소에 기쁜 뜻이 담긴 것 같지는 않았다. 마치 오랜 회한을 담은 듯한 그런 쓸쓸한 미소였다.

뭔가 말 못할 사정이 있다는 것을 렌베토는 짐작했다. 하지만 코노러의 성격상 대답할 리는 만무했다. 그러나 렌베토 또한 저스틴 대공의 심복이었을 때부터 키워온 정치적 재간을 지니고 있었다.

"코노러 경의 연세가 많기에 지금 상급자로서 우대하여 후퇴를 권하는 것 아닙니까?"

"그랬었나?"

쓸쓸하게 너털웃음을 짓던 코노러는 이내 웃음을 거두며 진지하게 대꾸했다.

"그대가 알고 있는 것보다 훨씬 더 많이, 그리고 자세하게 대포에 대해서 알고 있소. 왜냐하면 난 위클리프 남부 출신이기 때문이오."

"아……!"

렌베토는 짧게 비명을 질렀다.

페나인 남부 일대에 야론 인 해적이 들끓었던 시기가 있었다. 그리고 코노러의 나이를 비추어볼 때 아마도 그는 그 싸움을 치른 기사들 중 하나일 것이 분명했다. 그렇다면 대포에 대해 자세히 알고 있는 것이 당연했다.

"야론 인이 만든 대포라는 것은 정말 굉장한 것이지. 요새든 성곽이든 인간이 만든 건축물을 단번에 부술 수 있을 정도니까. 페로즈 성의 성벽 정도는 간단히 함몰될 거요. 그리고 붕괴된 성벽으로 적병이 몰려들 테고 수비를 위해 건축되었을 성벽은 그 순간 누구도 도망칠 수 없는 벽이 되는 거요. 아마 윈저 성도 그렇게 함몰되었겠지."

아무 감정 없이 담담하게 읊조리는 코노러였지만 렌베토는 머리끝이 쭈뼛 곤두서는 느낌이었다. 그의 추측대로 윈저는 그렇게 무너졌다. 윈저 출신이고 저스틴 대공의 심복이었다는 예전의 직함 덕분에 그는 윈저 성 전투의 상세한 내역을 알고 있었다. 그리고 그 싸움은 지금 코노러의 추측 그대로 적용되었다.

코노러는 짐짓 표정을 바꾸며 물었다.

"그대 역시 윈저 출신이지 않소? 게다가 소문으로는 저스틴 대공의 심복이라고 알고 있는데? 윈저 성 함락에 대해 분하지도 않소? 당장이라도 적진을 헤집겠다고 나설 것 같은데 말이오. 아, 물론 경의 소극적인 입장이 못마땅하다는 것은 아니지만."

순간 렌베토의 미간이 찡그려졌다. 당장이라도 격한 감정을 쏟아낼 것 같은 표정이었지만 그의 어조는 오히려 담담했다.

"물론 윈저 함락 소식에 대해 분하지 않은 것은 아닙니다. 경의 말대로 지금 당장 혼자서라도 달려나가고 싶습니다. 하지만 저는 일만의 군단을 책임진 장군입니다. 개인적인 복수심 따위에 연연할 수는 없지 않습니까?"

"훌륭하오."

모범 답안에 대한 코노러의 찬사, 그리고 그는 다시 표정을 바꾸어 본론으로 들어갔다.

"대포에도 약점은 있소."

입가에 희미한 미소가 나타났다. 렌베토는 그 순간을 놓치지 않고 질문했다. 지금이 아니면 언제 그의 본심을 들을 수 있을지 장담할 수 없기 때문이었다.

"그것이 야전이란 뜻입니까?"

"그렇지."

그는 짧게 고개를 끄덕였다.

"야전에서 넓게 퍼진 군대를 상대로 한다면 대포는 무용지물이오. 머리통 크기의 철덩어리 몇 개 날아온다고 해서 군대가 붕괴되지는 않지. 고작 몇 명의 병사가 맞아 죽는 것이 전부일 거요. 오히려 투석기로 던져 대는 바윗덩어리나 화살이 더 위협적이겠지."

"코노러 경의 말도 일리는 있습니다. 하지만 대포에 의한 피해는 없어도 적병은 언데드이지 않습니까? 이대로 계속 전투를 치른다면 아군의 피해만 커질 뿐입니다. 지금 병사들은 다들 공포에 떨고 있어요. 밤새 치르는 전투에 말입니다. 적병은 죽지 않는 언데드란 말입니다!"

렌베토의 반박에 코노러의 표정이 기이하게 바뀌었다. 그는 물끄러미 렌베토를 바라보며 넌지시 물었다.

"우리가 치른 밤의 전투에서 경은 적병을 보았단 말이오?"

질문의 뜻을 이해 못한 렌베토가 의아한 표정을 지었다.

"무, 무슨 뜻입니까?"

"난 지금까지 적병을 하나도 보지 못했는데 말이오."

"그게 무슨 소리입니까? 그럼 지금까지 우리가 싸운 상대는 뭐란 말입니까?"

"적의 무기지."

"……?"

"기사와 기사가 싸우면서 상대의 검을 베었다고 '이겼다' 할 수는 없는 거요. 정확하게는 상대의 목숨을 뺏어야 이기는 것이지. 한데 우린 지금까지 적군의 무기와 싸웠을 뿐이지 적병을 상대한 것은 아니오. 언데드라는 건 적의 '무기'이지 '병사'가 아니란 뜻이오."

코노러의 주장에 렌베토는 할 말을 잃었다. 설마 눈앞의 노장군이 이렇게 황당한 발상을 하고 있을 줄은 상상도 못했던 것이다.

"좋습니다. 그럼 적의 무기를 어떻게 상대할 생각이십니까? 참고로 저희 아군은 적의 '무기'에 엄청난 타격을 입고 있다는 것을 말씀드리고 싶군요."

렌베토의 심기가 불편하다는 것이 질문 속에 여실히 보였다. 물론 코노러 역시 그런 눈치를 챘다.

"비꼬는군. 뭐, 좋소."

그러나 코노러는 여전히 느긋한 표정이었다.

"내가 언데드를 '무기'라고 표현한 것은 이유가 있소. 무기라는 것 자체가 살상용이지만 또한 사용자가 있어야 쓸 수 있는 것 아니겠소?"

"…그렇다는 것은?"

잠시 중얼거리던 렌베토는 곧 뭔가를 깨달은 듯 고개를 끄덕였다.

"낮의 정찰은 그것이 목적이었습니까?"

"그런 것이오. 밤에만 활동하는 언데드와 달리 주술자는 어딘가에 틀어박혀 있을 것이 분명하오. 우리가 찾아야 할 것은 바로 그 녀석이오. 그 주술자, 이 전투의 유일한 병사, 그를 찾는 것이 언데드를 막고 이 전쟁을 끝내는 유일한 길일 것이오."

"하지만 그 기사는 어떻게 합니까?"

"아마 그자는 주술자를 지키는 기사임이 분명하오. 그자를 상대하고 있다 보면 언젠가는 주술자를 찾을 수 있게 되겠지."

그 점은 미처 생각하지 못했던 부분이었는지 대답하는 코노러의 표정은 그리 밝지 않았다. 잠시 입을 다물고 생각에 잠겼던 렌베토는 천천히 고개를 끄덕이며 입을 열었다.

"경의 뜻은 잘 알았습니다. 우선은 경의 작전에 따르겠습니다. 하지만 명심할 것은 우리 군의 피해는 밤에 입은 것보다 낮의 정찰에 당한 것이 더 많다는 것입니다. 바로 그 저주받은 기사 한 명에게 당한 것이 더 크다는 것을 알아두셨으면 합니다.”

“내 뜻을 이해해 주니 고맙소.”

“천만에 말씀을!”

대답과 함께 렌베토는 자리에서 벌떡 일어섰다. 그리고 막사를 나가려 하다가 문득 생각난 듯 코노러를 돌아보며 충고했다.

“경의 작전이 무모하지 않다는 것을 알았다는 것이지 제가 주장하는 것이 틀렸기 때문에 물러서는 것이 아닙니다. 그리고 군단 내의 많은 지휘관들이 경의 뜻을 제대로 짐작하지 못하고 있다는 것을 말씀드리고 싶습니다. 가능하다면 모두에게 작전을 설명해 제대로 이해시킬 수 있기를 바랍니다.”

“…그건 근위대장 버나드 경의 회의론이로군.”

“그렇습니다. 불필요한 절차 같습니다만 분명 효과는 있을 겁니다. 모두의 힘을 합해야 할 때 가장 유용하니까요.”

뭔가 말을 더 하려던 렌베토는 이내 몸을 돌려 막사를 빠져나갔다.

그의 뒷모습을 쳐다보던 코노러는 깊은 한숨을 쉬었다. 그리고 읊조리듯 혼잣말을 중얼거렸다.

“할튼 리저드… 크레멘트 에란스… 젊은 시절의 패기는 사라지고 이제 욕망만이 남은 게냐? 이런 식으로 너희들을… 다시 만나게 될 줄이야…….”

오전 내내 코노러와 설전을 벌였던 렌베토는 끝내 분을 참지 못하고 정찰 임무를 자처했다. 담당 지휘관이 의아한 얼굴로 ‘군단장께서도 정찰에 나섭니까? 라고 물었지만 렌베토는 실컷 욕만 퍼부운 후에 백의 기병을 이끌고 진을 나섰다.

렌베토는 답답한 마음에 그저 바람을 쐰다는 기분으로 군을 나선 것이다. 바이나르 평원을 가로지르며 달리다 보면 뭔가 개운한 기분이 들지 않을까 생각한 것도 한몫했다. 하지만 군을 나선 후에 얼마 지나지 않아 그는 곧 뼈저리게 후회해야만 했다.

넓게 펼쳐진 지평선에 청색 점이 보였다고 생각한 순간 그 점이 기병을 향해 쏜살같이 달려오기 시작했다. 바로 낮의 정찰을 방해하는 단 한 명의 기사, 저주의 기사가 등장한 것이다. 그리고 소문으로 접해 들었던 탓에 기병들은 당황하여 웅성거렸다.

"당황하지 마라! 적은 단 한 명이다! 모두 창을 세워라!"

다급히 명령을 내리는 렌베토였지만 그의 목소리도 가늘게 떨렸다. 그럴 수밖에 없는 것이 그동안 정찰을 나갔던 기병들 중에 저주의 기사를 마주치고 살아남은 자는 없기 때문이었다. 그와 싸워서 돌아온 자는 있었다. 하지만 살아남은 자는 단 한 명도 없었다. 이상하게도 돌아온 자들 역시 밤새 고열에 시달리다가 다음날이 되면 싸늘한 시체로 변했다.

더욱이 죽은 시체는 급격히 부패하면서 땅을 부식시키고 악취를 유발했다. 물론 전염병을 예감한 종군 마법사들의 충고로 시체들은 모두 태워져 더 큰 사태로 번지지는 않았다. 하지만 상황으로 보건대 그 근원은 정찰을 방해하는 기사 때문임이 분명했다.

살아 돌아온 자들의 증언에 의하면 청색 갑옷을 입었고 가슴에 새겨진 문양이 에란스 가문의 것이라고 했다. 그것을 토대로 그의 정체가 할튼 리저드와 함께 모스 섬으로 들어갔던 크레멘트 에란스일 것이라고 모두들 추정했다.

크레멘트 에란스.

할튼과 동갑으로 그의 가장 친한 친우였다. 이십 년 전에는 리저드 가문과 더불어 위클리프 남부 삼대 백작가인 에란스 가문의 장자이기도 했다. 할튼의 ‘모스 섬 개척론’ 을 가장 지지했으며 또한 그와 함께 가산을 털었고 모스 섬으로 떠났던 인물이기도 했다. 모스 섬이 개척되어 리저드 령으로 거듭났을 때 할튼의 심복이자 최고의 기사로 불려졌고 한때 할튼과 더불어 국민적 영웅으로 추대되기도 했다.

그런 그가 돌아왔다.

단 혼자서 바이나르 평원을 질풍처럼 달리는 모습은 예전 그대로와 다름이 없었다. 하지만 그때와 달리 그가 지나간 자리는 죽음과 질병만이 남았다. 그와 마주한 후에 도망친 자는 있어도 살아남은 자는 없었다. 그는 이제 더 이상 영웅적인 기사가 아니라 ‘저주의 기사’ 라는 악명만이 남게 되었다.

렌베토의 명령에 주춤거리며 창을 세우던 병사들의 모습은 공포에 젖었다. 죽음을 불사해서라도 전투에 임할 각오가 된 근위대의 병사들이었지만 비참하게 죽고 싶지는 않았다. 밤새 고열과 진통에 겨워 비명과 신음을 흘리다 끝내 죽고야 마는, 아니, 죽어서도 한순간에 부패하여 악취와 전염병을 일으키는 존재는 결코 되고 싶지 않았다. 그렇기에 용맹한 근위 병사였지만 주저할 수밖엔 없었다.

그리고 그 분위기를 감지한 렌베토는 재빨리 머리를 굴렸다. 이곳에서 전투를 벌여야 할 것인가, 아니면 후퇴를 해야 할 것인가에 대해 심각하게 고민했다. 하지만 그의 고민은 오래가지 않았다. 점점 커지는 청색 점이 벌써 사람의 형상이 되어가고 있을 때 그는 혼잣말을 중얼거렸다.

"이거 참, 콘버드 때부터 왜 이렇게 도망가는 일만 생기는 것인지… 근위대를 이끄는 장군으로서 참 형편없는 모습이군."

렌베토는 서둘러 말고삐를 잡아채 기수를 돌렸다. 그리고 정찰하던 백 명의 병사들에게 우렁차게 소리쳤다.

"후퇴하라! 전속력으로 후퇴하라!"

기다렸다는 듯, 놀랍게도 명령이 떨어진 순간 병사들의 마음은 '도망쳐야 한다' 라는 생각으로 집중되어 맹렬히 도주하기 시작했다.

바이나르 평원은 갑자기 대추격전이 벌어졌다. 그것도 단 한 명이 백 명을 추격하는 그런 희한한 추격전이었다. 추격전은 렌베토의 정찰대가 군대로 복귀하는 시점까지 이어졌고 크레멘트로 추정되는 그 기사는 한동안 군대 앞에서 멈춰 있다가 사라졌다.

결과적으로 렌베토는 추태를 보인 꼴이었지만 무사히 복귀할 수 있었다. 그리고 그의 '후퇴 명령' 은 하나의 본보기가 되어 모든 정찰대의 전형이 되었다.

"이것이 용맹하다는 평가를 받던 근위대란 말인가?"

약간 허탈하다는 듯 투구 속에서 저음이 울렸다.

벌써 삼 일째 정찰대를 찾아 추격했지만 단 한 번도 그들은 반격하지 않았다. 게다가 영리하게도 근위대는 정찰대의 숫자를 대폭 늘리기까지 했다. 하나가 오른쪽으로 가면 또 하나는 왼쪽으로, 또 하나는 중앙을 정찰하였고 어느 부대든 크레멘트를 마주친 순간에 재빨리 퇴각해 버렸다.

크레멘트가 타고 있는 말 역시 좀비로 재생한 것이라 지치지 않는다

해도 평원 전체를 달릴 수는 없었다. 당연히 크레멘트가 쫓아갈 수 있는 정찰대의 숫자는 한정되었고 이외의 정찰대는 자유롭게 본연의 목적을 달성할 수 있었다.

"저쪽의 군단장에 렌베토 백작이 있다고 했었지. 그렇다면 이대로는 안 되겠군."

크레멘트는 중얼거리는 것과 동시에 말고삐를 잡아챘다. 그 즉시 말이 제자리에 멈췄다.

그는 추격을 포기하고 본거지로 돌아가기 위해 말을 돌렸다. 어차피 추격해 봐야 근위대의 본거지까지 갔다가 돌아오는 것이 전부일 테니 헛수고를 줄이려는 것이다.

그는 말을 달려 바이나르 평원을 가로질렀다. 일직선으로 동남쪽을 향해 말을 달리자 평원 끝에 초록색 막사 하나가 나타났다. 그곳이 바로 크레멘트의 본거지였으며 또한 언데드로 변한 병사들에게 주문을 걸어 전투를 벌이는 리치들이 있는 곳이기도 했다.

크레멘트는 말을 세우는 것과 동시에 뛰어내렸다. 그리고 곧바로 막사 안으로 들어갔다. 퀴퀴한 냄새가 진동을 했지만 크레멘트에게는 별로 영향을 끼치지 못했다. 그는 투구조차 벗지 않은 채 주변을 훑어보며 저음의 목소리를 냈다.

"지금 당장 나지드와 연락하고 싶다. 그를 불러올 방법은 없는가?"

그의 명령을 들은 리치는 총 여섯 명이었다.

지금은 이지를 잃은 채 나지드에 의해 리치로 재생된 언데드의 일종이었지만 그들 여섯과 주변 대지에 다른 언데드 병사들과 함께 잠들어 있는 리치들, 총 백여 명은 모두 윈저 성 전투 때 저스틴의 휘하에서 전투를 벌였던 마법사들이었다.

낮에도 활동할 수 있는 좀비, 살과 근육을 발라내지 않고 주술을 시행한 스켈레톤, 좀비처럼 의지가 없는 죽음의 기사와 마찬가지로 나지드가 만들어낸 리치 역시 보통 리치와는 달랐다. 생전의 마법사로서의 능력을 고스란히 지니는 것과 동시에 의지도 이지도 잃지 않아 자신의 뜻대로 움직일 수 있는 것이 보통의 리치였다면 나지드가 만들어낸 리치는 능력은 그대로이지만 의지와 이지가 제어되어 명령을 받아야만 움직일 수 있었다.

그들은 생전에 자신의 뜻과는 전혀 다르게 의지를 제어받은 채 언데드를 지휘해야만 했다. 물론 그들이 지휘하는 언데드 역시 모스 섬에 들어간 돌격기병대, 즉 자신의 뜻과는 전혀 다르게 반란을 일으킨 병사들이었다.

원래는 더 많은 리치가 있었지만 나지드에 의해 급조된 탓에 그들 역시 아직 낮에는 능력이 발휘되지 않는 약점이 있었다. 그렇기 때문에 햇볕을 쪼이지 않도록 막사 안에서 크레멘트를 보좌하며 대기하는 리치는 몇 명에 불과했다. 그리고 그들 중에 하나가 자리에서 일어나 크레멘트의 질문에 답했다.

"저희에게는 그런 능력이 없습니다, 크레멘트 대장."

"그런가?"

"하지만 나지드께선 필요할 때 연락할 수 있는 방법을 주셨습니다."

"젠장! 결국은 있다는 뜻 아닌가? 뭐든 좋으니 빨리 하도록 하라."

그러자 그 리치는 막사 구석에 있는 작은 상자를 하나 꺼냈다. 상자가 열리자 그 안에는 작은 비둘기 하나가 날개를 펼치며 나타났다. 죽은 자만 가득한 곳에서 갑작스럽게 생명체가 등장하였으니 놀랄 법도 하겠지만 크레멘트는 이미 그 비둘기 역시 언데드라는 것을 알아챘다.

자신이 머물고 있는 곳에 생명체가 있을 수 없다는 것을 누구보다 자신이 가장 잘 알기 때문이었다.

"전서구인가? 나지드다운 방법이군."

다른 리치가 내미는 종이와 펜을 받아 들며 크레멘트는 낮게 중얼거렸다.

해가 지고 막사 주변의 팔천 병사가 땅을 헤집으며 나타나 전투를 하러 걸어갔다. 그 몰골을 막사 안에서 바라보며 크레멘트는 낮게 중얼거렸다.

"오늘은 이쪽 차례인가……."

모스 섬에 들어갔던 돌격기병단 중에 바이나르 평원, 크레멘트 휘하에 있는 병사는 총 사만 명이었다. 그들 모두 코노러와 렌베토의 근위대와 싸우고 있었지만 실질적인 목적은 그들을 묶어두는 것이었기 때문에 다섯 개의 소부대로 나누어 차륜전을 펼치며 적을 교란시키는 중이었다.

전서구가 날아간 후 나지드가 나타난 것은 바로 그 무렵이었다. 검은 로브로 온몸을 감싼 나지드의 모습은 어둠에 녹아든 것 같았다. 하지만 생명체가 내뿜는 특별한 느낌, 바로 마나를 크레멘트는 감지했다.

크레멘트의 투구가 슬쩍 움직이며 나지드를 향했다.

"부르셨습니까, 크레멘트 경."

죽은 자라 해도, 그리고 자신이 되살려냈다고 해도 눈앞의 크레멘트는 할튼에 이어 두 번째의 실권자였다. 나지드가 예를 취하는 것은 당연했다.

크레멘트는 앉아 있던 몸을 일으키며 간단하게 말했다.

"워프를 할 수 있는 마법사의 도움이 필요하오."

크레멘트로선 여러 개로 나뉜 정찰대를 상대하기 위해선 워프가 가능한 마법사의 힘이 절대적으로 필요했다. 삼 일 동안 허탕을 친 후에 그가 생각해 낸 유일한 방법이었다. 하지만 나지드는 의외라고 여겼는지 잠시 망설이더니 조심스럽게 물었다.

"워프… 말입니까?"

"그렇소."

"하지만 크레멘트 경, 전에도 설명했다시피 경에게는 특별한 술법이 걸려 있습니다. 경과 접촉하는 모든 생명체는 질병을 일으키게 된다고……."

"그러니까 언데드 마법사로 달란 말이오."

"언데드 마법사? 리치 말입니까?"

"그렇소. 리치라면 내 영향을 받지 않으면서 워프를 할 수 있지 않겠소?"

크레멘트의 낮은 저음을 들으며 나지드는 생각에 잠겼다. 이윽고 생각을 정리한 나지드는 고개를 저었다.

"죄송합니다만 리치 중에 그 정도의 능력을 지닌 이는 없었습니다."

"어째서 말이오?"

"리치라는 것은 죽은 마법사를 되살려 만드는 겁니다. 영원불멸이란 장점이 있지만 또한 생전에 가졌던 능력 이외에 새로운 마법을 배울 수 없다는 단점도 있습니다. 지금 저희 군이 가지고 있는 리치들은 대부분 윈저의 마법사 학회 출신입니다. 분명 페나인에서 최고의 권위를 자랑하는 곳이긴 합니다만 전투가 끝나는 시점에 워프가 가능한 마법사들은 모두 탈출한 상태였습니다. 제가 만든 마법사들은 대개 3~4써클의 마나만 다룰 수 있는 수련 마법사가 대부분입니다.”

“원거리 통신을 할 수 없는 것도 그런 이유겠군?”

“그렇습니다, 크레멘트 경.”

“그런가? 할 수 없군.”

“뭔가 문제라도 있는지요?”

나지드의 질문에 크레멘트는 최근 근위대가 자신과의 전투를 회피하기 위해 사용하는 수법들을 설명했다. 잠자코 듣고 있던 나지드는 슬쩍 미소를 지었다.

“그 점이라면 걱정없습니다, 크레멘트 경.”

“뭔가 방법이 있는가?”

“저희는 페로즈 성을 눈앞에 두고 있으니까요.”

순간 크레멘트의 투구에서 빛이 번뜩였다. 그리고 낮은 웃음소리와 함께 크레멘트의 중얼거림이 들렸다.

“그거 반가운 소식이군. 그렇다면 내일 저녁에 이쪽의 작전을 결행하겠다. 괜찮겠지?”

“충분합니다. 이만의 부대는 궤멸, 나머지 이만이 후퇴한다고 해도 페로즈 성까지는 꽤 거리가 있으니까요.”

“알았다. 폐하께 안부나 전해다오.”

“알겠습니다, 크레멘트 경.”

나지드의 몸이 순간 흐릿해지며 사라졌다.

홀로 막사에 남은 크레멘트의 투구에서 웃음소리가 낮게 흘러나왔다. 내일의 전투를 기대하는 듯한 그런 웃음소리였다.

해가 뜨고 해가 졌다.

그리고 여러 가지 사건으로 후세에까지 이름 높을 바이나르 전투가 시작되었다.

해가 지는 것과 동시에 평소와 다름없이 야간 전투를 준비하던 근위대의 병사들은 남쪽 근방에서 병기 부딪치는 소리를 들었다. 대부분의 병사들이 '오늘은 남쪽이군' 하고 생각하며 반대 편 병사들은 휴식을 취할 준비를 했다. 하지만 이번엔 북쪽에서, 연이어 중앙에도 적군이 물밀듯 들이닥쳤다.

언데드 적병을 '무기'라고 지적한 코노러의 발상은 훌륭했지만 '팔천 명'이라고 추정한 것은 분명한 오산이었다. 그리고 그 오산은 곧 다섯 군데로부터 협공을 받는 최악의 상황을 맞이했다.

그리고 코노러는 열심히 정찰을 시도했지만 끝내 아무것도 알아내지 못했다는, 전략적으로 치명적인 실수를 저지르고 말았다. 적군의 주력이 언데드라는 것과 대포가 있다는 것도 사실 윈저를 탈출한 사람들에게서 알아낸 것이지 코노러 자신이 알아낸 것은 아니었다.

실제로 크레멘트의 돌격대에는 대포가 없었으며 병력에도 엄청난 오차가 있었고 무엇보다 오크로 이루어진 군단이 아니었다. 코노러는 결국 자신이 상대한 군대가 원래 어느 소속이었는지조차 알아내지 못한 것이다.

게다가 최악의 실수는 정찰대를 방해하던 '저주의 기사' 크레멘트 에란스를 잘못 평가했다는 점이었다.

코노러는 언데드를 지휘하는 실질적인 자들, 즉 주술자가 있을 것이고 그들이 바로 실제 적군이라고 판단했다. 그것을 찾기 위해 보낸 정찰대를 방해하던 기사—물론 갑옷의 문양으로 에란스 가문이라는 것을 파악했지만—크레멘트를 단순히 주술자를 지키는 기사로만 판단한 것이 그의 가장 큰 잘못인 것이다. 언데드에 대한 정확한 자료가 없었던 만큼 그 판단이 코노러의 잘못만은 아니겠지만, 분명 그의 판단을 믿었던 대다수의 장병들은 크레멘트를 그저 주술이 걸린 엄청난 무기를 지닌 기사 정도로만 생각했다.

결론적으로 그 누구도 크레멘트 에란스가 죽었던 자라고는 생각하지 않았다. 또한 그들이 상대하는 언데드를 지휘하는 자라고도 생각하지 않았다.

그렇기 때문에 중앙을 격파하며 종횡무진하는 그의 모습을 본 기사들과 병사들은 공포에 떨었고 순식간에 혼란에 빠졌다. 왜냐하면 그는 걸어다니는 질병, 죽음을 부르는 사신 그 자체였기 때문이었다.

그리고 정말 사신이라도 되었는지 크레멘트의 검에 닿지도 않은 수십 명의 병사들이 비명조차 지르지 못한 채 베어졌다. 만약 근위대에 마스터가 있었다면 크레멘트의 검이 청색 오라로 덮여 있는 것을 보는 순간 그가 마스터의 경지에 이르렀다는 것을 알아챘을 것이다. 그러나 실제로 바이나르 평원에 있던 이만의 근위대에는 그들이 자랑하던 어떤 마스터도 없었다. 그리고 그들은 '페나인의 공인된 마스터는 총 열여섯 명'이라는 믿음을 굳건히 지키고 있었기에 크레멘트의 검이 허공을 베어도 무참히 죽어 나가는 병사들의 모습에 아연해야만 했다.

비명과 혼란이 밤의 장막 밑에서 어우러질 무렵, 한쪽에서 병사들을 독려하던 렌베토가 곁에 있던 코노러에게 외쳤다.

"크레멘트는 마스터인 것 같습니다!"

적어도 렌베토는 페나인에 공인받지 않은 마스터가 실존하고 있음을 아는 자였다.

"그, 그럴 리가 없소! 하면 할튼은 왜 그런 보고를 수도에 하지 않았단 말이오?"

"뭔가 사정이 있었던 모양이겠죠. 그나저나 평소와 다른 전투 같습니다만? 이제 어쩌죠?"

"난들 뭘 어쩌겠소? 우선 새벽이 오길 기다리는 수밖에!"

"그때까지 우리 군이 버틸 수 있을지 걱정이군요."

비꼬는 말이 아닌 정말 걱정스런 말이었지만 그 말은 곧 코노러의 심기를 건드리고 말았다. 코노러는 고함을 치며 말고삐를 잡아챘다.

"도주의 달인으로 불리는 렌베토 경이 있으니 무슨 걱정이오?"

그는 크레멘트를 향해 말을 달리며 다시 외쳤다.

"저자의 사술을 내가 막을 테니 그대는 군을 정비하도록 하시오!"

"혼자서는 위험합니다, 코노러 경!"

서둘러 렌베토가 제지했지만 근위대에서 '집념과 고집의 화신'으로 통하는 코노러에게 통할 리는 없었다. 코노러는 벌써 크레멘트 코앞까지 달려간 후였다.

"크레멘트! 나를 잊지는 않았겠지?"

기사도라고나 할까, 코노러는 상대 코앞에서 말을 멈추고 그를 불렀다. 그때까지 그의 접근을 알아채지 못했던—물론 알아채지 않아도 충분히 베어넘겼겠지만—크레멘트도 말을 멈추었다. 그리고 청색 투구를 울리는 저음으로 코노러에게 말했다.

"코노러 바얀 경, 이런 곳에서 뵙다니 안타깝군요."

"역시 너는 크레멘트 에란스였느냐?"

"그렇습니다."

"설마 했는데 너희가 반란을 일으키다니… 할튼의 리저드 가문과 너의 에란스 가문, 그리고 나의 바얀 가문은 남부 삼대 백작으로 통했다. 너와 할튼의 두 아버님과 나, 이렇게 셋이서 해적들을 상대하며 우정을 키웠고 두 사람이 전사한 후에 너희들을 보살핀 사람 또한 나다. 그런데 너희가 나에게 검을 겨누다니, 이것이 과연 옳은 거냐?"

"죄송합니다만 무슨 뜻인지 모르겠군요."

크레멘트의 검이 천천히 그를, 아니, 그의 뒤쪽을, 아니, 저 멀리 페로즈 성이 있는 곳을 가리켰다.

"저희가 검을 겨눈 곳은 페나인 왕국이지 바얀 경이 아니지 않습니까? 설마 그런 것도 모르는 것은 아닐 테지요?"

"왕국에 검을 겨누는 것이나 나에게 겨누는 것이나 별반 다를 게 없다. 할튼은 어디 있느냐?"

"글쎄요… 말씀드릴 수 없습니다. 하지만 분명히 말하건대 이곳엔 없습니다."

중저음의 나지막한 목소리가 투구를 울리는 동안 코노러는 발끈했다.

"건방진 녀석! 나는 너보다 연장자다! 최소한 투구를 벗어 얼굴을 보이는 것이 예의가 아니더냐?"

하지만 크레멘트는 투구를 벗으려는 움직임을 전혀 보이지 않았다. 묵묵히 코노러를 바라보던 크레멘트는 이윽고 고개를 저으며 말했다.

"죄송합니다만 그러고 싶지는 않군요."

"뭐, 뭐라고?"

어이가 없는지 코노러의 눈이 크게 떠졌다.

"지금 뭐라고 했느냐?"

"제 얼굴을 봐서 기쁠 건 없을 겁니다, 바얀 경. 그보다는……."

크레멘트의 검이 재차 올라갔다. 이번엔 똑바로 코노러를 겨눴다.

"승부를 가르도록 하는 것이 좋을 것 같군요."

"네, 네 녀석은… 너희들은… 정녕 반란을 일으킨 것이란 말이냐? 모스 섬에 들어가더니 더러운 욕망에 몸을 더럽혔구나!"

순간 크레멘트의 검이 흔들렸다. 분노에 찬 듯 크레멘트의 음성이 투구를 울렸다.

"말씀 삼가하십시오, 바얀 경! 더러운 욕망이라니?! 우리들이 무엇 때문에 모스 섬에 들어갔는지 경이 모른단 말입니까?"

"지금의 너희 모습이 그럼 뭐란 말인가? 반란이라니 그야말로 더러운 욕망이 아니더냐?"

코노러의 일갈, 그리고 크레멘트는 검을 옆으로 휙 그으며 말고삐를 틀어쥐었다. 동시에 지옥에서 울리는 듯한 음산한 기운을 뿜었다.

"이것은 복수입니다."

그의 말이 끝남과 동시에 코노러의 귓가에서 모든 소리가 자취를 감추었다. 비명 소리도, 병기 부딪치는 소리도, 군악대의 나팔 소리도 들리지 않았다. 그저 들리는 것이라곤 크레멘트가 타고 있던 말의 발굽 소리가 전부였다. 느릿한 화면처럼 크레멘트는 말을 몰아 자신에게 달려들었고 느릿하게 검을 휘둘렀으며 느릿한 검의 궤적이 자신과 그의 공간을 베었을 때 코노러는 나른한 충격에 휩싸였다.

수백 번이 넘는 전투를 치른 코노러였다. 적어도 검에 베일 때 느끼는 고통과 아픔을 잊을 정도로 늙지는 않았다. 하지만 이 순간 그의 몸은 그런 아픔과는 전혀 다른 통증을 느꼈다. 정신이 아득해지는 몽롱함, 잠들 것 같은 나른함, 그리고 벌레에 물린 듯한 간지러움이 온몸을 감쌌다. 그리고 그 모든 것들과 함께 코노러의 시야에 고삐를 움켜쥔 자신의 잘려진 두 팔과 피를 뿜어내는 훤히 벌어진 가슴이 보였다.

스치듯 지나간 크레멘트가 다시 시야에 잡힌 것은 그 다음이었다. 코노러는 믿어지지 않는 눈빛으로 그를 바라봤다.

"너, 너는 언제 마스터가 되었느냐?"

쿨럭이는 기침 소리와 헛바람만 일으키는 목소리. 하지만 크레멘트는 알아들었는지 고개를 끄덕였다.

"할튼이 마스터가 된 후에 곧."

"그러냐? 할튼도 너도 마스터가 되었구나. 축하한다. 이런 상황에 만난 것이 아니라면… 정말 많이 축하해 줬을 텐데……."

여전히 기침과 헛바람만 일으키는 코노러였지만 상대는 여전히 알아듣는 눈빛이었다. 코노러는 다리에 힘을 주어 쓰러지지 않으려고 안간힘을 썼다. 그리고 처연히 크레멘트를 바라보며 마지막 부탁을 했다.

"마지막으로… 네, 네 얼굴을 볼 수 있겠느냐?"

마지막 말은 정말 세상 그 누구도 알아들을 수 없는 기침뿐이었다. 하지만 크레멘트는 손을 뻗어 천천히 투구 차양을 걷었다.

그리고 코노러는 보았다. 투구 밑으로 허연 피부와 칠흑처럼 어두운 커다란 눈동자를. 그것은 해골이었다. 죽은 지 한참이 지난 후에나 볼 수 있을 그런 유골이 투구 밑에 드러났다.

"너, 너도… 언데드……."

크게 홉떠진 두 눈으로 크레멘트를 쏘아보던 코노러의 몸이 천천히 말 등에서 떨어졌다. 이제 들리지 않을 그에게 크레멘트는 마지막 인사를 건넸다.

"안녕히 가십시오, 바얀 경. 그동안 동생을 보살펴 주셔서… 감사했습니다. 그리고 죄송합니다."

차양이 내려지고 크레멘트의 시선이 주위를 훑었다.

어느새 그의 주위로 좀비 병사들이 들끓었다. 검을 들고 창을 세우고 방패를 앞세운 병사들이 적군을 짓밟았다. 그리고 근위대는 무능할 정도로 힘없이 죽어갔다. 게다가 코노러의 죽음을 지켜본 그들은 더욱 큰 혼란에 빠졌다.

비록 몇 가지 실수를 저지르긴 했어도 코노러는 현재 근위대를 이끄는 총대장이었다. 그런 총대장이 적장인 크레멘트에게 단칼에 베어졌으니 병사들이 동요하는 건 당연했다.

"이것이 용맹하다는 평가를 받던… 근위대란 말인가?"

짙은 조소를 담아 크레멘트는 중얼거렸다.

초저녁에 시작된 싸움은 새벽이라는 기한과 무관하게 끝나갔다. 크레멘트의 예상을 훨씬 웃돌 정도로 빠른 시간 만에 근위대는 패배했다.

가장 큰 피해를 입은 곳은 당연히 크레멘트가 가세해 쳐들어간 중앙이었다. 총대장 코노러를 잃었고 전력의 1/3 이상을 잃었으며 나머지 2/3도 전투 의지를 잃었다. 그리고 중앙에서 시작된 패배 소식은 전군으로 퍼지며 급격하게 무너졌다.

"싸움은 끝났군."

무덤덤한 크레멘트의 어조였다.

직접 검을 휘두를 필요도 없을 정도로 근위대의 전열은 흐트러졌다. 몇몇 저항자가 있긴 했지만 금세 진압되었다. 움직이는 것은 언데드, 누워 있는 것은 근위병. 어느 쪽이든 모두 죽은 자, 평원에는 죽음이 난무했다. 승리에 도취되어 함성을 지르는 자도 없었고 패배감에 절어 비명을 지르는 자도 없었다.

그리고 그 순간 새로운 전투가 시작되었다. 아니, 후세에까지 이름 높은 대작전이 시작되었다.

시작을 알린 것은 북소리였다.

둥둥둥.

근위대의 후방에서 갑작스럽게 울리는 북소리에 둔화된 근위병의 움직임이 재빨라졌다. 그들은 방패를 세우고 주위에 있는 말을 잡아탔다.

"이제 와서 사기를 북돋으려는 건가? 늦어도 한참 늦었군!"

크레멘트는 냉소를 지으며 검을 움켜잡았다. 그리고 달려드는 근위병을 죽일 준비를 갖췄다. 하지만 곧 이어 벌어진 사태에 황당해져 멈춰야만 했다.

질서 정연하게, 신속하게, 재빠르게 말을 탄 근위병은 무기를 버리고 등에 방패를 매단 채 후방을 향해 전속력으로 달려갔다. 그것은 후퇴였다. 하지만 평범한 후퇴는 아니었다. 마치 이미 계획에 있었던 것 같은 그런 움직임이었다.

"추, 추격하라!"

당황한 크레멘트의 고함이 터졌지만 그것은 바램뿐이었다.

썰물처럼 빠져나가는 근위대의 후퇴는 순식간에 이루어졌고 돌격기병대 출신이라고 해도 말이 없는 언데드 병사들이었기에 거리는 금세 벌어졌다. 그리고 그 격차는 중앙뿐만 아니라 근위대 전체에서 벌어졌다. 말 그대로 근위대는 군영을 버리고, 무기를 버리고 꽁지 감추듯 달아난 것이다.

그들 뒤로 크레멘트가 따라붙었다. 언데드로 이루어진 군대 중에서 그만이 유일하게 말을 타고 있었기 때문에 추격할 수 있었던 것이다.

'여기까지 와서 저들을 놓칠 수야 없지. 나 혼자서라도 상대하마!'

투구 사이로 희미한 안광이 번득였다.

그 순간 한 지점에서 무수히 많은 붉은 점이 크레멘트를 향해 날아들었다. 밤하늘을 수놓듯 붉은 선을 그어대는 그것은 불화살이었다. 이미 죽었다 해도 이지를 잃지 않은 크레멘트가 불의 무서움을 잊을 리 없었다. 검을 들어 날아드는 화살을 베었지만 잠깐 멈춘 사이에 근위대는 더욱 멀리 도망간 후였다.

"멈추시오, 크레멘트 경!"

그때 전방에 또 다른 기사가 나타났다. 정확하게는 불화살을 쏘는 지점에 누군가 말을 멈춘 채 그를 바라보고 있었다.

"그대는 누구인가?"

"근위대 제9군단을 이끄는 렌베토 파스난 백작이라고 하오! 그대가 크레멘트 에란스인가?"

"그렇다!"

"그대가 저 언데드 군대를 이끌고 있는가?"

"물론이다."

"그렇다면 잘됐군!"

렌베토의 고함에 크레멘트는 이해가 안 가 고개를 갸웃거렸다.

"우리 군은 이제부터 후퇴할 거요. 그러니 경께서는 추격하지 않았으면 하오."

"그게 무슨 헛소리인가?"

크레멘트는 발끈하여 달려들려고 했다.

"이건 경을 위한 충고요."

순간 렌베토는 손을 들어 그를 제지했다. 그리고 비웃듯 설명했다.

"그대의 군에는 말이 없소. 그러니 우리를 추격할 수 있는 자는 오직 그대뿐이오. 비록 패했다고 해도 한 명에게 전멸당할 정도로 허약하지 않단 말이오. 괜히 추격하여 죽음을 자초하지 말고 이만 물러가도록 하시오.”

“흥! 충고는 고맙소만 내 실력을 몰라서 하는 말이라 생각하겠소.”

“경은 마스터인 것 같은데?”

렌베토의 질문에 크레멘트는 입을 다물었다. 자신이 마스터인 것을 알면서도 당당함을 유지할 수 있다는 것이 놀라웠던 것이다.

“말이 없는 것을 보니 사실인 것 같군. 하면 마스터 한 명의 전력은 훈련된 병사 천과 같다는 옛말을 들어본 적이 있는지?”

“……”

“패했어도 이쪽엔 수천의 병사가 남아 있소. 그대 혼자 감당할 수 있는 병력은 결코 아니니 이만 돌아가는 것이 좋을 거요.”

“숫자로 날 이기려 하지 마라!”

“숫자를 말하는 것이 아니다! ‘마스터 혼자서 성을 제압할 순 있지만 훈련된 병사 천을 이기긴 힘들다’ 라는 말에 숨은 뜻이 무언지 곰곰이 생각해 보라!”

렌베토의 일갈에 크레멘트는 주춤 물러섰다.

한동안 크레멘트를 쏘아보던 렌베토는 휘하의 부대를 이끌고 도주하는 군단을 따르기 시작했다. 잠자코 그 모습을 지켜보며 크레멘트는 중얼거렸다.

“성을 제압할 순 있지만… 천을 이길 순 없다……?”

맨 뒤에 처져 후방을 지키던 렌베토의 곁에서 어느 부관이 중얼거렸다.

"렌베토 경의 작전이 주효했던 것 같습니다. 코노러 경 몰래 사전에 협의해 두길 잘한 것 같습니다."

"다행히 8군단 쪽에서도 작전을 승인해서 다행이었죠. 하마터면 엄청난 피해를 입었을 겁니다."

또 다른 부관의 중얼거림. 하지만 듣고 있는 렌베토의 마음은 편치 않았다.

"이런 작전은 아무 소용 없는 거네. 결국 우린 패배한 거야."

"그래도 살아남았죠. 살아남으면 뭔가 할 수 있는 일이 생길 테니까요."

부관의 희망적인 말이었지만 상황이 좋지 않다고 렌베토는 생각했다.

문득 다른 부관이 통쾌하게 웃으며 외쳤다.

"렌베토 경의 허풍에 크레멘트가 움찔해서 멈출 때는 정말 통쾌했습니다. 녀석이 쫓아왔다면 우린 엄청난 피해를 입었을 테니까요."

"천만에!"

그러나 렌베토는 간단하게 부정했다.

"수백 년 동안 윈저 출신의 마스터는 손가락으로 꼽을 정도로 적었다. 한데도 윈저는 여섯 공국의 하나로 그 이름을 날렸지. 그 이유가 뭐라고 생각하는가?"

"그럼⋯ 정말 천 명의 숫자면 마스터를 이길 수 있단 말입니까?"

"훗, 마스터로 전쟁을 치를 수 있다면 뭐 하러 군대가 필요하겠는가? 적으로서 가장 무서운 자는 마스터가 아니라 천의 병사를 다룰 정도로 '군사학에 정통한' 사람이라는 것을 잊지 말게."

그러자 부관이 고개를 끄덕이며 수긍했다.

"그렇군요. 후퇴 작전 중 기마 행군에 대해 상세했던 이유는 그것이

군요? 행군하는 위치에 따라 버려도 되는 무기와 버려선 안 되는 무기
가 정해진 것도…….”

“바로 그런 것이다. 크레멘트의 추격을 염두에 둔 것이지.”

“…경께서는 그자가 마스터라는 것을 이미 알고 계셨습니까?”

“그런 걸 내가 어떻게 알겠나? 만일의 경우에 대비한 것이지.”

경외하는 시선으로 바라보는 부관의 눈빛에 렌베토는 울컥 짜증이
치밀었다.

“말해 두지만 우리가 상대하는 적에겐 할튼이란 마스터도 있단 말이
네.”

“그렇군요.”

렌베토의 치밀한 준비가 결국 우연이었다는 얘기였지만 부관은 여
전히 반짝이는 눈빛으로 자신의 상관을 바라봤다.

그때 다른 부관이 걱정스럽게 물었다.

“한데 우린 이제 어디로 가는 겁니까? 이대로 페로즈 성으로 가는
겁니까?”

그 질문에 렌베토는 선뜻 말을 꺼내지 않았다. 흔들리는 말 위에서
혼자 묵묵히 생각을 정리한 렌베토는 이윽고 결심한 듯 이를 악물었다.

“저들이 오늘 밤 대대적으로 습격을 해온 것은 페로즈 성 쪽에 무슨
일이 벌어졌기 때문일 것이다. 그러니 우리는 페로즈로 가지 않는다!”

“네?”

“에? 저, 뭔가 잘못 말씀하신 거 아닙니까? 이런 경우엔 ‘수도가 위
험하다! 어서 수도를 구원하러 달려가야 한다!’ 라고 해야 하지 않나
요?”

“멍청한 녀석. 패잔병이 가봐야 무슨 도움이 되겠나? 하지만 아직

싸움 한번 치르지 않은 군대가 있지."

"남쪽 평원의… 5, 6군단 말입니까?"

"그렇다. 아마 저들도 두 군단을 염두에 둔 채 움직이고 있겠지. 이만의 병력이라고 추정한 채 말이야. 하지만 거기에 우리가 가담한다면?"

렌베토는 다급하지만 그래도 마지막 승부수라고 생각했다.

처음부터 근위대를 나누지 않고 성을 지키고 있었다면 하는 아쉬움이 있었지만 지난 일은 지난 일이었다. 최악의 상황으로 치닫고 있지만 방해할 수 있다면 그렇게 해야 한다고.

렌베토는 결심했다.

하지만 그는 몰랐다. 그도, 그의 부관들도, 그가 속한 근위대의 지휘관들도 이때는 몰랐다. 멀지도 않은 시일에 렌베토의 후퇴 작전이 어마어마한 파장을 낳았다는 것을. 오직 치욕만을 가슴에 새기며 바이나르 평원 전투에서 살아남은 근위대는 적의 눈을 피해 자취를 감추었다.

에런버드 평원 북쪽.

그곳에 사만 명에 달하는 군세를 자랑하며 남하하고 있던 칼버딘 군단이 머물렀다. 그 반대 편, 남쪽 평원에 맥클리스가 이끄는 근위대 사만이 대치해 올 때까지 적어도 칼버딘 군단은 대적할 상대가 거의 없었다. 콘버드와 칼버딘을 가르는 관문은 단 천 기의 기병만으로 돌파했고 파죽지세처럼 콘버드의 전 영토를 짓밟았다.

그리고 그 칼버딘의 좌익을 담당한 적기사 곤라크는 콘버드의 동쪽 대지 칸트 숲 근처까지 군단을 휘몰아 성과 요새, 그리고 모든 마을을 굴복시켰다. 그리고 사임의 집결령을 받고 즉시 군대를 이끌고 에런버드로 달려왔다. 새로운 전투, 맥클리스가 이끄는 근위대와의 결전을 준비하기 위해서였다. 물론 우익을 맡아 서쪽 해안을 짓밟던 주브노 역시 에런버드 평원으로 왔기 때문에 현재 이곳엔 칼버딘의 전군이 모여 있는 셈이었다.

막 순시를 끝낸 곤라크는 자신의 막사로 들어갔다. 그리고 외뿔 장식의 투구를 벗었다. 투구 밑으로 금빛의 갈기머리가 빛을 발하며 곤라크의 얼굴이 드러났다. 햇볕에 그을린 갈색 피부, 사내다운 강인함이 어린 얼굴로 콧잔등에 긴 검 자국도 보였다.

수행하는 하인이 그의 곁으로 다가서며 조심스럽게 물었다.

"갑옷을… 벗으시렵니까?"

"그렇게 하게."

대답과 함께 곤라크는 한쪽에 놓여 있던 의자에 앉았다. 하인이 그의 뒤에서 갑옷을 벗기기 위해 연장을 꺼내 들었다. 이음새를 조이는 나사를 푸는 동안 잠자코 있던 곤라크가 물었다.

"이번 전투가 어떻게 될 것 같은가?"

"당연히 칼버딘의 승리로 끝날 것이라 생각합니다."

"그런가? 좋은 마음가짐이군."

당연한 대답이었지만 곤라크는 그를 탓하지 않았다. 하인으로서 주제넘은 답변을 한다는 것 자체가 이상한 것이니 말이다. 오히려 곤라크는 웃으며 그를 칭찬했다.

"이번 전투가 끝나고 영주께서 국가를 세우시면 내게 그만한 보답을 해올 것이다. 그럼 너에게도 충분히 돈을 내려주지. 그것으로 고향에 내려가 장사라도 하게."

"가, 감사합니다, 나리."

뜻밖의 말이라 생각했는지 대답하는 하인의 목소리가 떨렸다.

"아니, 괜찮네. 나를 보좌하는 것에 대한 보상이니 너무 부담스러워하진 말게."

말을 건네던 곤라크는 천천히 고개를 돌렸다. 막 그의 시선이 막사 입구로 향하는 순간 드리워진 천을 걷어내며 누군가 들어섰다. 그러나 곤라크는 이미 그가 누구인지 알고 있었다.

"어서 오십시오, 주브노 백작."

"놀랍군, 곤라크 경. 그대는 자신의 막사에서도 신경을 곤두세우고 있는 거요?"

"이곳은 전쟁터이니까요."

곤라크의 대답에 이은 주브노의 호탕한 웃음소리.

"전쟁터? 어디가 말이오?"

"남쪽에 근위대 사만 병력이 도착했다고 들었습니다만."

"오합지졸이지!"

곤라크의 말을 자르며 주브노는 큰소리쳤다.

"이쪽엔 그대와 나, 그리고 에스람 자작까지 마스터만 세 명이오. 게다가 아버지, 샤임 후작을 중심으로 똘똘 뭉쳐 있지. 하지만 저들은 어떻소? 마스터는 고작 맥클리스 하나에 자기들끼리 의견 충돌을 일으키고 있지 않나? 그야말로 상대할 가치조차 없는 것들이야!"

주브노의 호탕한 말에 곤라크도 슬쩍 미소를 지었다. 하지만 그에게 들리지 않도록 한숨을 쉬는 것을 잊지 않았다.

분명 그의 말대로 남쪽 평원을 차지한 근위대는 약했다. 곤라크가 몇 번에 걸쳐 살펴본 바에 의하면 정비되지 않은 허술함이 곳곳에 드러났다. 바로 그 총대장 맥클리스의 역량, 군대를 통솔하는 능력이 그 정도밖에 안 된다는 뜻이었다.

하지만 상대가 약하다고 해서 상대를 얕봐도 좋다는 얘기는 어느 군사학에도 없었다.

"이제 우리가 창을 들고 나서기만 하면 저들은 뿔뿔이 흩어질 게요! 두고 보시오!"

주브노의 말은 아직 끝나지 않았다. 오히려 자아도취에 빠져 더욱 목소리를 높였다.

"리저드의 군대는 벌써 페로즈 성에 도달했다고 하오. 물론 적들은 눈치 채지도 못한 사이에 말이야. 이제 전군 진격 명령이 떨어질 때만 남았소! 리저드의 애송이가 적의 심장부, 페로즈 성을 장악하는 동안 우린 에런버드 평원에 시체의 산을 쌓는 거야. 그리고 전군을 휘몰아 콘버드 성을 차지하고 위클리프로 들어가는 거지!"

그리고 흥에 겨워 다시 큼직한 웃음소리를 터뜨리는 주브노.

하지만 곤라크는 눈살을 찌푸렸다.

'그런 중대한 작전을 하인이 있는 곳에서 서슴없이 꺼내다니… 경망한 자로군.'

뇌두면 또 무슨 소리를 늘어놓을지 몰라 곤라크는 헛기침과 함께 질문했다.

"한데 무슨 일로 저의 막사를 찾으신 겁니까?"

"아아~ 그렇군. 앞으로 있을 전투에 대한 작전도 세울 겸, 장교들의 사기도 고양시킬 겸, 뭐 이런저런 이유로 술자리가 마련될 참이오. 곤라크 경도 참여하길 바라오."

'전쟁 중에 술이란 말인가? 샤임 후작도 주브노만큼이나 대책없는 자로군.'

생각은 그러했지만 대답은 정중했다.

"저는 북쪽에서 온 이방인 아닙니까? 그 자리는 칼버딘의 귀족들을 규합하는 것 같은데 저는 빠지는 것이 좋을 것 같습니다."

“무슨 소리를 하는 게요, 곤라크 경? 그대와 같은 충신이 빠지다니?”

그가 겸손함을 보이는 것으로 생각한 주브노는 재차 그를 설득했다.

“사실 우리 군을 이 정도로 정교하게 다듬은 것은 그대의 공이 아닌가? 돌격기병대라고 해도 사실 용병 패거리와 다를 바 없는 녀석들인데 자네의 훈련 덕분에 근위대에 버금가는 전투력을 지닌 것이지. 아버님도 그렇고 나도 그렇고 그대와 같은 인재를 맞아들인 것에 매우 만족하고 있네. 사실 말이지, 오늘 회합도 다 자네를 위해 마련된 자리라네. 그런데 자네가 빠지겠다니, 말이 되는가?”

이렇게까지 말하는데 거듭 사양할 재간이 없었다. 곤라크는 고개를 끄덕이며 그의 초대를 받아들였다.

“그럼 언제까지 가면 되겠습니까?”

“갑옷을 벗는 대로 곧장 오게나.”

“그리하겠습니다.”

선선히 곤라크가 응하자 주브노는 미소를 지으며 막사를 나섰다.

그의 모습을 지켜보며 곤라크는 미간을 찌푸렸다.

'페나인에는 이 정도로 인재가 없는 건가, 아니면 칼버딘에만 인재가 없는 건가?'

하인이 앞으로 돌아와 다리에 붙은 장갑을 벗기려 하자 곤라크는 얼른 받침대에 발을 올렸다. 그리고 짐짓 고개를 들어 천장을 바라봤다.

'군사학에 있어서 페나인 제일이라는 윌리엄 공작은 어떤 자일까? 그 아들 버나드 후작은 또 어떠한 자일지 궁금하군.'

솔직히 이곳에 온 이후로 곤라크는 대적할 만한 상대를 찾지 못했다. 검으로든 군사학으로든. 버나드에 버금간다는 칭송을 받고 있는 주브노였지만 곤라크가 봤을 때는 허점이 많은 자였다. 쉽게 이길 순 없을지라도 최소한 지지 않을 자신은 있었다. 아마 버나드에 버금간다는 것도 검뿐일 거라고 추측했다.

문득 예전에 주브노와 함께 콘버드의 공녀를 추격할 때 만난 흑기사 키렌이 떠올랐다.

'적어도 키렌이란 자는 군사학을 아는 자였어. 대군에 휩싸이고도 전혀 위축되지 않는 당당함, 그리고 소수의 병력을 운용하여 적재적소에 배치하는 기민함은… 과연 레스터인가!'

레스터 가문 중에서 그가 만난 사람은 키렌이 유일했다. 그리고 그의 통솔력을 보건대 레스터 가문의 저력을 짐작할 수 있었다. 젊은 키렌이 그러할진대 그 아버지 윌리엄이나 형 버나드는 또 어떠하겠는가!

그런 자들과 싸울 수 없다는 점에 곤라크는 괜히 침울한 기분에 빠졌다. 하지만 그것은 어디까지나 그의 감상적인 부분일 뿐이었다. 그리고 그런 감상에 빠져 자신의 본분을 잃을 정도로 곤라크는 어리석지 않았다.

"다 됐습니다, 나리."

하인의 부름에 정신을 차리며 곤라크는 자리에서 일어섰다. 그는 천천히 붉은색 갑주를 벗고 몸을 보호하는 의복을 벗은 후 젖은 수건으로 대충 얼굴과 몸을 닦았다. 어차피 가고 싶지 않은 자리였기에 그의 행동은 상당히 느렸다.

'하지만 가야겠지.'

속으로 그런 생각을 하며 곤라크는 하인이 내민 제복을 갖춰 입었다. 옅은 아이보리 색 셔츠 위로 갑옷만큼이나 붉은 외투가 걸쳐졌다. 외투 깃 사이로 셔츠와 같은 색상의 머플러로 포인트를 살린 그는 천천히 거울 앞에 자신을 비췄다.

건장한 체구에 잘 벌어진 어깨, 뒤로 넘긴 금빛 갈기머리는 곤라크의 모습을 한층 더 빛나게 했다. 곤라크는 슬쩍 거울을 쳐다보고는 곧 하인을 불렀다.

"망토."

기다렸다는 듯 하인은 안팎으로 붉은색으로 물든 망토를 건넸다. 외투 어깨에 달린 견장에 망토를 달고 검은 장갑을 끼는 것으로 곤라크는 기사의 정장을 갖췄다. 마지막으로 외투에 굵은 허리띠를 매고 그 옆으로 드래곤 본으로 만들어진 애검 '불꽃의 캇트바르겔'이 자리를 잡았다.

곤라크는 원래 북쪽 국가 마르덴에서 온 자였다. 캇트바르겔은 마르덴의 유명한 검이지만 원래 길이는 60~70 정도로 브로드 소드의 일종이다. 반면에 곤라크의 검은 길이 1미터 40으로 원래의 검보다 두 배에 가까웠다. 실제론 투 핸드 소드의 일종인 것이다. 하지만 곤라크는 외견이 캇트바르겔과 같다는 이유로 자신의 검에 '캇트바르겔'이란 이름을 붙였다. 레드 드래곤의 본이었다는 이유로 '불꽃'을, 그리고 캇트바르겔의 외견과 유사하다는 이유로 '캇트바르겔'이란 명칭이 붙어 그의 검은 '불꽃의 캇트바르겔'이란 이름이 붙은 것이다.

기사로서의 예식을 차리기 위해선 당연히 허리에 검을 차야만 했다. 설사 투 핸드 소드를 쓰는 기사라도 예를 차리는 자리를 위해 짧은 검 하나 정도씩 마련하는 이유가 바로 그것이었다.

문제는 곤라크의 검은 외견은 캇트바르겔과 같지만 길이는 투 핸드 소드와 같기 때문에 허리에 검을 찼을 때 검끝이 땅에 끌리게 된다는 점이었다. 물론 드래곤 본이기 때문에 최고의 강도에 비해 무게는 턱없이 가벼웠다. 실제 검과 비교해도 될 정도의 무게이기 때문에 걱정은 없지만 역시 길이라는 문제는 어쩔 수 없는 것이다. 게다가 곤라크는 자신의 애검을 놔둔 채 예식을 갖춰 입는 것을 매우 싫어했다.

결국 곤라크는 이 난관을 검집—검의 두께와 길이 때문에 실제의 검집과는 차이가 난다—중간을 허리에 매는 것으로 극복했다. 물론 전투를 시작할 때 허리 앞으로 툭 튀어나온 검자루를 잡기 위해 한 번 당겨야 한다는 단점이 있었지만 그는 전혀 개의치 않았다. 예식을 차리는 자리 이외엔 그는 검을 뒤로 차기 때문이다.

또 한 가지, 그의 비정상적인 검의 길이는 그를 항상 주목받게 했다. 등에 메어도 무거워 보일 정도의 대검을 허리에 차고—물론 그것은 드래곤 본이기 때문에 가능한 것이지만—또 앞뒤로 길쭉하게 튀어나온 대검은 그의 위용을 더욱 빛나게 했다. 그것이 곤라크의 의도는 아니었지만 보는 이로 하여금 절로 감탄을 금치 못하게 하는 것만은 사실이었다.

검을 집에 넣는다는 개념이 아닌, 검을 고정시킨다는 개념이 더 강한 검집을 허리에 묶고 그 안에 검을 넣은 후 곤라크는 짤막하게 입을 열었다.

"다녀오겠네."

"그럼 즐거운 만찬을 즐기십시오, 나리."

허리를 숙이고 종종걸음으로 하인이 막사 바깥까지 배웅을 나왔다.

곤라크는 억지로 걸음을 떼어 샤임이 있는 막사로 향했다. 물론 곁에서 보기엔 '무척이나' 늠름한 자세로.

곤라크가 막사로 돌아온 것은 새벽 동이 틀 무렵이었다. 성격에 맞지 않는다고 해서 권해오는 술을 마다할 수는 없었다. 그렇다고 취해서 비틀거릴 정도로 마신 것은 아니었다. 아무리 연회 분위기가 흥청

거림에 휩쓸려 분위기가 고조되었다고 해도 이곳이 전쟁터라는 것을 잊을 만큼 곤라크는 멍청하지 않았다. 그러나 약간의 취기였지만 충분히 그의 긴장을 완화시킬 정도는 되었다.

입구에 드리워진 천을 들춰내고 들어간 막사, 밤새 밝혀졌을 등불의 심지가 '파지직' 타는 소리와 함께 그를 반겼다. 이미 하인은 잠들었을 거라고 생각한 곤라크는 조금이라도 잠을 청할 생각에 자신의 침대로 향했다.

그리고 그 순간, 기분 나쁜 느낌을 감지했다. 그것은 결코 처음 느끼는 것이 아니었다. 몇 번에 걸쳐 느껴도 여전히 익숙해지지 않는 느낌, 그러면서 불쾌감에 얼굴이 절로 찡그려지는 그런 느낌이었다. 하마터면 '누구냐?' 라고 소리 지를 뻔한 충동을 억지로 참아내며 곤라크는 천천히 주변을 훑었다.

희미하게 느껴지는 피 냄새, 그리고 흐트러진 듯 미세하게 느껴지는 어떤 기척, 마나의 흐름.

곤라크가 가장 싫어하던 바로 그 느낌, 그 마나의 주인이 이곳 막사 어딘가에 왔다는 얘기였다. 그리고 미약하게 느껴지는 피 냄새로 짐작컨대 자신을 돌보던 하인은 필시 죽었을 것이 분명했다.

적이 아니란 것은 알지만 불쾌한 느낌이 드는 순간 곤라크는 술이 확 깨며 긴장했다. 그는 흐트러진 마나의 기운을 쫓아 시선을 돌리다 어느 한 점을 응시했다. 막사 한쪽, 등불이 비춰지지 않는 어두운 구석에서 조금 짙은 마나의 흐름이 느껴졌다.

"거기 있는 거냐?"

혼잣말 같은 곤라크의 목소리가 끝남과 동시에 아무것도 없던 구석에서 검은 형체가 바닥으로부터 솟아나듯 모습을 드러냈다. 얼굴부터 발끝까지 검은 천으로 온몸을 둘러싼 상대는 웅크린 그대로 곤라크에게 예를 취했다.

"섀도우 아미… 네가 왔다는 것은?"

상대의 정체에 대해 곤라크는 이미 알고 있었다. 그, 그리고 그들이 어떤 존재인지, 그리고 어떤 임무를 띠고 어떤 활동을 하는지에 대해서 상세히 알고 있었다. 그렇기에 그가 왔다는 것이 어떤 의미인지도 알고 있었다.

"모든 조사를 맞췄다는 것인가? …페나인에 대한?"

검은 형체는 어떤 대답도 하지 않았다. 마치 침묵이 자신의 본분이라도 되는 것처럼 수그린 자세를 유지했다.

순간 상대의 어깨가 살짝 떨렸고 온몸을 감싼 검은 망토 사이로 팔 하나가 쑥 나왔다. 그러나 그의 팔과 손 또한 검은 장갑을 끼고 있어 어둠 속에서 쉽게 구별이 가지는 않았다.

곤라크를 향해, 아니, 그의 발 앞, 바닥을 짚은 손이 천천히 움직였다. 느리지도 빠르지도 않게 그의 손이 움직였으며 어떤 하나의 문장을 써 내려갔다.

섀도우 아미가 말을 하지 않는다는 것을, 그리고 손으로 글자를 써서 대화를 한다는 것을 곤라크도 알고 있었기에 곧 그의 손을 주시했다.

—경계서 생각하는 그대로. 자료는 본국으로.

"본국과 연락한 것인가? 본국에선 뭐라고 했는가?"

섀도우 아미를 통해 소식을 듣는 것이 유쾌한 것은 아니지만 묻지 않을 순 없었다.

—본국 소환.

짤막한 단어 두 개.

하지만 충분히 곤라크는 알아들었다. 희미한 피 냄새를 통해서 이미 예측했기 때문이다.

새도우 아미가 나타났다는 것보다 새도우 아미가 누군가를 '암살' 했다는 것이 더 중요했다. 그것은 곧 이곳에서의 모든 작전이 종료되었다는 것을 의미했기 때문이다.

"그런가? 모든 준비가 끝났다는 뜻이로군."

혼자 중얼거리며 곤라크는 근처에 놓인 의자에 앉았다.

처음 올 때 검 하나만 달랑 가져왔던 그였다. 물건에 애착을 갖는 성격도 아니었고 본국으로 돌아가면 여기에서 쓰던 것보다 훨씬 좋은 것들을 창고 가득 쌓아두고 있는 그였다. 어느 것에도 미련이 가지 않았고 그렇기 때문에 왔을 때처럼 검 하나만 가지고 떠나면 그만이었다.

하지만 곤라크는 '임무 완수' 라는 만족감보다 뭔가 개운치 않은 감정, 바로 미련이라는 감정에 마음이 무거웠다. 정말 이 정도로 충분한 것인지에 대한 걱정과 제대로 전쟁 한번 치르지 못했다는 불만과 겨뤄볼 만한 상대를 찾지 못했다는 실망. 그런 복합적인 이유에 마음 한구석이 무거웠다.

천장을 응시하던 시선이 천천히 새도우 아미에게로 향했다. 여전히 새도우 아미는 미동조차 없었다.

"네 녀석이 페나인의 정보를 담당했느냐?"

―네.

한 치의 망설임도 없이 그의 손이 글자를 썼다. 그의 대답을 기다렸다가 곤라크는 미소를 지었다.

"그거 잘됐군. 하면 내가 몇 가지 물어도 될까?"

─불가능.

짤막한 대답. 물론 곤라크도 그 대답이 나올 것이라고 예측했다.

그의 대답을 지켜보며 곤라크는 속으로 눈앞의 새도우 아미가 조금은 융통성이 있는 녀석이길 바랬다. 적어도 새도우 아미가 목숨을 위협한다고 입을 열 정도의 녀석들이 아님을 알고 있었고 그렇다면 최소한 설득에 응할 정도의 융통성이 있기를 바랄 수밖에 없었다.

곤라크는 목을 가다듬으며 천천히 말했다.

"그대의 상관이 누구인지는 잘 알고 있다. 하지만 이곳, 페나인에 들어온 자들 중에 최고의 작위를 지닌 자는 바로 나다. 또한 페나인에서 있었던 모든 작전의 책임자이기도 하다. 이 말이 무슨 뜻인지는 너도 알 것이다."

새도우 아미의 대답을 기다리지도 않고 곤라크는 재빨리 말을 이었다.

"내가 맡았던 임무는 이미 오래전에 완료된 상태다. 샤임 후작은 반란을 시작했고 이제 곧 몇 번에 걸친 대전투를 마치면 페나인의 국력은 약화될 것이다. 하지만 내가 관련되지 않았던 작전도 몇 가지 있었지. 바로 너와 같은 새도우 아미가 맡았던 부분 말이다. 이번 작전에 투입된 자들 중에 가장 책임이 높은 사람으로서 철수하기 전에 몇 가지 묻겠다는 것이 잘못된 것인가?"

─제게는 대답할 권리가…….

"아, 좋다! 그런 건 아무래도 상관없어. 내가 궁금한 것은 네가 무엇을 어떻게 했는지가 아니라 현 페나인에 대한 정세에 관련된 것뿐이다. 너, 그리고 너희들이 본국에 올린 자료들 중에 몇 가지만 들었으면 한다. 그 정도는 상관없지 않은가?"

질문하는 곤라크의 심장이 쿵쾅거렸다. 꽉 막힌 녀석이라면 거절할 것이 분명했지만 조금이라도 융통성이 있는 녀석이길 바라는 마음에 그는 조바심을 내며 그의 손가락을 지켜봤다.

조금 시간을 끈 후에 새도우 아미의 손이 바닥을 미끄러졌다.

—질문하십시오.

순순히 물러선 새도우 아미의 태도에 곤라크는 다행이라고 생각했다. 그리고 재빨리 준비했던 질문을 시작했다.

"할튼은 어떤 군대이던가? 그 짧은 시간 동안 어떻게 5만의 돌격기병대를 자기 편으로 만들었지?"

—리저드 군의 주력은 3만의 오크.

"오크?"

—이외에 5만의 돌격기병단. 전원 언데드.

'언데드?'

언데드가 무슨 뜻인지 잠시 궁리하던 곤라크의 입에서 깊은 신음이 터졌다. 언데드란 말 그대로 죽은 자를 되살리는 것이 아니던가? 그렇다면 여름 내내 섬으로 들어갔던 모든 병사들이 어떻게 할튼의 부하가 되었는지에 대한 수수께끼도 풀리는 셈이었다. 또한 최소의 병력으로 윈저를 멸망시키고 레스터를 침공했으며 위클리프를 유린할 수 있었던 비밀도 알아챘다.

적어도 언데드 병사는 죽음을 두려워하지도 않을 것이고 죽지도 않으니 병력 손실도 적을 것이 분명했다. 그런 병사를 상대로 과연 어느 누가 싸울 수 있겠는가?

"그런가? 콘버드를 샤임에게 맡긴 것은 언데드 병사의 손실을 막겠다는 뜻이겠군. 할튼 리저드… 생각보다 영악한 자로군. 어쩌면……."

혼잣말처럼 중얼거리던 곤라크는 곧 가까운 시일 내에 두 사람의 전쟁이 어떻게 끝날지 예측할 수 있었다.

육대 공국이 합쳐진 연합 국가라고 해도 어차피 페나인은 왕국의 규모, 그렇게 큰 것은 아니었다. 샤임이든 할튼이든 그런 작은 나라를 반으로 쪼개 나눠 갖는다는 생각은 처음부터 없었을 것이다. 일단은 동맹으로 서로를 돕지만 거사가 끝난 후에 패권을 차지하기 위한 또 한 번의 전쟁을 치르는 것은 자명했다.

그리고 그 싸움에서 최후의 승자가 누구일지 곤라크는 짐작했다.

"페나인을 장악할 자는 할튼 리저드가 되겠군."

그렇다 해도 이제 곤라크와는 상관없는 일이었다. 샤임의 신임을 받고 있긴 했지만 그를 왕으로 추대할 생각도, 계속 그의 밑에 있을 생각도 없었기 때문이다.

다만 언젠가 페나인을 침공했을 때 샤임보다는 할튼이라는 녀석을 상대하는 것이 더 만족스러울 거란 생각에 괜히 기분이 좋아질 뿐이었다.

조금 밝아진 기분으로 곤라크는 다시 질문했다.

"근위대의 현황은 어떠한가?"

―1, 2, 3, 10군단은 콘버드. 5, 6, 8, 9군단은 위클리프. 4, 7군단은 레스터.

"4군단과 7군단이 아직 존재하는가?"

―네.

"호오? 근위대 중에서 최강 군단이라고 하더니 '과연'이라고 해야 하나? 아직까지 존재하고 있다니? 아니면 할튼의 역량도 그 정도에 불과하다는 건가?"

칼버딘 군과 리저드 군은 같은 동맹자로서 서로의 진군 계획에 대해 어느 정도 알린 상태였다. 칼버딘의 참모 자격으로 있기 때문에 곤라크도 리저드 군의 행로를 알고 있었다. 그리고 그 행로에 의하면 레스터에 들어간 근위대는 이미 전멸했어야 옳았다. 한데 아직도 근위대가 건재한다니 뭔가 석연치 않았다.

"레스터에 주둔하고 있는 근위대에 대해 상세히 말하라."

─근위대 전원 포란 성 주둔.

'과연 레스터에 주둔한 근위대는 전쟁이 시작되자마자 군대를 한곳으로 집결했구나. 그렇게 되면 할튼의 각개격파 작전은 성공할 수 없지. 게다가 레스터에서 가장 큰 포란 성이라면 쉽게 점령하기도 어려울 터. 작전 사령관이 누구인지 궁금하군.'

─4군단 참모 채프맨, 7군단 도널드 카일, 총사령관은…….

새도우 아미의 손가락을 지켜보던 곤라크의 눈이 갑자기 크게 떠졌다.

'총사령관?'

대체 근위대의 군단장에게 명령을 내릴 수 있는 인물이 누구란 말인가? 그런 의문에 곤라크는 의아했다.

─버나드 레스터.

"버나드 레스터?! 그가 돌아왔단 말인가?"

곤라크는 마음 깊이 놀람과 더불어 흥분이 감도는 것을 느꼈다. 원래 근위대장이었던 그라면 군단장들이 명령을 받을 만했다. 그리고 그라면 왠지 근위대를 이끌고 무너져 가는 페나인을 구할 수 있을 것 같았다.

"삼파전이 되겠군. 아니, 우선은 버나드의 근위대와 할튼, 샤임의 반란군의 대결 양상인가?"

하지만 곤라크가 생각하기에 버나드는 여러 가지 불리한 요소를 안고 있었다. 주력 근위대가 흩어진 상태였고 그는 근위대장에서 해임된 상태였으며 현재 레스터에 붙잡혀 있다는 점이었다. 그리고 무엇보다 버나드로도 어쩔 수 없는 일, 국왕이 암살당했고 왕자는 실종 상태라는 점이었다. 그것만은 제아무리 버나드라도 어떻게 할 수 있는 일이 아니었다.

문득 곤라크는 '나라면' 하고 생각했다.

자신이라면 이 상황에서 새로운 국왕이 되리라! 반란군을 제압하고 사라진 왕권을 대신한 새로운 국왕, 그것이 곤라크의 생각이었다.

'어쩌면 버나드는…….'

곤라크의 입가에 희미한 미소가 걸렸다. 분명 버나드의 생각 또한 자신과 크게 다르진 않을 것이란 확신 때문이었다. 그리고 버나드의 생각이 어떠하든 한 가지만은 확실했다. 지금의 근위대는 결코 무력하게 무너지지 않을 것이란 점이었다. 그렇게 되면 전쟁은 오래 끌게 될 것이고 페나인은 혼란에 빠질 것이며 국력은 매우 약화될 것이다. 그와 그의 조국이 바라는 점이 바로 그거였다.

곤라크는 자리에서 벌떡 일어났다. 그리고 섀도우 아미에게, 아니, 자신에게 말했다.

"가자, 조국 마르덴으로!"

누가 왕이 되든 그에겐 중요하지 않았다. 누가 끝까지 살아남는가에 대한 것도 그다지 중요하지 않았다. 다만 어느 쪽이 살아남든 상대할 만한 가치는 있을 거라고 기대했다. 그것을 준비하기 위해, 그는 이제 조국으로 돌아가는 것이다. 그의 원래 자리로.

"자, 이제 눈을 떠요."

"싫은데?"

"……."

오두막 내로 진한 황량함이 스쳐 지나갔다.

"무슨 뜻입니까, 왕자 전하?"

"이거 정말 저주가 풀린 건지 알 수가 없어서 말이죠."

"어, 아냐, 수요. 아니, 이젠 리처드 전하… 라고 불러야 하나요? 하여튼 저주는 풀린 것 같아."

레온의 말이 끝나기 무섭게 타바비아도 덧붙였다.

"그렇고말고. 아까보다 훨씬 멋져 보이는걸?"

그리고 이어진 한마디.

"대체 그 못생긴 얼굴로 변하고 싶었던 이유가 뭐야?"

"…평민처럼 보이니까요."

수요, 아니, 이제 저주가 풀린 리처드가 중얼거렸다.

"허! 이해가 안 가는군. 이 좋은 얼굴을 놔두고 그렇게 망가지고 싶었단 말야? 어이, 로딘. 넌 어떻게 생각해?"

"글쎄요. 높으신 분들의 생각을 제가 어떻게 알겠습니까?"

"흠……."

리처드의 입에서 낮은 신음 소리가 울렸다. 그리고 재차 확인하듯 그는 물었다.

"정말… 제 얼굴이 변했습니까?"

"물론입니다, 왕자 전하! 예전의 얼굴을 찾으셨습니다!"

키렌의 대답이 이어졌다.

하지만 리처드는 여전히 불안한 목소리였다.

"하지만 전에 저주에 걸릴 때의 느낌과 너무 달라서요. 그땐 약간 현기증이 있었는데… 아무런 느낌도 없으니 불안하군요."

"그 말 지금 무슨 뜻이죠?"

기분 나쁜지 애드리엔느의 뾰족한 목소리가 오두막을 울렸다.

"내 실력을 못 믿겠다는 뜻인가요?"

리처드가 그렇게 말한 것도 아니건만 혼자 열받은 애드리엔느는 더욱 언성을 높였다.

"좋아요! 그럼 원래대로 해놓도록 하죠!!"

"전하! 어서 눈을 뜨시옵소서!!"

정말 그렇게 할까 봐 걱정된 키렌이 황급히 소리쳤다.

마지못해서라기보다는 애드리엔느의 분노한 기색이 더 두려운 리처드가 슬며시 눈을 떴다. 그의 두 눈동자에 오두막의 풍경이 잡혔고 뒤이어 사람들의 모습이 눈에 들어왔다. 커다란 덩치의 키렌이 감격하여 글썽거리는 모습도 보였고 레온의 당황한 모습도 보였다. 분을 참지 못해 어깨로 숨을 쉬는 애드리엔느의 모습과 골드 슬라임 가족, 로이니스, 에르다몬, 엘리샤와 드워프 타바비아의 멀뚱한 얼굴, 그리고 멀찌감치 않아서 입가에 미소를 짓고 있는 로딘의 얼굴이 마지막으로 그의 눈에 잡혔다.

리처드는 시야에 잡힌 사람들의 놀랍다는 표정에 다소 안심했지만 그래도 여전히 불안했다. 문득 그는 카프 왕조 특유의 머리색이 떠올랐다. 특이하게도 리처드의 가문은 붉은 머리색을 지닌 인물이 많았다. 물론 리처드 역시 붉은 머리칼을 지녔다. 만약 저주가 풀렸다면 머리색도 정상으로 돌아왔을 거라고 그는 생각했다.

천천히 손을 들어 머리를 만지려던 그는 움찔 놀랐다. 전과 다른, 고생이라곤 거의 해보지 않은 것 같은 곱상한 손이 그의 시야에 잡혔다. 머리를 만지려던 그는 물끄러미 자신의 손을 바라봤다. 자신의 것임에도 불구하고 익숙지 않은 느낌… 몇 개월 만에 대하는 손에 대한 그의 첫 느낌이었다. 그리고 그는 두 번째로 안도했다.

손을 들어 머리카락을 쓸어 내리자 예상대로 붉은 머리카락이 그의 눈에 들어왔다. 세 번째 안도, 그리고 확실히 저주가 풀렸다는 확신이 들었다. 그래도 확실하게 확인을 해보고 싶다는 마음에 천천히 시선을 돌리며 리처드는 중얼거렸다.

“거울… 없을까?”

“없어요.”

애드리엔느의 매몰찬 대답과 함께 모든 시선이 그녀에게 향했다. 그 시선에는 ‘여자 맞아?’ 라는 깊은 뜻이 담겼다. 순간 그녀의 볼이 발강

게 달아오르며 더듬거리듯 외쳤다.

"여, 여긴 원래 내가 사는 곳이 아니란 말이에요! 다, 당연히 거울이라든가 빗이라든가, 하여튼 잡다한 생활필수품을 갖다 놨을 리 없잖아요!"

"에? 여기 누나 집 아니었어요?"

레온의 질문에 마치 구원이라도 받았다는 듯 애드리엔느는 얼른 그를 향해 활짝 웃었다. 예의 '오호호호호~' 하는 웃음과 교태스런 손동작을 보인 후 그녀는 당연하다는 듯 대답했다.

"사람은 사람과 살아야 당연한 거 아냐? 세상 어느 누가 이런 외진 곳에서 혼자 살겠어? 그런 바보가 세상 천지에 있겠느냐고?"

그녀의 외침에 골드 슬라임 세 명의 머리에—물론 머리가 곧 몸통이며 또한 다리지만—굵은 땀방울이 맺혔다. 그들의 반응을 보건대 세 명이 바로 '그런 바보' 임을 짐작한 일행이었지만 어느 누구도 입에 담지는 않았다.

그때 애드리엔느가 슬쩍 키렌을 바라본 후 레온에게 물었다.

"어머, 동생. 여긴 누추해서 손님 접대하기가 좀 힘들 것 같은데 우선 집으로 가는 게 어떻겠어?"

움찔.

그러나 레온은 그녀가 조금 전 밖에서 했던 말, '형수가 될 수 있도록 눈치껏 도와라!' 라는 말을 잊지 않았다. 레온은 미안함을 가득 실은 눈빛으로 키렌을 바라본 후 애드리엔느에게 대답했다.

"좋은 생각이에요, 누나. 갑자기 차가 한잔 마시고 싶네요."

"어머, 동생~ 목이 말랐던 모양이야."

그리고 또 한 번의 '오호호호호~' 와 하늘거리는 손동작.

"자, 그럼 갈까요?"

천진난만(?)한 목소리로 제안하는 그녀였지만 곧 키렌이 반발했다.

"잠깐만. 호의는 감사합니다만 저희는 매우 급하니 서둘러 떠났으면 합니다."

"어머? 그게 무슨 말씀이세요? 설마 지금 이대로 떠나자는 말인가요?"

"아무래도 걱정이 되니까요. 시간이 많이 흘렀으니 어떤 상황인지도 모르겠고 또 칼버딘의 반란 소식도 빨리 전해야 대책을 마련할 수 있을 테니까요."

흐음, 하고 애드리엔느는 그를 빤히 바라봤다.

"가는 데 얼마나 걸릴까요?"

"서둘러 간다면 일주일이면 될 거라고 생각합니다. 올 때와 달리 이곳엔……."

키렌은 따스한 눈길로 리처드를 바라봤다.

"왕자 전하께서 계시니까요. 가는 길에 스고우 성에 들러 카르디프 후작의 지원도 받을 수 있을 겁니다. 그리고 대로를 따라 남하하여 관문을 지날 테니 올 때보다 시일이 덜 걸릴 거라고 생각합니다."

"하루로 단축할 수 있다면?"

그녀의 질문이 무슨 뜻인지 몰라 키렌은 곧바로 대답하지 못했다. 그러나 그녀가 페나인 제일의 마법사라는 것을 금방 떠올렸다.

"워프를 말하는 겁니까? 하지만 워프라 해도 며칠 시간이 걸리지 않을까요?"

"며칠?"

이번엔 마법사인 애드리엔느가 의아한 얼굴이 되었다. 그때 한쪽에 오밀조밀 모여 있던 골드 슬라임 중에 하나가 입을 열었다.

"원래 공간 이동 마법은 크게 세 가지로 나뉠 수 있어. 마법의 계열을 나눌 때 땅, 공기, 물, 불의 4원소로 나누는 것처럼 각각의 계열마다 공간 이동 마법이 존재하지. 아, 하지만 불 계열은 파괴력에 주력한 탓에 공간 이동 마법이 없지. 공간 이동 마법, 워프라고 해도 각 계열에 따라 주문과 성능은 다른 법이야."

"뭐죠, 할아버지? 그럼 내가 아는 주문과 다른 것이 있다는 뜻인가요?"

약간 불쾌한 듯한 애드리엔느의 시선에 로이니스의 얼굴에 땀방울 하나가 맺혔다.

"그야 당연하지. 세상에 마법의 종류가 얼마나 많은데? 게다가 고위 마법사들은 항상 연구를 하기 때문에 마법의 수는 계속 증가하게 마련이야. 모든 마법을 다 배울 수는 없는 거란다, 얘야."

"그러니까 '최강의 마법' 어쩌고 하던 건 거짓말이었다는 뜻이네요?"

사악한 미소와 함께 로이니스를 움켜쥐는 애드리엔느, 반면에 로이니스는 얼굴 가득 수두룩한 땀방울이 맺혔다.

"최, 최, 최강의 마법이라는 얘기와 모든 마법이란 건 차, 차, 차이가 나지 않느냐? 최강이 아니란 얘긴 하지 않았어!"

그의 궁색한 변명을 듣고 잠시 생각하던 애드리엔느는 슬쩍 미소와 함께 로이니스를 자신의 어깨에 얹었다. 성질 같아선 당장 벽을 향해 집어 던지고 싶었지만 키렌 앞에서 그런 추태를 보일 순 없다고 생각한 것이다. 그리고 속마음과 다르게 화사한 미소를 남발하며 그녀는 로이니스에게 질문했다.

“그럼 제 마법이 최강이긴 한가요? 솔직하게 얘기해 줘요. 이제 곧…….”

그녀의 시선이 살짝 키렌에게 닿았다가 레온에게 흘렀다. 움찔움찔 몸을 떠는 두 사람을 바라보며 사악한 내용을 가득 담은 미소로 그녀는 마저 질문했다.

“밖으로 나간다는 것을 염두에 두고요. 진실은 곧 밝혀질 테니까요.”

“솔직하게 말하면…….”

“좋아요. 솔직하게!”

“세상의 마법 중에서 네게 가르친 것은…….”

“으흠!”

“땅 계열이다.”

“네네, 알아요. 그래서 능력은 어느 정도?”

언제라도 벽을 향해 던지겠다는 의지를 가득 담은 사악한 손길이 로이니스의 몸을 더듬었다. 그러나 로이니스는 태연한 목소리로 대꾸했다.

“땅 계열 마법에 있어서 난 적수를 만나본 적이 없다. 아니, 순수하게 하나의 계열을 마스터한 마법사를 만나본 적도 없지. 그리고 대부분의 마법사들은 나와 차원이 달랐다. 장담하건대 넌 최강이야.”

“정말?”

“그럼!”

만족했는지 애드리엔느의 손길이 멈추었다. 그리고 키렌을 돌아보며 싱긋 미소를 지었다.

“들었죠? 난 최강의 마법사라는 얘기?”

“네? 아, 네, 잘 들었습니다.”

“이 정도면 충분히 도움이 되지 않겠어요?”

“그, 그렇군요.”

“그러니까 잠시 집에 들렀다 가요. 저도 여행 준비라는 걸 해야 할 테니 말이에요.”

“그렇군요.”

수긍한 듯 키렌이 고개를 끄덕이자 애드리엔느는 얼른 지팡이를 꺼냈다. 그러자 키렌이 다급하게 그녀에게 말했다.

“아참, 계곡 밖에 일행이 있습니다. 그들도 데려가야 하는데…….”

“어머, 그래요? 그럼 그곳부터 들러서 함께 집으로 가면 되겠군요.”

두 번의 워프를 해야 한다는 키렌의 걱정을 그녀는 단숨에 일축했다. 그리고 지팡이 끝을 바닥으로 향한 후 주문을 암송했다.

“워프.”

모두가 들을 수 있는 목소리로 짤막하게 외친 순간 그녀가 가리켰던 바닥 위로 둥근 원이 생겼다. 투명한 광채가 마치 기둥처럼 바닥으로부터 솟아났고 애드리엔느는 자랑스럽게 모두에게 말했다.

“이것을 사용하는 방법은…….”

“오! 정말 오랜만에 타보는 워프로군!”

그러나 타바비아가 그녀의 말을 자르고 냉큼 광채 속으로 걸어갔다. 하얗게 빛나는 둥근 원을 밟는 순간 그의 몸은 오두막에서 자취를 감추었다.

로이니스의 짤막한 설명이 있긴 했지만 한 번도 접해보지 못한 신기한 워프에 일행은 감짝 놀랐다.

“우와? 이건 마법진 같은 거 그릴 필요도 없는 건가요? 그냥 저 원을 밟으면 되는군요?"

감탄한 레온이었지만 이미 애드리엔느는 김이 빠진 상태였다. 자랑스럽게 설명하려는데 벌써 타바비아가 몸소 이용법을 보여줬으니 실망한 것이다. 그러나 애드리엔느는 애써 태연을 가장하며 말했다.

"그래, 그냥 원을 밟으면 돼. 글렌 계곡 주변의 기운은 모두 알고 있으니 틀림없이 입구로 연결되었을 거야."

그녀의 설명에도 모두는 의심하는 얼굴로 둥근 원을 바라봤다. 그러나 호기심덩어리 레온은 달랐다. 키렌이 붙잡을 새도 없이 달려들듯 원을 밟았다.

하얀 기둥에 그의 몸이 완전히 들어갔을 즈음, 레온은 빙글 몸을 돌리며 리처드에게 외쳤다.

"그럼 잠시 후에 봐!"

"그래, 곧 따라가지."

벌써 사라진 레온에게 싱긋 미소로 대답하며 리처드도 빛의 기둥으로 걸어갔다. 그가 움직이자 키렌도 어쩔 수 없다는 듯 걸음을 옮겼다. 물론 구석에 처박히듯 앉아 있던 로딘도 몸을 일으켜 워프를 탈 준비를 했다.

다음날 아침, 언덕 위의 하얀 집은 다소 부산스러웠다. 전날 온 마을을 돌아다니며 인사를 한 애드리엔느는 의외로 간소한 짐을 챙기는 것으로 여행 준비를 마쳤다. 스고우 령을 몰래 지나다니느라 제대로 쉬지 못했던 일행도 하룻밤을 편하게 지낸 덕에 피곤을 씻어냈다.

저녁 내내 거울을 바라보며 기쁨에 겨워하던 리처드는 물론 레온과 키렌 형제, 그리고 로딘과 타바비아와 친위대의 거너와 알란도 달콤한 휴식을 취했다. 그리고 아침부터 새로운 여행을 위한 준비를 마치고 거실에 모였다.

그러나 거실은 상당히 시끄러운 상태였다. 한쪽에 가지런히 모여 침묵하고 있는 일행과 달리 애드리엔느는 중앙에서 힘차게 외쳤다.

"계곡에서 얌전히 기다리라니까 왜 말을 안 듣는 거예요?"

그녀의 말에 대꾸하는 이들은 바로 슬라임 가족이었다.

"심심하게 그곳에서만 있으라니 너무하구나, 애드리엔느."

"그래, 맞아. 간만의 여행인데 우리도 좀 끼워주려무나."

"안 돼요! 어제 저들이 하는 얘기 못 들었어요? 전쟁 중이라고 하잖아요! 지금 놀러 가는 게 아니라고요!"

"그러니까 더 더욱 가야지! 우리 딸이 전쟁에 나간다는데 부모로서 따라가는 건 당연하지 않으냐?"

"게다가 우린 분명 도움이 될 게다. 넌 마력은 충분하지만 경험적인 면에선……."

"시끄러워요! 그 따위 핑계 대지 말라고요!"

애드리엔느의 윽박지름에 골드 슬라임 셋이 동시에 말문이 막혔다. 그러자 로이니스가 애처로운 시선으로 타바비아를 바라봤다.

"이보게, 자네가 설득 좀 해주게."

"음, 로이니스님의 경험은 확실히 인정할 만하죠. 이봐, 아가씨. 괜찮다면……."

"안 괜찮아요!"

"헛!"

동시에 타바비아의 말문도 막혔다.

"세상 구경을 해보고 싶어~!!"

에르다몬의 외침이 이어졌다.

골드 슬라임 가족이 여행에 따라가겠다고 우기는 것과 애드리엔느의 거절. 아침부터 옥신각신하는 가족 싸움을 지켜보며 키렌의 신경은 바짝 곤두섰다. 이대로라면 하루를 넘겨도 전혀 얘기가 진전될 것 같지 않아 걱정이 앞선 그가 중재를 위해 한 걸음 나섰다.

그의 행동을 눈치 챈 로이니스가 얼른 입을 열었다.

"이보게, 젊은이. 우리가 따라간다면 여러 가지로 도움이 될 거네. 애드리엔느뿐만이 아니라 다른 것에도 말이야. 아참, 얘기했었나? 난 언데드에 대해서도 일가견이 있다네."

순간 키렌의 몸이 움찔했다.

그리고 재빨리 머리를 굴렸다. 지금 포란 성에 있는 일행 중에 언데드에 대해 제대로 알고 있는 사람은 없었다. 보아하니 애드리엔느는 마력은 뛰어났지만 경험적인 측면은 적을 것 같았다. 나이도 젊었고 세상 경험도 적었으니 아무래도 세 골드 슬라임의 도움이 필요할 거란 생각이 들었다. 그는 마음속으로 그들을 데려가기로 결정했다.

"애드리엔느님, 괜찮다면 모두들 데려가는 게 어떻겠습니까? 한가족인데 같이 여행을 가면 좋지 않을까요? 그리고 로이니스님과 저희 증조부 에드워드님의 친분도 있고 하니 말입니다."

그렇게 말하며 키렌은 골드 슬라임 하나를 친근한 눈길로 바라봤다. 그러자 골드 슬라임의 머리에 굵은 땀방울 하나가 맺혔다. 뒤에 있던 타바비아가 헛기침과 함께 자그맣게 중얼거렸다.

"그분은 에르다몬이네."

"헛! 죄송합니다. 모두 똑같이 생겨서 구분을 잘 못하겠군요."

"어머? 그게 무슨 말씀이에요? 이렇게 서로 다르게 생겼는데 어떻게 구분을 못할 수 있죠?"

애드리엔느는 입을 삐죽거리며 중얼거렸다. 당황한 키렌이 재차 변명했다.

"제 눈엔 모두 똑같이 보여서요."

"하지만 타바비아는 구분하잖아요."

"그야… 드워프는 눈썰미가 뛰어나니까 그렇지, 아가씨."

머리를 긁적이는 타바비아.

이윽고 더는 못 기다리겠다는 듯 리처드가 앞으로 나섰다.

"마법사 애드리엔느, 우린 급한 사람들입니다. 되도록 빨리 출발했으면 합니다."

"알았어요, 알았다고요!"

신경질적으로 대답한 애드리엔느는 자신의 가족을 노려봤다. 그리고 로이니스를 타바비아에게 건네고 에르다몬과 엘리샤를 자신의 양어깨에 얹으며 말했다.

"되도록 장식품인 것처럼 행동해요. 괜히 이상한 일에 얽히고 싶지는 않단 말이에요!"

슬라임 가족이 '그래그래' 하고 기쁘게 그녀의 부탁을 받아들이는 동안 애드리엔느는 일행을 바라봤다.

"자, 그럼 이제 돌아가는 것부터 생각할까요?"

지팡이를 꺼내 거실 바닥을 가리키며 애드리엔느는 미안한 표정을 지었다.

"근데 전 레스터 성으로밖에 못 가요. 할아버지로부터 전수받은 마력 중에 레스터 성 주변의 땅에 대한 기운은 있지만 다른 것은 없으니까요. 우선 거기까지 가는 것으로도 괜찮겠지요?"

"거기까지 한 번에 갈 수 있단 말입니까?"

그녀 나름대로 미안해서 꺼낸 말인데 일행은 놀라운 표정이었다. 몇 백 킬로나 떨어진 거리를 공간 이동할 수 있다고 해도 글라디우렌 계곡에서 레스터 성까지는 적어도 대여섯 번의 워프는 해야만 했다. 한데 지금 애드리엔느는 그 거리를 단번에 갈 수 있다고 하지 않는가?

키렌은 물론 모두들 '그 정도로 충분해요' 라는 황송한 표정을 지었다. 그때 타바비아가 불쑥 나섰다.

"기왕이면 카네비스 산으로 먼저 갔으면 하는데, 아가씨? 거기도 가능하겠지?"

"물론 가능해요. 한데 거긴 왜요?"

느닷없는 타바비아의 제안에 애드리엔느는 물론 일행들 모두 의아했다.

"우선."

타바비아의 시선이 어깨 위의 로이니스에 이어 레온에게 향했다.

"두 번째 맹약을 갱신하는 게 좋을 것 같은데? 기억하고 있겠지, 레온? 첫 번째 맹약을 맺은 후에 도움을 주겠다던 둔 족장의 말을 말이야."

그러자 로이니스도 당연하다며 날개를 파닥였다.

"드워프의 도움을 받을 수 있다면 그건 정말 행운이야. 특히 '용감한 드워프 족' 이라면 더 말할 필요도 없지."

"하지만 결정하는 건 할아버지가 아니라고요!"

매몰차게 대꾸하며 애드리엔느는 키렌을 바라봤다. 그러자 키렌은 정중하게 리처드를 바라보며 의향을 물었다. 리처드의 시선이 잠깐 레온에게 머물렀다가 고개를 끄덕였다.

"난 괜찮을 것 같은데. 어때, 레온? 네 생각은?"

"어, 음……."

머리를 굴리던 레온은 문득 일전에 타바비아와 다니엘의 대결 장면이 기억났다. 드워프 중에서도 타바비아는 특별한 존재겠지만 적어도 둔 족장의 말로는 굉장한 능력을 지닌 것만은 확실했다. 그들의 도움을 받을 수 있다면… 더 생각할 필요도 없었다.

"좋아. 우선 카네비스 산에 들렀으면 좋겠어요, 누나."

"알았어. 동생의 생각이 그렇다면."

그리고 예의 웃음과 손동작.

거실 한복판에 빛의 기둥이 솟구쳤다. 차례를 지켜서 일행은 그 원으로 걸어 들어갔다.

그들이 도착한 곳은 빛 하나 들어오지 않는 캄캄한 곳이었다. 갑자기 어두워진 탓에 일행은 긴장하여 주변을 살폈다. 제일 먼저 눈에 띈 것은 발 밑에 금빛으로 그려진 마법진이었다. 보통의 마법진이 아닌 거의 연병장 크기의 마법진이 그려져 있었고 그들은 그 중앙에 서 있었다.

"여긴 어디죠?"

레온이 주변을 살피며 물었다. 그러나 대답한 이는 애드리엔느가 아니라 로이니스였다.

"여긴 오래전에 카네비스 산에서 살았다는 드래곤의 레어네. 동굴이지."

"여길 나가면 드워프들이 살고 있는 마을이 바로 보일 거야."

타바비아도 덧붙여 설명했다.

"카네비스 산의 기운은 여기를 중심으로 기억된 거로군요?"

이어진 애드리엔느의 질문에 로이니스는 날개를 파닥였다.

"아아, 그런 셈이지. 여긴 여러 가지로 의미가 있는 곳이어서 말이야."

"대륙을 횡단하는 대규모 워프에 쓰기 위한 거니까 마법진이 준비된 거지."

씁쓸한 듯 타바비아의 대꾸가 이어졌다. 문득 궁금해진 리처드가 질문했다.

"내가 알기론 워프는 좌표 이동으로 알고 있는데 애드리엔느는 그런 방법을 사용하지 않는 것 같군요? 대체 어떤 방식인 겁니까?"

"좌, 좌표 이동?"

영문을 모르겠다는 애드리엔느의 말투였지만 얼른 에르다몬이 대답했다.

"좌표 이동을 하는 것은 물 마법 계열의 워프 방식으로 공식 명칭은 텔레포트라고 합니다. 텔레포트는 짧은 거리를 이동할 때 유용한 것으로 마나 소모가 적고 캐스팅 속도가 빠르며 연속적으로 사용할 수 있다는 장점이 있습니다. 하지만 원거리 이동이 불가능하고 많은 사람을 이동시킬 수 없다는 단점이 있습니다."

"어머, 당신! 전에도 설명했잖아요? 요즘은 텔레포트도 마법진을 이용해 원거리 이동이 가능하다고요."

"하지만 마법진이 없으면 소용이 없잖소? 게다가 마나 소모가 극심하고 자칫 좌표가 잘못되기라도 한다면 다른 차원에 갇히거나 소멸될 수도 있지. 위험천만한 기술이야. 텔레포트를 그렇게 발전시킨 마법사가 누구인지 모르겠지만 위험한 발상을 했어."

"하면 지금의 워프는 위험하다는 겁니까?"

"물론입니다, 왕자 전하."

"하지만 땅 마법의 워프는 다르지. 바로 포탈 말이야. 그건 아무리

멀어도 땅의 기운을 기억하고 있다면 포탈을 열 수 있거든. 게다가 몇 백 몇천의 인원을 옮길 수도 있고 말이야."

로이니스의 자랑스러운 말이었지만 이내 애드리엔느가 반박했다.

"그 땅의 기운이라는 게 문제잖아요? 자연적인 것이 아닌 인공적인 것, 그러니까 사람의 손이 닿은 건물, 그것도 엄청나게 큰 것들만 가능하니까요."

"어흠, 어흠."

"하지만 굉장한 것 같아요, 누나. 몇천 몇만을 한 번에 옮길 수 있다니……."

"오호호호호~ 동생, 바로 그걸 내가 할 수 있단다."

애드리엔느의 자랑스러운 웃음소리, 하지만 거녀가 고개를 갸웃거렸다.

"하지만 글라디우렌 계곡은 사람의 손이 거의 닿지 않았잖아요? 한데 어떻게 우리가 있던 곳으로 올 수 있었죠?"

"내 땅이니까!"

당연하다는 듯한 그녀의 말이었지만 모두들 이해를 못한 채 버벅댔다. 그러자 로이니스가 대신 설명했다.

"땅의 기운을 기억하는 것은 어려운 작업이네. 자연적일수록 더 그렇지. 하지만 천연적인 장소라고 해도 익숙한 곳이라면 포탈을 열 수 있네. 우리와 애드리엔느는 그곳에서 살다시피 했으니 당연히 글라디우렌 주변의 기운에 익숙하지 않겠나?"

"아, 그렇군요."

그제야 이해를 한 일행이 머리를 끄덕였다.

그때 마법진 너머에서 우렁찬 소리가 들렸다.

"이봐, 언제까지 거기서 속닥대고 있을 거야?"

깜짝 놀란 일행이 그쪽을 바라보며 긴장하자 얼른 타바비아가 앞으로 나섰다.

"놀랄 것 없어. 족장이 마중을 나온 것 같군."

우렁찬 고함에 이미 둔임을 알아본 레온도 서둘러 외쳤다.

"언제 왔어요?"

"오늘쯤 올 거라 예상했었지!"

뒤이어 둔의 호탕한 웃음소리가 들리고 어둠 속에 허리까지 수염을 드리운 드워프가 나타났다. 그는 일행을 살펴보다가 깜짝 놀라며 타바비아의 어깨 위에 앉아 있는 로이니스에게 물었다.

"어째서 골드 슬라임이 셋이나 되었지? 에르다몬은 어디에 있는 거야?"

"저 여기 있어요!"

뒤이은 에르다몬의 대답, 그러자 둔은 알겠다는 듯 애드리엔느를 바라보며 고개를 끄덕였다.

"그럼 당신이 로이니스의 손녀인가? 내가 모르는 사이에 마법 전수가 또 한 번 있었던 모양이군."

"그래요, 제가 할아버지의 손녀 애드리엔느라고 해요."

"그렇군. 만나서 반갑네."

둔의 시선이 슬쩍 레온에게 향했다.

"그래서 우정의 맹약은?"

"네, 잘 맺었어요."

흘깃 애드리엔느를 바라보며 레온은 시원스럽게 말했다. 그러자 둔의 수염이 흔들리며 커다란 웃음이 동굴을 메웠다. 그는 한쪽을 가리키며 앞서 나갔다.

“좋아, 여기서들 얘기할 게 아니라 밖으로 나가자고. 보여줄 것도 있고 말이야.”

넓은 안과 달리 입구로 갈수록 좁아지는 동굴을 벗어나니 곧바로 드워프 마을이 나타났다. 그러나 드워프 마을은 평상시와는 다른 분주함이 보였다. 특히 레온의 눈에 들어온 것은 마을 광장에 놓인 검은 물체였다. 둥근 기둥을 비스듬하게 세운 것 같은 형상의 그 물체는 족히 마차에 버금갈 정도로 컸으며 또한 철로 만들어진 것이었다.

“대포… 로군요?”

제일 먼저 대포를 알아본 이는 바로 키렌이었다. 그는 뉴카슬 협곡에서 적군의 대포를 박살 낸 장본인이었기 때문에 광장 한가운데에 놓인 대포를 제일 먼저 알아본 것이다.

“저게 대포야?”

레온도 깜짝 놀라며 다시 한 번 대포를 바라봤다.

“그래, 저게 대포지. 레온이 돌아간 후에 우리도 할 일이 별로 없어서 말이야.”

둔은 자랑스럽게 말했다. 그리고 대포 옆을 가리켰다.

“저것이 굴착기. 우리가 사용하는 것이지. 실험해 봤는데 사용 가능한 것 같더군.”

“한 대만 만들었습니까?”

“그래, 우선 시험용으로 한 대만. 쉽게 운반할 수 있는 게 아니니까. 하지만 만드는 데 그리 오래 걸리진 않을 거야. 물론 충분한 철과 화력, 그리고 인원이 들어가야 하겠지만.”

특히 인원이란 부분을 강조하며 둔은 마을 쪽으로 걸음을 옮겼다.

레온은 마을 광장에 놓인 대포 이외에 전과 다른 것이 있음을 눈치 챘다. 그것은 분위기였다. 뭔가 흥분된 긴장감 같은 것이 마을에 팽배했고 복장도 매우 달랐다. 언뜻 타바비아와 비슷한 갑옷과 도끼로 중무장한 드워프들이 여기저기에 보이는 것이, 흡사 전투에라도 나갈 태세였다.

드워프 마을을 한 번이라도 와봤던 사람들은 레온과 같은 느낌을 받았다. 또한 한 번도 와보지 못했던 사람들도 갑작스러운 전투 분위기에 당황했다. 그런 그들이 둔을 따라 광장을 메운 드워프들을 헤치며 걸어갔다. 둔이 멈춘 곳은 대포와 거리가 좀 떨어진, 바로 둔의 오두막 앞이었다.

그는 오두막을 가리키며 일행에게 말했다.

"소개할 녀석이 있네."

"녀석이라니요. 이제 저도 한 종족을 책임지고 있단 말입니다."

"그래 봐야 애송이지."

"너무하십니다, 둔 족장."

퉁명스러운 어조였지만 맑고 청량한 음성이 오두막에서 들렸다. 그리고 뒤이어 문이 열리며 드워프보다 훨씬 가냘프고 훨씬 키가 큰 누군가가 나타났다.

햇볕에 반사되어 눈부신 금빛 머리칼이 이마를 살짝 가렸고 호수보다 깊고 푸른 눈동자는 빨려들 듯한 느낌이 들 정도로 아름다웠다. 상아보다 흰 살결과 조각된 듯한 얼굴, 그러나 귀는 뾰족한 것이 사람의 것과는 달랐다.

"오랜만이야, 애르피자."

타바비아의 굵직한 음성에 일행들은 깜짝 놀라 정신을 차렸다. 갑자기 나타난 아름다운 사내가 바로 그 유명한 '위대한 엘프 족' 임을 알아채고 놀란 것이다. 물론 그 시선엔 여자보다 아름다운 그의 모습에 도취되었던 것도 있었다.

반면에 애르피자는 자신을 바라보는 시선이 익숙하기 때문인지 어색한 표정 하나 없었다. 오히려 사람들의 얼굴을 살피다가 로딘을 발견하곤 활짝 웃는 여유를 보였다.

"이번 가을엔 오지 않았지, 로딘?"

애르피자가 말한 것은 가을마다 벌어지는 위대한 엘프 족과 캐러디안 숲 사람들 간의 활 쏘기 시합이었다. 그리고 그 기간에 로딘과 캐러디안 숲 사람들은 하이렌을 구해서 산채로 피신했던 때이기도 했다.

잠시 기억을 더듬던 로딘은 곧 고개를 끄덕였다.

"전쟁이 시작되어 갈 새가 없었습니다."

"음, 둔 족장에게 들었네. 인간들 사이에 전란이 시작된 모양이더군. 자네도 참가하나?"

"일단은 저도 인간이니까요."

"그런 시끄럽고 복잡한 것엔 끼지 않는 게 좋아."

알고 하는 말인지 모르고 하는 말인지 모르겠지만, 애르피자의 말에 전쟁 당사자인 리처드와 키렌들은 눈살을 찌푸렸다.

반면에 애르피자는 전혀 개의치 않은 채 레온을 빤히 바라봤다.

"당신이 에드워드의 마지막 증손자?"

"네, 그래요. 레온이라고 합니다."

"예상보다 어리군요. 맹약을 계승할 준비는 되었습니까?"

"맹약의 계승은 족장이 있어야 할 텐데?"

로이니스의 질문에 애르피자는 슬쩍 웃었다.

"잊었습니까? 제가 파티에 참가했던 이유는 마지막 시험을 치르기 위해서였다는 것을 말입니다. 우여곡절이 많기는 했지만 결국 전 무사히 세상을 여행하고 돌아왔고 이제 '위대한 엘프 족'을 책임지는 족장에 올랐습니다."

"못 보던 사이에 꽤 많이 진급했군."

"진급이 아니라 책임이랍니다, 로이니스."

둘의 대화를 듣고 있던 레온이 고개를 끄덕였다.

"맹약이 여섯 개라는 얘기는 들었어요. 그럼 애르피자님께서 세 번째 맹약의 주인이십니까?"

"그런 셈이죠. 둔 족장의 연락을 받고 벌써 며칠째 이곳에서 당신을 기다렸습니다."

대답하던 애르피자의 눈빛이 가늘게 떨렸다.

"맹약을 갱신하겠습니까?"

"좋아요."

"잠깐!"

문득 리처드가 레온을 제지하고 앞으로 나섰다. 그는 뭔가 기대에 찬 시선으로 애르피자를 바라봤다.

"만약 맹약을 갱신하게 되면 위대한 엘프 족도 우리를 도와 전투에 참가할 수 있습니까?"

"그건 거부합니다. 우리는 조용히 숲에서 살아가는 종족, 결코 어떠한 일이 있어도 인간들의 전쟁에 참가할 생각은 없습니다."

"하지만 맹약을 갱신하지 않으면 곤란한 것은 그대들일 텐데?"

리처드는 능글맞게 웃으며 애르피자를 떠봤다. 순간 애르피자의 얼굴이 굳어지며 그를 쏘아봤다.

"너는 누구지? 건방지게 맹약에 대해 논할 자격이 너에게 있는가?"

"건방진 것은 그대인 것 같군. 이분은 페나인 왕국의 유일한 왕자이며 또한 실질적인 왕권 계승자란 말이오!"

키렌이 나서서 외쳤다.

얼핏 그를 바라본 애르피자가 피식 웃었다.

"마스터로군."

그리고 애르피자는 주위를 훑어보다가 로딘에게 물었다.

"만일 여기서 싸움이 일어난다면 넌 누구 편을 들 생각이지?"

순간 키렌의 얼굴이 벌겋게 변했다.

자신의 실력을 간파당했다는 것보다 상대가 자신보다 로딘을 더 두려워한다는 이유가 더 기분 나빴던 것이다. 그러나 위대한 엘프 족을 상대로 '승부' 운운할 만큼 키렌은 무모하지 않았다. 게다가 애르피자는 레온과 맹약을 맺을 상대, 잘만 하면 아군으로 얻을 수 있는 자였다.

"적과 아군을 구별할 수 없을 정도로 어리석은 분은 아니라고 생각합니다만, 애르피자."

적절한 로딘의 대꾸에 애르피자는 '하하' 하고 웃었다. 그의 웃음에 험악해질 뻔했던 분위기가 금세 바뀌었다.

그러나 여전히 애르피자는 호의적인 입장은 아니었다. 그는 리처드와 키렌에게 단호하게 자신의 입장을 설명했다.

"맹약은 어디까지나 에드워드의 마지막 증손자와 우리 일족 간에 이루어지는 것입니다. 맺든 안 맺든 외부의 누가 간섭할 문제는 아니죠. 게다가 손해 보는 쪽이 결코 우리만은 아닐 것이라는 점, 미리 얘기하고 싶군요."

"하지만……."

이런 흥정이나 교섭 쪽은 자신의 성격과 맞지 않는다는 것을 떠올리며 리처드는 얼굴을 찌푸렸다. 문득 '알이라면…' 하고 생각했지만 지금 그는 이곳에 없었다. 리처드는 마지막 희망이라도 되는 듯 애드리엔느를 바라봤다. 글렌 계곡에서 그녀가 했던 말이 리처드가 믿을 수 있는 유일한 근거였기 때문이다. 바로 '내가 맹약을 맺지 않으면' 어쩌고 하며 타바비아를 위협했던 것을 리처드는 기억했다.

"레온이 맹약을 맺지 않으면 곤란하지 않습니까? 분명 애드리엔느는 그렇게 말했습니다."

"물론 그렇지요, 인간의 왕자. 하지만 곤란한 것은 우리만이 아닙니다. 분명히 말하건대."

애르피자의 눈빛이 고요하게 빛났다.

"맹약을 전승하는 모든 당사자가 곤란할 것입니다. 우리 위대한 엘프 족은 물론, 용감한 드워프 족과 기타 다른 종족도 곤란할 것입니다. 그리고 당연히 마법사 로이니스의 후손과 기사 에드워드의 후손도 곤란에 처할 것입니다. 우리는 어떤 위험천만한 것으로부터 자신을 지켜야 한다는 공통된 목적을 갖고 있습니다. 우리들의 맹약에는 그런 의미가 있는 겁니다. 어느 일족이 누군가의 종이 되는 것이 아니라 어떤 위험에 맞서기 위한 것, 그것이 우리들의 맹약이며 계승 의식인 것입니다."

'이해하겠습니까? 라는 친절한 미소를 지으며 애르피자는 모두를 둘러봤다.

하지만 그의 설명을 들은 레온과 키렌은 더욱 황당한 얼굴로 바뀌었다. 키렌은 물론 세이버의 주인인 레온은 아직까지도 그 위험에 대해서 들은 바가 없기 때문이었다. 도대체 어떤 위험이기에 엘프 족, 그리고 드워프 족과 동시에 맹약을 맺어야만 하는지 레온은 이해가 가지 않았다. 하지만 한 가지 확실한 사실, 그것이 결코 쉽게 생각할 것은 아니란 점이었다.

"저어, 근데 대체 그 위험이란 뭐죠? 저는 아직까지……."

"들은 바가 없다는 뜻입니까?"

"네."

'저런' 하고 혀를 차며 애르피자는 타바비아를 바라봤다. 그의 어깨가 움츠러드는 것과 먼 산을 바라보며 시선을 외면하는 둔의 모습, 그리고 땀방울을 흘리는 로이니스를 바라본 후에 그는 한숨을 쉬며 애드리엔느에게 시선을 돌렸다.

"당신은 알고 있겠지요?"

"그럼요, 알고말고요. 마력 전승과 더불어 기억도 이어받았으니까요."

"그거 잘됐군요."

"오호, 떠넘기겠단 뜻인가요, 귀찮은 일은?"

생긋생긋, 미소를 짓는 애드리엔느였지만 애르피자 역시 만만치 않은 엘프였다.

"네."

아무것도 아니란 듯한 그의 표정에 기가 막혔는지 애드리엔느의 얼굴이 확 구겨졌다.

"이봐요! 반반한 얼굴과 달리 나이는 엄청 고령의 할아버지!"

그러나 애드리엔느의 반박은 또다시 애르피자에게 막히고 말았다.

"당신은 레스터 가문의 마법사이지 않습니까? 다른 누구보다 당신이 설명하는 것이 가장 합당하다는 내 생각, 틀렸다고는 생각지 않습니다만?"

"그건 할아버지였지 내가 아니잖아요!"

"우정의 맹약에는 또 다른 모종의 규정이 있었던 것으로 아는데?"

순간 애드리엔느의 얼굴이 발갛게 변했다. 오호, 하고 승리의 미소를 지으며 애르피자는 확실하게 못을 박았다.

"그러니까 그 얘기는 당신이 전하는 것으로 하지요."

"무슨 얘기인가요, 누나?"

확실한 낙찰에 이은 레온의 독촉. 하지만 애드리엔느는 그 엄청나고 끔찍한 일에 대해 설명하고 싶지 않았다. 그렇다고 얘기하지 않고 넘어갈 수는 없겠지만 지금 이 순간은 그저 피하고 싶었다. 그녀에게 있어 가장 중요한 것은 '결혼'이었지 결코 그 어떤 '위험'이 아니었다.

애드리엔느는 화사한 미소를 지으며 레온의 어깨를 토닥였다.

"나~중에 아주 나~중에 설명해 줄게. 아, 그래! 전쟁이 끝난 후에 들어도 괜찮을 거야. 그렇지 않니, 동생?"

순간 모여 있던 사람들 모두 움찔거리며 더 듣고 싶은 궁금증이 사라지는 것을 느꼈다.

그리고 그 순간을 놓치지 않고 애르피자는 말을 이었다.

"자, 서로 바쁜 처지에 있는 것 같은데 빨리빨리 일을 진행시켰으면 좋겠군요."

둔이 나섰다.

"레온, 맹약을 갱신하겠는가?"

고개를 까닥이는 것과 동시에 레온이 한 발짝 앞으로 나섰다. 그리고 허리춤에서 카논의 세이버를 검집째 뽑아 그 중간을 쥐고 둔에게 내밀었다. 검집 가장 안쪽 보석이 연한 녹색으로 빛났고 그것을 확인한 둔과 애르피자의 눈빛도 밝게 빛났다.

애드리엔느에게 배웠던 대로, 그리고 그녀와 맹약을 계승했던 방식으로 레온은 둔을 향해 또박또박 말했다.

"카논의 세이버 앞에서 에드워드 레스터 후작의 마지막 증손자, 나 레온 레스터는 맹약을 계승할 것을 약속합니다. 그리하여 나 레온이 이 검의 새 주인임을 여러분에게 밝힙니다."

동시에 타바비아가 엄숙한 표정을 짓고 앞으로 나섰다.

"카논의 세이버 앞에서 타바비아의 이름으로 나와 나의 일족, '용감한 드워프 족'은 '땅의 맹약'을 지킬 것을 맹세합니다."

두 번째 보석이 검은색에서 갈색으로 바뀌었고 이어 애르피자의 맹세가 끝나자 세 번째 보석도 투명한 물빛으로 변했다.

이미 애드리엔느와 맹약을 계승하는 의식을 치렀기 때문에 보석의 색이 변하는 것이 처음은 아니건만 레온은 마냥 신기한지 세이버를 뚫어져라 쳐다봤다.

한편 한시름 덜었다는 표정으로 애르피자는 모두를 둘러보며 밝게 웃었다.

"이제 조금 안심이 되는군요. 이렇게 맹약을 맺게 되니 말입니다. 그 멍청한……."

"애르피자!"

둔의 호통에 애르피자는 황급히 입을 다물었다. 그리고 어색한 미소를 지으며 둔에게 사과했다.

"미안합니다, 둔 족장."

"그렇게 험한 꼴을 당하고도 말버릇은 여전하군."

가벼운 둔의 핀잔이었지만 애르피자는 진저리를 치며 얼른 떠날 준비를 했다. 그리고 곧 작별 인사를 건넸다.

"그럼 다음에 다시 볼 수 있기를."

그의 마지막 말이 끝나는 것과 동시에 그는 자취를 감추었다. 그리고 순간 레온과 키렌, 로딘의 눈이 숲으로 향했다. 놀랍다는 듯 키렌이 소리쳤다.

"마, 마스터였잖아?"

"몰랐어요, 형?"

"내가 마스터인 것을 한눈에 알아보기에 상당한 실력의 정령사라고 생각했는데… 저건 거의 잔상을 능가하는 수준이잖아?"

"카네비스 산 최강입니다."

로딘의 설명에 키렌은 더욱 입을 벌렸다. 키렌은 로딘을 바라보는 시선에 '당신도 쳐서?'라는 뜻을 담았고 로딘은 고개를 끄덕이는 것으로 답했다. 그러자 키렌의 눈동자는 더 더욱 커졌다.

키렌은 혼잣말처럼 중얼거렸다.

"이거… 승부하지 않은 게 천만다행이군. 버나드 형이나 카슨 형보다 더 강한 자가 있을 거라곤 생각지도 못했어."

"저 정도는 약과죠, 키렌 경."

느닷없이 애드리엔느가 한마디 했다. 무슨 뜻인가 의아하여 그녀를 바라보던 키렌이 움찔 몸을 떨었다. 어느새 그의 곁에 다가온 애드리엔느는 화사한 미소와 그윽한 눈길로 키렌을 바라보고 있었다.

"곧 저 건방진 엘프보다 더 뛰어난 검사가 생길 테니까요."

"그게… 무슨 뜻이지요?"

"에드워드님의 후손이라는 것 하나만으로도, 당신도 레온도 충분히 그럴 자격이 있다는 뜻이에요."

그녀의 말이 무슨 뜻인지 이해할 수는 없었지만 키렌은 상당히 복잡한 심경이었다. 자신들이 알지 못하는 가문의 내막이 있다는 것도 그렇고 자신들이 알지 못하는 위험이 있다는 것도 그렇다. 그러나 무엇보다 키렌의 심정이 복잡한 것은 언제인가부터 그의 곁에서 달라붙다 시피 하며 자신의 존재감을 떨치는 애드리엔느 때문이었다.

"괜찮다면……."

전혀 괜찮지 않은 얼굴로 키렌은 더듬거리며 말했다.

"이제 레스터 성으로 떠났으면 합니다만."

"그럼요. 당연하지요, 키렌 경."

그리고 애드리엔느는 둔을 바라보며 명령하듯 말했다.

"자자, 어서 레스터 성으로 떠날 드워프를 모아 오세요. 안 그러면 우리끼리 떠날 테니까요. 그럼 상당히 오랫동안 걸어야겠지요? 그게 싫다면 어서어서 서둘러요!"

그리고 얼마 지나지 않아 드워프 마을엔 기묘한 광경이 시작되었다. 백 명의 드워프가 차례를 기다리며 줄을 서서 빛의 기둥으로 달려드는 그런 모습이. 그들 모두 빛 속에 몸을 담았고 순식간에 레스터 성문 앞 으로 워프되었다.

왕자의 저주를 풀기 위해 북쪽으로 여행을 떠났던 그들.

세 명의 마스터, 레온과 키렌과 로딘.

두 명의 크루세이더, 거너와 알란.

한 명의 드워프, 타바비아.

그들이 이제 막 도착했다. 왕자의 저주를 푼 것은 물론 또 다른 원군 을 데리고 돌아온 것이다. 바로 '땅의 마법사' 애드리엔느와 '용감한 드워프 족' 백 명과 함께.

  굳이 마스터가 아니더라도 계속되어 온 전투, 그것도 죽은 자들과의 비정상적인 전투를 연일 치렀다면 신경이 극도로 예민해질 수밖에 없었다. 전투가 없는 한낮이라도 을씨년스럽고 독기 서린 안개가 하늘을 가득 메우고 있다면 편히 쉰다는 것조차 힘들 터였다. 그렇기 때문에 포란 성의 분위기는 소란스러움과는 전혀 다른, 그것은 결코 고요함 따위로 표현할 수 없는 정적과 적막에 휩싸였다. 그래서인지 갑작스럽게 성의 남문이 열리는 소리에 모두는 민감하게 반응했다.

  백작부의 집무실에서 새우잠을 자고 있던 버나드도 예외는 아니었다. 잠결에 미세하게 들린 성문 여는 소리에 그는 잠을 깼다. 창문 넘어 안개를 뚫고 성을 밝히는 희뿌연 빛을 보며 아직 한낮이라는 것을 의식한 버나드는 안도했다. 적어도 성문은 적에 의해 열린 것이 아니라 수비대에 의해 의도적으로 열린 것이 분명했기 때문이었다.

그리고 '성문이 열렸다'라는 뜻은 '성에 누군가 들어왔다'라는 단순한 결론을 도출한 버나드는 곧 자리에서 벌떡 일어섰다. 그와 동시에 집무실의 문이 열리며 찰스가 뛰어 들어왔다.

"그들이 왔습니다."

성문에서부터 뛰어왔는지 찰스는 숨을 헐떡였다.

버나드로선 기다리고 기다렸던 소식이었다. 만약 모든 일이 그의 예상대로 전개된다면 지금 도착한 사람들은 현재의 전쟁 상황을 단번에 바꿀 수 있었다. 그래서인지 질문하는 버나드의 목소리가 가늘게 떨렸다.

"그들… 그들 일곱 명 모두… 무사한가?"

"네? 일곱 명이라니요? 예정대로 한 명… 아니, 둘만 도착했습니다."

"둘?"

의아한 찰스의 대답이었지만 버나드의 얼굴은 더욱 의아하게 바뀌었다.

"둘이라니? 대체 누구와 누구를 말하는 것인가?"

"다니엘과……."

순간 듣고 있던 버나드의 얼굴이 일그러졌다.

"스레이가 도착했습니다."

낮은 한숨과 함께 버나드는 고개를 끄덕였다. 그제야 지금 성으로 들어온 자가 어디에서 온 것인지 깨달은 것이다. 더불어 남문을 수비하던 찰스가 집무실에 들어왔다는 것도 알아챘다. 만약 버나드가 기다렸던 사람들이라면 성의 북문을 통해 들어왔을 것이고 분명 도널드가 소식을 알려왔을 것이다. 버나드가 기다리는 사람들, 그들은 바로 리처드의 저주를 풀기 위해 북쪽으로 떠났던 키렌과 레온 일행이었다.

기대와 어긋나기는 했지만 그렇다고 어렵게 성을 벗어났다가 막 돌아온 그들을 원망할 수는 없는 노릇이었다. 버나드는 찌푸렸던 얼굴을 펴고 찰스에게 물었다.

"그래서 그들은 지금 어디에 있는가?"

"아마 성문을 통과했을 테니 지금쯤 이곳으로 오고 있을 겁니다."

"알겠네. 몸 상태는 어떻던가?"

"안개를 뚫고 들어온 것치고는 건강한 것 같았습니다. 안개 속에서 그리 오래 있지는 않았을 테니까요."

"그런가? 우선 만나보도록 하지."

대꾸하던 버나드는 문득 그들이 떠났던 이유를 기억해 냈다.

예정대로라면 하이렌과 제프, 키리모아들은 남쪽에 잔류하고 스레이만 돌아오기로 했었다. 비록 다니엘이란 짐(?)덩어리가 붙기는 했지만 하이렌을 포함하여 나머지 일행이 오지 않았다는 것은 남쪽으로 떠났던 목적을 이루기 위해서일 것이 분명했다. 바로 푸노란 마을 사람들을 안전한 곳으로 피신시키기 위함이라는 것을 기억해 낸 버나드는 약간 흥분했다.

남쪽으로 떠났던 일행들은 포란 성에서도 정예, 마지막으로 남았던 마스터와 세 명의 크루세이더, 그리고 정령사로 이루어졌으니 설사 어떤 위험에 처해도 단둘만 살아 돌아오진 않았을 것이다. 단둘만 돌아왔다는 것은 즉, 그들은 푸노란 마을 사람들과 합류했고 목적을 달성하기 위해 남았다는 얘기였다. 그리고 버나드가 주목한 것이 바로 이 대목이었다.

그 오랜 시일 동안 푸노란 마을 사람들이 버틸 수 있었던 이유, 분명 알과 다니엘이라면 그 비밀을 풀었을 것이란 기대와 지금 도착한 두 사람이 그것을 알아왔을 것이라고 버나드는 기대했다.

그는 조금 흥분한 어조로 찰스를 바라보며 물었다.

"그들은 비밀을 알아왔을까?"

찰스 역시 그런 생각을 했던 것인지 곧 질문에 대답했다.

"잘 모르겠습니다만… 그러기를 바라고 있습니다."

"어서 만나봐야겠군."

서둘러 걸음을 옮기려던 버나드는 곧 이어 문이 열리며 들어서는 일단의 무리에 멈췄다.

그들은 바로 다니엘과 스레이를 선두로 한 근위대의 천기장들이었다. 다소 흥분한 기색이 역력한 그들은 한낮의 휴식을 마다하고 수비하던 곳에서 달려온 것이 분명했다. 다들 이 넌더리나는 전투를 단번에 끝낼 수 있는 비책을 다니엘이 가져왔기를 기대하는 눈빛이었다.

하지만 모두의 기대에 찬 시선을 한 몸에 받으며 다니엘이 꺼낸 첫마디는 투덜거림이었다.

"대체 뭡니까, 이 안개는?"

잔뜩 찌푸린 얼굴로 다니엘은 버나드에게 짤막한 목례를 취했다. 그리고 곧바로 자신이 성에 들어와 느낀 점을 토로하기 시작했다.

"우리가 자리를 비운 것은 겨우 열흘밖에 안 되는데 그사이 이렇게 많이 바뀌다니… 설마 아무도 그걸 눈치 채지 못한 것은 아니겠죠?"

"…뭐가 말인가?"

한참 후에 대꾸한 도널드를 바라보며 다니엘은 경악하여 외쳤다.

"아니, 정말 모른단 말입니까? '뭐가?' 라니요? 이 짙은 안개 말입니다. 이젠 아예 해를 가렸잖아요? 독기가 성에까지 침투해 곳곳이 독에 물들었는데 그걸 눈치 채지 못했단 말입니까? 이대로라면 성이 붕괴되는 것은 시간문제라고요! 아마 밤에 치르는 전투를 버틴다고 해도 어느 한순간에 전염병이 돌아 전멸할지도 모르는 상황이란 말입니다!"

다니엘의 외침이 끝나자 모두의 얼굴빛이 바뀌었다.

얼른 스레이를 쳐다본 버나드는 그의 고개가 끄덕여지는 것에 깊이 절망했다. 성에 있는 사람들은 조금씩 퍼지는 독기를 눈치 채지 못했겠지만 지금 성에 들어온 두 사람은 달랐다. 적어도 떠날 때와 돌아왔을 때 변한 상황을 쉽게 알아챌 것이다.

'물리적인 공격만을 염두에 뒀었는데… 이런 방법도 있었군.'

속으로 중얼거리며 버나드는 애써 태연하려고 노력했다.

만약 다니엘의 말대로 독기가 심각할 정도로 많이 퍼졌다면 포란 성이 전멸하는 것은 그리 오래 걸리지 않을 것이다. 어쩌면 북으로 떠났던 일행이 도착했을 때 아무도 살아남지 못할 수도 있었다. 하지만 버나드는 희망을 버리지 않기로 결심했다.

이제는 정말 시간을 다투는 문제가 되었지만 포란 성이 전멸하기 전에 키렌과 레온들이 도착할 수 있다면—물론 그들이 온다고 해서 상황이 바뀌지는 않겠지만—그것으로 한 가닥 희망은 남을 것이라고 기대했다. 리처드의 저주가 풀렸다면 적어도 포란 성의 궤멸과 페나인의 멸망은 전혀 별개의 것이라고 버나드는 계산했다.

'그리고 아직… 카르디프 후작이 있으니까. 수도에 남은 근위대 팔만을 카르디프 후작이 지휘하게 된다면 희망이 아주 없는 것은 아니지.'

그렇게 생각을 정리한 버나드는 문득 들려오는 소리에 정신을 차렸다.

“무슨 일이 있어도 성을 빠져나가야 합니다. 이대로 계속 남는다는 것은 전멸을 금치 못할 것입니다. 그렇지 않습니까?”

놀랍게도 아직까지 다니엘의 투덜거림은 끝나지 않았다.

그리고 그의 연설에 벌써 몇몇 천기장들은 솔깃하여 그의 주장을 받아들일 기세였다. 하지만 현재의 상황을 제대로 파악하고 있는 찰스가 차분하게 반박했다.

“지금으로썬 성을 나간다는 것은 그대로 멸망하겠다는 것밖에 안 되네. 지금 포란 성에 있는 주민들은 어쩌란 말인가? 그들과 병사, 모두 합쳐 12만에 달하는 인원이야. 게다가 이곳은 산간 지대, 남쪽과 달리 평야도 아니란 말이네. 행군의 어려움은 고사하고 한나절 만에 그들을 피신시킬 성조차 없어. 설사 무사히 안개를 뚫고 나간다고 해도 밤이 되면 들이닥칠 적들을 무슨 수로 막겠다는 건가?”

“그렇다고 여기서 맥 놓고 죽음을 기다릴 수도 없지 않습니까?”

“누가 맥 놓고 죽음을 기다렸다는 건가?”

발끈하는 찰스였지만 다니엘의 기세도 만만치 않았다.

“사람들이 독에 버틸 수 없을 때는 이미 늦게 됩니다. 전혀 움직일 수 없게 될 거란 말입니다. 지금이 아니면 기회는 없을지도 모릅니다.”

“그만! 그만 하게!”

듣고 있던 버나드가 벌컥 소리치자 모두들 입을 다물고 버나드를 바라봤다.

머리가 지끈거리는지 버나드는 관자놀이를 지그시 눌렀다. 물론 다니엘의 말이나 찰스의 의견 모두 타당성이 없는 것은 아니었지만 적어도 지금은 그런 논의를 할 때가 아니었다. 우선은 바깥의 상황을 알아보고 그 다음에 앞으로의 일을 정하는 것이 순서였다.

다니엘의 걱정하는 마음은 알지만 그는 분명 그 순서를 어긴 셈이었다. 그리고 버나드는 속으로 '역시 저 녀석은 골칫덩어리야'라고 중얼거리는 것을 잊지 않았다.

그는 고개를 들어 다니엘을 노려보며 외쳤다.

"누가 저놈 좀 가둬!"

"대, 대장……!"

황당한 듯 다니엘의 눈동자가 커졌다.

"내가 부를 때까지 근신하도록! 명령이다!"

버나드의 일갈에 다니엘의 눈동자가 더욱 커졌다. 하지만 이내 풀이 죽은 모습으로 그는 방을 나섰다. 물론 다니엘은 아무 이유 없이 화를 낼 버나드가 아님을 알고 있지만 자신의 주장이 틀렸다는 생각은 들지 않았다. 하지만 지금은 일단 시간이 흐른 후 버나드가 좀 더 상황에 대해 파악해야만 해결될 문제였다. 그리고 방을 나서는 다니엘은 그가 알고 있는 대로 명철한 버나드라면 곧 자신을 다시 부를 것이라고 생각했다.

다니엘이 집무실을 나서자 버나드는 금세 스레이를 노려봤다. 움찔, 몸을 떨며 스레이가 움츠린 채 그를 마주 보았다.

"저 녀석은 뭐 하러 달고 온 건가?"

"……?"

질문의 뜻을 쉽게 짐작하지 못한 스레이는 결국 그를 데려올 수밖에 없었던 이유를 그대로 설명했다.

"다니엘 경이 꼭 따라오겠다고 했고 하이렌 백작께서도 반드시 데려가라고 하셔서… 무엇보다 요정의 말은 두 사람 정도는 거뜬히 태울 수 있으니까요."

"하이렌이? 알 만하군."

버나드는 고개를 내저으며 중얼거렸다. 아마 하이렌도 그를 감당할 수 없어 이쪽으로 보낸 것이라 짐작한 버나드는 곧 화난 기색을 거뒀다. 다니엘이 엉뚱하긴 해도 바보는 아니었다. 적어도 그곳보다는 이곳에 있는 것이 더 유용할 수도 있다고 버나드는 애써 밝은 쪽으로 생각을 전환했다.

조금 부드러워진 시선으로 버나드는 다시 스레이를 바라봤다.

"그래, 갔던 일은 잘 해결되었는가?"

"네, 푸노란 마을 사람들은 모두 무사했습니다. 일단 하이렌 백작과 제프, 키리모아가 그곳에 남아 사람들을 지키고 있기로 했으며……."

"아, 됐네. 자네 혼자 돌아왔다는 것만으로도 충분히 상황은 짐작할 수 있네."

손을 들어 스레이를 제지한 후 버나드는 기대에 찬 눈빛으로 다음 질문을 이었다.

"한데 그들이 살아남을 수 있었던 이유는 뭐였나? 물론 그걸 알아왔겠지?"

"네, 그들이 살아남은 이유는……."

문득 스레이는 푸노란에서 만난 파운 허드슨에 대해 전해야 할까 생각했지만 곧 그만두기로 했다. 푸노란 마을이 버틸 수 있었던 이유 중에 그의 존재도 한몫했지만 크게 중요한 것은 아니라고 판단한 까닭이었다.

"바닷물이었습니다."

"……?"

"언데드는 바닷물이 몸에 닿으면 몸이 오그라들면서 녹아버립니다.

그것이 푸노란 마을이 언데드 오크를 막았던 비밀인 것 같습니다."

"……!"

스레이의 답변을 듣고 모두 감탄한 눈빛이었다. 설마 그렇게 간단한 방법으로 언데드를 퇴치할 수 있었다니 하고 눈빛을 발했고 도널드는 한술 더 떠 크게 외치기까지 했다.

"바다 건너 모스 섬에서 온 녀석들이 바닷물이 약점이었다니! 정말 아이러니한 일이로군요! 사령관 각하, 이제 전투를 승리로 이끌 수 있겠습니다."

"음, 스레이의 말대로 녀석들이 바닷물에 완전히 녹아버린다면 그야 말로 손쉽게 전쟁을 이길 수 있겠군. 물론 한 가지 문제가 더 추가되지만."

"한 가지 문제라니요?"

버나드에게 반문하는 도널드였지만 대답은 찰스에게서 나왔다.

"레스터에 퍼진 오크만 일만, 그리고 포란 성을 공격하는 돌격단도 족히 칠팔 천은 되지 않나? 그것들을 녹이려면 엄청난 해수가 필요할 텐데 대체 어디서 구하지? 평범한 들판이라 해도 수송이 불가능할 텐데 이 산간 내륙 지방을 말이야."

찰스의 대꾸에 감탄하던 천기장들의 얼굴이 금세 노랗게 변했다.

스레이가 알아온 정보는 분명 유용했다. 지금까지 어떠한 대책도 마련하지 못했던 점에 비한다면 획기적인 것은 분명했지만 결국은 쓸 수 없는 책략이라는 점이 문제였다.

"찰스 경의 말대로 그것만은 어쩔 수 없군. 결국 바다에 인접한 성이 아니면 저들을 막을 수 없다는 얘기가 아닌가?"

덧붙이는 버나드의 음성은 담담했지만 기대가 깨진 것이 못내 아쉬운 듯했다. 그러나 아무런 단서도 없는 것보다 낫다는 생각에 그는 조금 밝아진 표정으로 모두를 둘러봤다.

"우선은 성의 경비를 강화하고 버티는 수밖에 없을 것 같네."

"하지만 다니엘의 말도 있지 않습니까? 이대로 버티는 것은……."

"우선, 이라고 했네. 성을 탈출하는 것은 좀 더 세심한 주의를 기울여야 해. 다니엘의 말대로 이곳에 남아 있는 것도 위험하지만 아직 벗어날 방법이 없는 것도 사실. 하지만 조만간 어떻게든 결판이 나겠지."

'좋은 쪽은 아닐 것 같습니다만?' 하고 반문하려던 도널드는 말을 꺼내지 않았다. 그, 그리고 모두는 버나드의 침착함이 결코 포기가 아니라는 것을 어렴풋이 짐작했다. 속내를 비치지는 않았지만 버나드의 계산에 아직 승산이 있다는 것을 눈치 챈 것이다.

그것이 무엇인지는 몰라도 지금으로썬 그대로 따르는 수밖에 없었다.

북문을 지키던 도널드는 그날따라 불길한 생각에 잠을 설쳤다. 그 이유는 남쪽으로 갔던 다니엘이 돌아온 직후에 보고한 내용 때문이었다. 그들이 떠나기 전보다 훨씬 더 깊이, 그리고 더 많이 독기가 어렸다는 말은 확실히 충격적이었다. 흘려듣기엔 12만 명의 몰살이라는 심각한 결과를 초래할 수도 있기에 도널드의 근심은 컸다.

문득 그는 고개를 들어 주변을 훑어봤다. 여기저기 저녁부터 새벽까지 이어질 전투를 준비하는 병사들의 분주한 움직임이 보였다. 그들의 얼굴은 분명 지친 기색이 역력했다. 짧다면 짧은, 그리고 길다면 긴 포란 성 전투. 잘 훈련된 근위대의 병사들이라고 해도 연일 이어지는 강도 높은 전투에 지치는 것은 당연했다. 그렇기 때문에 누구도 생각하지 못했는지도 모른다.

하지만 유심히 그들을 바라보던 도널드는 확실히 모두들 푸르스름한 얼굴빛을 띠고 있는 것 같다는 생각이 들었다. 어쩌면 정말로 다니엘의 말처럼 포란 성에 있는 사람들은 독기 서린 안개에 생명을 잃을지도 몰랐다. 그런 걱정에 도널드는 절로 깊은 한숨이 배어 나왔다.

혼자 생각에 잠겨 있던 도널드는 곁에서 부관이 부르는 소리에 퍼뜩 정신을 차렸다.

"무슨 일인가?"

"전투 준비가 끝났습니다만… 뭔가 걱정이 있습니까?"

"아닐세, 보고하게."

"성문을 수비하는 삼천의 병사들은 3교대 준비가 완료되었고 좌익과 우익에 이천의 병사를 배치 완료했습니다. 그밖에 수성에 필요한 장비도 모두 갖췄습니다. 더 명령하실 사항이 있는지요?"

묵묵히 보고를 듣고 있던 도널드는 성 바깥으로 고개를 돌렸다. 성루에서 보는 바깥 풍경은 여느 때와 다를 바가 없었다. 한낮에도 산등성이가 보이지 않을 정도로 짙던 안개는 어둠이 찾아오자 더욱 짙어져 지금은 성 밑조차 희미하게 보였다. 도널드는 뒤로 돌아 포란 성을 바라봤다. 그리고 새삼 다니엘의 말이 옳을지도 모른다고 생각했다.

바깥과 별반 다를 바 없는 짙은 안개가 포란 성 전체에 자욱했다. 남문은 고사하고 중앙에 존재하고 있을 백작부조차 겨우 분간할 수 있을 정도였다. 어느새 죽음으로 이끄는 안개가 성내에 침투한 것이다. 아무도 눈치 채지 못한 사이에.

"군단장, 더 추가할 사항이 있습니까?"

답답했는지 부관이 다시 질문했다. 그러자 도널드는 천천히 부관을 바라본 후 고개를 저었다.

"아니, 없네. 평소대로 해주게."

"알겠습니다."

곧 부관이 물러서자 도널드는 다시 바같으로 고개를 돌렸다. 회색의 안개 이외에 아무것도 보이지 않았다. 물론 도널드 역시 무엇을 보겠다는 기대 따위는 처음부터 없었다. 단지 지금 그가 생각하고 있는 것은 만약 포란 성에서 탈출한다면 어느 곳으로 가는 것이 안전할까 하는 점이었다.

이론상으론 남쪽에서 적군이 쳐들어왔으니 북쪽으로 도망쳐야 할 것이다. 하지만 포란 성은 꽤 오랫동안 공격을 받았고 그 기간 동안 바같과 단절되어 있었다. 도널드로선 북쪽이라고 안전할 거란 판단이 서지 않았다.

게다가 현재 포란 성을 공격하는 적군 언데드의 총수는 팔천에 가까웠다. 이것도 직접 눈으로 확인한 것이 아니라 타스틴의 추정에 의한 것이었다.

불행하게도 안개에 몸을 숨긴 채 성을 공격하는 적군이 몇 명인지 파악한다는 것은 불가능했다. 다만 타스틴의 말에 의하면 애리오트 사제의 희생 주문에 의해 당시 성문을 넘어 공격하던 대다수의 언데드들은 소멸되었을 것이란 점이었다. 그때 눈으로 확인한 숫자가 대략 이천, 적군이 제1돌격기병단이란 점을 감안한다면 아마 이곳을 공격하던 적의 총수는 만 명이었을 것이고 그 이후에 남은 병력은 팔천가량일 것이라고 버나드와 사령부는 추정했다. 또한 동서남북 사대문을 똑같은 수준으로 공격하는 것으로 미루어 팔천은 각각 이천씩 나뉘어 성문 바같에 포진하고 있다고 봐야 했다.

'한낮을 틈탄 12만 명의 대탈주… 과연 가능할까?'

혼잣말처럼 중얼거리던 도널드는 갑자기 눈앞에 나타난 화살에 황급히 몸을 숨겼다.

도널드가 피한 첫 번째 화살이 날아온 직후, 곧 무수한 화살이 성벽으로 날아들었다. 뒤이어 사방에서 '적군이다!' 하는 신호가 터졌고 밤의 전투는 시작되었다.

도널드에게 있어선 길고 긴, 포란 성으로선 조금 특별한 대혈투가 시작된 것이다.

"북문 전투가 시작되었다고 합니다."

전령으로부터 들어온 소식을 가지고 버나드가 있던 집무실로 달려온 이는 친위대의 기사 앤더슨이었다.

그의 보고를 받고 버나드는 묵묵히 고개를 끄덕였다. 그로선 그것 이외에 더 할 수 있는 일이 없었다. 마스터의 힘을 잃은 그로선 사령부에 앉아서 들어오는 보고에 따라 계책을 짜내는 것이 전부였다. 하이렌처럼 선두에서 적과 싸울 수도 없었고 키렌처럼 비밀 임무를 완수하기 위해 바깥으로 나갈 수도 없었다. 형제들과 달리, 아니, 그들뿐만 아니라 성벽에서 싸우는 장병들과 달리, 그는 조금 나쁘게 말하면 지금까지 편하게 전투를 치른 셈이었다. 하지만 그런 것에 연연해서 괴로워할 정도로 버나드는 약한 남자가 아니었다.

그가 마스터이든 아니든 그가 있어야 할 자리는 사령부였고 그는 빈틈없이 그 역할을 수행했다. 다니엘과 스레이가 가져온 남쪽의 소식이 기대에 미치지 못했을 때에도 그는 의연한 태도로 다음 전투를 준비했다. 그런 그였기에 비록 일선에서 싸우는 것이 아님에도 불구하고 가장 먼저 그날의 전투가 이상하다는 것을 눈치 챘다.

잠자코 앤더슨을 바라보던 버나드는 고개를 갸웃거렸다. 곁에 있던 아벤이 궁금하여 물었다.

"뭔가 문제라도 있습니까?"

"뭔가 평소와 다른 것 같다는 생각이 들어서요."

버나드의 말에 아벤은 잠깐 생각하더니 이내 담담한 어조로 대답했다.

"그러고 보니 전투가 평소보다 일찍 시작된 것 같습니다."

순간 버나드는 움찔했다. 다른 사람은 몰라도 아벤이라면 레스터에서 철두철미하기로 둘째가라면 서러운 자였다. 지금까지 적의 공격 시간을 측정하지 않았기 때문에 몰랐지만, 아벤은 계산해 왔음이 분명했다.

"어느 정도나 빠른 것 같습니까?"

"약 십 분 정도 빠릅니다. 처음 전투가 벌어졌던 때와 비교하면 여섯 시간 정도 빠릅니다만 그때는 새벽을 틈탄 야습이었기 때문에 특수한 상황이지요."

"음, 십 분 정도라면……."

"하지만 공작 각하."

아벤은 버나드의 말을 자르며 담담하게 대꾸했다.

"두 번째 날의 공격 시간으로부터 한 시간 정도 빨라졌습니다."

"……!"

버나드의 눈빛이 조금 바뀌었다.

"좀 더 정확하게 말씀드리자면 보름 전부터 공격 시간이 5분 정도씩 빨라지기 시작했으며 적의 후퇴도 5분 정도씩 늦어지기 시작했습니다.

즉, 저희는 두 번째 날에 비해 약 두 시간가량 더 전투를 치르는 중입니다.”

“…사실입니까?”

“그렇습니다. 물론 그 이유에 대해서도 알고 있습니다.”

“……?”

“겨울이니까요.”

짤막한 답변이었지만 버나드는 금세 깨달았다.

한겨울로 들어선 직후였기에 밤 시간이 더욱 길어지는 것은 당연했다. 그건 언데드의 활동 시간이 길어진다는 것과 같은 의미였기 때문에 아벤의 계산대로 적의 공격 시간이 늘어나는 것을 초래하게 된 것이다. 게다가 아직 겨울은 한참이나 남았고 밤 시간은 더욱 길어질 것이다. 적어도 새해를 맞이하고도 한참을 더 밤의 공포는 이어질 거란 뜻이었다. 봄을 맞이할 때까지는, 그리고 그 봄을 맞이할 때까지 포란성이 견딜 가능성은 제로였다.

불투명한 미래에 대한 불안감으로 버나드는 깊이 한숨을 쉬었다. 하지만 그것도 잠깐, 그는 자신이 이상하게 생각한 것이 결코 전투 시간이 빨라지고 있다는 점 때문이 아님을 깨달았다. 적어도 그 점에 있어선 전투가 시작될 즈음 어렴풋이 짐작하고 있지 않았는가!

‘아벤 경이 말한 것 때문은 아닌 것 같고, 그렇다면 이 알 수 없는 의문은 대체 무엇으로부터 기인하는가?’ 하고 버나드는 다시 생각에 잠겼다. 몇 번에 걸쳐 고개를 갸웃거리던 그가 퍼뜩 정신을 차린 것은 또 다른 친위기사 윌이 들이닥칠 때였다.

“공작 각하, 남문에서 적의 공격이 시작되었다고 합니다!”

뒤이어 프란츠와 다른 한 명의 기사가 서문과 동문이 공격받고 있다는 소식을 가지고 들어왔을 때 버나드는 '이거다!' 하고 깨달았다.

그리고 아벤을 돌아보며 다급하게 외쳤다.

"처음 북문을 공격당한 시간과 어느 정도 차이가 있습니까?"

"네? 아, 네."

그리고 잠시 벽시계를 살핀 아벤이 서둘러 대답했다.

"지금 공격 시간은 어제와 같습니다. 그러니까 처음보다 약 십여 분의 차이가……."

"이거다!"

다시 한 번 버나드는 외쳤다.

아벤을 포함하여 집무실로 보고하러 왔던 기사들이 의아한 눈길로 버나드를 바라보는 와중에도 그는 열심히 머리를 굴렸다. 아무것도 보이지 않는 '안개', 죽은 자이면서 또한 살아 있는 '언데드', 평소와 다른 '시간차 공격'. 뭔가 잡힐 것 같으면서도 잡히지 않는 안타까움에 버나드는 이마를 짚었다. 평소와 같으면서 또한 평소와 다른… 그 무엇!

그리 오랜 시간이 지나지 않아 버나드는 어제와 다른 사실을 찾아냈다.

"분명 어제라면 동서남북에서 동시에 전령이 도착했을 텐데?"

"그렇긴 합니다만… 그건 별 차이 없지 않습니까?"

"그렇습니다, 공작 각하. 전쟁 중에 그런 일은 다반사 아닙니까? 아마 지휘 계통에 혼선이라도 빚어진 것이겠죠."

"그렇지. 물론 그럴 수도 있어. 하지만 지금까진 분명 동시에 공격을 해왔고 전령도 동시에 도착했다. 한데 오늘만은 북문 쪽의 공격이 더 빨랐단 말이네."

자신이 무슨 말을 하는지도 모르는 채 설명하던 버나드는 곧 입을 다물었다. 그리고 다시 골똘히 생각에 잠겼다.

'그러고 보니 그동안 적들은 동시에 공격을 해왔다. 그게 가능한 일일까? 아무리 잘 훈련된 정병이라도 공격 신호를 똑같이 받을 수는 없을 텐데? 하지만 저들은 지금까지 그렇게 해왔다. 어떻게?

그리고 버나드는 외쳤다.

"언데드이기 때문이다!"

모두의 눈빛이 의아하게 바뀌는 동안 지금까지 잊었던 사실을 깨우친 버나드는 다시 설명했다.

"저들은 언데드이다. 분명 공격하고 있는 것은 돌격기병대이지만 명령 계통은 원래의 것과 전혀 다르단 말이네. 사령관, 군단장, 천기장, 백기장의 순으로 명령이 전달되는 것이 아니라 한 사람, 아니, 어쩌면 몇 사람의 주술자에 의해서 움직이고 있단 말이다. 그렇기 때문에 지금까지 한순간에 공격할 수 있었지!"

버나드의 설명에 모두들 이해했는지 수긍했다. 하지만 이내 버나드가 느꼈던 이상한 점, 바로 공격 시간에 차이가 있다는 것을 눈치 챘다.

"그렇다면……?"

뭔가 저들의 공격 형태가 바뀌었다는 것을 버나드도, 그들도 알아챘다. 그리고 버나드는 신속하게 명령을 내리기 시작했다.

"지금 즉시 각 성문에 적군의 전투 병력을 파악하라고 일러라!"

"하지만 이 안개 속에……."

"평소와 같은 공격이 아닐 것이다. 분명 어딘가 평소와 다르게 허술한 공격을 펼칠 것이다. 그곳이 어디인지 빨리 파악해야 한다."

"그렇다면 저들은 다른 곳의 병력을 빼서 어느 한곳에 집중시켰다는 뜻입니까?”

“그렇다!”

짧막한 대답과 함께 버나드는 속으로 중얼거렸다.

'아마 바로 이 수를 쓰기 위해 지금까지 같은 패턴의 공격을 해왔던 것이다!'

버나드와 사령부에서 그런 짐작을 하고 있을 즈음, 이미 북문 쪽은 난리가 난 상태였다. 성벽을 넘어 날아오는 화살은 평소의 두 배에 가까웠고 성벽에 매달리는 사다리와 갈고리의 숫자는 세 배에 달했다. 안개는 칠흑같이 어두웠고 독기는 그보다 더 심해 숨을 쉬는 것조차 힘들 지경이었다.

한순간에 몰아닥친 적의 공세에 침착하게 대응하는 병사는 하나도 없었다. 적군의 공격이 평소와 다르다는 것을 뒤늦게 깨달은 도널드는 '아차!' 하고 중얼거렸다.

날아오는 화살을 보나 성벽을 타기 위한 갈고리를 보나 적병은 평소의 몇 배에 달하는 것이 분명했다. 즉, 동서남북 사대문을 나눠서 공격하던 적군이 그날은 북문 쪽에 몰려든 것이다. 그리고 도널드가 그 사실을 깨달았을 때는 벌써 몇몇의 적병이 성벽을 넘은 이후였다.

그는 곁에 있던 전령에게 황급히 외쳤다.

“즉시 사령부로 달려가 적군이 북문으로 쇄도하고 있다고 전하고 지원을 요청하라!”

“네, 군단장!”

힘차게 대답한 전령은, 그러나 불과 몇 발자국 움직이지 못한 채 날아온 화살에 목숨을 잃었다. 전령이 전사했다는 사실에 도널드는 다급하게 다음 전령을 향해, 아니, 그의 뒤에 서 있던 몇몇의 전령들 전원에게 같은 명령을 반복했다.

그러나 그들 역시 사령부로 달려간 자는 아무도 없었다. 비 오듯 떨어지는 화살을 등진 채 달려간다는 것은 그야말로 목숨을 거는 일이었다. 그렇게 목숨을 걸고서도 전령들 중에 단 한 명조차 북문 상황을 전하지 못한 채 죽어갔다. 도널드의 코앞에서 깨끗하게 전멸당했고 그들 모두가 전사하는 데 들어간 시간은 불과 십여 초.

"이런 젠장!"

이렇게 되면 전투를 치르는 병사라도 보내야겠다고 결심한 도널드는 곧 주위를 둘러봤다. 하지만 그의 생각과 달리 그는 결국 북문 상황을 사령부로 전하지 못했다. 어느새 성벽 위로 살점이 뜯겨 나간 언데드 병사들이 하나둘 모습을 드러내기 시작했기 때문이다.

어서 상황을 알려야 한다는 조급한 마음이었지만 도널드는 검을 뽑아 든 채 적과 마주할 수밖에 없었다. 그리고 검을 휘두르는 것과 동시에 그는 7근위대를 이끄는 군단장에서 성벽을 수비하기 위한 평범한 기사로 전락하고 말았다. 물론 평범한 기사보다 훨씬 강한 검술과 신성력으로 무장되었다는 점은 달랐지만.

절체절명의 북문. 뚫리기 직전이라는 도널드의 생각과 달리 응원군은 금세 나타났다. 그러나 그 응원군은 안이 아니라 바깥에서부터 시작되었다.

'나를 믿어요!'

라는 그녀의 한마디에 무기조차 쥐지 않은 채 돌진하는 키렌은 복잡한 심경이었다. 그의 좌우로 나란히 달려가는 레온과 로딘의 손에는 은광을 흩뿌리는 검이 쥐어져 있었고 그의 뒤로 짧은 다리를 놀리며 말을 쫓아오는 백여 명의 드워프 손에도 거대한 배틀 엑스가 쥐어져 있었다.

그러나 정작 가장 선두에서 돌진하는 키렌의 손에는 고삐 이외엔 아무것도 없었다. 그가 자랑하는 중검 '바스타드 소드'도 장검 '롱 소드'도 허리춤에서 잠자고 있을 뿐이었다. 게다가 그가 다른 이들과 다른 점이 또 한 가지 있었다.

그의 말에 두 사람이 타고 있다는 점이었다. 정확하게는 키렌의 앞자리에 한 명의 여자가 있었는데 바로 '땅의 마법사' 애드리엔느였다.

그녀는 키렌의 억센 팔에 감겨 질주하는 말 위에서 제법 안정된 자세를 유지했다.

키렌의 심경이 복잡한 이유가 바로 이것이었다. 정작 지켜야 할 왕자 리처드는 둔의 보호를 받으며 후미에 있고 자신은 선두에서, 그것도 무기 하나 없이 달랑 애드리엔느 한 명을 낀 채 돌진해야만 하는 상황 때문이었다.

어쩔 수 없지만 그는 그녀의 말을 믿기로 했다. 정확하게는 둔과 타바비아의 적극적인 옹호와 골드 슬라임 로이니스의 충고에 따른 것이었지만 결과적으로 키렌은 그녀의 말대로 작전을 시행했다. 그리고 이미 시작된 작전이니만큼 최선의 효과를 보기 위해서라도 자신의 역할을 충실히 수행해야만 했다. 바로 선두에서 애드리엔느를 보호해야 한다는 역할을.

달리는 말 위에서 키렌은 조금 전의 상황을 떠올렸다.

레스터 성까지 단숨에 도착한 일행은 육로로 포란 성을 향했다. 애드리엔느에게 포란 성에 대한 이미지가 없어 워프할 수 없었기 때문이다. 한데 이번엔 말을 탈 수 없는 드워프들 때문에 행군은 더뎌질 수밖에 없었고 전력 질주로 3, 4일이면 도착할 거리를 5일이나 걸려서, 그것도 밤늦게 도착했다. 다행히 드워프들은 짧은 다리에도 불구하고 체력이 뛰어난 탓에 걱정했던 것보다 빨리 도착할 수 있었던 것인데, 이번엔 또 다른 문제가 생겼다.

바로 그들이 도착한 포란 성이 전투에 휩싸여 있었던 것이다. 포란 마을 언덕에서 보이는 광경이라곤 뿌연 안개뿐이었지만 병기 부딪치는 소리와 비명, 함성을 미루어 짐작컨대 쉽게 전투 중임을 알 수 있었다.

상황이 어떠한지 몰라도 아군의 위험을 모른 척할 수는 없었다. 그는 재빨리 거녀와 알란에게 왕자를 보호할 것을 명령한 후에 둔에게 협조를 요청해 전투 대열로 변경하기를 희망했다. 물론 둔 역시 두말 없이 그의 요청을 받아들여 적군을 돌파할 준비를 갖췄다.

겨우 백 명의 인원을 가지고 정체를 알 수 없는 적을 향해 돌진하려는 키렌, 무모하다면 무모했지만 그는 이미 몇 번에 걸쳐 그런 경험을 가진 역전의 용사였다. 그러나 결코 죽음을 두려워하지 않는 키렌이었지만 로이니스와 애드리엔느의 제지에 돌진하기도 전에 멈춰야만 했다.

그저 안개에 싸인 포란 성을 바라본 것만으로 로이니스는 적군이 언데드라는 것을 알려왔고 애드리엔느는 언데드에게 유용한 마법을 쓰겠다고 자청한 것이다. 그리고 두 사람(?)이 나서자 둔과 타바비아가 쌍수를 들고 환영하며 적극 찬성하는 입장으로 돌아섰기에 키렌은 울며 겨자 먹는 식으로 따를 수밖에 없었던 것이다.

그리하여 애드리엔느의 제안에 따라 키렌으로선 황당한, 돌진이 준비되었다. 그것은 마법을 써야 할 애드리엔느를 누군가 보호하며 선두에서 돌진하고 그 뒤로 드워프들이 'O'의 형태로 방진을 취하고 따르는 것이었다. 물론 그 방진은 중앙에 있을 리처드를 보호하기 위함이었고 일행은 곧장 적군을 돌파, 그 후에 포란 성문을 거쳐 입성한다는 얼토당토않은 작전이 만들어졌다.

키렌으로선 이 작전의 성공 가능성에 대해 전혀 믿을 수 없었다. 우선 단 백 명으로—기습적인 후방 교란이 아닌—적군을 돌파하여 성문으로 들어선다는 것 자체가 무모해 보였고 애드리엔느의 마법이 제아무리 뛰어나더라도 수천의 언데드를 단번에 몰살시킨다는 것이 불가능해 보였다. 게다가 지금까지 어떤 전투에서도 마법사가 선두에 섰다는 말은 들어본 적이 없었다는 점도 그를 불안하게 만드는 요소이기도 했다.

하지만 그런 키렌의 불안감을 애드리엔느는 한마디로 막아버렸다.

생긋생긋, 오호호호호, 그리고 날렵한 손동작과 함께 그녀는,

'나를 믿어요!'

라고 자신있게 외쳤다.

게다가 그녀는 선두에서 자신을 보호하며 달릴 상대로—정말 키렌을 어이없게 만든 대목이었지만—다른 누구도 아닌 키렌을 지목했다. 뭐, '덩치가 좋아서 저를 잘 보호해 줄 것 같거든요. 마법을 쓸 때 안정된 자세를 유지해야만 한단 말이에요' 라는 말도 안 되는 소리를 지껄이는 것은 물론, 갑자기 레온도 '아~ 정말 형이라면 안성맞춤이에요!' 라고 부추기는 바람에 키렌은 원하지도 않았던 일을 맡게 되었다.

그리고 지금처럼 돌진이 시작된 것이다.

적을 맞이한 기사로서 검을 들지도 못한 채 돌진해야 하는 상황에 불만이 컸지만 키렌은 곧 그 생각을 접어야 했다. 드디어 그의 시야에 짙은 안개와 함께 적병의 등이 보이기 시작했다. 아무 무기도 없다는 긴장감에 팔에 약간 힘이 들어갔지만 곧 그는 팔 끝에서 느껴지는 색다른 마나의 움직임에 깜짝 놀랐다.

어느새 정신을 집중했는지 그에게 기대듯 앉아 있던 애드리엔느는 눈을 감고 조용히 뭔가를 읊조리고 있었다. 그에 따라 그녀의 손에 쥐어진 짤막한 지팡이에서 마나가 힘차게 소용돌이쳤다. 그리고 회전하던 마나의 흐름은 금세 지팡이 끝의 초록색 보석을 중심으로 스며들듯 응축되었다.

'뭐지?'

키렌은 놀라 입을 벌렸다.

한순간에 응축된 마나는 결코 평범한 것이 아니었다. 수련을 통해 체내에 담을 수 있는 마나의 몇 배에 달하는 엄청난 마나가, 분명히 말하건대 적어도 키렌이 소지하고 있는 마나보다 훨씬 방대한 마나가 그녀의 지팡이 끝에 응축된 것이다.

혹시라도 자신의 감탄성에 그녀의 마법이 깨질 것을 우려한 키렌은 놀라 입을 벌리긴 했지만 아무 소리도 내지 못했다. 그저 그녀의 다음 행동을 바라보며 예정대로 말의 속도를 늦추기 시작했다.

그의 뒤를 따르던 레온과 로딘 역시 말의 속도를 늦추긴 했지만 두 사람의 시선도 애드리엔느에게 향했다. 분명 키렌이 느낀 것처럼 엄청난 마나의 증폭, 회전, 응축을 감지했기 때문이었다. 게다가 그 마나의 흐름은 계속해서 몇 번의 반복을 거치고 있었다.

황당할 정도의 마나가 계속해서 늘어나는 것이 놀랍기도 했지만 키렌은 코앞까지 다다른 적군의 모습에 더욱 긴장했다.

'아직… 인가?'

얼핏 바라본 그녀는 미간을 살짝 찌푸린 채 정신을 집중하고만 있었다. 그리고 조금 전 키렌을 경악시킨 마나의 흐름은 여전히 계속되었다.

증폭, 회전, 응축, 증폭, 회전, 응축……. 정확하게 다섯 번을 반복한 이후에 마나는 초록색 보석에 고요하게 맺혔다. 그리고 미소와 함께 애드리엔느는 천천히 눈을 떴다.

그리고 그녀는 바로 앞에서 보이는 언데드를 향해 외쳤다.

"어머, 징그러워!"

덧붙여 키렌에게도 그녀는 투덜거렸다.

"뭐예요? 왜 이렇게 가까이 접근한 거죠?"

"에?"

그녀의 말이 황당했던지—다시 말하건대 지금의 작전을 세운 것은 바로 그녀였다—키렌은 벌어져 있던 입을 다물 생각조차 못했다. 하지만 뒤이어 벌어진 일에 그의 입은 아예 찢어질 정도로 벌어졌고 눈동자 또한 큼지막하게 바뀌었다.

애드리엔느는 미간을 잔뜩 찌푸린 채 언데드를 노려보더니 지팡이를 쳐들고 마법의 시동어를 외쳤다.

"언데드 파괴!!"

지팡이 끝에서 푸른빛이 사방으로 퍼졌다. 그러자 빛에 투과된 적군 병사들은 빨려들듯 땅속으로 사라졌다. 말 그대로 땅속으로 스며들었다. 언제 자신들이 그곳에 있었냐는 듯, 마치 늪지에 빠진 사람처럼 빠르게 땅으로 꺼졌다.

"이, 이럴 수가!"

키렌의 입에서, 그리고 레온과 로딘도 놀라서 경악을 질렀다.

"언데드 파괴!"

달리는 와중에 새로 눈앞에 나타난 적병들. 하지만 애드리엔느의 외침이 이어지자 또다시 같은 일이 반복되었다. 마치 애드리엔느의 명령을 받기라도 하듯 언데드들은 그녀의 '파괴' 주문에 신속히 사라졌다.

몇 번의 외침에 일대의 언데드들은 완전히 자취를 감추었다. 안개 때문에 앞을 분간할 수는 없었지만 느낌으로 봐서 북문을 공격하던 언데드 병사 중 반수 이상이 사라진 것이 확실하다고 키렌은 생각했다. 이대로라면 북문까지 도달하는 것은 시간문제였다. 아니, 어쩌면 돌파가 아니라 적을 전멸시키고 당당하게 입성할지도 몰랐다.

걱정했던 것보다 훨씬 손쉽게 일이 처리되자 키렌은 상당히 흥분했

다. 그는 더 많은 언데드를 퇴치하고 싶다는 생각에 눈을 부라리며 적
군이 몰려 있는 곳을 찾았다. 그리고 한순간 멀미하듯 느껴지는 현기
증에 움찔했다. 결코 가벼운 멀미 현상이 아닌 마나가 뒤틀리는 것 같
은 괴로움이었다. 그것은 비단 키렌뿐이 아니라 레온이나 로딘도 마찬
가지인 듯했다.

"형, 토할 것 같아."

곁에 있던 레온의 소리에 키렌은 곧 이것이 자연적인 현상이 아님을
눈치 챘다.

"아무래도 안개 때문인 것 같다! 이 안개에 독기가 있는 것 같아."

그리고 확인시키듯 애드리엔느가 미간을 찌푸리며 대답했다.

"이것은 '죽음의 물결'이란 주술의 일종이에요. 평범한 안개가 아
니죠. 주술을 파괴하지 않는 한 성의 안전은 책임질 수 없겠어요. 괴롭
겠지만 성으로 들어가는 것보다 이 주술을 파괴하는 것이 더 급한 일
인 것 같아요."

"강은 성의 남쪽에 위치해 있습니다. 그곳으로 갈까요?"

"아니에요. 이것은 물에서 생성된 것이 아니기 때문에 강에서 시작
된 것이 아니에요. 시체에서 내뿜어지는 독을 마법으로 만든 불에 태
워 생기는 연기가 바로 이 안개의 정체랍니다."

"시체에서 내뿜어지는 독이라니요?"

"언데드는 말 그대로 죽은 자들, 그 자체가 바로 시독인 겁니다. 또
한 그들이 머물렀던 땅은 시독의 결정체나 다름없으니 지금 이 안개는
바로 그 땅을 태우는 것이라 보면 돼요."

친절한(?) 애드리엔느의 설명에 키렌은 곧 상황을 짐작했다.

잘은 몰라도 그녀의 설명에 여기 어디에서 불을 지펴 이 독기 어린

안개를 생성시키고 있다고 판단한 것이다. 그는 곧 레온과 로딘에게 소리쳤다.

"불을 지피는 곳으로 판단되는 곳을 찾아주게!"

"알았어요, 형!"

대답과 함께 레온은 주변을 둘러봤다.

그때 그들 바로 뒤에 있던 타바비아가, 아니, 그의 어깨에 걸쳐져 있던 로이니스가 괴로운 목소리로 대꾸했다.

"북동쪽이다! 쿨룩, 쿨룩."

그의 연이어진 기침 소리에 애드리엔느가 다급하게 외쳤다.

"할아버지, 괜찮아요?"

"아직은 괜찮아……. 하지만 오염된 곳에 너무 오래 노출되면 슬라임의 몸은 견디지 못할 거다."

"북동쪽이 확실해요?"

"바람의 방향으로 보건대… 게다가 내 몸은 슬라임이지 않으냐? 오염의 진원지 정도는 가볍게 쿨룩, 쿨룩, 찾아낼 수 있지."

두 사람의 대화를 듣고 있던 키렌이 서둘러 말머리를 돌렸다.

"그럼 어서 가보도록 하죠!"

"그래요, 서둘러 줘요."

아웅다웅, 전혀 가족 같지 않은 모습을 보였지만 그녀 역시 걱정스러운 말투였다.

물론 그녀의 가족들인 골드 슬라임도 걱정이었지만 성의 안전도 걸려 있으니 가볍게 생각할 문제는 아니었다. 그리하여 키렌을 선두로 일행은 방향을 바꿔 북동쪽으로 달려갔다.

순간 한 무리의 적군이 그들 앞을 막아섰다. 안개에 시야를 차단당한 일행과 달리 적군은 기다렸다는 듯 일행에게 창을 겨누고 있었다.

당황하여 말을 멈춘 키렌이었지만 앞에 앉은 애드리엔느는 '흥' 하고 냉소를 짓고는 지팡이를 앞으로 뻗었다. 그리고 뒤이어,

"어머?"

라고 소리쳤다.

의아한 키렌이 그녀를 내려다보자 그녀는 혀를 살짝 빼물곤 다급하게 변명했다.

"마력을 전부 써버렸네요. 다시 주문을 외울 동안 잠시 저 좀 보호해 주세요."

그리고 눈을 감곤 정말로 주문을 외우기 시작했다. 적을 눈앞에 둔 채 태연한 모습으로.

그녀의 말과 행동에 정작 당황한 것은 키렌이었다. 마치 자신이 적을 상대할 수 있을 것처럼 자신하던 애드리엔느는 침묵에 빠져 버렸고 적군은 몰려드는 상황, 게다가 키렌은 검을 잡을 수 없었으니 어이없었다.

하지만 키렌이 아니라도 싸울 수 있는 사람은 많았다. 선두에 있던 키렌을, 아니, 그 앞의 애드리엔느를 노리고 적군이 찌른 창을 향해 두 사람이 쏜살같이 달려들었다. 바로 레온과 로딘이었다. 두 사람의 검에서 은빛 검기가 몇 번에 걸쳐 괘선을 그리는 동안 적군의 창끝이 모두 잘려졌다.

안도의 한숨을 쉬며 키렌이 두 사람에게 외쳤다.

"잠시 동안 애드리엔느를 보호해야 할 것 같다. 부탁하네."

"걱정 말아요, 형."

"맡겨주십시오."

대답과 함께 로딘이 말에서 내렸다. 그리고 앞으로 나서며 레온에게 소리쳤다.

"말에서 내려요, 레온!"

그러자 레온도 퍼뜩 깨닫는 것이 있었다.

안개를 뚫고 들어왔을 때 말의 행동이 이상하다고는 느꼈다. 그러나 단순하게 자신의 말이 아니기 때문이라거나 전투에 처음 참가하는 어린 말이기 때문이라고 치부했었다. 하지만 지금 로딘의 말과 행동을 보고 깨달은 것은 이곳이 언데드가 있는 곳이란 거였다. 보통 사람에게도 음산한 기운을 느낄 정도인데 예민한 말에겐 견디기 힘든 것이 당연했다.

레온은 서둘러 말에서 내린 후 로딘의 곁으로 다가갔다.

"전의 그것, 다시 한 번 시도해 보는 게 좋을 것 같군요."

"전의 그것?"

반문은 했지만 어느새 레온은 로딘처럼 적을 향해 검을 겨눴다. 검을 어깨 높이로 들어 상대를 찌르듯 겨누는 자세였다.

무의식적으로 로딘을 따라한 행동이었지만 그는 곧 그 자세가 무엇이었는지 알아챘다. 바로 뉴카슬 협곡에서 로딘에게 배웠던 검법― '간격'과 '파워'를 동시에 구사했던 바로 그 검법―을 로딘은 동시에 사용하자고 제안한 것이다.

확실히 좋은 선택이라고 레온은 생각했다. 적어도 눈에 보이지 않는 적이라 해도 두 사람의 합공에 의한 검기의 파동을 벗어날 수는 없을 것이다. 아마 뉴카슬 협곡 때처럼 그 일대에 부챗살 모양의 엄청난 충격이 전해질 것이 틀림없었다.

"좋아요, 로딘."

"준비됐습니까?"

"물론이죠!"

로딘과의 거리를 가늠하며 레온이 대답했다.

"그럼 발사!"

로딘의 신호가 뒤이었다. 그리고 두 사람은 쥐고 있던 검에 최대한의 마나를 집중하며 회전시켜 앞으로 뻗었다. 두 사람의 검에서 동시에 검기가 뻗어 나갔다. 그리고 어느 한 지점에서 두 개의 검기는 회전하며 섞였다. 그리고 하나의 검기로 융화되는 듯하더니 곧 사방으로 퍼지듯 폭발했다.

콰아아!

엄청난 폭발음이 터졌다. 그리고 거센 마나의 폭풍이 주변을 휘몰아쳤다. 언데드를 녹이고 땅을 파헤치고 안개를 밀어냈다. 두 사람 앞으로 뻥 뚫린 듯 반원이 나타났다. 그곳에 있는 것은 편편하게 펼쳐진 대지가 전부였다.

이 광경을 두 번째로 보는 키렌도 놀라웠지만 드워프들에겐 경탄을 넘어 두려운 마음이 들 정도였다.

"우웃!"

"이, 이건……!"

뒤에서 도끼를 꺼내 들고 전투 준비를 하던 타바비아의 비명과 감탄인지 비명인지 모를 로이니스의 외침이 들렸다.

"이건 검기 카노네이드?"

그러나 그의 나직한 중얼거림을 앞에 있던 두 사람은 듣지 못했다. 다만 그들과 나란히 있던 키렌만은 둘의 대화를 분명히 들을 수 있었다.

"아닙니다, 로이니스. 분명 파괴력은 카노네이드와 같지만… 그건 원래 앞으로만 뻗어 나갔잖아요?"

타바비아의 대꾸에 로이니스는 눈을 크게 뜨고 검기가 대지 위에 만들어낸 상처를 바라봤다.

"그렇군. 확실히 자네 말대로 에드워드의 것과는 다른 것 같군. 하지만 이건…….."

"네, 이건 굉장한 겁니다. 저 두 사람 어쩌면…….."

"에드워드를 능가할지도 모르겠군."

"…말년의 에드워드님을? 굉장하군요."

"멍청한 녀석이 약속 하나는 확실히 지켰단 말이야. 이게 바로 피의 전승 탓이겠지?"

경쾌한 로이니스의 음성이었지만 타바비아는 뻘쭘이 로딘의 등을 바라봤다.

"레온은 그렇다 쳐도… 그럼 저 녀석이 이런 경지에 오른 건 어떻게 설명하죠?"

"뭐가 말이냐?"

"저 녀석은 에드워드님과 전혀 상관이 없다고요. 피의 전승이라든가 맹약이라든가 하는 것들과 전혀 무관하단 말입니다. 한데 어떻게 저런 위력을?"

"그건…….."

대답이 궁한지 로이니스는 한참 궁리하더니 곧 적절한 대사를 찾아냈다.

"천재인 모양이지. 간혹 나타나는 법이잖아, 천재라는 존재들은?"

둘의 대화를 듣고 있던 키렌이 불쾌한 시선으로 로딘을 바라봤다.

자신의 가문에 줄줄이 마스터가 태어났던 이유에 대해선 대충 감을 잡은 키렌이었다. 그리고 자신의 힘, 또는 자신들의 힘이 아닌 다른 누군가의 개입에 의해 검사의 최고 경지인 마스터에 오른 것만으로 충분히 불쾌했다. 그런데 가문과 전혀 상관없는 자가 벌써 자신을 능가했다는 것도 마냥 유쾌하게 생각되지는 않았다.

그때 로딘이 키렌을 향해 고개를 돌렸다. 순간 자신의 속내를 들킨 것 같아 키렌은 움찔했다. 그러나 로딘은 갈색 머리를 슬쩍 쓸어 넘기며 미소를 지었다.

"키렌 경, 어서 진군 명령을 내리십시오!"

키렌이 퍼뜩 정신을 차리고 주변을 둘러봤다.

어느새 수십 명의 드워프들이 똘망똘망한 눈빛으로 키렌을 바라보고 있었다. 레온이나 로딘에 비해 검술은 떨어졌지만, 그리고 드워프 족장 둔이나 전사 타바비아도 있지만 현재 일행을 이끄는 총대장은 바로 키렌이었다. 자신의 실력이 부족한 것에 한탄하며 남을 질시하고 있을 여유 따윈 처음부터 없었다.

키렌은 곧 주위를 향해 힘차게 외쳤다.

"모두 앞으로 돌진!"

그의 말이 끝나기 무섭게 기다렸다는 듯 드워프들이 맹렬하게 달려나갔다. 두툼한 배틀 엑스를 양손에 쥐고 오른편 어깨에 슬쩍 걸친 채 드워프 러시를 시작했다.

레온과 로딘에 의해 널찍하게 펼쳐진 광장으로 드워프 수십 명과 언데드 수십 명이 짓쳐들어갔다.

콰창!

와지직!

검과 도끼가 부딪쳤다. 그러나 그뿐이었다. 두 번은 없었다.

언데드로 변하기 이전에는 잘 훈련된 돌격기병대였을 그들의 검은 맥없이 부서졌다. 드워프의 도끼는 그 무게는 투 핸드 소드와 맞먹었고 그 예리함은 롱 소드에 비견할 만했다. 단 한 번의 마주침이었지만 적군의 검을 분지르거나 퉁겨냈다. 그리고 곧장 적군의 몸에 예리한 배틀 엑스를 박아 넣었다.

맞부딪친 것과 동시에 적군의 몸이 두 쪽으로 갈라지기 일쑤였다. 드워프의 위력에 감탄한 키렌이 입을 벌릴 사이도 없이 드워프들은 다시 도끼를 짊어지고 앞으로 내달리며 새로운 적에게 도끼를 내려쳤다.

그리고 그들 중에 탁월한 솜씨를 보이는 자가 있었으니, 바로 최강의 드워프 타바비아였다. 보통의 드워프들도 무거운 배틀 엑스를 휘두르기 전엔 어깨에 살짝 걸치건만 타바비아는 양손에 하나씩 거대한 도끼를 쥐고는 그대로 휘두르며 짓쳐들어갔다. 예비 동작이고 뭐고 없었다. 오른쪽 도끼가 뻗어 나가면 다음엔 왼쪽 도끼가 반원을 그렸다.

키렌도 쌍검을 휘두른다고 자부했지만 타바비아의 모습에 부끄러울 지경이었다.

"놀랍군……."

"하지만 언데드이기 때문에 곧 부활할 거야."

어느새 둔의 어깨로 둥지를 옮긴 로이니스의 대꾸였다. 깜짝 놀란 키렌이 그와 앞을 번갈아 쳐다보다가 반문했다.

"그럼 큰일이지 않습니까?"

"그러니까 제가 말했잖아요, 상대할 수 있는 방법이 있다고."

어느새 눈을 뜬 애드리엔느가 입가에 생기발랄한 미소를 짓고는 다시 지팡이를 추켜 올렸다. 조금 전과 마찬가지로 지팡이 끝에는 미세한 빛이 맺혀 있었다. 하지만 조금 전과 다르게 그 빛에는 방대한 마나의 힘이 응축되어 있었다.

나지막하게 중얼거리듯—그러나 힘있게—애드리엔느는 속삭였다.

"언데드 파괴."

그러자 적군, 언데드 병사들이 마치 감전된 듯 몸을 부르르 떨더니 곧 땅으로 스며들듯 사라졌다. 드워프에게 두 쪽이 난 언데드는 물론 저 앞에 레온과 로딘이 상대하던 언데드까지, 아니, 그 뒤의 언데드들도 애드리엔느의 계속되는 낮은 외침에 사그라지듯 땅으로 사라졌다.

그리고 그들이 사라진 광활한 대지 저편에 레온과 로딘이 안개를 거둔 탓에 어둠 속에 스며들듯 숨어 있던 몇몇 존재가 일행 앞에 모습을 드러냈다. 그들은 검은 로브로 몸을 감싸고 있었는데 한눈에 마법사라는 것을 알아볼 수 있었다.

"저들이에요!"

애드리엔느의 외침이 아니더라도 모두 그들 다섯 명이 지금 이 안개 '죽음의 물결'을 피워내고 있는 장본인들임을 알아챘다. 둥글게 모여 선 그들의 가운데에 불덩어리가 피어 올랐기 때문이었다. 한눈에도 그들이 주술자들임을 알아볼 수 있었다. 하지만 로이니스의 외침이 있기 전까지 그들이 정확하게 어떤 자들인지는 알지 못했다.

"리치로군!"

"리치?!"

앞으로 달려가려던 일행들이 흠칫하며 몸을 굳혔다. 혹시 하고 키렌이 바라보는 동안 로이니스의 설명이 이어졌다.

"리치 역시 언데드의 일종이야. 대개는 고위 마법사가 자신에게 직접 주문을 걸어 영생을 노리는 경우가 많은데 저들은 하위 마법사, 어쩌면 수련이나 견습일 가능성이 크네. 보아하니 자신들의 의지와 상관 없이 리치가 된 듯하군."

"하지만 아버지, 같은 언데드라고 해도 리치는 자신의 의지로 움직이는 것들이지 않습니까? 한데 저들의 행동으로 보건대 이지를 상실한 존재 같습니다."

뒤이어 에르다몬이 자신의 궁금증을 물었다. 하지만 로이니스는 명쾌하게 그 해답을 찾아냈다.

"알게 뭐야? 저걸 만든 녀석이 뭔가 다른 술수를 쓴 거겠지! 듣자 하니 좀비를 태우니 스켈레톤이 되었다며? 그렇게 여러 가지 술수를 부릴 정도라면 꽤나 고위급, 아마 이지를 상실한 리치를 만들 수도 있겠지."

"이지를 상실했다라… 결국 별것 아닌 존재인 거잖아요?"

문득 애드리엔느가 퉁명스럽게 쏘아붙였다. 그녀는 잔뜩 불만이 서린 목소리로 리치를 향해, 아니, 리치를 만든 그 주술자를 향해 외쳤다.

"마법사에게서 이지를 뺏다니, 그러고도 네가 같은 마법사란 말이냐!"

애드리엔느는 황급히 키렌의 고삐를 빼앗더니 말을 달렸다.

뒤에 앉은 키렌은 잠시 중심을 잡지 못해 흔들거렸지만 기마술에 정평이 난 만큼 금세 발에 힘을 주어 자세를 잡았다. 그리고 그녀를 제지하고 고삐를 빼앗으려다가 멈칫했다. 애드리엔느의 눈빛이 매우 살벌해 보였기 때문이다. 왠지 말릴 수 없는 분위기를 자아내는 그녀에게서 손을 떼며 키렌은 별수없다는 듯 허리에 매달린 검을 언제라도 뽑을 수 있게 준비했다. 여차하면 언제라도 그녀를 보호하기 위해서였다.

막 레온과 로딘을 제치며 달려간 말 위에서 애드리엔느는 외쳤다.

"자연의 섭리에 따라 죽은 자들은 땅으로! 언데드 파괴!"

과연 리치라고 해야 할까, 휘청 몸을 흔들긴 했지만 확실히 좀비와는 다른 반응을 보였다.

고통에 겨운 비명을 한차례 지른 후 이쪽을 향해 손을 뻗었다. 그 검은빛의 손끝에서 검은 구체가 생성되었다. 하지만 바라보는 애드리엔느의 눈빛은 여전히 살벌했다.

"훗! 그것이 파이어 볼이라는 거냐? 어리석은 녀석! 이지를 뺏은 마법사라는 건 그야말로 시체와 다름없다는 것을 몰랐다고 말할 참인가?"

여전히 누구인지 모를 상대에게 외치는 애드리엔느. 하지만 리치의 손끝에서 생성된 검은 구체는 여지없이 그녀를 향해 뿜어졌다. 하지만 대비하고 있었던 듯 애드리엔느는 지팡이를 내려 땅을 가리켰다.

"대지의 방패!"

그녀의 외침이 끝나는 순간 키렌은 한순간 땅이 솟구치는 것을 보았다. 하지만 깜짝 놀라 눈을 부릅떴을 때엔 땅은 조금 전과 별다른 변화가 없었다. 그러나 날아오던 검은 구체도 사라졌다는 것을 키렌은 눈치 챘다.

'뭐지?'

키렌이 영문을 몰라 의아해할 때 애드리엔느의 공격이 이어졌다.

"언데드 파괴!"

또 한 번 같은 주문을 외우자 키렌은 걱정이 앞섰다. 설마 아까도 견뎠는데 같은 주문으로 되겠는가 싶었던 것이다. 하지만 그의 걱정과 달리 앞에 있던 세 명의 리치가 몸을 부르르 떨고는 이내 땅속으로 사라졌다.

"언데드 파괴!"

다시 한 번 애드리엔느는 명령하듯 매서운 어조로 소리쳤다.

"크아악—!"

나머지 세 명의 리치가 자취를 감추듯 사라졌다. 그러나 애드리엔느는 다시 한 번 주문을 외워 검은 연기를 뿜어내던 불꽃을 사라지게 만든 후 깊은 한숨을 쉬었다.

아무도 들을 수 없는, 그렇지만 뒤에 앉은 키렌만은 확실하게 그녀의 작은 속삭임을 들었다.

"같은 마법사로서… 아니, 인간으로서 어떻게 이런 짓을……."

그녀의 말을 듣고 처음으로 키렌도 다시 한 번 주위를 둘러봤다. 지금까지 그들이 싸워온 이들 모두 인간들이었다. 언데드가 되기 이전에는 분명 사람들이었을 그들은 죽고 언데드가 되어 전쟁을 벌였다. 자신의 의지와는 상관없는 전쟁을.

애드리엔느의 의해 '죽음의 물결'이 깨어진 후 안개는 느릿하지만 점차 걷히기 시작했다. 물론 로이니스를 비롯한 골드 슬라임을 걱정한 애드리엔느는 일행들의 주변에 결계를 쳐서 안전을 유지했다. 그렇게 한참의 시간이 흐르는 동안에도 성 위에서는 비명과 함성이 난무했다. 걱정스레 성을 바라보던 일행들의 눈에 드디어 어둠 속에 흐릿한 성의 풍경이 보였다.

"아!"

제일 먼저 소리친 이는 가장 눈이 밝은 레온이었다. 뒤이어 로딘도 눈살을 찌푸리고는 검을 움켜잡았다.

“성 위에도 상당한 언데드가 있는 것 같습니다. 아마 우리가 밑에서 처리할 동안……”

“말은 제대로 하시죠. 언데드를 처리한 것은 저입니다만?”

따끔하게 꼬집는 애드리엔느였지만 로딘은 이미 다음 말을 잇고 있는 중이었다.

“위에 올라간 녀석들도 꽤 되었던 모양입니다.”

“게다가 저 녀석은 엄청나게 강한 것 같군.”

바라보던 키렌의 음성도 나직하게 떨렸다.

레온보다 약간 큰 체구, 아마 하이렌 형이나 카슨 형 정도의 사내가 날렵하게 검을 휘두르고 있었다. 검을 휘감고 있는 검은빛은 척 보기에도 검기였다. 그를 상대하고 있는 기사는 도널드로 보였는데 이미 패색이 짙은 모양이었다.

막 그의 검이 도널드의 허리를 베려는 순간, 밑에서 지켜보던 일행들이 ‘앗’ 하고 비명을 질렀다. 그러나 다행히도 뒤이어 4근위대의 제니퍼와 찰스가 가세하여 도널드를 구하는 광경이 보였다.

안도의 숨을 쉬며 키렌이 중얼거렸다.

“그러고 보니 성에 남은 마스터는 하이렌 형뿐이잖아? 저대로는 매우 위험하겠어!”

그 순간 ‘쉭’ 하는 소리와 함께 화살 하나가 날아갔다. 어느새 활을 꺼내 든 로딘이 활시위를 재며 화살을 날리는 중이었다.

허공을 가르며 날아간 화살은 정확하게 상대의 등에 푹 꽂혔다. 위에서 아래로 쏘는 것도 아니라 아래에서 위로, 그것도 상당한 거리였음에도 불구하고 정확하게 가슴을 노리는 로딘의 활 솜씨는 과연 캐러디안 숲 제일이라고 불릴 정도로 뛰어났다. 하지만 그뿐이었다. 상대는 등에 화살이 꽂혔음에도 여전히 매서운 검기를 휘날리며 세 사람을 연거푸 공격하기 시작했다.

찰스와 제니퍼가 가세했다고 해도 그를 어떻게 할 수는 없었다. 그는 바로 일전에 애리오트의 희생으로 적을 막았을 때 남문을 공격하던 암흑기사 카이였다. 하이렌조차도 막을 수 없었는데 당연히 세 사람이 막을 수 있을 리 만무했다. 그리하여 상황은 다시 급박하게 바뀌었고 밑에선 비명이 터졌다.

"지금이라도 성 위로 올라갈 수만 있다면!"

안타까운 듯 레온도 한마디 했다.

"성으로 올라가는 방법이 아주 없는 것은 아니지요."

활을 놓고 로딘은 다시 검을 꺼내 들었다. 얼른 레온이 그를 돌아봤다.

"무슨 좋은 수가 있나요?"

로딘은 주변을 둘러보며 중얼거렸다.

"성벽에 창이나 뭐 그런 것들로 홈을 낸다면 그것을 발판으로 단숨에 올라갈 수 있을 겁니다."

"하지만 언데드가 쓰던 무기는 부식이 되었을 테니 건드리지 않는 게 좋을 거예요."

애드리엔느의 충고에 로딘은 얼굴빛을 굳혔다. 애써 궁리해 낸 생각도 소용이 없게 되자 실망한 빛이 역력했다. 그때 타바비아가 자신의 거대 배틀 엑스를 양손에 쥐고 앞으로 나섰다.

"그거라면 내가 도울 수 있을지도 모르겠군."

기합과 함께 그는 앞으로 내달렸다.

두 팔을 활시위처럼 팽팽하게 뒤로 당긴 후 달리던 걸음 멈추며 기세를 몰아 두 개의 도끼를 위아래로 던졌다. 배틀 엑스가 허공을 가르며 성벽 위아래 나란히 꽂혔다. 타바비아는 만족한 듯 로딘을 돌아봤다.

"이 정도면 되겠는가?"

"충분합니다. 고맙습니다, 타바비아."

짤막한 인사와 함께 로딘은 활통을 던지고 재빨리 성벽으로 몸을 날렸다. 거꾸로 검을 쥔 채 그의 발이 땅을 박찼다. 십여 미터를 솟구친 그의 몸이 첫 번째 도끼를 밟았다. 그리고 다시 십여 미터를 솟구쳐 두 번째 도끼를 밟았고 뒤이어 그의 몸은 성 위로 착지했다.

그 모습을 지켜본 레온이 뒤이어 앞으로 나섰다. 로딘의 날렵한 몸놀림에 감탄을 지르던 키렌이 서둘러 소리쳤다.

"그만둬라, 레온!"

하지만 말린다고 들을 레온이 아니었다. 그의 몸은 어느새 성벽에 근접했다. 앗, 하고 뒤에서 비명을 지르는 것에도 아랑곳하지 않고 레온은 도끼를 향해 힘차게 점프했다. 레온 자신은 인정하지 않았지만 그의 형제들은 모두 그가 가문 최강이라는 것을, 아니면 적어도 최강이 될 녀석이라고 인정했다. 키렌의 걱정과 달리 레온은 손쉽게 두 개의 도끼를 밟고 성 위로 안착했다.

성벽에 도착한 레온은 곧 주변을 둘러봤다. 얼핏 까만 갑옷이 눈에 들어오자 그는 검을 들어 사정없이 베었다. 비명조차 지르지 않았고 베어진 상처에서는 진득한 핏물이 흘렀다. 그러나 무엇보다 레온을 놀라게 한 것은 베어진 적병이 검을 들고 반격하는 모습 때문이었다.

물론 레온은 뉴카슬 협곡에서 언데드와 일전을 벌였던 경험이 있었다. 하지만 그때는 적을 물리치는 것이 목적이 아니라 도주하는 아군을 도와 퇴로를 뚫는 것이 목적이었다. 당연히 자신이 벤 상대가 어떻게 되었는지 확인할 수도, 확인할 필요도 없었다. 그렇기 때문에 그는 언데드에게 마스터의 검기가 통하지 않는다는 것을 몰랐다. 검기가 통하지 않는 적, 어떻게 성대해야 할지 레온은 황당할 수밖에 없었다.

그 순간 그의 귀에 폭발음이 들렸다.

번쩍.

섬광이 번쩍였다고 느끼는 순간 덩치가 제법 큰 거구의 사내 하나의 몸이 반쯤 녹으며 성벽 밑으로 떨어졌다. 그가 사라진 자리에 당당히 버티고 있는 자는 바로 로딘이었다.

'그렇구나! 마스터의 검기가 아주 통하지 않는 것은 아니었어!'

레온은 세이버를 쥔 손에 힘을 주었다.

분명 검기만으로는 언데드를 완전히 퇴치할 수 없었다. 하지만 극상의 검기, 즉 뉴카슬 협곡에서 로딘이 선보였던 검기라면 전혀 달랐다. 그것은 상대를 베는 정도가 아니라 검에 집중된 마나를 길게 내쏘아 상대를 녹여 버리는 기술이었기 때문이다.

그렇다고 성벽에서 아군과 적군이 뒤섞인 곳에 마구 검기를 남발할 수는 없는 일. 레온은 재빨리 빈틈을 노리고 발걸음을 놀렸다. 전광석화 같은 그의 몸놀림. 마치 몇 명의 레온이 적과 아군 틈에 섞이는 것 같았다. 그리고 그 모든 레온이 어느 한 점에 이르러 모여들었을 때 하나의 섬광이 작렬했다.

번쩍!

레온의 검에서 섬광이 번득였다. 그리고 그 앞에 있던 무수한 언데드가 빛에 녹아들었다.

"이, 이럴 수가?"

누군가의 입에서 믿을 수 없다는 감탄이 터졌다. 하지만 레온은 그런 것에 대꾸할 틈이 없었다. 가까운 곳에 조금 전 밑에서 보았던 암흑기사의 모습과 그를 상대하는 근위 기사들의 모습이 보였기 때문이다.

"비켜요!"

소리와 함께 레온이 그 앞으로 달려들었다.

레온이라는 것을 확인한 세 사람이 재빨리 뒤로 물러섰다. 그러자 그 빈틈을 노리고 암흑기사 카이가 검은 기류가 흐르는 검을 찔렀다. 그의 검이 막 도널드의 목을 베었다.

하지만 레온의 검이 조금 더 빨랐다. 그의 검에서 쏟아진 은빛 검기가 카이의 검을 퉁겨냈고 뒤이어 세이버의 날카로움이 그의 검을 베었다.

검기와 검기의 맞부딪침. 절대 서로의 검을 자를 수 없다는 진리가 깨어졌을 때의 반응이 카이의 눈빛에서 흘렀다. 믿을 수 없다는 듯 자신의 검을, 그리고 레온의 검을 바라보며 머뭇거리는 동안 벌써 그 앞에 당도한 레온이 자세를 잡았다.

"이거 정말 멋진 것 같아! 이름을 정해둬야겠어!"

외침과 함께 쏟아진 은빛 섬광.

카슨의 시종이자 신분의 제약 때문에 마스터라는 사실을 숨겨야만 했던, 게다가 죽은 후에는 암흑기사로서 의지와 상관없는 전쟁을 벌여야 했던 카이의 몸이 산산이 흩어졌다.

"대, 대단해요, 레온 공자."

자네트의 감탄, 그리고 이제야 살았다는 듯 도널드의 안도한 목소리가 들렸다.

"모두들 제때에 도착해서… 다행입니다."

"막아내느라 수고했네. 조금 쉬도록 하게."

찰스가 차분하게 대꾸하며 한쪽을 바라봤다.

벌써 세 번째 섬광이 터뜨린 로딘이 망연한 표정으로 멀거니 서 있었다. 그의 모습을 지켜보며 찰스가 중얼거렸다.

"녀석, 알아챈 모양이군, 이들이 누구인지……."

듣고 있던 레온이 서둘러 물었다.

"이들이 누구인데요?"

"그건… 우선 싸움이 끝난 후에."

"그거라면 걱정 말아요."

싱긋 미소를 짓고 레온은 적군이 가장 많이 몰려 있는 곳으로 냉큼 뛰어갔다. 레온은 적군 틈바구니에서 한 올의 마나도 느껴지지 않는다는 것을 확인했다. 그리고 최대한의 마나를 집중하여 또 한 번의 섬광을 터뜨렸다. 한순간에 수십 명이 몰려 있던 곳이 뻥 뚫렸다.

그것을 시발로 사방에서 신성력을 뿜는 검이 난무했다. 버나드의 명령으로 각 성문을 지키던 천기장들이 북쪽 문으로 들이닥친 것이다. 그리고 그들의 참가로—물론 적군 중에 가장 강했던 카이와 릭, 그리고 스콧을 레온과 로딘이 처리한 탓도 있지만—승부는 순식간에 결정되었다.

한참 상황을 지켜본 후에 레온은 다시 찰스의 곁으로 다가왔다. 그리고 다시 한 번 물었다.

"이들은 누구죠? 어째서 보통 병사들이 언데드가 된 거예요?"

레온으로선 당연한 궁금증이었다. 그와 그의 형 키렌이 비밀 임무를 띠고 북쪽으로 간 동안 포란 성에 무슨 일이 닥쳤는지 궁금했던 것이다.

"이들은……."

어느새 그들 곁으로 다가온 로딘의 눈치를 살피며 찰스는 천천히 대답했다.

"제1돌격기병단입니다."

"에?"

순간 레온의 얼굴이 일그러졌다.

"그럼… 카슨 형의 부하들이잖아요? 그들이 왜 언데드가 된 거죠?"

"저희들의 추측에 의한다면 할튼이 돌격기병단을 모스 섬으로 불러들인 것은 왕국의 전력을 약화시킨다는 목적도 있었지만 이들을 죽여서 언데드로 삼기 위함이었던 것 같습니다."

"그럴… 수가?!"

어이가 없다는 듯 레온은 겨우 말문을 열었다. 하지만 마음 한구석에서 알 수 없는 분노가 치미는 것을 느낄 수 있었다.

그때 로딘이 차분하게, 그러나 착 가라앉은 목소리로 부탁했다.

"성 아래에 일행이 있습니다. 그들이 들어올 수 있게 문을 열어주십시오."

"성 아래에?"

깜짝 놀란 찰스가 로딘을 바라봤다.

"이 아래엔 적군이 즐비할 텐데? 지금 성문을 연다는 것은……."

"안심하십시오."

굳어진 얼굴로 로딘은 찰스를 응시했다.

"성 밑의 적군… 은 모두 제거되었습니다."

마지막 말을 할 때 로딘의 시선은 어둔 하늘을 바라보고 있었다.

"그게 사실인가?"

믿을 수 없다는 표정이었지만 그는 방금 전 레온이나 로딘이 보여준 검기를 상기했다. 두 사람의 마스터가 성에 돌아온 것이다. 게다가 어떠한 마스터라도 상대할 수 없을 거라던 추측을 보기 좋게 깨뜨리며 사이좋게 최강의 적들을 사정없이 무찔러 버렸다. 믿을 수 없지만 믿지 않을 수 없었다.

찰스의 목소리는 기쁨에 겨워 가늘게 떨렸다.

"기, 기다리게! 지금 당장 공작 각하께 보고하겠네. 아니, 그대도 같이 가도록 하지. 도널드 경, 자네는 어서 성문을 열라고 지시하게."

로딘의 말에 놀라웠던 것은 도널드도 마찬가지였다. 그는 얼른 찰스의 요청을 받아들여 성문을 열러 달려가면서도 반신반의하는 중이었다.

반대로 로딘은 손을 저으며 찰스의 청을 거절했다.

"잠시 이곳에 있고 싶습니다. 부탁드립니다."

"무슨 소리……."

로딘을 돌아보던 찰스는 흠칫했다. 항상 얼굴 가득 미소를 짓고 있던 그의 얼굴이 굳어졌다는 것을 이제야 눈치 챈 것이다. 그리고 문득 그와 제1돌격기병대와의 관계를 기억해 낸 찰스는 고개를 주억거렸다.

"그럼… 잠시 후에 내려오도록 하게."

그리고 찰스는 얼른 레온을 데리고 밑으로 내려갔다.

찰스와 레온은 성벽을 내려온 후에 얼마 가지 않아 버나드와 마주쳤다. 그는 얼굴 가득 초조한 기색을 감추지 않고 레온을 바라봤다.

"고생했다. 갔던 일은 어찌 됐느냐?"

그때 성문이 열리는 소리가 들렸고 횃불을 밝혀 들고 문으로 들어오는 드워프들의 모습이 보였다. 그리고 버나드는 굳이 레온의 입을 통하지 않아도 일이 성공했다는 것을 확인했다.

안도의, 그리고 기쁨의 환성이 그의 입에서 터졌다.

"오오~ 신은 우리를 버리지 않았도다!"

찰스와 몇몇 천기장, 그리고 친위대의 앤더슨과 윌은 선두에서 말을 달리는 두 사람의 모습을 똑똑히 보았다. 흑색의 망토를 휘날리며—자세히 보니 그 앞에 웬 여자 하나가 더 앉아 있었지만—당당하게 들어서는 흑기사 키렌의 모습과 그 옆에서 나란히 말을 달리는 머리카락이 붉은 청년의 모습이었다. 얼핏 그가 누구인지 알아채지 못한 기사들이 멀뚱거릴 때 도널드가 앞서 달려오며 울음에 북받친 고함을 질렀다.

"뭘 하고 있는 거냐? 리처드 전하께서 당도하셨다!"

그러자 기사들이 '아' 하고 깜짝 놀랐다.

군단장은 물론 천기장 이상이라면 기사로서 더 이상 오를 직위가 없는 최고의 자리였다. 당연히 왕실에서 행해지는 행사에 참가할 수 있기 때문에 왕자 리처드의 얼굴을 몰라볼 리가 없었다. 하지만 왕자는 사라진 지 벌써 몇 달이 흘렀고 대부분 죽었을 거라고 생각했기 때문에 갑작스러운 그의 등장에 어리벙벙했다.

갑작스러운 왕자의 등장, 그것이 의미하는 바는 컸다. 국왕 브라이튼이 암살당한 후 왕국을 다스릴 다음 왕이란 뜻이었고 왕가가 아직 생존해 있다는 뜻이었다. 그리고 반란군을 무찌를 구심점이 생겼다는 뜻이었다.

　전날 저녁부터 새벽에 이르기까지 포란 성은 여느 때처럼 잠들지 못했다. 하지만 여느 때와 다르게 전투에 대한 두려움과 죽음에 대한 공포 때문이 아니었다. 전날 밤에 끝나지 않을 것 같던 두려움과 공포가 한순간에 사라졌던 것이다. 포란 시민들은 환호했고 병사들은 열광했으며 기사들은 승리를 확신했다.

　그리고 믿을 수 없는 기적을 몰고 나타난 리처드 왕자에게 찬사를 표했다.

　물론 아직 포란 성이 위험에서 완전히 벗어난 것은 아니었다. 하지만 지금까지와 다른 상황이 되었다는 것만은 모두들 느낄 수 있었다.

　우선적으로 포란 성을 감싸던 정체 모를 안개가 사라졌다. 리처드 왕자가 입성할 때 옅어지기 시작한 안개는 시민들이 환호를 할 때 완전히 걷혀져 별빛 총총한 하늘로 바뀌었다.

게다가―사실은 레온을 따라온 것이지만―리처드 왕자가 이끌고 나타
난 구원군은 북문에 몰려 있던 대다수의 언데드 적군을 무찔러 새벽녘
까지 이어진 전투는 거의 미미했다.

공포로 뜬눈을 세우던 사람들이 이번엔 환성으로 뜬눈을 세웠다. 그
리고 아침이 되어서 백작부 앞에 모여들어 갑자기 나타난 왕자의 모습
을 보고 싶어했다.

그리고 그들의 바램대로 리처드는 높은 단상 위에서 멋진 포즈와 함
께 외쳤다.

"여러분! 우리는 승리할 것입니다!"

그리고 이어지는 환호.

벌써부터 포란 성은 승리의 축배와 흥분의 도가니에 빠졌다.

그리고 정오가 되어서 시작된 군사 회의 역시 흥분한 기색이 역력한
기사들로 가득 찼다. 그 이유는 당연히 갑자기 사라졌던 것만큼 갑자
기 나타난 리처드 때문이었다.

궁금증을 품고 있는 기사들을 대표하여 찰스가 물었고 리처드는 미
소와 함께 대답했다.

"몰랐나요? 난 꽤 오랫동안 여러분들과 함께 있었는데 말입니다."

"네? 그, 그게 무슨 말씀이십니까?"

당황한 찰스가 반문했지만 리처드는 피식 웃을 뿐이었다.

그를 대신하여 모두의 궁금증을 풀어준 이는 키렌이었다. 그는 리처
드가 히드리크의 저주를 받아 그간 수요로 지냈었다는 것을 간략하게
설명했다. 그의 설명을 듣는 동안 기사들은 입을 쩍 벌린 채 놀랐다.
그렇게 찾아 헤맸던 왕자가 바로 그들 곁에 있었을 줄 그 누가 상상이

나 했겠는가 말이다.

　그들이 경악하고 있는 동안 리처드는 슬쩍 창밖을 쳐다봤다. 그리고 버나드를 향해 고개를 돌리곤 능청스럽게 말했다.

　"한데 바깥이 꽤나 소란스럽군요, 버나드 경."

　"그럴 수밖에 없겠지요. 전하께서 나타나셨고."

　힐끔 버나드는 리처드의 뒤에 있는 키렌의, 아니, 그 곁의 마법사 애드리엔느를 바라봤다.

　"우리를 괴롭히던 적군이 한순간에 사라졌으니까요. 게다가 전하께선 일부러 시민들을 흥분시키는 연설을 하지 않았습니까?"

　"아아~ 그랬었지요? '여러분~ 우리는 승리할 것입니다~' 라고 했죠."

　약간 비꼬는 음성으로 마지막 대사를 반복하며 리처드는 홀 내를 훑어봤다.

　"그리고 아직까지도 흥분에 잠겨서 정신을 못 차리는 지휘관이 보이는 것 같은데, 제 눈이 잘못된 겁니까, 버나드 경?"

　"아니오. 잘못되진 않았습니다. 제 눈에도 그렇게 보이니까요."

　대답을 마치고 버나드도 싸늘한 시선으로 기사들을 바라봤다. 순간 늘어서 있던 기사들 중에 몇몇이 움찔하며 고개를 움츠리는 모습이 보였다.

　"제군들, 우리는 아직 승리한 것이 아니네. 아직 전쟁 중이고 우린 겨우 하나의 성을 위험에서 구한 것뿐이네."

　"시민들과 병사들에게 승리를 확신시키는 것은 당연한 겁니다. 그만큼 사기가 고취되니까요. 하지만 그런 물결에 편승하여 헛된 자신감을 가져선 곤란하지 않나요? 특히 지휘관의 입장에서는."

마지막 말에 더욱 힘을 주며—그러나 입가엔 여전한 미소를 머금고—리처드는 말했다.

버나드와 리처드가 번갈아 잘못을 지적하자 천기장들의 목은 더욱 움츠러들었다. 하지만 두 사람의 질책은 더 이상 이어지지 않았다.

갑자기 자리에서 일어선 리처드는 손뼉을 두 번 마주치고는 경쾌하게 소리쳤다.

"자자, 기사 여러분. 포란 시민들에게 저를 거짓말쟁이로 만들 생각은 아니겠죠? 어쨌든 저는 이 전쟁을 이겼으면 하는 바램입니다만."

"당연한 말씀이십니다, 전하."

허리를 숙여 예를 갖추고 버나드가 앞에 나섰다.

그는 엄숙한 표정으로 다시 한 번 각 군 지휘관들을 매섭게 훑어본 후 입을 열었다.

"전하께서 말씀하신 것처럼 우린 이겨야 한다. 이기기 위한 작전, 지금부터 그것을 세울 것이다. 먼저 현재 우리가 처한 상황에 대해 설명하겠다. 지금까지와 달리 우리는 이제 더 이상 수세에 몰리지 않았다. 아직 수도의 상황은 모르지만 빠른 시일 안에 수도로 돌아가 전력을 재정비한 후 반격을 시도해야 할 것이다."

거기까지 설명했을 때 키렌이 앞으로 나섰다.

"공작 각하, 안 좋은 소식이 하나 있습니다."

버나드는 의아한 표정으로 그를 돌아봤다. 그러나 대답은 리처드에게서 나왔다. 천연덕스러운 목소리로, 마치 아무 일도 아니란 듯이 그는 말했다.

"칼버딘도 반란에 동참했어요."

"……."

버나드의 침묵에 키렌은 다시 반복 설명을 덧붙였다.

"현재 칼버딘 군은 콘버드 내에 진군한 상태고 수도에 있던 병력 중 반수 이상은 콘버드에서 방어선을 구축한 것 같습니다."

"…그거 정말 안 좋은 소식이군요."

담담한 대꾸였지만 버나드는 곧 그것이 무엇을 의미하는지 깨닫고 있었다. 염려했던 대로 리저드는 전혀 뜻밖의 책략을 내놓았다. 바로 원조자를 이용해 콘버드의 신관들을 묶어놓는다는……!

그의 시선이 기사들 반대 편에 있는 사람들 중에 타스틴에게 향했다.

"이것으로 성직자로 언데드를 상대한다는 내 계획은 무산된 것 같군."

"그런 것 같습니다."

수긍하듯 고개를 끄덕이며 타스틴은 말을 이었다.

"신관이라고 해도 모두 언데드를 상대할 수는 없죠. 고위급 사제나 전투 신관이 필요한데 현재 페나인에서 그런 병력을 가진 유일한 영지는 콘버드니까요. 정확히 말하자면 빛의 신 아리온을 모시는 신전에 있는 크루세이더만 가능하니까요."

문득 자신의 설명이 이상하다고 여겼는지 타스틴은 벗겨진 자신의 머리를 쓰다듬으며 덧붙였다.

"물론 여기서 말하는 크루세이더란 검사의 경지를 말한 것이 아니라 아리온 신전의 전투 신관들을 지칭한 것이었습니다. 음, 가이아 신전의 템플러와 같은 거죠. 여기 모여 계신 크루세이더 급 기사들보다야 못하겠지만 언데드에게 있어선 가장 강력하다는 것만은 사실이니까요. 하지만 공작 각하, 우린 오늘 새벽에 기적을 보지 않았습니까?"

타스틴의 말이 끝나자 모두의 시선이 곧장 리처드에게 향했다.

그와 그의 곁에 있던 몇몇을 감탄과 경외의 눈빛으로 바라봤다. 리처드를 따라 성에 들어온 백여 명의 드워프들, 적어도 기사들의 눈에 그들은 바깥의 언데드를 가뿐(?)하게 정리한 용사들의 모습으로 보였다.

당연하다는 듯 기사들은 드워프들을 대표하여 이 자리에 참석한 둔과 타바비아에게 경탄의 시선을, 그리고 그들을 지휘한 키렌에게도 경탄의 시선을 아낌없이 보냈다. 그리고 무엇보다 갑자기 성 위로 솟구치듯 모습을 드러낸 두 사람의 마스터 레온과 로딘에게도 아낌없는 경탄의 시선을 보냈다.

거의 이십여 일에 걸쳐 버티는 것만으로도 버거웠던 적들을 단숨에 쓸어버린 그들이 기사들의 눈에 용사로 보이는 것은 당연했다. 그리고 그들이 그렇게 적을 몰아냈듯 앞으로도 적을 몰아낼 수 있을 것이라고 확신했다.

성직자의 힘을 빌리지 않더라도 '충분히' 라고 모두들 생각했다.

그러나 정작 그런 시선을 받은 일행들은 어색한 표정으로 머뭇거렸다. 솔직히 그들이 한 것은—물론 레온이나 로딘은 제외지만—언덕에서 성문을 향해 달려온 것이 전부였기 때문이다. 언데드를 물리친 것도 안개를 걷어낸 것도 전부 애드리엔느, 단 한 사람이 한 일이었다.

그리고 정작 자신이 하고도 아낌없는 시선에서 제외된 애드리엔느는 불끈 화가 치밀었다.

뭔가 기대에 찬 표정으로—그녀는 성에 들어올 때부터 사람들이 자신을 주목해 주길 무척이나 기대하고 있었다—키렌 곁에 서 있던 애드리엔느는 더 이상 못 참겠다는 듯 앞으로 나섰다.

"이봐요!"

"마법으로 언데드를 처리하는 것이 가능합니까?"

대뜸 억울함에 분통을 터뜨리려던 애드리엔느는 곧바로 이어진 버나드의 질문에 잠시 버벅댔다. 성격대로라면 무시한 채 고함을 쳤겠지만 불행하게도 그녀에게 질문한 이는 키렌의 형이었다.

'키렌과 결혼하겠어!' 라는 야망을 품고 글렌 계곡을 나선 애드리엔느. 레온을 구슬렀다곤 해도 아직 넘어야 할 성과 산과 언덕과 강이 널려 있었다. 그리고 그것들 중에 하나가 바로 가장 맏형인─윌리엄 공작이 없는 지금은 실질적인 레스터의 실권 중에 하나인─버나드였다.

무시무시한 표정. 마치 엄청난 마법을 난사할 것 같은 얼굴로 한 걸음 나섰던 애드리엔느는 순간적인 계산을 마친 후 청순가련한 여성의 얼굴로 변신했다. 그리고 아~주 얌전한 표정을 지어내며 귀여운 포즈를 취하곤 정중하게 답변했다.

"네, 공작 각하, 가능하답니다."

순간 홀 내에 소란이 일었다. 지금 그녀의 대답에 모두들 놀란 것이다.

이십여 명의 크루세이더를 포함한 이만의 근위대도 겨우 버텼던 언데드를, 백 명의 드워프나 세 명의 마스터의 힘을 빌리지도 않은 채 겨우 연약해 보이는 여성 혼자서 처리해 버렸단 얘기였다. 그 엄청난 기적을 겨우 스물을 넘은 여마법사가 해냈다는 것이 황당하여 홀 내의 사람들은 경악하고 말았다.

하지만 사람들의 반응에 애드리엔느의─겨우 위장한 얼굴이었건만─표정은 살짝 찌푸려졌다. 불행하게도 그녀의 대답에 그들은 조금 전과 같은 '경탄의 시선' 이 아닌 '믿을 수 없어' 란 시선을 보내왔기 때문이었다.

　문득 그런 눈치를 챈 버나드가 입가에 알 듯 말 듯한 미소를 지었다. 마법사 특유의 '제 잘난 맛에 사는 습성'이 그녀에게서도 언뜻 보였기 때문이다. 그리고 그런 제 잘난 맛에 사는 마법사를 다루는 법을 버나드는 아주 잘 알고 있었다.

　그는 헛기침과 함께 모두 들으란 듯이 말했다.

　"과연… '9써클'의 마법사는 뭐가 달라도 다르군요!"

　다시 한 번 사람들 틈에 작은 소란이 일었다. 약간의 경악을 터뜨린 사람들은 이번엔 '애드리엔느가 기대했던' 시선을 듬뿍 쏘아보냈다. 그리고 버나드가 기대했던 대로 애드리엔느는 그런 시선에 매우 흡족한 표정을 지었다.

　그녀는 생긋 미소와 함께 다시 버나드를 바라봤다.

　"제가 '9써클'인 것은 맞지만."

　그녀는 버나드처럼 '9써클'이란 단어를 강하게 발음했다.

　"그것만으로는 언데드를 처리할 수 없습니다. 제가 언데드를 처리할 수 있었던 가장 큰 이유는 제가 '땅 마법'을 사용할 수 있기 때문입니다."

　버나드의 표정이 약간 굳어졌다. 속으로 '도가 좀 지나쳤군' 하고 중얼거리면서도 어쩔 수 없다는 듯 그는 반문했다.

　"땅 마법이라니? 그건 무엇입니까?"

　"마법 속성은 원래 네 가지로 나뉘는데 그것은 자연을 이루는 네 가지 속성을 따르는 것입니다. 바로 땅, 물, 불, 그리고 바람이 그것입니다. 저는 그중에 땅 마법을 마스터했습니다."

　"오, 그렇군요!"

감탄스럽다는 표정이었지만 속으로는 '이쯤에서 다음으로 넘어가야지' 하고 생각했다. 하지만 그녀는 그럴 기회를 주지 않았다. 갑자기 망토를 들추고 금빛 슬라임을 꺼내 들고 자랑스럽게 버나드에게 내밀었다.

"여기서부터는 아빠가 설명해요."

"으음, 별로 사람 앞에 나서고 싶지 않은데……."

"하라면 해요!"

"아, 알았다……."

꿈틀 하고 골드 슬라임 에르다몬은 날개를 파닥인 후에 동그란 눈망울로 버나드를 쳐다봤다. 반면에 버나드는 처음 보는 생명체가 말을 하고 있는—게다가 애드리엔느는 그 생명체에게 '아빠'라고 불렀다—상황에 처음으로 그답지 않게 당황했다.

"에… 또… 어떻게 설명해야 하나… 오, 그렇지! 거기 마법사 아가씨, 그대를 예로 드는 게 좋을 것 같군. 그대는 몇 써클의 마법사이지?"

갑작스러운 질문과 호명에 제니퍼가 깜짝 놀라며 조심스럽게 대답했다.

"5써클입니다."

"그렇군. 5써클. 그것도 굉장한 경지이지, 그 나이에 비한다면. 내 아내도 젊은 시절 꽤 잘 나가는 마법사였는데 그래 봐야 4써클 수련 마법사였어."

"아~빠?"

생긋 웃는 애드리엔느의 표정은 생기발랄했지만 사람들의 눈엔 그녀의 살짝 움켜진 손가락과 꿈틀거리는 슬라임의 모습만 들어왔다.

"어엇~ 그러니까… 설명하려던 참이었어……."

“본론만 하세요. 다들 바쁜 분들이잖아요?”

“그, 그래, 그래야지. 험험…….”

다시 벌어진 그녀의 손바닥 위에서 에르다몬은 다시금 자세를 잡으려고 날개를 퍼덕였다.

“공작 각하, 저를 비롯하여 제 딸은 제 아버지의 마력을 전승받았습니다. 그렇기 때문에 제 아버지께서 생전에 이룩한 마력 9써클의 경지를 온전히 이어받은 것이죠. 한데 마력은 전수받을 수 있어도 마법은 전수받을 수 없답니다. 그 이유는 마법에 대한 이해와 주문에 따른 경험이 따라야 하기 때문입니다.”

“하지만 어쨌든 아버지는 할아버지의 마력과 마법을 모두 전수받았고 나 역시 그것들을 전수받게 되었지요.”

대신 말을 이은 애드리엔느는 다시 한 번 손을 움켜쥐었다.

“지금 설명할 건 그게 아닌 것 같은데요? 저를 비롯하여 여기 있는 분들이 궁금한 것은 어째서 저는 ‘땅 계열’만 습득했는데 다른 마법사들은 ‘4원소’의 마법을 동시에 습득하고 있느냐는 거죠.”

‘그건 당신만 궁금한 것이겠지. 난 하나도 궁금하지 않아’라고 버나드는 생각했다.

한데 이번엔 그녀의 뒤쪽에서 대답이 나왔다.

“그건 에르다몬도 모르는 일이다. 사실 나도 엘리샤가 글렌 계곡에 왔을 때 놀랐던 점이니까. 백 년 전에는 한 가지 계열의 마법을 익히는 것이 정석이었는데 어찌 된 일인지 엘리샤는 이것저것 혼재해서 익히고 있었으니까. 뭐랄까, 마법사에게 있어 ‘마스터’의 의미가 바뀌었다고 할까? 예전엔 한 계열의 마법과 주문을 완전히 익혔을 때 ‘마스터’라고 불렀지만 지금은 일정 마력에 이르러 여러 주문을 폭넓게 사용할 수 있을 때 '마스터'라고 불리는 것 같다."

대답을 마친 후 또 하나의 골드 슬라임이 홀을 가로질러 날았다. 바로 타바비아의 어깨에 있던 로이니스였다.

"어느 쪽이 더 유용한 거죠?"

"마법이란 것은 하나만 파도 그 끝에 이를 수 없는 거야. 마력이 9써클에 이르는 것은 힘들지만 마력에 해당하는 주문을 골고루 익히는 것은 더욱 어렵지. 아마 그런 식으로는 7써클이 한계, 어쩌면 그전에 정신이 붕괴될 가능성이 더 크다. 물론 넌 9써클의 마력을 전수받은 상태이기 때문에 다른 계열의 마법 주문을 알게 되었을 경우 '일단은' 시전할 수는 있겠지. 하지만 권장하고 싶지는 않다. 각 계열 간의 마법은 유사한 것 같지만 사실은 전혀 다르거든. 앞으로도 땅 마법에 전념하는 것이 너에게 가장 이로울 것이다."

로이니스는 정확하게 애드리엔느가 궁금한 것을 지적했다. 그의 설명이 맘에 들었는지 그녀는 더 이상 질문하지 않았다.

그러자 로이니스는 다시 버나드에게 몸을 돌렸다. 연신 날개를 파닥이는 그는 꼭 허공에 떠 있는 물방울 같았다.

"에드워드님의 첫 번째 증손자인 버나드라고 했었나? 반갑군. 아참, 내 소개를 해야겠지? 난 에드워드님과 생사고락을 같이했던 로이니스라고 하네. 몸이 이렇게 된 것은 어떤 사정이 있어서 그런 것이고 원래는 나도, 그리고 에르다몬과 엘리샤도 사람이었네. 애드리엔느는 내 손녀지."

자기소개를 끝낸 후 로이니스는 다시 홀을 가로질러 수요가 앉아 있던 책상 위에 사뿐히 내려앉았다.

"어쨌든 자네에겐 별로 필요하지 않은 말들을 했던 것 같군. 그대의 궁금증은 어째서 '땅 마법'이 언데드에게 통용되는가 하는 점이겠지?"

"정확하게는 언데드를 상대할 수 있는 방법입니다. 지금까지 우리가 찾아낸 방법은 '신성력'과 '바닷물'이었습니다."

"바닷물? 오호! 그거 우습군."

"뭐가 우습단 말입니까?"

"자네가 잘못 알고 있어서 우습다는 거지. 정확하게는 바닷물이 아니라 '소금'이야."

버나드의 눈썹이 꿈틀 하고 움직였다.

그리고 잠잠하던 홀이 다시 한 번 웅성거렸다. 다니엘이 남쪽에서 가져온 정보에 의하면 언데드로 변한 오크는 해수에 의해 녹아들었다. 한데 지금 로이니스는 해수가 아니라 소금이라고 말했다. 그 말대로라면 언데드를 격퇴하는 것은 매우 손쉬워지게 마련이었다.

"정말입니까?"

"정말이고말고. 그리고 덧붙여 설명하자면 지금 자네는 언데드를 퇴치할 수 있는 모든 방법을 알게 되었네."

"신성력과 소금, 그리고 마법 말입니까?"

"그래. 그리고 내가 자네라면 그중에서 신성력을 선택하겠네."

"그건 또 왜 그렇습니까?"

"가장 확실하고 뒤끝도 깨끗하니까."

"그 세 가지 방법은 어떤 차이가 있습니까?"

"신성력이 정확하게 어떻게 작용하는지에 대해선 잘 모르네. 알다시피 마법사와 성직자는 그다지 좋은 사이가 아니니까. 하지만 다른 두 가지 방법에 대해선 아주 잘 알고 있지. 아마 그것을 들으면 왜 신성력을 택해야 하는지 알게 될 것이네."

버나드는 짤막하게 고개를 끄덕였다.

"먼저 언데드를 만드는 마법에 대해서 설명하겠네. 대부분의 사람들은, 심지어 마법사들조차 언데드는 악마와 계약을 맺어 만든다고 생각하지. 흑마법의 일종처럼 말이야. 하지만 그건 틀린 사실이네. 뭐, 중간의 복잡한 과정은 마법사들끼리 토론할 때나 필요한 것이니 생략하기로 하고 결론만 얘기하자면 언데드는 땅 마법의 일종이네."

"에?"

순간 사람들의 시선이 애드리엔느에게 쏠렸다. 그러자 당황한 애드리엔느가 손을 저으며 대꾸했다.

"저는 만들 줄 몰라요."

"그녀 말이 맞아. 땅 마법을 마스터한다 해도 언데드를 만들 수는 없네. 왜냐하면 거기엔 특별한 주술이 가미되는데 바로 '심령술' 이지. 불행하게도 미스랜드 대륙엔 그 술법이 없네."

로이니스의 친절한 설명이었지만 사람들은 끔찍하다는 듯 고개를 저었다. 미스랜드 대륙에 심령술이 없다는 것은 '불행' 이 아니라 그야말로 '다행' 이라고 여겼던 것이다.

"언데드란 곧 죽은 자. 원래 땅에 있어야 할 것을 조종하여 움직이는 것이기 때문에 땅 계열을 이해하지 못하면 쓸 수 없는 마법인 거야. 같은 이유로 땅 마법을 알고 있는 자라면 언데드를 원래의 상태로 돌릴 수 있네. 바로 땅속으로 돌려보내는 것이지."

"그렇다면 마법으로 상대해도 되는 것 아닙니까?"

"꼭 그렇지도 않지. 아까도 설명했지만 언데드를 만들기 위해선 심령술도 필요하다네. 땅 마법만으론 그 주술을 완전히 풀 수 없기 때문에 만약 원래의 시술자가 와서 다시 언데드를 불러낼 경우 놈들은 다시 나타나게 되는 것이지."

잠시 홀 내에 정적이 감돌았다.

모두들 밤새 격퇴되었다고 믿었던 언데드가 완전히 사라진 것이 아니란 사실에 충격을 받은 듯했다. 그들을 대표하여 다니엘이 물었다.

"그럼 그 시술자를 찾아 죽이거나 아니면 오지 못하게 한다면 어떻습니까?"

"그렇다 해도 한번 언데드가 된 것들은 언데드인 상태이네. 다른 심령술사가 온다 해도 상황은 같네. 게다가 만약 상대가 애드리엔느와 같은 마력을 지녔다면, 즉 9써클의 마력을 지닌 자라면 굳이 이곳에 오지 않아도 얼마든지 놈들을 일으킬 수 있네. 물론 심령술이 현저하게 낮은 녀석이라면 여기까지 오더라도 애드리엔느의 마법을 풀지 못하겠지. 하지만 이런 대규모 언데드를 만들어낼 수 있는 녀석이라면 결코 만만한 녀석은 아닐 거야. 녀석이 오면 얼마든지 되살려낼 수 있다고 봐야겠지."

"…그럼 지금 포란 성 주변에 있던 언데드는 퇴치된 것이 아니라 봉인된 상태란 겁니까?"

"오~ 바로 그거라네."

의외로 버나드가 잘 이해하고 있는 듯하자 로이니스는 즐거운 듯 날개를 퍼덕였다.

"그건 순수하게 언데드를 처리했다고 할 수 없지 않습니까?"

하지만 버나드는 불쾌하다는 듯 로이니스에게 대꾸했다.

"저런, 지금까지 뭘 들은 겐가? 미스랜드 대륙에는 심령술이 없다고 하지 않았나? 게다가 애드리엔느는 9써클, 보통의 심령술사들로는 저것들을 깨우지도 못해. 적어도 7써클이 되지 않는다면 말이야. 그리고

이건 어디까지나 내 추측인데, 아마 미스랜드 대륙에서 그런 심령술을
지닌 녀석은 저 언데드를 만들어낸 자가 유일할 거야. 7써클의 마력을
지닌다는 것은 자체로도 힘든 일이니까. 녀석만 죽인다면 결국 마법으
로 언데드를 퇴치한 것이 되지."

　잠시 로이니스의 말을 생각해 본 버나드는 곧 일리가 있다고 생각했
다. 그는 고개를 끄덕인 후에 다음 질문을 했다.

　"하면 소금으로 상대하는 것은 어떻습니까?"

　"소금은 원래 약간의 정화력을 가진 것이네. 이것도 신앙에 관련된
것이라 정확하게는 모르겠지만 대개 악귀를 쫓을 때 소금을 사용하는
것도 무관하지는 않다고 생각하네. 아마 내 추측에 의하면 언데드에게
소금을 먹이거나 또는 소금물을 뿌릴 경우―물론 대량이어야 가능하
겠지만―어쨌든 정화 작용이 일어나게 되지. 그래서 언데드는 급속도
로 부식하게 되고 완전히 사라지게 되네."

　"그 경우엔 원래의 시술자가……."

　"불가능하네."

　"그렇다면 소금을 써야겠군요."

　버나드는 당연하다는 듯 중얼거린 말이었지만 로이니스는 곧 반박
했다.

　"심령술을 얕보지 말게. 시체를 되살리는 것은 꽤나 복잡한 주술인
데 그중 정체를 알 수 없는 독을 사용한다네. 바로 어젯밤까지 포란 성
을 덮고 있던 안개와 같은 독이지. 아니, 오히려 그 안개는 원래 '죽음
의 물결'이란 술법이지만, 시체에 사용된 독 중에 일부분이 땅에 스며
든 것을 태우는 것이기 때문에 미약하다고 할 수 있네. 물론 그것도 오
래 맡게 되면 죽음에 이르지. 정확하게는 새로운 언데드가 되는 것이

지만. 만약 소금으로 언데드를 퇴치할 경우엔 시체에 사용된 독이 그대로 땅에 남기 때문에 그 일대는 독기가 그대로 남아 사실상 황무지가 되는 것이지. 그 독은 놔두면 십 년, 혹은 이십여 년이 지나야 사라질 거야. 물론 상당한 고위 신관들이 정화하면 되겠지만 아마 언데드를 퇴치하는 것보다 훨씬 더 많은 신성력을 소비해야 할 것이네.”

말문이 막힌 듯 버나드는 멍하니 듣고 있었다.

반면에 로이니스는 할 말을 마쳤다는 듯 두어 번 날개를 파닥인 후에 결론을 지었다.

“내가 신성력을 선택하는 것이 가장 좋을 거라는 이유는 바로 이거라네. 땅 마법은 땅 자체엔 부패가 없지만 봉인이라는 형식과 같기 때문에 위험성이 따르고 소금은 완벽하게 퇴치할 수는 있지만 뒤끝이 안좋지. 하지만 신성력은 ‘완전무결’ 하네.”

몸은 골드 슬라임으로 변했을지언정 로이니스는 마법사로서의 지식을 잃은 것은 아니었다. 그리고 그의 설명을 듣고 모두들 침묵에 빠졌다.

언데드를 퇴치할 수 있는 세 가지 방법. 그중 둘은 위험성을 포함했지만 지금 당장 사용 가능한 것이었다. 그러나 그 방법을 선택한다면 훗날 어떤 일이 닥칠지 모를 일이었다.

작은 신음처럼 도널드가 중얼거렸다.

“하지만… 콘버드도 전투 상황이라지 않았습니까?”

“아마 아리온 신전의 크루세이더는 최전선에 배치되었을 거예요.”

신전 출신의 크루세이더를 대표하여 자네트가 덧붙였다. 그리고 대부분의 사람들은 그 사실을 아주 잘 알고 있었다. 또한 한번 전투에 들어간 다음에 군대를 빼돌린다는 것이 불가능하다는 것도 알고 있었다.

"거리도 만만치 않은데… 그들을 빼면 전선이 무너질 가능성도 있습니다. 안타깝지만 신관들을 데려온다는 작전은 중지……."

"한 번만 더 끼어도 될까?"

파닥파닥, 로이니스의 날갯짓.

손을 들어 찰스의 말을 제지하며 버나드는 로이니스를 돌아봤다.

"하실 말씀이라도 있으면……."

"뭐, 별건 아니네. 그대들이 걱정하는 점은 결국 '콘버드의 신관을 빠른 시일 안에 데려올 수 없다는 것' 아닌가?"

"비슷합니다. 가장 중요한 것은 남쪽에 퍼진 언데드를 막을 수 있는 가장 확실한 방법을 신관들이 알고 있다는 것이죠. 하지만 그들도 북쪽 전선에 투입되어 있으니 현실적으로 불가능한 일이겠죠."

"오호, 그런가? 언데드를 상대하는 것은 기사보다 신관이 낫겠지. 그럼 하나만 더 물어보지. 기사를 상대하는 것은 기사가 나은가, 아니면 신관이 나은가?"

질문에 대답하기 전에 버나드는 콘버드와 칼버딘의 상황을 추측해 봤다.

칼버딘에서 반란이 일어났다면 그 기반은 국경을 수비하던 '돌격기병단'일 수밖에 없었다. 특히 그들은 오랜 시간 칼버딘에만 주둔해 왔으니 샤임에게 회유되었을 가능성이 컸다. 그렇다면 아마 샤임도 꽤나 오래전부터 반란을 꿈꿔왔다는 결론이다.

'하지만 아무리 오랜 시간 준비했다 해도 어차피 기사들과 병사들의 훈련에만 역점을 뒀을 터. 같은 수라면 돌격기병단이 근위대를 이길 순 없을 것이다.'

생각을 정리한 버나드는 차분하게 대답했다.

“북쪽 전투를 물으신 거라면 신관보다 기사로 상대하는 것이 나을 겁니다. 훈련된 정병이라면 아무리 신관이라도 상대하기 힘들 테니까요.”

“오, 바로 그 대답을 기다렸다네. 그럼 말이지…….”

물방울처럼 생긴 몸이 출렁였다. 그리고 로이니스는 은밀한 목소리로 속삭이듯 물었다.

“만약 그곳에 있는 신관들과 이곳의 근위 기사들을 한순간에 맞바꿀 수 있다면 상황은 어떻게 될 것 같은가?”

“신관과 군대를 맞바꾼다? …기사는 기사로 상대하고 언데드는 신관으로 상대한다는 뜻입니까?”

“그렇지.”

“최상의 조건이 되겠죠. 콘버드의 상황은 모르겠지만 적어도 백중지세를 유지할 것이고 위클리프에서 레스터에 이르는 모든 전선은 상황이 역전될 겁니다.”

차분하게 자신의 예상을 짚어 나간 후 버나드는 날카로운 눈빛으로 로이니스를 바라봤다.

“그렇게 할 수 있습니까?”

“눈치가 빠른 녀석이군. 아니면 수완이 좋다고나 할까? 크크, 아무렴. 할 수 없는 일을 논할 정도로 내가 바보로 보이나?”

그의 칭찬에 버나드는 미소를 지었다.

“충분히 예측 가능한 일이니까요. 아마 어제 성에 입성한 드워프들은 분명 카네비스 산에서 온 것이겠지요? 저는 리처드 전하께서 북쪽까지 여행했던 경로를 이미 알고 있습니다. 이십여 일 만에 다녀오는 것만으로도 벅찬데 카네비스 산까지 들러 드워프를 데려올 수는 없을 겁니다. 여기엔 뭔가 다른 방법, 아마 워프가 사용되었겠죠."

침착한 대꾸와 함께 버나드의 눈빛이 애드리엔느를 향했다.

그러자 애드리엔느는 화사한 미소로 무릎을 살짝 구부려 그의 추측이 맞았음을 시인했다.

"하지만 공작 각하, 여기엔 한 가지 문제가 있어요."

"그건 뭡니까? 어쨌든 우리로선 얼마만큼의 시간을 단축할 수 있느냐가 관건이니까요. 거기에 필요한 것들은 희생을 해서라도 감소할 생각입니다."

"땅 마법에 있는 워프, 타운 포탈은 워프할 곳의 이미지가 없으면 불가능하다는 겁니다. 그리고 불행하게 저는 콘버드의 어떤 성에 대한 이미지도 없습니다."

"게다가 한 가지 더! 포란 성에 포탈을 여는 것은 위험성이 크네. 그녀의 이미지가 아직 부정확한 것은 물론, 확실하게 이미지를 각인시킨다 해도 이곳은 오염된 곳이기 때문에 원래의 것과는 차이가 나기 때문이지. 여기에서 포탈을 열었다가 실수로라도 4차원에 빠진다면 위험천만한 일이니까."

로이니스의 설명이 이어졌다.

흐음, 하고 버나드는 두 사람의 말에 턱을 쓰다듬으며 생각에 잠겼다. 그때 묵묵히 있던 찰스가 한 가지 경고성 발언을 했다.

"공작 각하, 지금 각하께서 생각하시는 대로 군대를 이동하는 것에는 한 가지 전제 조건이 따른다는 것을 잊으시면 안 됩니다. 현재 근위대를 통솔하는 것은 각하가 아니란 점입니다."

"그 점이라면 내가 허락하도록 하겠습니다."

"그렇다 해도 문제가 있습니다, 리처드 전하. 이곳에 전하가 있다는 것을 아는 사람은 우리가 전부란 점입니다. 기리안 대공은커녕 수도에 있는 소영주들조차 우리의 말에 귀를 기울이지 않을 거란 사실을 간과해선 안 될 것입니다."

"좋은 의견이군, 찰스. 그렇다는 얘기는……."

고개를 끄덕이며 버나드는 좌중을 훑어봤다. 그리고 천천히 리처드에게 시선을 돌린 후 그는 무겁게 입을 열었다.

"죄송스럽습니다만, 전하께서 수도로 가셔야 할 것 같습니다."

"…얘기가 그렇게 됩니까?"

"그렇습니다. 물론 저희도 이곳 전투가 끝나는 대로 바로 수도로 입성하겠지만 우선 전하께서 먼저 수도에 가셔서 정비해야 할 듯합니다."

"그런가요……."

중얼거리듯 대답하던 리처드는 답답한지 붉은 앞머리를 쓸어 내렸다.

"거기까지 걸어가야 할 텐데… 꽤 힘든 여정이 되겠군."

"그 점이라면 전하!"

갑자기 다니엘이 외쳤다. 그는 대뜸 제니퍼를 가리켰다.

"제니퍼에게 부탁하면 될 것 같습니다. 많은 수는 못 되어도 소수라면 며칠 안에 수도까지 갈 수 있을 듯한데요?"

애드리엔느라는 워낙 뛰어난 마법사의 워프를 목격했던지라 제니퍼의 존재를 까맣게 잊고 있었다. 제니퍼가 근위대를 따라온 원래의 목적이 하이렌을 제압하기 위한 마법 지원과 더불어 사로잡은 그를 수도로 데려가기 위해서였다. 당연히 제니퍼는 워프에 대해선 수도의 마법사 중에서 뛰어날 수밖에 없었다.

그를 바라보는 버나드의 입가에도 희미한 미소가 어렸다.

"제니퍼님, 십여 명 정도까지 워프가 가능하겠습니까?"

"네, 충분합니다."

고개를 끄덕인 후 버나드는 리처드에게 몸을 돌렸다.

"이제 준비될 것은 다 갖추어진 셈이로군요."

버나드는 리처드를 바라보며 그렇게 말했다.

"구상은 끝났습니까?"

"네, 전하. 수도에 가는 인원은 전하께서 직접 뽑으십시오. 다만 애드리엔느님도 꼭 가야만 합니다. 그녀의 마법만이 여기 있는 근위대 전체를 옮길 수 있으니까요."

"오호, 그거 훌륭한 방법이군."

리처드도 곧 버나드의 작전을 눈치 챘다.

제니퍼의 워프로 소수의 인원이 수도로 달려가고, 다음엔 애드리엔느의 포탈로 근위대 전체를 한꺼번에 옮기겠다는 생각. '과연 버나드로군' 하고 리처드는 회심의 미소를 지었다. 적어도 이만의 대군이 움직이는 것은 시일이 필요하다. 그들이 레스터로 진군해 올 때 필요 장비만 가지고도 보름 이상은 걸렸다. 아무런 걸림돌이 없었던 때에도 그렇게 걸렸는데 전쟁터를 거쳐야 하는 지금은 어떻겠는가? 어쩌면 그들이 수도에 도착할 때엔 전쟁이 끝날지도 몰랐다.

하지만 애드리엔느라면……!

"나는……."

리처드는 천천히 좌중을 돌아봤다.

그가 직접 수도로 갈 인원을 뽑아야 했다. 제니퍼와 애드리엔느를 포함해 몇 명 정도 그를 도울 수 있는 사람이 필요했다. 적어도 수도에 도착한다고 모든 일이 끝나는 것은 아니었다. 수도의 상황을 모르는 만큼 리처드를 보호할 사람도 필요했다.

그리고 그는 그 일에 가장 적임자로 지금까지 자신과 함께 여행했던 사람들을 지목했다.

"키렌 경과 로딘, 레온과 함께 가겠습니다. 괜찮다면 타바비아도 같이 갔으면 하는군요."

"그럼 수도로 갈 사람들은 그렇게 정하도록 하죠."

버나드가 말을 받자 다니엘이 다시 나섰다.

"자, 잠깐만 기다려 주십시오. 제가 생각해 낸 작전이니 저도 동참을……."

"아니, 다니엘 경은 됐어요. 여기서 버나드 경을 돕도록 하시오."

"네, 전하."

할 수 없다는 듯 다니엘이 물러섰다. 그것을 물끄러미 바라보는 리처드의 귀에 버나드의 낮은 중얼거림이 들렸다.

"데려가도 괜찮은데……."

'귀찮은 건 저도 싫습니다, 버나드 경.'

슬그머니 미소를 지으며 리처드도 속으로 중얼거렸다.

리처드가 자리에 앉길 기다렸다가 버나드는 모두에게 들리도록 커다란 목소리로 명령을 내렸다.

"전하를 모시고 수도에 갈 사람은 키렌, 로딘, 레온, 타바비아, 그리고 제니퍼님과 애드리엔느님으로 하겠소. 다음으로 현재 포란 성에 있는 근위대는 지금부터 레스터 성으로 복귀할 것이오. 그곳에서 애드리엔느의 워프를 기다렸다가 즉시 수도로 복귀하는 것이 이번 작전의 가장 중요한 점이오. 부탁합니다, 애드리엔느님."

“맡겨주세요.”

자신만만하게 애드리엔느가 대답했다.

“다음으로 현재 우리는 북쪽과 남쪽, 양 방향에 반란군을 맞이한 상황이니만큼 작은 힘이라도 보태야 하는 처지요. 지금 남쪽에 잔류하고 있는 하이렌을 빠른 시일 안에 데려와야 할 것이오. 여기엔 스레이, 그대가 출발하도록 하시오.”

“알겠습니다, 공작 각하. 한데 하이렌 경을 모시고 다시 레스터 성으로 가야 합니까?”

뭔가 염두에 두고 있는지 고개를 젓는 버나드의 표정은 기이했다.

“그건 너무 먼 거리지. 그때쯤이면 근위대는 모두 수도로 복귀한 후일 테니 육로로 수도로 오라고 전하게.”

버나드는 다시 근위대의 기사들을 훑어보며 말을 이었다.

“그리고 카르디프 후작에게 칼버딘 령을 공격하란 부탁을 해야겠네. 적어도 후방이 어지럽다면 샤임도 섣불리 진군할 수는 없겠지. 한데 이 일엔 지금까지 있었던 일을 조리있게 설명할 사람이 필요하다. 또한 무슨 일이 있어도 후작을 설득해야만 하지. 적임자로 누가 좋겠는지 말해 보게.”

버나드의 말에 근위대의 기사들이 서로의 눈치를 살폈다.

말이 쉬워서 ‘설명’과 ‘설득’이지, 사실 자신들도 직접 경험하지 않았다면 믿을 수 없는 일들이었다. 특히 리처드 전하께서 생존한 사실과 버나드의 복직에 관련된 것은 쉽게 설명할 수 없는 것이기도 했다. 게다가 카르디프 후작은 자체로도 용병에 능한 자, 설사 칼버딘 령을 공격하여 후방을 교란하는 것이 뛰어난 작전이라고 해도 소수의 스고우 군을 움직일 것이라곤 장담할 수 없었다.

“괜찮다면 제가……”

찰스가 한 걸음 나섰지만 곧 버나드가 제지했다.

“군단장은 제외다. 그대들은 군단을 통솔하는 것만 생각하도록.”

곧 찰스와 도널드가 뒤로 물러섰다.

그 순간 천기장들이 동시에 한 걸음씩 물러섰다. 그들 모두 찰스 경의 인망과 침착함에 대해서 잘 알고 있었다. 스스로 생각해도 자신이 찰스에게 미치지 못하는데 그런 막중한 일을 맡기에 부적격하다고 생각했던 것이다.

그리고 모두가 물러선 자리에 덩그라니 한 사람이 남았다. 그는 바로 다니엘이었다.

“좋다. 그럼 카르디프 후작을 설득하는 임무는 다니엘, 자네가 맡도록.”

“에? 뭐, 뭡니까? 왜 제가……?”

가만히 서 있다가 날벼락을 맞은 표정으로 다니엘이 따지려 했다. 그러자 재빨리 리처드가 나섰다. 그는 어느새 간절한 소망을 담은 얼굴로 다니엘에게 애절함을 가득 담아 부탁했다.

“부탁합니다, 다니엘 경. 이 일은 경처럼 훌륭한 언변과 상황을 제대로 파악하는 통찰력을 지닌 사람이 아니면 안 됩니다. 맡아주시겠지요?”

“에, 에? 으, 음… 전하께서 그리 말씀하신다면… 기꺼이 그 일을 완수하도록 하겠습니다.”

이러쿵저러쿵해도 다니엘 역시 칭찬엔 약한 남자였다.

주변의 다른 사람들이 ‘전하께서 다니엘을 속였군’ 하고 생각할 정도로 뻔한 속임수였지만 다니엘은 혼자 히죽거리며 흔쾌히 그 일을 맡았다.

“그럼 이제 결론이 났군. 모두 각자 위치로 가서 자신들의 역할에 최선을 다해주게. 명심할 것은 우린 시간이 그리 많지 않다는 것이네. 이제부턴 시간과의 싸움이라는 것을 잊지 말도록. 우리가 얼마나 빨리 움직이느냐에 따라 유리한 위치에 설 수 있다는 것을 명심하게. 이상이다.”

버나드는 작전 설명을 끝낸 후 한쪽 옆으로 물러섰다. 이제 그는 최고 명령권자가 아니었기 때문에 리처드의 명령을 기다리는 것이다. 그리고 그의 뜻을 짐작한 리처드가 자리에서 일어나 모두를 둘러보며 크게 외쳤다.

“모두들!”

입가에 보일 듯 말 듯한 냉소를 거둔 리처드는 모두에게 간절함을 담아 부탁했다.

“수도에서 봅시다.”

그의 말이 끝나고 드디어 포란 성이 움직이기 시작했다.

수도로의 진군을 위한.

“그래? 알은 남쪽으로 갔구나. 그래서 보이지 않았던 게로군.”

“무엇보다 애리오트 사제께서 돌아가셨다는 게 충격적이야.”

“흠, 좋은 분이었는데…….”

리처드는 대답을 하며 짧은 기간 동안 고아원에서 지냈던 것을 회상했다. 곰곰이 생각하던 그는 놀랍게도 애리오트 사제에 대한 기억이 거의 없다는 것에 당황했다. ‘존재감이라곤 거의 느껴지지 않던 분인데 템플러라니? 정말 사람이란 알다가도 모를 일이로군’ 하고 리처드는 속으로 중얼거렸다.

작은 방 안엔 여러 사람이 모여 있었다. 탁자 한쪽에 앉아 있는 이는 레온과 리처드, 그리고 그들 뒤로 바론이 엉거주춤 서 있었다. 그로선 지금까지 실컷 부려먹었던 '수요' 가 '리처드 왕자' 가 되어 나타난 이 현실에 대해서 웃어야 할지 울어야 할지 갈피를 잡지 못했다.

다만 레온에 대해서 새삼 놀란 것만은 사실이었다. 놀랍게도 레온은 예전에 수요를 대하듯 편하게 리처드를 대하고 있었다. 말투부터 행동에 이르기까지 전혀 어색함없이, 그리고 리처드 또한 그런 레온을 거리낌없이 대했다.

'알에게도 그럴까?'

어색해야 할 장면이 묘하게 어울리는 것 같다고 생각하며 바론은 리처드를 힐끔 쳐다봤다.

그 즈음 방 안 다른 곳에선 다른 이야기가 오고 갔다.

바로 버나드와 키렌의 대화였다.

"버나드 형, 이번 여행 중에 들은 얘기인데… 어쩌면 형이 잃어버린 마나를 더 빠른 시일 안에 찾을 수 있을 것 같아 전하려고요."

"무슨 뜻이냐?"

"우리 가문에 계속해서 마스터가 태어나는 것은 피의 전승 탓이랍니다. 누군가 에드워드 증조부께 주술을 걸었답니다. 그분의 혈통을 이은 자는 마나 흡수력이 보통 사람의 세 배에 가깝게 태어나게 말입니다. 게다가 레스터 성 자체가 마나 저장 창고 같은 역할을 해서 그곳에서 태어날 경우 약 다섯 배에 가까운 마나를 체내에 소지할 수 있다고 하더군요. 그리고 저희가 어린 시절 배운 검법은 마나를 운용하는 기술이라고 하네요."

"이해가 안 가는군."

"뭐, 저도 처음엔 무슨 소린가 했는데 듣고 보니 일리가 있던데요. 생각해 보십시오. 레스터 성은 원래 드워프가 건축한 건물이었고, 증조부께서 돌아가실 때 유언으로 '레스터의 성을 가진 자는 레스터 성에서 출산해서 어린 시절을 보내도록 하라' 라고 했잖아요? 마나를 빠르게 흡수하는 체질에 마나 저장 창고와 같은 성, 그리고 그것을 운용할 수 있는 검법이 있는 한 우리 가문엔 끝없이 마스터가 배출된다는 얘기죠. 굉장하지 않습니까?"

"흐음……."

"그리고 로이니스께서 말하길, 아마 형의 잃어버린 마나도 되찾는 데 일 년도 안 걸릴 거라고 했습니다. 레스터 성에서 요양하면 불과 삼사 개월이면 충분하다고 했어요."

"그건 좋은 소식이군. 하지만 지금 당장은 쉬고 있을 여력이 없어."

"물론 그렇긴 하지만요. 그래도 형에겐 좋은 소식이죠?"

"글쎄다… 한데 이상하지 않나?"

"뭐가 말입니까?"

"그런 주술을 걸 수 있을 정도면 굉장한 능력을 소지한 사람인 것이 분명한데, 왜 아무런 조건도 없이 그런 일을 우리 가문에 한 것일까? 게다가 드워프에게 성을 건축하라고 지시할 수 있을 정도라면 분명 그 권한 또한 보통이 아닐 터… 대체 누구지, 그 사람은?"

"아, 그러고 보니… 대체 누구일까요?"

키렌도 의아해서 고개를 갸웃거릴 때 버나드는 턱을 괸 채 다른 생각을 했다.

'어쩌면 사람이 아닐지도 모르지. 전혀 다른 존재, 주술을 걸고 드워

프를 움직일 수 있을 정도의 능력을 소지한… 혹시, 드래곤?'

홈칫, 몸을 떤 버나드였지만 그는 곧 고개를 저었다.

'가문의 검법은 마스터가 되기 위한 필수 조건! 드래곤이 검기를 익혔다는 얘기는 들어본 적이 없다. 어쩌면 드래곤이 아닐지도 모르지. 뭐, 어쨌든 고마운 일을 해줬군.'

생각에 잠겨 있던 버나드는 문이 열리고 찰스가 들어서자 곧 그쪽으로 걸어갔다. 찰스의 보고를 받기 위해서였다. 그리고 키렌 역시 그의 뒤에 다가섰다.

그들의 행동을 눈여겨보던 리처드는 곧 레온의 뭐라고 얘기하자 곧 정신을 차렸다.

"응, 뭐라고 했지?"

"모르겠어? 같은 요일이잖아."

"같은 요일이라니?"

"오늘이 수요일이라고."

잠시 레온의 말뜻을 헤아리던 리처드는 피식 미소를 지었다.

"그렇군. 내가 너를, 아니, 너희들을 처음으로 만난 날이었군."

"그래, 맞아. 수요일에 수요가 되었듯 수요일에 다시 왕자가 된 것이지."

"그래, 그렇군."

'수요일은 내게 의미가 있는 날이었던 모양인지도…….'

지난 몇 달 간을 회상하는 듯 리처드는 허공을 응시하며 씁쓸하게 웃었다.

바닥 위에 그려진 도형이 희미한 빛을 뿜었고 동시에 일곱 사람의 모습이 나타났다. 맨 앞에서 두 손을 모으고 정신을 집중하고 있던 제니퍼는 도착과 함께 휘청하고 바닥에 쓰러졌다.

"도착했어요… 페로즈 성에……."

힘겹게 말하는 그녀였지만 뒤에 있는 이들 역시 그녀와 마찬가지로 힘겨운 표정이었다.

삼 일.

장거리 워프를 수시로 해댄 탓에 제니퍼의 몸은 만신창이가 될 정도로 지쳤지만 뒤따라온 일행들 역시 그녀를 위로할 정도로 성해 보이진 않았다.

다만 뭔가 투덜거리려던 타바비아는 제니퍼의 상태를 보곤 입을 다물었다. 하지만 그의 곁에 있던 애드리엔느는 그런 것에 아랑곳하지 않고 중얼거렸다.

"이걸 워프라고……."

으윽, 하고 제니퍼는 낮게 신음했다.

애드리엔느가 아무리 9써클이고 땅 마법의 마스터라도 자신으로선 최선을 다한 셈이었다. 그런 그녀의 노력에 대한 차가운 반응에 제니퍼가 울컥하는 것은 당연했다. 하지만 그 누구도 제니퍼를 편들진 않았다.

갑자기 리처드가 주변을 둘러보며 고개를 갸웃거렸기 때문이다.

"키렌 경, 이상하지 않습니까?"

"네? 뭐가 말입니까, 전하?"

반문하던 키렌도 곧 주변을 둘러보곤 뭔가 상황이 전과 같지 않음을 눈치 챘다.

"그러고 보니… 여긴 왕성의 워프 포인트일 텐데?"

"그렇죠? 여긴 매우 중요한 곳일 텐데 어째서 보초병이 하나도 없는 걸까요? 아무리 밤이라 해도……."

리처드도 의아하다는 듯 중얼거렸다.

그때 일행의 귀에 요란한 폭발음이 들렸다. 뒤이어 발끝을 저릿하게 울리는 진동이 느껴졌다. 마치 지진이라도 난 것 같은 울림이었지만 그것은 바로 곁에서 시작된 것 같은 느낌은 아니었다. 마치 저 먼 곳에서 무엇인가 무너지면서 생기는 울림, 그런 느낌이었다.

그리고 모여 있던 이들 중에 몇몇은 이 소리와 진동이 무엇을 의미하는지 금세 깨달았다.

"대… 포?"

레온의 낮은 중얼거림에 모두의 얼굴이 굳어졌다. 그리고 곧 리처드가 모두를 향해 재촉했다.

"지금은 밤… 어쩌면?!"

"우선 나가보는 것이 좋을 것 같습니다, 전하."

키렌의 외침이 신호라도 되듯 일행은 순식간에 마법진을 벗어나 달려가기 시작했다. 왕성을 잘 알고 있는 키렌을 선두로 일행은 가까운 테라스를 향했다. 그리고 그들 뒤에 애처로운 표정으로 제니퍼가 망연히 쓰러져 있었다.

테라스로 나온 일행 중 레온이 제일 먼저 이상한 것을 발견했다. 그는 곧 손을 들어 남쪽을 가리켰다.

"저기예요!"

그리고 모두들 레온이 가리킨 곳을 바라봤다.

어둠 속에서도 확연히 드러날 정도로 밝은 빛이 남문에 가득했다. 그리고 그 빛에 뿌연 성벽이 자태를 드러냈다. 하지만 남문 옆의 성벽은 밝은 빛에도 불구하고 검은 형체만이 보였다. 마치 그곳만이 빛이 닿지 않는 것 같았지만 테라스에 서 있던 사람들은 그것이 무엇을 의미하는지 알아챘다.

"…성벽이… 무너진 건가?"

키렌은 신음하듯 중얼거렸다.

빛에 반사된 다른 성벽과 달리 그곳만은 깊은 어둠이 드리워졌다. 그것은 성벽이 없기 때문이었다. 그리고 그 이유는 분명 대포에 의해서일 것이다.

"뭣들 하는 겐가? 우리도 전투에 참가하도록 하세!"

어느새 도끼를 뽑아 든 타바비아가 서둘러 주변을 둘러봤다.

그들이 서 있는 곳은 3층의 테라스. 아무래도 이곳을 내려가야만 싸움을 시작할 수 있기에 타바비아는 길을 찾는 것이었다. 하지만 로딘이 그런 타바비아를 제지했다.

"제 생각은 다릅니다, 타바비아."

"다르긴 뭐가 달라? 어서 가서 저것들을 무찔러야지."

"하지만 무턱대고 전투에 가담했다간 서로 헷갈리게 된단 말입니다. 우리가 아군이라는 것을 알려야 하는 것이 순서예요."

"에엣? 하여간 인간들이란!"

"그래도 아군에게 찔리지 않으려면 절차는 밟아야겠지요. 그렇지 않습니까, 키렌 경?"

로딘은 키렌의 동의를 구했지만 그는 멍하니 성벽만을 바라볼 뿐이었다.

페로즈 성은 포란 성과는 비교도 할 수 없을 정도로 커다란 성이었다. 페나인의 수도였고 그 품격에 맞게 왕국에서 가장 규모가 컸다. 인구도 백만 가까이 살고 있었고 콘버드 성과 마찬가지로 성내에 도시가 이루어진, 외성과 내성의 구조를 이룬 성이었다.

그리고 지금 외성의 한쪽이 무너졌다. 막아내지 못한다면 페로즈 백만의 시민들은 그대로 몰살당할 판이었다. 키렌은 순간 등 뒤로 식은 땀이 흐르는 것을 느꼈다.

"키렌 경?"

재촉하는 로딘의 말에 키렌은 정신을 차렸다.

"엇. 미안하네… 뭐라고 했지?"

"우선 아군의 지휘부를 찾는 것이 좋을 것 같다고 했습니다."

키렌은 그의 생각이 옳다고 여겼다.

"그렇군."

그는 다시 성벽으로 고개를 돌리며 눈을 가늘게 뜨고 주시했다.

생각해 보면 간단한 것 중에 하나였다. 성벽은 물론 성벽 아래에도 불빛이 가득하다는 것은 이미 지휘부에선 시가전을 염두에 뒀다는 얘기였다. 그렇다면 지휘부 역시 남쪽 어딘가에 마련되었을 가능성이 컸다. 그리고 키렌의 눈에 드디어 남쪽 대로에 솟은 깃발 하나가 보였다.

그것을 발견한 키렌은 망연히 중얼거렸다.

"어째서……?"

"아, 피닉스다!"

눈이 좋은 레온도 그 깃발을 발견했다.

쿼터드의 무늬가 그려진 깃발이 어둠 속에 펄럭였다. 대각선으로 첫 번째와 네 번째에 날개를 활짝 편 피닉스가, 두 번째와 세 번째에 그려진 것은 창을 든 챔피언의 모습이었다.

"에? 피닉스? 그럼 친위대잖아?"

듣고 있던 리처드가 소리쳤다.

그의 말대로 그 깃발은 친위대가 진군할 때 내세우는 것이었다. 그리고 친위대가 남쪽 성문에 있다는 것만으로도 리처드와 키렌은 상황이 매우 좋지 않다는 것을 어렴풋이 짐작했다.

적어도 그들은 전투를 해서는 안 되었다. 친위대는 내성을 지키고 있어야 했으며 그들이 전투에 참가했다는 것은 내성이 무너졌거나 성 내에 전투할 병사가 적다는 것을 의미했다. 적어도 페나인에서 절대 싸워선 안 될 병력, 그것이 바로 친위대였다.

'성벽을 지켜라!' 에서 '성벽을 보수하라!' 로 이어진 후에 '성벽을 내려와!' 라고 다급하게 외친 다음 '구멍을 막아라! 철책을 세워! 화살을 쏴라!' 로 연이어 병사들을 독려한 이는 친위대의 케리드윈과 로버트였다.

두 사람은 성문 앞, 성벽을 따라 도시 외곽에 다듬어진 대로에 지휘부를 설치했다. 적에게 대포가 있다는 것이 밝혀진 이상, 그리고 윈저 성이 함락될 때의 상황을 알고 있는 이상 무턱대고 성벽만 수비할 순 없었다. 당연히 성벽과 성문, 그리고 외곽 도로를 따라 수비진이 구축되었다.

그러나 현재 페로즈 성에서 전투 가능한 군대는 친위대가 유일했다. 성 바깥에 철책을 세우고 안쪽에도 같은 규모의 방어벽을 구축했다고 해도 일만의 병력으로 적을 무찌를 수 있을 정도로 적군이 만만하다곤 생각지 않았다. 하지만 적군이 '오크' 라는 사실을 알고 있는 친위대는 성벽을 수비하는 병력보다 안쪽을 수비하는 병력에 더 비중을 둠으로써 만일의 사태에 대비했다.

하지만 윈저 성이 무너질 때와는 상황이 전혀 다르다는 것을 알아채는 데 그리 오랜 시간이 걸리지 않았다.

밤과 함께 남문에서 시작된 전투는 점점 치열해졌다. 화살이 날았고 사다리가 걸쳐졌으며 충차가 동원되었다. 흡사 인간과 인간이 싸우는 것 같은 양상을 띤 전투 상황에 케리드윈은 상당히 놀랐다. 적들은 윈저 성을 무너뜨릴 때의 방법을, 대포 발사 후 언데드 오크를 진군시켰던 방법을 전혀 사용하지 않았다. 게다가 언데드 오크는 아예 보이지도 않았다.

성벽 아래에서 대기하고 있던 병사들이 모두 성벽으로 올라갔고 그래도 우위를 점하지는 못했다. 높이의 이점을 차지하고도 친위대가 쉽

게 승리를 할 수 없었던 가장 큰 이유는 적군이 언데드라는 특징과 숫
자가 친위대의 4배에 가까웠기 때문이다.

그리고 그 순간 적진에서 요란한 소리와 함께 대포가 불을 뿜었다.

대포 발사 후 한 시간이 채 안 되어 성벽이 무너졌고 곧바로 중무장
한 병사들이 물밀듯이 들어왔다. 그리고 친위대는 절체절명의 순간을
맞이했다.

사다리를 타고 올라오는 적군과 무너진 성벽으로 쏟아져 들어오는
적군. 어느 쪽도 소홀히 할 수 없었다. 그러나 양쪽 모두 막기엔 친위
대의 숫자는 너무 적었다. 게다가 적군은 언데드, 죽여도 죽지 않는 것
들, 막는다고 막히는 것들도 아니었다.

며칠에 걸쳐 나무를 깎아 비스듬하게 세운 철책이 무너졌고 드디어
접근전이 펼쳐졌다. 그리고 친위대의 용감한 병사들과 기사들은 언데
드의 무서움에 기가 질려 버렸다. 화살이 꽂히고 검이 박혀도 비명 하
나 없이 여전히 검을 휘두르는 언데드의 모습은 가히 공포 그 자체였
다.

"마법병단 앞으로!"

로버트의 외침이 이어졌다.

그러자 줄곧 뒤에서 대기하고 있던 일단의 마법사들이 앞으로 나섰
다. 페나인에서 윈저와 버금가는 마법병단이 드디어 출발한 것이다.
하지만 출격 명령을 내린 로버트도, 막상 앞으로 나서는 마법사들도 그
다지 기대에 찬 표정은 아니었다. 그리고 역시나 그들의 예상대로 마
법사들의 주문에도 언데드의 진격은 멈추어지지 않았다.

수도 페로즈에 있는 왕립 마법사 학회라고 해도 사실상 윈저 출신,
즉 윈저의 '마법 학회' 출신이 많았다. 그동안은 히드리크라는 7써클의

마법사가 있어서 우위를 점해오긴 했지만 수도의 마법사들이 윈저의 마법사보다 나은 점이라곤 거의 없었다. 물론 윈저 성이 함락되면서 고위 마법사들이 대거 수도로 피신했지만, 그들을 더한다고 해서 언데드를 막을 순 없었다.

그리고 그 사실을 누구보다 케리드윈은 절실하게 알고 있었다.

그는 이제 결정을 해야만 했다. 그리고 그의 결정에 따라 수만, 아니, 수십만의 사람들이 죽음을 맞이할 것이 분명했다. 그의 손에 쥐어진 장검이 부르르 떨렸다.

'근위대는 국가의 안전을, 친위대는 왕가를 수호하는 것. 그러므로 나의 결정은 결코 어긋난 것이 아니다.'

결심한 듯 케리드윈은 친위대의 부대장이자 오랜 친우인 로버트를 돌아봤다. 그는 여전히 병사들을 독려하기 위해 목청을 돋우고 있는 중이었다. 물론 간간이 투덜거리는 것도 잊지 않았다.

"제길! 근위대 자식들! 적을 막기 위해 성을 나선 것이 아니었나? 이런 대군이 수도에 이를 때까지 어디서 뭘 하고 있는 거야? 어이, 거기! 창을 좀 더 세워라!"

한참 열을 올리고 있는 로버트를 케리드윈은 나지막한 목소리로 불렀다.

"이봐."

"뭔가?"

로버트의 매서운 눈빛은 여전히 적군을 쏘아보고 있었다.

"부탁 하나만 하겠네."

"나중에."

"아니, 지금. 그리고 이 부탁은 무슨 일이 있어도 들어줘야겠네. 나의 친우로서 반드시."

케리드윈의 말투가 심각하다고 느꼈는지 그제야 로버트도 그를 돌아봤다.

"무슨 일인가?"

"살아남아 주게."

"뭐?"

의아한 로버트가 반문하자 케리드윈은 정색하곤 곧 목청을 돋워 명령을 내렸다.

"로버트 할튼 경! 지금 즉시 내성으로 돌아가 레니아 왕비를 보호하라! 상황에 따라선 성을 버리고 도주해도 괜찮다! 지금 즉시 돌아가라!"

"뭐, 뭐라고? 이봐, 그게 무슨……."

"상관의 명령을 어길 참인가?"

정말 화가 치밀었는지 케리드윈의 침착하던 얼굴이 일그러졌다.

그러자 로버트도 멈칫하곤 입을 다물었다. 다만 침묵한 채 케리드윈을 쏘아볼 뿐이었다. 케리드윈이 그를 '오랜 친우'로 생각하듯 로버트 역시 그를 '오랜 친우'로 생각했다. 그렇기에 지금 그의 명령이 무슨 뜻인지, 그리고 조금 전 그가 부탁한 것이 무엇이었는지 알 것 같았다.

왕가의 마지막 생존자, 레니아 왕비가 있는 한 페나인은 다시 재기할 수 있었다. 그 실낱같은 희망을 케리드윈은 로버트가 이어주길 바라는 것이었다. 자신은 이곳에서 적을 막아 방패가 되어 죽음을 맞이하더라도 로버트가 레니아 왕비를 모시고 탈주하길 바랐다.

하지만 로버트는 천천히 고개를 저었다.

"내겐 너무 무거운 짐이야. 차라리 자네가 가게!"

때로는 죽는 것보다 살아남는 것이 더 어려울 때도 있었다. 로버트에게 있어선 지금이 그와 같은 때였다. 지금 이 싸움보다 더 힘겨운 싸움이 앞으로도 이어질 것이다. 적어도 그런 싸움을 견디는 데는 자신보다 케리드윈이 적임이라고 로버트는 생각했다. 같은 마스터라고 해도 저돌적인 자신보다 침착한 케리드윈이 더 적격이라고, 그래서 로버트는 자신이 방패막이가 되겠다고 결심했다.

"무슨 소리인가? 난 친위대의 대장이야. 대장이 부하를 버리고 도주하다니? 말도 안 되는 소리다."

"그렇다면 나 역시 부대장이야. 나도 도주해선 안 되는 것 아닌가?"

로버트도 물러서지 않고 응수했다.

그의 반응을 예상했던 듯 케리드윈은 입가에 미소를 지었다. 그리고 약간은 힘없는 말투로 그에게 대꾸했다.

"우린 국왕 폐하가 암살당할 때 뭐 했지? 응, 로버트? 우린 이미 큰 죄를 저지른 죄인들이야. 그런 우리가 왕비조차 지키지 못한다면 어떻게 하겠나? 제발 부탁이네, 자네가 가주게."

"그 죗값을 자네 혼자 치르게 할 수는 없네. 차라리 내가 지겠어!"

"이보게, 로버트!"

그의 설득이 먹혀들지 않자 케리드윈은 발끈했다. 그리고 흡뜬 눈으로 로버트를 노려봤다. 문득 노려보는 그의 시야에 로버트의 뒤쪽, 정렬해 있는 군대 뒤쪽, 어두운 도시를 반듯하게 가른 도로 위로 달려오는 몇 사람의 모습이 보였다. 그들 중에서 선두에 달려오는 두 사람의 모습을 확인한 케리드윈은 더욱 눈을 흡떴다.

"자네가 뭐라 해도 난 가지 않겠네!"

케리드윈은 더욱 눈을 가늘게 떠서 자신이 보고 있는 것을 확인하려

했다. 이미 그의 귀에 로버트의 말은 들리지 않았다.

"듣고 있는 건가? 자네가 가란 말이네!"

이제 보통 사람도 확인할 수 있을 정도의 거리까지 그들이 도착했다. 선두에서 숨을 헐떡이며 달려오는 붉은 머리의 청년을 보고 케리드윈은 자신의 의심을 털었다.

그는 분명 왕자 리처드였다.

그리고 그의 곁에서 검은 망토를 휘날리는 거구의 사내는 친위대 삼대 마스터 중에 한 명인 키렌 레스터였다.

약간 쉰 듯한 목소리로 케리드윈은 중얼거렸다.

"자네가 가지 않아도 될 것 같군."

"오, 그런가? 역시 자네가 아니면……."

"아니, 나도 갈 필요는 없을 거야. 원래 전하의 친위 기사는 그였으니까."

"뭐?"

갑작스러운 말에 로버트가 눈을 동그랗게 떴다. '전하'라 불릴 수 있는 사람이 리처드뿐이란 것에 생각이 미친 로버트는 더욱 의아한 표정으로 케리드윈을 바라봤다.

왕자의 친위 기사는 바로 키렌이었다. 한데 여기서 왜 키렌을 언급하는지 그는 알 수 없었다. 키렌은 이미 몇 달 전부터 실종 상태였기 때문이다.

문득 로버트는 케리드윈이 자신을 보는 것이 아니라 자신의 뒤쪽을 보고 있다는 것을 깨달았다. 그리고 자연스럽게 그의 시선도 뒤쪽으로 향했다. 이윽고 로버트 역시 달려오는 몇 사람의 모습을 확인할 수 있었다.

"키, 키렌 경?!"

그리고 그의 곁에서 달려오는 낯익은 청년도 발견했다.

"전하!!"

로버트의 목소리가 힘차게 밤하늘을 울렸다.

먼 거리를 달려온 탓에 숨을 몰아쉬던 리처드는 오랜만에 대하는 얼굴들이 무척 반가웠다. 그는 미소와 함께 그들에게 손을 들었다.

"오랜만입니다, 케리드윈 경, 로버트 경."

"리처드 전하? 정녕 전하가 맞으신 겁니까?"

"대체 지금까지 어디 계셨던 겁니까?"

"왕자 전하!"

싸움터는 금세 웅성거리기 시작했다. 친위대라는 특성상 병사들을 독려하며 싸우던 대다수의 기사들은 대번에 왕자를 알아봤다. 죽여도 죽지 않는 언데드를 맞아 패색이 짙던 아군들은 마치 희망의 빛줄기를 찾은 듯 활기를 띠었다.

그리고 그들 중에서도 케리드윈과 로버트의 기쁨은 남달랐다. 그들은 이미 국왕을 지키지 못했다는 자책감 때문에 죽음도 불사하겠다고 작정하고 있었다. 한데 리처드가 돌아왔으니 그들에겐 새로운 책임이 생긴 것이다. 현재의 왕자, 그리고 미래의 국왕 리처드 폰 카프를 지켜야 한다는 사명감이 그들의 마음에 자리 잡았다.

물론 이제야 나타난 리처드에게 야속한 마음이 없는 것도 아니었다. 그렇기에 두 사람은 누가 먼저랄 것도 없이 왕자에게 그간의 일을 재촉해 물었다.

"무엇을 하셨던 겁니까?"

"지금 상황이 어떤지 제대로 알고 계신 겁니까? 반란입니다, 왕자 전하!"

"아아, 알아요, 안다고요."

입에 거품이라도 물 듯한 표정으로 소리치는 두 사람에게 리처드는 손을 들어 얼버무리듯 대꾸했다.

그때 리처드의 뒤에서 물끄러미 적진을 살피던 로딘이 입을 열었다.

"전하, 우선 적군을 막아야 할 것 같습니다."

그리고 로딘은 손을 들어 적진을 가리켰다. 검은 갑옷의 물결이 무너진 성벽의 잔해를 밟고 밀어닥치는 곳이 그가 가리킨 곳이었다.

리처드는 곧 로딘의 뜻을 알아챘다. 포란 성으로 진입할 때 로딘과 레온이 보여준 검기를 이곳에서 쓰겠다는 뜻임을. 분명 그곳은 적군뿐이었고 살아 있는 아군의 흔적은 없었다. 그리고 두 사람의 그 무시무시한 검기라면 단번에 적진을 초토화시킬 수 있을 것이었다.

리처드는 정색을 하고 고개를 끄덕였다.

"부탁해요, 로딘. 그리고 레온."

"알겠습니다, 전하. 가요, 레온."

레온에게 신호를 보낸 로딘이 재빨리 아군 틈으로 스며들듯 사라졌다. 뒤이어 레온의 몸도 일행에게서 벗어나 아군을 가로질렀다.

병사를 헤치고 적군과 검을 맞댄 곳까지 이르렀을 때 두 사람은 몸을 위로 떠올렸다. 적진 깊숙한 곳까지 검으로 헤치며 들어가는 수고로움을 택하기보다 재빠른 몸놀림을 이용해 단번에 뛰어넘으려는 생각이었다.

첫 번째 적군의 갑옷 위로 두 사람의 발이 머물렀다. 그리고 마치 땅위를 걷듯 자연스럽게 두 사람은 검은 갑옷을 밟으며 성벽 쪽으로 몸을 날렸다.

지켜보던 기사들과 병사들이 탄성을 지르는 사이에 두 사람은 어느새 성벽 근처까지 이르렀다. 그리고 거의 동시에 두 사람이 땅으로 꺼지듯 검은 갑옷의 물결 사이로 사라졌다.

죽여도 죽지 않는 언데드, 그 사이에 두 사람이 떨어진 것이다. 지켜보던 사람들에게서 안타까운 비명이 터졌다. 그리고 그 순간 한줄기, 아니, 부챗살 모양의 은빛 검기가 성벽으로 뻗었다.

콰아아—!

모두들 땅 위에서 번개가 번쩍였다고 느꼈다. 빛은 부챗살 모양으로 사방으로 퍼졌고 적군을 뭉개고 녹이고 쓸어버렸다. 무너진 성벽에 이를 때까지 빛줄기는 단번에 뻗어갔다. 그리고 그들 중에서 그 빛이 검기였다는 것을 제대로 인식한 사람은 단둘뿐이었다.

"뭐, 뭐지?"

"저 두 사람 마스터였습니까?"

로버트와 케리드윈이 놀랍다는 듯 소리친 후에 곧 입을 다물었다.

뒤따라 나타난 광경은 '놀랍다' 라고 표현할 만한 것이 아니었다. 적어도 그들이 알고 있는 한 이런 일을 할 수 있는 마스터는 없었다. 카슨이 살아 돌아오고 버나드가 마스터의 힘을 되찾는다고 해도, 그래서 그들 두 사람이 연합하여 공세를 펼친다고 해도 이런 광경을 연출할 수는 없을 거라고 두 사람은 단언할 수 있었다. 그리고 그들 두 사람이 할 수 없다면 페나인의 그 어떤 마스터라도 할 수 없는 일이었다. 한데 젊은—게다가 그중에 한 명은 이제 막 소년 티를 벗은 것처럼 보였다—두 사람이 보여준 광경은 페나인 제일이라는 칭호를 받던 버나드와 카슨을 뛰어넘은 것이었다.

　번개가 치듯 한순간에 뿜어졌던 빛이 사라진 후의 광경은 그 두 사람 이외의 다른 사람들도 놀라게 만들었다. 레온과 로딘, 두 사람이 검은 갑옷 사이로 사라진 지점부터 성벽에 이르기까지, 그리고 빛이 이르렀던 그 주변 모두가 초토화되었다. 그 일대에 있던 적군이 흔적도 없이 사라졌다. 갑옷도, 방패도, 검과 창도, 심지어는 사람마저도 완전히 사라졌다.

　남은 것이라곤 엄청난 열에 불탄 것 같은 매캐한 냄새와 정체를 알 수 없는 고철들뿐이었다. 그리고 한순간에 텅 빈 공간으로 뛰어든 두 사람의 모습이었다.

　뭐가 어떻게 된 것인지 어안이 벙벙한 사람들이 입을 쩍 벌린 채 할 말을 잃고 두 사람을 쳐다봤다. 한참 싸우고 있던 언데드 병사들도 자신들의 뒤쪽에 있던 기사들이나 리치들이 한순간에 사라지는 통에 명령 계통을 잃고 멍하니 서 있었다. 적도 아군도 멈춰 선 채 레온과 로딘을 지켜봤다.

　그리고 그들 두 사람이 빠른 속도로 성벽의 잔해를 밟고 바깥으로 모습을 감췄을 때 그들은 한 가지 사실을 깨달았다. 단 두 사람이 몰려드는 적병을 막았다는 사실을.

　엄청난 함성이 터졌다. 그리고 그 함성은 기세가 되어 멍하니 서 있는 적군에게 엄청난 공세를 퍼부었다. 그 누구도 어떻게 할 수 없었던 언데드 병사를 단번에 무찌른 사람이 있다는 사실만으로도 병사들은 힘을 얻었다.

　그런 그들 뒤에서 또 한 사람이 행복한 미소를 지으며 앞으로 나섰다.

　"그럼 마무리는 내가 맡도록 하지요."

체력적으로 약했던 애드리엔느는 그때까지 키렌의 뒤에서 호흡을 가다듬었다. 그녀는 로딘과 레온처럼 화려하진 않지만 확실하게 언데 드를 퇴치할 방법을 알고 있었다. 그리고 지금의 환호가 자신에게도 이어질 것이라고 기대했다.

그녀의 말에 리처드가 얼른 반색했다. 그리고 얼른 애드리엔느와 타바비아에게 부탁했다.

"부탁합니다, 애드리엔느. 그리고 타바비아."

"걱정 말게."

어느새 뽑아 든 도끼를 앞세우고 타바비아가 앞장섰다. 그러자 사람들은 두 사람이 지나갈 수 있도록 양쪽으로 갈라섰다.

앞서 간 두 사람의 능력이 상상을 초월하는 만큼 타바비아나 애드리엔느를 향한 시선도 기대가 가득했다. 그런 시선에 기분이 좋아졌는지 애드리엔느는 생기발랄한 미소를 지으며—이때 키렌은 혹시 애드리엔느가 전쟁을 좋아하는 것이 아닐까 생각했다—지팡이를 쳐들고 주문을 외웠다.

"언데드 파괴!"

신호라도 되듯 그녀의 주문이 끝나자 멈춰 있던 적군들이 몸을 부르르 떨곤 땅속으로 자취를 감추었다.

"언데드 파괴!"

마스터인 케리드윈이나 로버트는 그녀의 지팡이 끝에서 느껴지는 마나의 파동을 느꼈다. 그 마나의 힘은 사람에겐 전혀 지장을 주지 않았지만 언데드에겐 치명타였다. 파동이 닿는 거리에 있는 모든 언데드가 그녀의 명령에 따라 땅으로 꺼져 갔다.

사람들은 순례 의식이라도 치르는 것 같은 그 신비로운 광경을 주목했다. 앞장선 타바비아는 굳건함이 신관 전사 같았고 뒤에 선 애드리엔느는 축복을 내리는 사제처럼 보였다. 그리고 언데드를 퇴치하며 조금씩 전진하는 두 사람의 모습은 실제로 모든 이들에게 기적을 행하는 순례자처럼 보였다.

어느 정도 시간이 흐르고 성내에 들어온 언데드도 거의 퇴치된 듯하자 애드리엔느는 의기양양하게 지휘부로 돌아왔다. 그녀는 별로 힘들지 않았다는 듯 어깨를 한번 으쓱하고는—실제론 마나 소모가 커서 힘겨웠지만—척 보기에도 대장처럼 보이는 케리드윈에게 시선을 보냈다.

"바깥에는 얼마나 있나요?"

"그, 글쎄요? 잘 모르겠습니다. 워낙 경황이 없어서 미처 확인을 못했습니다……."

머뭇거리며 그녀의 질문에 대답하는 케리드윈은 우스울 정도의 태도를 보였다.

나이로 보나 직위로 보나 케리드윈과 애드리엔느는 엄청난 차이가 있었다. 하지만 중요한 것은 케리드윈은 할 수 없는 일을 그녀는 해냈다는 점이었다. 그것도 빠른 시간 내에 아주 정확하게, 그리고 손쉽게 해낸 것이다. 그런 그녀에게 당혹감과 경외감이 든 것은 비단 케리드윈뿐만이 아니었다.

놀라움과 황당함, 그리고 승리로의 확신이 기사들과 병사들 사이로 번져 갔다. 그것은 엄청난 환호와 탄성이 되어 그녀에게 돌아왔다. 평생 느껴보지 못했던 짜릿한 전율에 애드리엔느는 마냥 즐거운 표정을 지었다.

그때 타바비아가 그녀에게 말했다.

"바깥의 상황이 좋지 않은 것 같네. 불길한 기운이 느껴진다는군.

어서 나가보세."

"네?"

반문하던 애드리엔느는 흘깃 그의 어깨에 앉아 있는 로이니스를 쳐다봤다. 분명 타바비아가 말했지만 실제로 느낀 것은 로이니스일 것이 틀림없었다. 그리고 슬라임의 특성상 오염된 환경에 민감하다는 것을 떠올린 애드리엔느는 곧 얼굴을 굳혔다.

"혹시 죽음의 물결?"

"아니, 그건 아닌 것 같아."

"어느 쪽이든 위험한 것은 마찬가지겠죠. 서둘러 나가보는 게 좋겠습니다."

키렌도 나서서 그렇게 말한 후 리처드와 케리드윈에게 고개를 돌렸다.

"우선 저희가 먼저 나가겠습니다. 리처드 전하와 케리드윈 경께선 이곳을 정리해 주시길 바랍니다."

"그, 그러게."

말을 마치자 키렌은 곧 몸을 돌려 타바비아와 애드리엔느를 따라 성벽으로 뛰어갔다. 물끄러미 바라보고 있던 로버트가 곧 그의 곁에 따라붙었다.

"그럼 부탁합니다, 친위대장!"

"어, 어이! 궁금한 건 자네뿐이 아냐! …이런, 빠르기도 하군."

케리드윈의 투덜거림이 이어졌지만 로버트는 상관하지 않고 키렌을 따라 달렸다.

나란히 달리고, 나란히 서서 마나 방출, 그리고 또 나란히 달리길 여섯 번째, 숨을 몰아쉬던 로딘이 레온에게 입을 열었다.

"괜찮나요, 레온?"

"힘들어요!"

레온은 솔직하게 소리쳤다. 그의 대답에 로딘은 의외라는 듯 미소를 지었다.

자칫하면 상대방의 자존심을 건드릴 수도 있었기 때문이다. 하지만 레온은 그런 것에 신경 쓰지 않았고 로딘은 그 점이 의외라는 듯 놀란 표정을 지었다. 하지만 레온의 성격을 짐작한 그는 슬쩍 미소를 지으며 고개를 끄덕였다.

"그거 다행이군요. 사실 저도 조금 힘들었거든요."

레온은 뒤쪽을 살폈다.

두 사람이 지나온 길은 성 바깥의 대군을 양쪽으로 넓게 가른 형태였다. 하지만 아직 적군의 지휘부는 보이지 않았고 갈라진 통로는 양쪽에서 물밀듯 짓쳐들어오는 적군 때문에 점차 좁아지고 있었다. 자칫하면 적장을 보기도 전에 퇴로가 막힐지도 몰랐다.

하지만—로딘도 그랬지만—레온은 별로 걱정하지 않았다. 느릿한 몸놀림이 특징인 좀비와 다르다 해도 원래일 때보다 빨라진 것은 아니었다. 버틸 수 없을 정도가 된다면 '잔상'을 써서 적진을 탈출하면 그만이었다.

게다가 레온은 몰랐지만 이들은 좀비로 변하면서 한 가지 장점을 잃고 말았다. 몇 주술자의 명령만을 듣기 때문에 지휘 계통이 일체화가 되었다는 장점이 생겼지만 반대로 상황에 맞게 전술을 바꿀 수 있는 임기응변이 사라졌다. 그렇기 때문에 변화무쌍한 마스터를 상대한다는 것은 결코 무리였다.

수천 명의 적군에게 둘러싸이고도 두 사람은 전혀 불안하지 않았다. 오히려 로딘은 미소를 짓는 여유마저 보였다.

"모두 몇이나 될 것 같아요?"

"글쎄요? 포란 성에 있던 군대의 몇 배는 될 것 같은데요. 하지만 그때는 안개 때문에 정확한 수를 알지 못했고 대부분은 밀집된 상황에서 애드리엔느께서 처리했으니 그것과 비교한다는 것은 무리가 있을 것 같군요."

멈춰 선 채 좁혀지는 포위망을 살피며 로딘은 대답했다.

한동안 두 사람은 움직이지 않은 채 체내의 마나를 모으는 데 주력했다. 당장 급한 것은 아니었지만 우선 조금이라도 비축해 둬야 좀 더 오래 전투를 수행할 수 있기 때문이었다.

"전에 군대에 있었기 때문에 대충 군대를 보면 어느 정도의 병력인지 알 수는 있습니다."

"그래요?"

"네. 대략 유추해 보면 3~4만은 될 것 같군요."

"우와~ 그렇게나 많아요? 휴우, 그럼 지금까지 우리가 상대한 병력은 어느 정도나 돼요?"

"으음……."

로딘은 잠시 망설이다가 어깨를 으쓱하곤 물었다.

"대답하면 실망하지 않을 건가요?"

"왜요?"

"생각보다 숫자가 적거든요."

"얼마나 되는데요?"

"성내에서 침투해 들어온 적군은 대략 1~2천 정도일 겁니다. 그중에 우리가 상대한 것은 오백 정도일 겁니다. 다음에 바같으로 나와서 여섯 방을 날렸죠.”

“음, 성에선 장애물이 있었으니까 나와서 상대한 숫자가 더 많겠군요?”

“그래 봐야 일이백 수준입니다. 게다가 성내와 달리 밀집되어 있지도 않잖아요? 아마 우리가 소멸시킨 언데드는 많아야 삼천 정도가 한계일 겁니다.”

“우와! 그렇게 많아요?”

놀랍다는 듯 탄성을 지르는 레온이었다. 이번에도 로딘은 의외라는 듯 레온을 바라보곤 곧 고개를 끄덕였다.

설사 자신들을 포위한 적군이 언데드가 아니라도 평범한 마스터였다면 결코 상대할 수 없는 병력이었다. 아니, 레온이나 로딘, 둘 중에 하나였다 해도 적진을 뚫는다는 생각은 감히 하지 못했을 것이다.

두 사람이 의기투합하여 적진을 반으로 가를 수 있었던 결정적인 이유는 카슨이 남겨준 검법의 응용이었다.

카슨이 즐겨 쓰는 검법은 검기를 길게 뻗어 창처럼 찌르는 기술, 바로 간격이었다. 물론 그에게 검을 배운 레온이나 로딘은 당연히 이것을 알고 있었다. 하지만 카슨은 모스 섬에 가기 전에 자신이 익힌 최후의 검법을 로딘에게만 알려주었다. 바로 검을 회전시켜 뻗음으로써 검기를 회전시키는 고도의 기술이었다. 그것은 흡사 검기를 회전시키는 ‘파워’와 같은 효과를 보임으로써 스피드와 파워를 동시에 구사하는 무적의 검법이었다. 뉴카슬 협곡에서 로딘은 이 기술을 레온에게 전수했고 두 사람은 카슨에게 검을 배웠다는 공통점 때문에 쉽게 검법을 익혔다.

하지만 이 검법이 정말 무서운 것은 그 다음부터였다. 똑같은 수련을 한 탓에 마나의 성질이 같은 두 사람. 여기에 같은 검법을 구사했고 같은 경지에 이른 두 사람이 동시에 이 검술을 펼쳤을 때의 효과는 상상을 초월했던 것이다. 뉴카슬 협곡에서 처음 선보인 그 파괴력은 포란 성에서 다듬어졌고 지금 페로즈 성에서 절정을 이루었다.

좁혀드는 포위망을 뻔히 보면서도 두 사람이 휴식을 취하는 여유를 부릴 수 있는 이유가 바로 이것이었다. 레온과 로딘이 적진 돌파를 감행한 데에는 마스터로서의 자부심이 아니라 서로에 대한 신뢰가 더 컸다. 그리고 카슨이 남긴 검법에 대한 믿음이었다.

마스터라고 해도 이 정도 병력을 상대할 수는 없었다. 하물며 언데드라면 더 말할 필요도 없는 것. 레온의 감탄이 결코 틀리지만은 않다고 로딘은 수긍했다.

문득 레온이 진행하던 방향을 가리켰다.

"저거… 지휘부 아닐까요?"

로딘도 얼른 그쪽을 바라봤다. 옛 리저드 가문의 문장, 그리고 지금은 리저드 령의 문장인 철십자가 새겨진 깃발이 펄럭이는 것이 보였다. 물론 로딘은 평민 출신이었기 때문에 깃발을 본다 해도 그 의미를 정확하게 알지는 못했다. 하지만 근처에 그 깃발 이외에도 다수의 깃발이 펄럭이는 것을 미루어 지휘부라는 것만은 짐작했다.

"맞는 것 같습니다. 거의 다 왔었군요."

"네."

적진을 한참 뚫고도 나타나지 않는 적장의 모습에 잠시 멈췄던 두 사람은 깃발을 확인하자 곧 마음을 다잡았다. 이제 얼마 안 가면 적장을, 어쩌면 할튼을 상대할지도 몰랐기에 새로이 긴장했다.

그때 적군의 포위망이 주춤하고 멈췄다. 그 낌새를 알아챈 로딘은 전방을 주시하다가 한 명의 말 탄 기사가 달려오는 것을 확인했다. 페로즈 성이 환하게 불을 밝힌 것과는 반대로 바깥은 어둠에 싸여 제대로 분간이 가지 않았다. 언데드가 전투를 치르는 데 불은 그다지 효용이 없기 때문이었다. 그래서 다가오는 기사가 어두운 청색 계통의 갑옷을 입었다는 것도 겨우 알아챌 수 있었다.

"혼자 상대할 생각일까요?"

의외라는 생각과 함께 보통 상대는 아니겠다고 로딘은 염려했다. 그것은 레온도 마찬가지였다. 그는 말 탄 기사가 다가올 때마다 기분 나쁜 느낌이 엄습하는 것 같아 몸을 떨었다.

"기분 나쁜 기사로군요."

레온의 말이 끝났을 때 기사는 십여 미터에 이를 정도로 가까워졌다. 그는 곧장 검을 뽑더니 달려드는 기세를 이용해 베려는 듯 속도를 더했다.

지켜보던 레온과 로딘은 깜짝 놀라며 좌우로 흩어졌다. 그리고 동시에 외쳤다.

"마스터다! 조심해요!"

기사는 흩어진 두 사람 중에 레온에게 방향을 틀어 쫓아왔다. 그의 검엔 검푸른 검기가 맺혔는데 어둠 속에서 뿜어지는 빛은 요사스럽게 느껴졌다.

레온은 마주 상대하려고 멈췄다가 기분 나쁜 검기를 보곤 곧 생각을 바꿨다. 레온은 재빨리 몸을 날려 땅을 굴러 기사의 검을 피했다. 아슬아슬하게 그의 검이 레온을 비켜 지나갔다.

레온이 일어나서 기사를 찾았을 때 그는 멀리서 두 번째 공격을 준비한 후였다. 그러나 다시 말을 달려 공격해 오진 않았다. 그렇다고 레온이 먼저 공격하자니 상대의 요사스런 검기가 마음에 걸렸다. 머뭇거리는 와중에 로딘이 그의 옆으로 달려왔다.

로딘이 곁에 있다는 것만으로도 안도한 레온은 마음을 다잡고 상대를 쏘아봤다. 그러자 군청색의 갑옷을 입은 기사가 기괴한 목소리로 말했다.

"내 이름은 크레멘트 에란스. 리저드의 수호 기사다. 그대들은?"

"난 카네비스 산의 로딘, 이쪽은 레스터 가문의 오남 레온이라고 합니다. 당신이 이 군대의 최고 지휘관입니까?"

"그런 셈이다."

"상대할 수 있게 되어 영광입니다."

말을 마친 후 로딘은 가볍게 검을 휘둘렀다. 그의 검이 허공을 가르는 소리가 멈췄을 때 검끝은 크레멘트를 겨누었다.

그때 레온이 떨리는 목소리로 로딘을 제지했다.

"잠시만 기다려요, 로딘. 내가 듣기엔 리저드 령에는 마스터가 한 명뿐이었어요. 할튼 리저드라는 영주가 유일한 마스터라고 들었는데 이 사람은 대체 어디서 나타난 거죠?"

"아무럼 어떻습니까? 어쨌든 이 남자를 쓰러뜨리면 수월하게 적군을 물리칠 수 있다는 점이 중요하지 않나요?"

카슨도 그랬지만 로딘 역시 페나인의 마스터가 몇 명이고 어디에 있는지에 대해선 통 알지 못했다.

하지만 레온은 예외였다. 그는 카슨에게 검을 배우긴 했지만 대부분의 학업은 레스터 성에서 하이렌의 지도 하에 받아왔다. 언젠가는 수도의 기사 시험을 봐야 했기 때문에 귀족들에 대해서 완벽하게는 아니더라도 대략적으론 배웠다. 물론 레온에겐 관심 밖의 일이라 거의 기억하지 않았어도 검에 관련된 것만은 확실히 기억했다. 그리고 그의 기억에 리저드의 마스터는 할튼이 유일했다.

기억을 더듬던 레온은 흠칫 몸을 떨었다. 상대에게서 마나의 흐름이 전혀 느껴지지 않았던 것이다.

"이 사람도 죽은 자 같은데요?"

"언데드 마스터를 처음 본 것도 아니잖아요, 레온. 우린 이미 포란 성에서 카……."

카이라는 이름을 언급하려던 로딘은 곧 말을 바꿨다.

"죽음의 기사를 봤잖아요."

"하지만 그 녀석은 평범한 죽음의 기사가 아니지."

갑자기 뒤에서 굵직한 목소리가 들렸다.

레온이 돌아보니 어느새 타바비아가 달려와서 긴장한 표정으로 크레멘트를 노려보고 있었다. 그의 뒤로 상쾌한 웃음소리와 함께 마법 난사를 퍼붓는 애드리엔느와 그녀를 보호하는 키렌과 로버트도 보였다. 로딘과 레온이 뚫었던 길은 이미 사라졌기 때문에 세 사람이 도착하기엔 시간이 걸릴 듯 보였다. 하지만 애드리엔느의 주문은 상당한 효과를 보이며 적군을 강타했기에 레온은 별로 걱정하지 않았다.

"저리들 비키게. 이자는 나만이 상대할 수 있을 걸세."

혼자 적진을 뚫고 온 것인지 타바비아의 갑옷은 여러 군데 손상된 흔적이 보였다. 레온이 걱정스럽게 물었다.

"저 녀석은 마스터예요, 타바비아."

"타바비아라면 문제없을 겁니다, 레온."

로딘은 한 걸음 물러서서 타바비아에게 양보했다.

“그는 검기를 막는 기술을 알고 있는 유일한 드워프니까요.”

“에?”

“옳은 말이야. 레온이나 로딘, 그리고 애르피자 정도가 아니라면 나의 견고한 방어를 뚫을 수 있는 마스터는 그리 흔치 않다고. 게다가 저 녀석, 마스터의 경지로 치자면 갓 입문한 수준으로 보이는데?”

“아…….”

미처 깨닫지 못했지만 타바비아의 지적에 레온은 곧 고개를 끄덕였다. 확실히 그의 말대로 검에서 느껴지는 마나의 흐름은 단순했다. 적어도 크레멘트는 레온이 마스터라는 것을 알고 있을 터였다. 그렇다면 조금 전 공격에서 레온을 베기 위해 최대 마나를 주입하여 최강의 공격을 했을 것이다. 하지만 그때 레온이 느낀 것은 검을 감싸는 마나가 조금 더 많아졌다는 것뿐 결코 길이가 늘어난 것도, 마나가 흐르는 느낌도 없었다.

그럼에도 불구하고 레온은 여전히 크레멘트에게서 느껴지는 기운에 기분이 나빴다. 보고 있는 것만으로도 기분이 나쁜, 아니, 아예 상종하고 싶지 않은 감정이 뭉클 솟았다. 사람에 대해 별로 차별을 두지 않던 레온으로선 처음 겪는 감정이었다. 그 어색한 감정에 레온이 당황해하고 있을 때 타바비아가 앞으로 나섰다.

“저 녀석은 ‘저주의 기사’ 라고 로이니스께서 말씀하셨네. 수련을 통하여 마나를 쌓은 자들을 언데드로 만들면 죽음의 기사가 되는데, 저 녀석의 경우는 조금 특별한 술수를 가미했다더군. 저주 계열의 주문을 걸었기 때문에 저자와 조금이라도 검을 마주하면 독과 질병을 일으켜 죽음에 이른다는군. 말 그대로 상대에게 저주를 거는 기사, 바로 저주의 기사인 셈이지. 그러니 저자와 마주치지 않게 조심들하게.”

타바비아의 설명에 레온은 그제야 상대에게 느껴졌던 기분 나쁜 기운의 정체를 알아챘다. 그리고 도리어 깜짝 놀랐다. 방금 전 타바비아가 그런 상대와 싸우겠다고 자처한 것이 떠올랐기 때문이다.

"그렇다면 타바비아도 위험하잖아요?"

"오~ 그건 아니지. 저자를 상대할 수 없다면 로이니스가 날 먼저 보내지 않았을 거야."

타바비아는 자신만만했다.

"드워프는 원래 마법에 대한 저항력을 타고난다네. 하지만 그중에서도 '용감한 드워프 족'은 보통의 저항력 이상의 능력을 소유하지. 시간이 그리 길지 않다면 저 녀석의 저주를 난 견뎌낼 수 있지."

"시간이 그리 길지 않다면? 그럼 완벽하게 방어할 수 있단 말이 아닌가요?"

"세상에 완벽한 것이 어디 있겠나? 하여튼 거기서 두고 보라고."

말을 마친 타바비아가 성큼 걸어나갔다.

"그대 혼자서 나를 상대하겠다고?"

비웃음이 섞인 크레멘트의 말이었다.

거리가 있다고 해도 크레멘트는 말을 타고 있었다. 당연히 키가 작은 타바비아는 그를 올려다볼 수밖에 없었다. 하지만 타바비아는 양손의 도끼를 앞뒤로 거머쥐곤 위풍당당한 자세를 갖췄다.

"저주의 기사를 태우고도 멀쩡하다는 얘기는 그 말 또한 좀비란 뜻이겠지?"

중얼거림과 함께 타바비아의 몸이 비호처럼 날았다. 그의 도끼가 정확하게 말의 머리를 베었지만 크레멘트의 손놀림이 더 빨랐다. 고삐를 잡아채며 뒤로 물러선 크레멘트는 회심의 일격을 날릴 준비를 했다.

그러나 그의 일격은 곧 휘청대는 말 때문에 무산되었다.

갑작스럽게 말은 몸을 흔들었고 크레멘트도 덩달아 자세가 무너졌다. 뜻밖의 사태였지만 크레멘트는 당황하지 않고 몸을 날려 바닥에 떨어졌다. 그의 시야에 앞발이 잘린 말의 모습이 보였다.

"…제법이군."

머리를 베려고 했던 것은 눈속임. 실제론 반대 편 도끼로 다리를 베었다는 것을 크레멘트는 눈치 챘다. 동시에 눈앞의 상대가 평범한 전사는 아님도 알 수 있었다.

"하지만 내 말도 언데드. 곧 재생할 것이다."

"뭐, 그 정도 시간이면 충분해, 너를 죽일 시간으로는."

대꾸하던 타바비아는 곧 떠오른 생각에 서둘러 덧붙였다.

"죽은 녀석을 죽인다니까 이상하군. 정정하지, 너를 소멸시킬 시간으로는."

"자신감이 대단한 드워프로군."

손재주와 힘이 대단하다는 평가를 내렸던 크레멘트는 '흥' 하고 냉소했다. 아무리 살펴도 상대의 도끼엔 마나의 흐름이 없었다. 즉, 그는 마스터가 아니란 얘기였고 그런 자가 자신을 상대할 수는 없을 거라고 확신했다. 그리고 그의 시선은 어느새 타바비아를 제치고 뒤에 있는 레온과 로딘에게로 향했다. 그 두 사람을 빨리 없애는 것, 그것이 크레멘트의 목적이었다.

크레멘트의 검이 흑청색으로 물들었다. 검신을 살짝 덮은 푸르스름한 마나, 그리고 그 위에 검은 독기가 일렁였다. 강한 독 기운은 크레멘트가 서 있던 자리를 검게 물들일 정도였다.

대지가 독에 타며 내는 역한 냄새에 뒤에 있던 레온과 로딘이 주춤 물러섰다. 하지만 타바비아는 이마를 살짝 찌푸렸을 뿐 한 치의 물러섬도 없었다.

　그의 행동을 지켜보던 크레멘트의 눈빛이 투구 사이에서 빛났다. 그리고 검을 내밀어 타바비아를 겨누며 물었다.

　"이 검이 겁나지 않는가?"

　"겁난다. 그러니까 시작할 거면 빨리 해라."

　퉁명스러운 타바비아의 대답, 그리고 타바비아는 덧붙였다.

　"아니면 말이 재생할 때까지 기다리려는 거냐? 겨우 난쟁이 드워프를 상대하기 위해 말을 타야 할 정도로 자신이 없는가 보지?"

　"훗!"

　크레멘트의 냉소가 투구를 울렸다. 그리고 타바비아를 향해 달려들었다.

　타바비아가 말을 탄 기사를 상대하는 것을 껄끄러워한다는 것은 방금 전의 말로 충분했다. 빨리 공격하길 바라는 마음에 크레멘트를 약올린 것이리라. 그런 사실을 눈치 챘지만 크레멘트는 곧바로 공격했다. 그의 마스터로서의 자존심이 말을 타는 것을 허락지 않은 것이다.

　그리고 그것이 그의 최후를 판가름 짓는 결과가 되고 말았다.

　그의 몸이 바닥을 구를 듯 낮게 깔리며 타바비아를 향해 달려들었다. 그의 검이 바닥을 쓸듯 허공을 베었다.

　동시에 타바비아의 도끼가 막아섰다.

　'훗!'

　크레멘트의 투구에서 낮은 조소가 울렸다. 그것은 상대의 무식한 방어에 대한 조소였다. 검기를 실은 마스터의 검을 한 자루 도끼로 막으려는 어리석음에 대한 조소였다.

팅—!

둔탁한 쇳소리가 크레멘트의 예측을 바꾸었다.

서걱—

또 하나의 도끼날이 크레멘트의 몸을 분리시켰다.

"어, 어떻게?"

바닥에 쓰러진 크레멘트가 중얼거렸다. 대지를 굳건히 밟고 있던 다리 부분이 없어진 탓에 그의 상체는 요란한 쇳소리와 함께 바닥에 떨어졌다. 그 충격으로 그의 투구가 벗겨지며 바닥을 굴렀다.

크레멘트의 얼굴이 드러남과 동시에 레온은 짧은 비명을 터뜨렸다. 놀랍게도 그의 얼굴은 사람이 아니었다. 이미 죽었던 사람이라는 것은 알고 있었지만 드러난 형상은 차마 두 번 다시 보고 싶지 않은 것이었다.

눈이 있어야 할 자리엔 검은 동공만이 존재했고 코가 있어야 할 자리엔 작은 구멍 두 개만이 뚫려 있었다. 그리고 날카로운 이빨이 드러난 크레멘트의 얼굴, 그것은 얼굴이 아니라 해골 그 자체였다.

잘려진 허리에서 검은 안개가 뿌옇게 솟구쳤고 그의 퀭한 두 동공은 도끼를 노려보았다. 자신의 검기가 그의 도끼에 아무런 흠집조차 주지 못했다는 사실에 상당히 놀란 것 같았다. 어쩌면 허리가 베어졌다는 것보다 검기가 통하지 않았다는 것에 더 놀란 것인지도 몰랐다.

그러나 타바비아는 그의 허리를 베어 바닥에 떨군 후 곧장 뒤로 물러섰다. 그리고 로딘을 향해 외쳤다.

"지금이다! 검기를 날려!"

"네?"

무의식적으로 대답을 하던 로딘은 재빨리 검에 마나를 집중했다. 타바비아가 말한 것이 무엇인지 금세 알아챈 것이다. 마스터의 검기로 언데드를 벨 수는 있지만 소멸시킬 수는 없었다. 하지만 로딘이나 레온은 그런 언데드를 소멸시킬 수 있는 비장의 검기가 있었다.

로딘의 검에 마나가 집중되자 크레멘트는 꿈틀 하고 몸을 틀었다. 그도 알고 있었다. 레온과 로딘이 연합하여 언데드를 뚫고 들어올 때 그저 언데드를 베어넘긴 것이 아니란 것을. 소멸, 완전한 소멸. 뼈와 근육은 물론 영혼마저도 소멸시키는 공격이었다는 것을 눈치 챘었다. 그리고 그런 공격을 받는다면 자신 또한 같은 처지일 것이라고 생각했다. 하지만 허리가 베어진 탓에 그의 상체와 하체는 바닥에 쓰러진 채 따로 노는 꼴이었다.

로딘의 검이 은광으로 빛나는 것과 동시에 크레멘트는 뜨거운 열기에 몸이 녹는 것을 경험해야만 했다.

미련.

그것은 분명 미련이었다.

바이나르 평원에 주둔한 근위대의 발을 묶고 본대를 수도인 페로즈 성까지 갖다 댄 시점에 할튼은 승리한 것이나 다름없었다. 그의 앞에 펼쳐진 것은 성벽 하나와 일만의 친위대가 전부였다. 대포로 부수고 오크로 밀었다면 이미 전쟁은 끝났을 것이다.

하지만 그는 그렇게 하지 않았다.

이유를 알 수 없는 분노, 그리고 슬픔, 지난 과거에 대한 후회, 그 모든 감정의 격류에 몸을 맡긴 채 할튼은 시간을 보내기만 했다.

샤임의 칼버딘 군이 승승장구하며 에런버드 평원에 자리 잡았다는 소식이 들어왔고 뒤이어 근위대를 격파한 크레멘트가 군대를 이끌고 도착했다. 그때까지도 할튼은 경멸의 시선으로 페로즈 성의 굳게 닫혀진 성문을 노려보기만 했다. 조소, 냉소, 아니, 그것은 경멸에 가까웠다.

하지만 결국 그는 끝내 움직이지 않았다.

그저 훅 불면 꺼질 촛불과 같은 운명의 페나인을 마주하고 어떤 미련이 그의 감정 속에서 꿈틀대었기 때문이다.

그리고 그것이 할튼으로선 또 한 번의 슬픔과 후회로 다가왔다.

그의 생각을 읽은 듯 크레멘트는 '먼저 선공하겠습니다' 란 신호와 함께 군을 움직였다. 멀리서 보아도 크레멘트의 지휘는 돋보였다. 화살을 쏘았고 사다리를 세웠다. 충차를 동원했으며 돌을 날렸다. 성벽 뒤에 웅크리고 있을 병사들을 성벽 위로 끌어 올렸고 그 한순간의 빈틈을 놓치지 않고 대포를 쏘았다. 성벽이 무너졌고 병사들이 물밀듯이 달려들었다.

윈저가 무너졌을 때와 똑같은 일이 벌어지려는 찰나,

"결국… 페나인은 이 정도에 불과했나?"

라고 할튼은 자조했다.

내일 아침이면 없어질 페나인의 운명에 할튼은 씁쓸한 냉소를 지었다. 동시에 지금까지 가지고 있었던 미련을 접어야겠다고 다짐했다. 이제 페나인은 사라지고 그의 나라가 건국될 시점인 것이다.

그렇게 생각하고 있던 할튼의 눈에 또 다른 광경이 펼쳐졌다.

언뜻 무너진 성벽 틈새에서 빛이 번쩍였고 곧 이어 두 사람이 튀어나왔다. 그 두 사람은 수천의 언데드를 종으로 뚫었다. 보고 있던 할튼이 놀랄 정도로 황당한 수법이었다. 그들을 상대하기 위하여 크레멘트가 앞으로 나섰고 이번엔 또 다른 일행인 드워프가 나섰다.

그는 살아 있는 모든 생명을 죽이는 독을 뚫고 크레멘트의 허리를 베었으며 뒤이어 좀 전의 두 명 중 한 사람이 검기를 방출함과 동시에 크레멘트가 소멸되었다.

"카… 슨?!"

무의식적으로 할튼은 중얼거렸다.

그는 부정하고 싶었지만 모스 섬에서 카슨을 언데드로 만들기 위해 상대했던 기억은 엄청난 충격이었다. 십여 미터에 이를 정도의 엄청난 검기의 폭풍, 오크는 물론 검기에 닿은 모든 것을 뻥뻥 뚫어버리던 그 파괴력은 차라리 공포에 가까웠다. 다시는 보고 싶지 않았던, 그래서 카슨이 죽었다는 소식과 버나드를 폐인으로 만들었다는 소식이 들려왔을 때에야 할튼은 겨우 안도했었다.

한데 그 기억하고 싶지 않은 검기가 방금 펼쳐졌다. 두 사람이 동시에 구사할 때는 넓게 펼쳐져 미처 알아볼 수 없었지만—물론 그것만으로도 할튼은 간담이 서늘해졌지만—한 사람이 검기를 쏘았을 때에야 할튼은 그 검술을 기억해 냈다. 그것은 모스 섬에서 카슨이 보여줬던 바로 그 것이었다.

"크, 크레멘트?"

중얼거리는 할튼의 목소리가 기괴하게 떨렸다.

카슨이 그 검술을 구사한 후의 오크들을 그는 보았었다. 뒤에 나지드가 검사한 후에 '사용 불가' 판정을 내렸고 그대로 폐기 처분할 수밖에 없었다. 그렇다면 지금 크레멘트는 어떻게 되었겠는가?

할튼의 귀에 누군가의 비명이 들렸다. 그 비명이 자신의 목에서 나왔다는 것을 깨달은 것은 한참이 지나서였다. 흐릿한 시아와 함께 두 뺨에 눈물이 흐르고 있다는 것을 의식한 것은 비명을 지르는 이가 자신이라는 것을 깨달은 다음이었다.

크레멘트는 두 번 죽었다. 그것도 자신 앞에서, 자신을 위해서. 그리고 그를 두 번 죽인 사람은 다름 아닌 할튼, 그 자신이었다.

　무엇에 대한 미련이었는지 할튼은 몰랐다. 하지만 전쟁 속에서 연민을 품었다는 자체만으로 얼마나 큰 위험이 되는지 그는 몸소 터득해야 했다.

　비명과 눈물. 그리고 그는 다짐했다. 이유를 알 수 없는 미련 따위보다 친구를 두 번 죽인 페나인이란 왕국에 대한 복수를. 비명과 눈물 속에서 그는 다시 한 번 다짐했다.

　새벽이 되었을 때 적진을 정찰한 로버트가 돌아왔다. 며칠 전부터 성 바깥에 주둔하고 있던 적진은 완전히 사라졌다. 새벽의 전투에서 엄청난 타격을 입었기 때문에 물러난 것이 분명했다. 하지만 성벽은 무너졌고 적군은 언제라도 성을 넘어올 수 있었다. 대승을 거뒀다고 해도 안심할 수는 없었다.

　전투가 끝나는 시점에 레니아 왕비를 찾아뵙고 안심시킨 리처드는 아침이 되자 곧 귀족들을 모았다. 귀족들을 상대하는 일이 얼마나 귀찮은지는 알고 있었지만 해야 할 일은 해야만 했다. 수도에 도착하기 전에 버나드로부터 단단히 확답을 받은 탓도 있었다. 물론 회의 시작 전에 그가 도착할 것이란 생각도 한몫했지만.

　혼자만의 사실에 처박혀서 이런저런 생각에 잠겨 있던 리처드는 문이 열리는 소리에 고개를 들었다. 들어온 이는 키렌이었다.

　"어서 와요, 키렌 경."

　"피곤하진 않습니까, 전하?"

　"전혀. 한데 애드리엔느는 준비가 되었다고 하던가요?"

　"네. 다행히 페로즈 성은 지어진 지 얼마 되지 않아 대지에 새겨진 이미지가 생생하다고 하더군요. 자세한 것은 모르겠지만 빠른 시간 내에 워프를 열 수 있을 것 같습니다."

"그거 다행이군요."

정말 안도한 목소리는 아니었기에 키렌은 의아한 눈길로 리처드를 바라봤다.

"기리안 대공을 상대하는 건 좀 짜증이 나니까요. 아무래도 언변이 좋은 사람이잖아요."

어깨를 으쓱하곤 능청스럽게 말하는 리처드의 모습에 키렌은 슬며시 미소를 지었다. 확실히 예전의 왕자다운 모습이 엿보였기에 그는 내심 안도했다.

문득 키렌은 농담처럼 물었다.

"여차하면 제가 기리안 대공을 힘으로 눌러 버릴까요?"

"그거 좋은 생각이군요."

뜻밖에 리처드는 쾌히 승낙했다. 그의 반응에 키렌이 황당한 표정을 짓자 리처드는 곧 설명했다.

"어머니께 들어보니 기리안은 근위대의 힘을 등에 업고 기고만장했던 모양입니다. 한데 지금 페로즈 성을 지킨 것은 친위대였고 근위대는 흔적도 없잖아요? 기리안이 내세울 건 하나도 없으니 한번 정도는 혼을 내줄 필요도 있겠죠."

"노, 농담이시죠?"

더듬거리며 키렌이 물었지만 리처드는 싱긋 미소를 지었다.

"아, 그리고 한 가지 더! 아마 내 기억으론 레스터 가문을 무너뜨리는 데 가장 앞장선 사람이 기리안이었다죠?"

키렌의 얼굴이 살짝 굳어졌다. 이렇게까지 말하면 리처드의 본심이 무엇인지는 뻔한 거였다. 그는 정말로 키렌이 기리안을 힘으로 눌러주길 바라는 것이었다. 친위대의 기사라고 해도 대영주, 그것도 왕국의 역사와 함께했다 해도 과언이 아닌 대공을 협박하라니… 하극상도 보통 하극상이 아니었다. 순간 키렌의 등 뒤로 식은땀이 주르륵 흘렀다.

"물론 혼자선 무리겠죠? 이야, 빨리 버나드 공작이 와야 할 텐데……."

키렌의 얼굴 근육이 미세하게 꿈틀댔다.

애드리엔느가 레스터로 갔던 이만의 근위대를 워프로—물론 그녀는 타운 포탈이라고 했지만—불러들인다는 소문은 곧 퍼졌다. 철저한 경계였지만 리처드를 포함하여 많은 수의 귀족들, 친위대의 기사들이 연병장에 몰려들었다.

그리고 그녀의 주문이 이어졌고 연병장 가운데 커다란 빛의 기둥이 솟구쳤다. 이윽고 그 빛 속에 첫 번째 일행이 모습을 드러냈다.

"오오~!"

사람들의 탄성이 이어졌다.

버나드를 위시하여 4근위대와 7근위대의 대장인 찰스와 도널드의 모습이 나타났다. 그들이 빛의 기둥에서 걸어나오자 뒤이어 숱한 근위대의 병사들이 질서정연하게 그들을 따랐다.

잘 훈련된 정병이라는 것을 과시하듯 그들은 차례로 기둥에서 빠져나왔고 연병장 한쪽에 전열을 가다듬었다. 그리고 그들을 대표하여 버나드와 찰스, 도널드가 리처드 앞으로 나섰다.

"지금 도착했습니다, 리처드 전하."

"오느라고 수고했습니다."

의례적인 대화를 마친 후 리처드는 모두 들으란 듯이 큰 소리로 외쳤다.

"그럼 지금부터 모든 작전을 담당해 주길 바랍니다. 그대만이 지금의 혼란을 막고 페나인을 살릴 수 있으리라 나는 믿습니다! 그렇게 해 주겠습니까, 버나드 공작?"

특히 마지막 '공작' 이란 칭호를 강조함으로써 예전의 직위와 직급을 되살리겠다는 것을 간접적으로 시사했다.

"맡겨주십시오, 전하."

이미 서로 입을 맞춰두긴 했지만 이 한 편의 연극에 키렌은 슬며시 미소를 지었다.

버나드야 원래 자신의 감정을 드러내지 않기로 유명한 사람이라지만 리처드의 연기는 그야말로 감쪽같았다. 명성에 걸맞게 이번에도 리처드는 숱한 사람을 단번에 속여넘겼다. 물론 그것은 미래에 대한 불안에 떠는 사람들을 희망이라는 감정으로 가득 채운 명연기였다.

"그럼."

버나드의 시선이 모여 있던 귀족들을 훑었다. 살짝 그의 눈빛이 흔들거렸다. 찾고 있는 얼굴들이 하나도 없다는 것이 이상했던 것이다.

그때 케리드윈이 앞으로 나섰다.

"이런 상황에 마주하여 안타깝습니다만……."

케리드윈은 짤막하게 경례를 마친 후에 목소리를 높였다.

"친위대 전원, 잠시 동안 버나드 공작 각하의 명을 받을 것을 맹세합니다. 이는 현재 페로즈 성에 전투 가능한 병력이 저희뿐이기 때문입니다."

그의 말을 듣고 있던 버나드는 약간 놀란 듯했지만 곧 평정을 되찾고 키렌을 바라보았다. 키렌의 고개가 살짝 끄덕여지자 버나드는 입을 꾹 다문 채 크게 숨을 들이쉬었다. 그리고 천천히 숨을 내뿜으며 케리드윈과 그의 뒤에 있는 로버트를 바라봤다.

"그럼 지금 상황에 대한 설명을 부탁하겠소. 앞으로의 작전을 세우는 것은 그 다음부터요."

"알겠습니다, 공작 각하. 이쪽으로."

케리드윈과 로버트가 곧 앞장섰다.

그의 뒤로 버나드와 찰스, 도널드가 따랐다.

"아, 버나드 경, 그대를 보고 싶어하는 사람이 있는데… 괜찮다면 집무실에 잠깐 들렀다 가겠습니까?"

문득 리처드가 그를 불러 세웠다.

무슨 일인가 하여 버나드는 리처드를 멀뚱히 바라봤다. 그러나 리처드는 대답 대신 손을 들어 집무실을 가리켰다.

"도움이 될 거라고 생각합니다, 분명히."

"알겠습니다, 전하."

버나드는 목례를 취한 후에 집무실로 향했다.

문을 열고 들어간 버나드의 눈에 보인 사람은 초로의 귀족이었다. 그리고 그의 모습에 어지간한 일로는 놀라지 않던 버나드도 움찔 멈췄다.

'전하께선 정말 장난치기 좋아하는 분이군.'

속으로 그런 생각을 한 버나드는 문을 닫고 방으로 들어섰다.

"오랜만입니다."

"자네도 오랜만이군."

그렇게 서로에게 인사를 건넨 두 사람은 말없이 서로를 응시했다. 어색한 듯 한참 서로를 바라보다가 먼저 입을 연 이는 초로의 귀족이었다.

"공작이 되었다고 하던데?"

“아버님께선 돌아가셨습니다.”

“그런가? …미안하이…….”

“괜찮습니다. 누구라도 그런 입장에 처한다면 그렇게 했을 것입니다. 경을 원망하는 마음은 없으니 걱정 마십시오.”

“내가 기리안 대공의 편을 들었던 것은 어쩔 수 없었네. 당시엔 대공이 들이민 증거가 너무 확고해 보였던 탓이네. 아니, 어쩌면 대공의 언변에 속았던 것인지도…….”

“이해합니다.”

“하지만 딸애는 끝까지 자네와 윌리엄 공작을 믿었다네.”

“라자첼이?”

“그래. 그 애는 지금까지도 자신은 ‘레스터 부인’이라는 신념을 굽히지 않고 있다네.”

“…그렇습니까?”

“괜찮다면 지난 일은 덮고 딸애를 다시 데려가지 않겠나?”

주저하듯, 그렇지만 빠르게 그는 말했다.

그의 이름은 사무엘 클라우드. 위클리프 중부 지대에 이름 높은 백작이었고 또한 버나드의 부인인 라자첼의 아버지였다. 그리고 그는 오래전 윌리엄과 버나드를 구금할 때 라자첼과 아들 다이크를 불러내어 인질로 삼으려던 기리안 대공을 도왔던 것이다.

그런 죄를 저질렀으니 버나드 앞에 나타난다는 것은 그야말로 천부당만부당한 일이었다. 하지만 그에겐 라자첼이란 비장의 카드가 있었고 그것을 믿었다. 적어도 라자첼은 버나드를 배신하지 않았던 것이다.

두근대는 심정으로 사무엘은 버나드를 바라봤다. 그의 입에서 무슨 말이 나올지 잔뜩 긴장한 채 귀를 기울였다.

"라자첼은……."

버나드가 천천히 중얼거렸다. 그는 중얼거리며 리처드의 말을 되새겼다. 확실히 그의 말대로 사무엘을 같은 편으로 들인다는 것은 큰 도움이 되었다. 그가 라자첼과 결혼하기로 했던 가장 큰 이유가 클라우드 가문의 위세 때문이었듯이 여전히 클라우드 가문은 위클리프의 실세 중에 하나였기 때문이다.

"장인어른보다 현명하군요."

비꼬는 말투가 역력했지만 사무엘은 크게 안도했다. 그의 입에서 '장인어른' 이란 말이 나왔다는 것이 더 중요했기 때문이다.

버나드는 문을 향해 몸을 돌렸다.

"죄송하지만 곧 군사 회의가 있을 예정이라 먼저 실례합니다."

"알겠네……."

"아, 그리고 한 가지 더."

나가려던 버나드가 다시 멈췄다.

"죄송합니다만 라자첼을 레스터 성까지 보내주겠습니까? 다이크는 제수가 돌보고 있지만 엄마 품이 그리울 테니까요."

"그렇게 하겠네!"

"부탁드립니다."

정중한 인사와 함께 버나드는 문을 나섰다.

'이걸로 된 거야. 괜히 시끄럽게 일을 벌일 필요는 없지.'

문을 닫고 나선 버나드는 대기하고 있던 기사를 따라 회의장으로 걸어갔다. 하지만 그의 복잡한 심사는 밝지도 어둡지도 않았다.

"그런가? 수요가 왕자 전하였단 말이지……."

스레이의 말이 끝난 시점에서 하이렌은 그렇게 중얼거렸다.

포란 성으로 떠났던 스레이가 다시 돌아왔을 때 하이렌은 놀랐다. 혹시 포란이 무너진 것은 아닐까 가슴이 철렁했던 것이다. 하지만 그는 포란 성이 전투에서 승리했다 말했고 하이렌은 약간 의외라고 생각했다. 한데 뒤이어 그가 전한 소식들은 거의 놀랄 만한 것들이었다.

수요가 사실은 리처드 전하라는 것은 물론 9써클의 마법사가 도착했다는 것, 카네비스 산의 드워프 무리가 가담한 것, 그리고 그들이 전투를 마무리하고 페로즈 성으로 떠났다는 것에 이르기까지 어느 하나 놀랍지 않은 것이 없었다.

그럼에도 하이렌은 담담한 얼굴로 생각에 잠겼다. 그 모든 일을 제치고서 새롭게 걱정거리가 생겼기 때문이다. 바로 스레이가 가져온 버

나드의 명령, 즉시 윈저를 거쳐 수도로 집합하라는 것이 그의 고민이었
다.

곁에서 듣고 있던 제프가 한마디 거들었다.

"해수, 아니, 소금이 언데드를 퇴치하는 방법이라고 밝혀진 이상 푸
노란은 안전할 겁니다, 하이렌 경. 저희도 서둘러 길을 떠나는 것이 좋
을 것 같군요."

"그게 말처럼 쉬운 일은 아니지. 한데 스레이, 소금으로 퇴치할 경우
땅이 오염되는 것은 막을 수 없다고 했는데 그 점에 대해 형님께선 어
떤 대책을 마련했는가?"

"우선은 콘버드에서 신관들을 대거 소집해 적을 막을 생각이신 것
같았습니다. 그 기간 동안은 소금으로 상대하고 나중에 대대적으로 정
화 작업을 펼치신다고 하더군요."

대답하던 스레이는 하이렌이 수긍하는 듯한 태도를 보이자 속으로
미소를 지었다.

이미 출발 전에 버나드로부터 지금과 같은 질문을 받았을 때 대답할
말을 들어뒀던 것이다. 버나드는 하이렌의 성격을 제대로 파악하고 있
음이 분명했다. 적어도 그가 무엇을 걱정할지를 알고 있었고 그에 대
한 대비도 충분히 해뒀다.

"작은 힘이라도 보태야 한다… 라고 했단 말이지? 형님께서는 반전
을 꾀하고 있는 모양이군. 그렇다면 미력한 힘이나마 보태야겠지. 서
둘러 출발 준비를 하는 게 좋겠군."

혼잣말처럼 중얼거리던 하이렌은 이윽고 한쪽 옆에 앉아 있던 메트
촌장을 바라봤다.

"촌장, 지금 들은 대로 언데드는 소금에 약하다고 하오. 왕국의 운명

이 걸린 중요한 일전을 앞둔 상황이니 우린 이곳에서 더 지체할 수 없을 것 같소. 미안하지만 우리가 다시 돌아올 때까지 버텨줄 수 있겠소?"

"걱정하지 마십시오, 백작 나리. 백작께서 오신 덕분에 우린 버림받지 않았다고 안도할 수 있게 되었으니까요. 게다가 적군의 약점을 알게 된 이상 충분히 버틸 수 있습니다. 우린 그야말로 바다에서 사는 사람들 아닙니까?"

"그렇게 생각해 주니 고맙소."

양해를 구하던 하이렌은 씩씩한 메트의 대답에 안심한 표정이었다.

"게다가 나리께서 근처의 몬스터를 전부 퇴치한 덕에 출현 횟수가 줄었지 않습니까? 이제 우리만으로도 충분히 방어할 수 있을 것입니다."

덧붙이듯 메트가 말을 이었다.

"당연히 해야 할 일을 했을 뿐이오."

하지만 하이렌은 담담하게 대꾸할 뿐 크게 생색내지는 않았다.

두 사람의 대화를 듣고 있던 제프가 끼어들듯 입을 열었다.

"하면 하이렌 경, 수도로 출발은 한다 치고… 저분은 어떻게 합니까?"

그의 손이 바다를 가리켰다. 정확하게는 마을 사람이 숨어 있는 바다 위의 집과 육지를 잇는 다리, 그 앞에 무거운 철 뭉치를—알고 보니 그것은 부러진 닻이었다—괴고 앉은 백발의 사내였다. 바로 광전사가 된 파운 허드슨이었다.

"으음… 이대로 이곳에 두는 게 좋지 않겠는가?"

"그건 위험합니다, 하이렌 백작."

조심스럽게 대꾸한 이는 스레이였다. 하이렌의 의아한 시선이 향하자 스레이는 두려운 얼굴로 속삭이듯 말했다.

"그는 분노로 인해 미친 겁니다. 언제 어떤 살육을 벌일지 알 수 없는 상태죠. 여기에 있는 것보단 데리고 가는 게 좋을 겁니다. 어쩌면 신관들이 치유할 수 있을지도 모르는 일이니까요."

"하지만 그렇게 되면 이곳을 지킬 사람이 하나도 없게 되지 않겠나?"

"아닙니다, 나리. 사일런스, 아니, 파운 나리께서 제정신을 차릴 수 있기를 바랍니다. 치료할 수 있다면 데리고 가는 것이 당연하겠지요."

"그대 생각도 그러한가?"

"하지만 파운 경이 한번 발작을 일으키면 쥴리아가 나서야 진정되지 않습니까? 먼 길을 가야 할 텐데 오히려 위험하지 않을까요?"

그때까지 잠자코 있던 알이 염려스러운 듯 중얼거렸다.

"저도 따라가겠어요."

멀찍이 서 있던 쥴리아가 단호한 어조로 말했다.

대화하던 사람들이 놀란 듯 그녀를 바라봤다. 동시에 그들은 고개를 저으며 간단하게 대꾸했다.

"위험해요, 아가씨."

"위험한 것은 알아요. 하지만 전 따라가겠어요."

그녀의 간절한 눈빛이 하이렌을 향했다. 그리고 그런 눈빛을 외면할 정도로 하이렌은 독한 성격은 아니었다. 약간의 갈등을 겪었지만 하이렌은 곧 어쩔 수 없다는 듯 고개를 끄덕였다.

"촌장, 딸을 데려가도 되겠소? 내가 책임지고 보호하리다."

"그럼 경을 믿고 딸을 맡기겠습니다."

“알겠소.”

“그럼 하이렌 경과 저, 그리고 키리모아와 스레이, 파운 경과 쥴리아가 출발하면 되겠군요.”

“나도 넣어야지, 제프.”

“에엣? 너도 갈 생각? 넌 포란으로 돌아가야 하는 거 아냐?”

“이거 왜 이래? 밀린 대금을 받으려면 확실하게 대답을 들어둬야 할 거 아냐? 그러자면 왕자 전하와 면담이라도 해야 하지 않겠어? 전하께서 수도로 갔다면 당연히 나도 수도로 찾아뵈어야 옳지 않겠어?”

능청스러운 알의 말에 모두들 실소를 머금었다.

하지만 하이렌은 묵묵히 그를 바라보기만 했다. 하지만 실제로 그는 버나드의 의중에 대해서 생각하고 있었다.

'버나드 형은 빠른 시일 안에 일행이 수도로 합류하길 바란다고 했다. 분명 그 일행엔 알도 포함되어 있을 것이다. 나와 다른 사람은 몰라도 알은 자신을 지킬 수 없는 평범한 사람에 불과하다. 아니, 이곳의 상황을 모르니 파운이나 쥴리아가 가담한 것에 대해서도 모를 것이다. 일류검사라고 해도 어려운 길일 터인데 이들을 데리고 과연 수도로 복귀할 수 있을까? 대체 형의 의도는 무엇일까? 왜 꼭 '윈저'를 들먹이면서까지 그곳으로 지나오길 바란다고 했을까? 여기엔 분명 이유가 있을 것이다.'

그때 알이 지나가는 투로 중얼거렸다.

“수도엔 하이렌 경 정도는 아니겠지만 제프나 키리모아 정도의 검사는 얼마든지 있겠죠?”

“음? 그야 당연하지.”

대꾸하던 하이렌은 퍼뜩 떠오른 생각에 무릎을 탁 쳤다. 그제야 버나드의 숨은 뜻을 알아챈 것이다.

'그렇구나! 수도엔 마스터도 크루세이더도 널리고 널렸다. 여기 있는 몇 사람 정도 가담하지 않아도 전력상으론 별 차질이 없을 것이다. 그럼에도 빠른 시일 내에 수도로 합류하라고 통고한 것은… 정탐이 목적이구나! 이 일만은 윈저에서 가장 가까운 우리가 아니고선 불가능하니까.'

그리고 하이렌은 새삼 알을 쳐다봤다. 자신은 꿰뚫어 보지 못했던 버나드의 의중을 그는 너무나도 간단하게 지적한 것이다. 게다가 그는 리더 격인 하이렌의 자존심을 건드리지 않도록 은연중에 가르쳐 주기까지 했다. 그의 탁월한 통찰력과 아량에 하이렌은 다시 한 번 감탄했다.

그리고 하이렌은 자신이 해야 할 일에 대해 확실히 파악했다.

"출발 준비를 하게, 제프."

하이렌의 묵직한 명령이 떨어지자 사람들은 곧 분주히 움직이기 시작했다.

한편 그 즈음 수도는 바쁘게 돌아가고 있었다.

사라진 적군을 찾기 위해 정찰병을 보내는 움직임과 함께 남쪽으로 진군한 근위대와 연락할 방법을 모색 중이었다. 또한 성벽 보수 작업을 겸한 성의 방어 태세도 만반의 준비를 갖췄다. 수가 적은 친위대와 근위대만으로 적을 공격하기보단 수비에 치중하려는 것이 버나드의 의도였다.

물론 그것은 일시적인 것, 키렌과 애드리엔느가 도착할 때까지의 전략에 불과했다.

기리안 대공으로부터 거의 반협박에 가까운 설득 끝에 버나드는 콘버드의 신관들을 대거 남쪽으로 투입할 명령서를 얻어냈다. 그것을 가지고 키렌이 북쪽 콘버드로 향했고 그들을 단번에 수송하기 위해 애드리엔느가 따랐다.

전투 신관이라고 해도 그 수는 무척 많았다. 아마 북쪽 전선에서 한쪽을 담당하여 전투를 수행하고 있을 그들을 대거 뽑아온다는 것은 매우 무리한 주문이었다. 하지만 기리안은 끝내 그 일을 허락하지 않을 수 없었다.

이미 리처드가 예측하긴 했지만 기리안은 자신의 지지 기반을 한번에 잃어버렸다. 버나드가 나타나면서 데려온 근위대는 물론 수도에서 기리안과 대립하던 친위대가 그를 지지했던 것이다. 게다가 위클리프의 명문 클라우드 가문과 유수한 귀족들도 버나드 쪽으로 돌아섰다.

반면에 기리안을 지지해 줄 콘버드의 귀족들과 기사들은 전쟁 때문에 대부분 북쪽으로 향했기에 기리안은 현재 아무런 실권을 가지지 못한 상태였다.

게다가 결정적으로 다음 국왕이 될 왕자 리처드가 전폭적으로 버나드를 신임하고 있다는 점이었다. 리처드가 장난치기를 좋아한다는 것만 알았지 정치적 역량 같은 것은 계산해 보지 않았던 기리안으로선 놀랄 수밖에 없었다. 어쩌면 왕가가 실종된 상태에서 맞이한 전란에 귀족들이 혼동을 겪다가 리처드가 나타난 것에 희망을 품는 것인지도 몰랐다. 하지만 중요한 것은 리처드는 그들의 희망을 단번에 이루었다는 점이다.

페로즈 성을 공격하던 적군을 물리쳤고 군을 정비했다. 비록 그것이 리처드 혼자 처리한 일이 아니라 할지라도 그의 손을 거쳤다는 것만은 부정할 수 없었다. 만약 이대로 반란을 종결시킨다면 리처드의 인기는 하늘을 찌를지도 몰랐다. 각 영지에 속한 귀족들은 물론 기사와 병사, 그리고 백성에 이르기까지 리처드를 위해 환호할 것이다.

지금까지 그 어떤 국왕도 페나인을 하나로 묶지는 못했다. 어쩌면 리처드가 그 일을 해낼 최초의 인물이 될지도 모른다고 기리안은 자조했다. 그리고 이미 그런 전조가 보이고 있었다.

왕성을 처음으로 방문한 레온은 전혀 그답지 않은 모습으로 복도에 서 있었다. 평상시라면 눈을 휘둥그렇게 뜨고 주변을 살피며 호기심을 보여야 했건만 지금 그의 모습은 그것과는 전혀 다르게 초조한 기색이 역력했다. 그리고 마침내 기다렸던 인물이 레온의 눈에 띄었다. 게다가 다행스럽게도 그는 혼자 있었다.

"형!"

레온의 부름에 돌아보는 이는 바로 버나드였다.

"무슨 일이냐?"

약간 사무적인 어조에 레온은 기가 질린 듯 쭈뼛거렸다. 그러나 자신의 걱정을 털기 위해서라도 해야 할 말은 해야만 했다.

"군사 회의 하는 거… 들었는데요."

"그런데?"

"설마 윈저에서 올 사람들이란… 하이렌 형을 말하는 것인가요?"

"흐음."

옅은 신음과 함께 버나드는 레온을 주시했다.

오전의 군사 회의는 두 번에 걸쳐 실행되었다. 첫 번째 것은 수도에 있는 귀족들과 휘하의 기사들의 사기를 진작시키기 위해서 열린 것으로 대략적인 작전을 지시하는 간단한 것이었다. 실제의 회의는 군대

최고 간부들, 근위대라면 천기장 이상의 고위들이 모인 비밀 회의에서 토론이 오갔다. 당연히 마스터라고 해도 군대를 거느리지 않은 레온은 참가할 수 없었다.

'로딘인가? 아니, 그 친구는 실실 쪼개고 다녀도 입은 무거운 편이지. 그렇다면?'

레온에게 비밀 회의에서 오갔던 내용을 발설할 사람은 한 명뿐이었다. 분명 리처드일 것이라고 버나드는 짐작했다.

"하이렌은 물론 제프나 키리모아, 스레이는 강하다. 적진이라고 해도 충분히 뚫고 올 수 있을 것이다. 아니면."

레온을 바라보는 버나드의 표정은 그다지 변하지 않았다.

"네가 걱정하고 있는 것은 알인가?"

"에엣? 설마 알도 오는 건가요? 걔는 자신의 몸도 보호할 수 없다고요!"

'이런' 하고 버나드는 속으로 혀를 찼다.

레온이 걱정하고 있는 사람은 하이렌뿐이었는데 그만 실수로 알까지 포함되었다는 것을 드러낸 것이다. 버나드 자신이 '알도 꼭 수도로 오라' 라고 명령한 것은 아니었지만 아마 알의 성격상 그대로 그곳에 남지는 않을 것이라고 생각했다. 그리고 무엇보다 버나드는 알이 필요했다. 정확하게는 그의 통찰력이! 적진을 뚫고 오면서 알이 보고 들은 것, 그에 따른 그의 판단이 필요했다.

"이제 와서 명령을 철회할 수는 없다. 그들은 이미 출발했을 것이고 연락할 방법은 없다."

"그렇다면 제가 마중을 나가겠어요. 허락해 주세요."

결심한 듯 단호한 레온의 목소리였다.

하지만 버나드의 표정은 여전히 뚱했다.

"네가 걱정하고 있는 것은 알지만 그럴 필요는 없을 것이다."

불만이 가득한 레온의 어깨를 툭툭 쳐주며 버나드는 미소 지었다.

"가문에서 가장 성취가 느린 녀석이다. 하지만 하이렌은 우리 중에 가장 신중한 녀석이기도 하지. 조심성이 많으니 네가 별다른 걱정을 하지 않아도 될 것이다. 그들은 안전하게 적진을 뚫고 올 것이다."

"하지만……."

"그들은 해야 할 일을 하고 있는 것뿐이야. 네가 이곳에서 해야 할 일이 있듯이."

말을 마친 버나드는 레온의 어깨에서 손을 내렸다. 그리고 자신을 기다리는 숱한 기사들을 따라 복도를 걸어갔다.

천막이 들춰졌고 검은 로브를 걸친 사내가 막 안으로 들어섰다. 그때까지 초조한 기색으로 주변을 서성이던 할튼은 들어선 이를 확인하자마자 다짜고짜 언성을 높였다.

"소금과 신성력뿐이라고 하지 않았나?"

"…면목없습니다."

대답하는 이는 윈저에서 언데드 병사를 만들고 있던 나지드였다.

할튼의 부름을 받고 재빨리 달려오긴 했지만 윈저와 위클리프는 상당한 거리가 있어 시일을 지체했다. 그리고 그 시간 동안 나지드는 사태를 파악하기 위해 혼신의 힘을 쏟았다. 하지만 그 노력이 얼마나 부질없는 것인지 그는 도착하고 나서야 깨달았다.

페로즈 성의 전투 양식을 들었을 때 반신반의했던 그는 군단에 도착한 직후 조사한 내용에 거의 기겁할 정도로 놀랐다. 잘 그슬린 고기처

럼 보이는 몇몇 육신을 확인하는 것이 고작이었다. 사만의 병력 중에
겨우 오천의 병력이 돌아왔고 그들이 가져온 것은 고작 그것뿐이었다.
그리고 그것만으로는 어떻게 당했는지 도저히 분간할 수 없었다.

"마스터의 검기로는 죽일 수 없다고 하지 않았는가?"

"폐하께서도 이미 실험하지 않으셨습니까."

나지드는 힘겹게 대꾸했다.

"흥! 내가 저들보다 못하다고 비꼬는 겐가?"

"그런 것이 아니옵니다……."

말끝을 흐리던 나지드는 한숨을 쉬며 설명했다.

"제 나라에서도 검으로 언데드를 물리치는 자가 있습니다. 제 생각
엔 혹시 그 검법이 이곳에 흘러 들어온 것이 아닌가……."

"그대의 나라엔 마나를 검에 싣는 검법이 없다고 하지 않았는가?"

"물론 그러합니다."

"내가 본 두 사람은 분명 마스터였다. 그것은 어찌 설명할 거지?"

한참의 시간이 흐른 후 나지드는 조용히 말했다.

"…모르겠습니다."

"모르겠다? 하! 그럼 적의 마법사가 어떻게 언데드를 물리쳤는지에
대해서도 설명할 수 없겠군."

잔뜩 비아냥거리는 목소리에 나지드는 입술을 질끈 깨물었다. 그의
상념 속에 아론 대륙에 남아 있을 자신의 오랜 라이벌의 목소리가 떠
올랐다.

"언데드를 개량한 자네의 노력은 굉장하다고 생각하네. 특히 스켈레톤과
좀비의 빠른 행동과 낮에도 움직일 수 있는 것은 감탄스럽더군. 하지만 리치

나 죽음의 기사에게서 이지를 빼앗은 건 어리석은 것 같네. 그들에게서 이지를 빼앗음으로 인해 그들은 고유의 능력을 제대로 발휘하지 못하게 되었지. 아니, 사실 따지고 보면 자네가 만들어낸 언데드는 장점을 살린 반면에 단점도 극대화되었지. 일례로 그대의 언데드는 마법에 약할 수밖에 없는 취약점을……."

그 말이 듣기 싫었다. 특히 모든 것을 알고 있다는 듯 지껄이는 그자의 말은 듣고 싶지 않았다. 몇 년 동안 이루어온 자신의 업적을 송두리째 깔아뭉개는 그자의 말에 나지드는 반발했다. 그리고 자청해서 미스랜드 행을 택했다. 자신의 언데드가 얼마나 위력적인지 보여주기 위해서였다.

하지만 지금 시점에 그자의 말은 사실로 입증되었다. 페나인 측에 갑작스럽게 나타난 한 명의 마법사가 자신의 오랜 노력을 물거품으로 만들었다.

질끈 깨문 입술의 아픔에 나지드는 겨우 분노를 삭였다.

"당장 어떻게 된 일인지 알아보겠습니다."

"알아보는 것만으로 해결될 문제가 아니오. 벌써 군대의 반을 잃었단 말이오. 설사 우리의 주력이 불사의 오크라고 해도 이대로라면 언제 어떻게 당할지 장담할 수 없는 것 아니오?"

"걱정 마십시오. 우리에겐 아직 비장의 수법이 남아 있지 않습니까?"

"비장의 수법?"

의외라는 목소리로 할튼이 물었다.

"우리에게 피해를 준 적들은 그렇게 수가 많지 않습니다. 검사 둘과 마법사 하나, 그뿐이지 않습니까? 상대하기 힘들다면 암살하면 그만입니다. 모스 섬에서 카슨을 죽였던 것처럼."

"카슨을 죽인 것처럼."

마지막 말을 다시 한 번 되뇌던 할튼은 천천히 고개를 끄덕였다. 나지드의 말이 무슨 뜻인지 알아챈 것이다. 카슨을 죽일 때 흡혈귀를 이용했던 것처럼 이번에도 흡혈귀를 이용해 몇 명의 적을 퇴치하자는 뜻이었다.

"알았소. 그에 대한 준비를 해주길 바라오."

"알겠습니다, 폐하."

"그리고 한 가지 더."

고개를 숙였던 나지드가 할튼을 바라봤다.

"크레멘트를… 되살릴 수 있겠나?"

"불가능할 것으로 사료됩니다."

"그런가?"

기대하던 대답이 아니었음에도 할튼의 목소리는 담담하게 흘렀나왔다. 할튼은 등을 돌리며 손짓했다.

"알았다. 가보게."

들어올 때와 마찬가지로 나지드는 조심스럽게 밖으로 나갔다. 물러서는 나지드의 눈빛은 강렬하게 불탔다.

윈저의 해안선. 곳곳에 암초처럼 솟아오른 바윗덩어리 틈에 작은 조각배가 물결을 따라 출렁이고 있었다. 언뜻 보기엔 아무도 없는 것 같았다.

그때 해안선 바위틈으로 쌍검의 제프가 모습을 드러냈다.

"아무도 없습니다! 올라와요."

제프의 신호에 작은 조각배에서 여덟 사람이 모습을 드러냈다. 바로 하이렌과 알을 포함한 일행들을 배에 태우고 온 메트 촌장과 자일이 그들이었다.

제프가 먼 곳을 주시하며 경계를 펴는 동안 하이렌은 알을, 키리모 아는 파운을 허리춤에 끼고 암벽을 타고 올라갔다. 뒤에 남은 스레이 는 쥴리아가 메트 촌장과 작별 인사를 할 때까지 기다렸다.

"조심해라."

"다녀올게요, 아버지."

앞으로의 힘든 여정을 염두에 두고 있기나 한 건지, 메트의 떨리는 목소리에 비해 쥴리아의 대답은 평온했다. 뒤이어 스레이의 손을 잡고 쥴리아의 모습도 암벽 사이로 사라지자 메트와 자일은 잠시 후 노를 저어 바다로 나아가기 시작했다.

한낮. 대담하다면 대담한 윈저 상륙 작전이었다.

메트가 윈저 해안까지 배로 안내하겠다는 의견을 내놓았을 때 하이 렌은 좋은 방법이라고 생각했다. 어차피 말을 구할 수 없다면 조금이 라도 길을 줄이는 것이 이로웠다. 그렇게 하여 해로로 윈저를 침투하 기로 결정을 내렸는데, 이번엔 알이 낮에 침투할 것을 제안했다. 모두 의 시선을 가릴 수 있는 밤이 아니라 수평선이 환히 보이는 한낮의 침 투. 당연히 모두들 반대했다.

하지만 의견을 내놓은 알은 확신을 갖고 있었다. 적군은 언데드였고 그들의 특성상 낮에 움직일 수 없다면—물론 오크들은 낮에도 괴력을 발휘 하며 돌아다녔지만—밤보다 낮에 침투하는 방법이 옳다고 알은 생각했 다.

그리고 하이렌도 그의 생각에 동감하여 위험천만한 방법을 택했다. 그리고 지금 그들은 무사히 윈저 해안에 도착했다.

바위 위로 올라선 하이렌은 멀리 지평선을 바라봤다. 해안을 따라 건설된 대로가 보였고 그 너머로 눈에 덮인 넓은 평야가 하얗게 보였다. 그곳엔 아무것도 없었다.

이윽고 스레이와 쥴리아가 올라오자 제프는 중얼거렸다.

"까마득하군요. 이 먼 길을 걸을 생각만으로도 까마득한데 첫눈까지 오다니……."

"어쩌겠나, 그래도 가야 할 길인 것을."

찬바람에 알은 터번을 깊게 눌러썼다. 그리고 윈저의 길을 잘 알고 있는 제프를 바라봤다.

"근처에 마을은?"

"없어. 있어봐야 아무것도 남지 않았을 거야. 이대로 윈저 성까지 갈 수밖에."

"후우~ 난감하군."

투덜거리는 알의 말에 하이렌도 슬쩍 뒤를 바라봤다. 다른 사람은 몰라도 도무지 꼼짝도 안 하는 파운이나 여자인 쥴리아는 확실히 골치였다. 어떻게 해서든 말을 얻을 수 있어야 했다. 그렇지 못할 경우엔 수도인 페로즈 성에 도착하기까지 한 달의 시간을 낭비해야 할지도 몰랐다.

'이럴 때는 정말 마법사의 소중함이 느껴지는군.'

속으로 그런 생각을 하면서도 하이렌은 힘차게 출발을 지시했다.

제프가 앞장을 섰고 키리모아가 식량을 들었다. 다행히 주저앉아 꼼짝도 안 할 것 같던 파운은 쥴리아가 이끌자 엉거주춤 일어서선 그녀

를 따라 걷기 시작했다. 하이렌과 스레이가 좌우를 살폈고 알이 맨 뒤
를 따르는 것으로 대열은 정비되었다.

길고 긴, 첫 번째 목적지인 윈저 성을 찾아 그들의 여행이 시작되었
다.

지도를 바라보던 할튼은 고개를 들고 밝은 미소를 지었다. 그의 앞
에 막 구(舊) 리저드 성에서 워프해 온 네 사람의 모습이 보였다. 바로
히드리크와 크리스틴이 그들이었다.

지친 기색 하나 없이 크리스틴은 당돌하게 외쳤다.

"폐하, 저희도 출격할 수 있게 해주십시오!"

"그대의 군단이 출병하지 않아도 전세는 문제없다. 그보다는 그대에
게만 맡겨야 할 일이 있어서 불렀네."

"하지만 저희도 싸울 수 있어요!"

잔뜩 불만 어린 표정으로 소리치는 크리스틴이었지만 할튼은 너털
웃음을 짓고는 히드리크에게 시선을 돌렸다.

"미안합니다만 이들과 따로 할 얘기가 있으니 자리를 비켜주실 수
있겠는지요?"

"저도 드릴 말씀이 있어서 함께 왔습니다."

약간 피로한 목소리였다.

할튼은 모르트를 힐끔 바라봤다. 지친 기색 하나 없이 생생한 것으
로 미루어 여기까지 워프를 담당했던 이는 히드리크임이 분명했다. 내
심 긴장하면서도 할튼은 태연하게 미소를 지었다.

"사람들을 물릴까요?"

"아니, 그럴 필요는 없습니다. 간단한 용무니까요."

히드리크는 잠시 시간을 두었다가 느긋하게 자신의 용건을 말했다.

"칼버딘 후작에게 가볼까 합니다."

순간 할튼의 눈꼬리가 꿈틀 했다.

"무슨 뜻인지……?"

"같은 동맹자인데 한곳에만 있는 건 뭐해서… 이해하시리라 믿습니다."

"제가 불편하게 한 점이라도 있습니까?"

"오, 아닙니다. 그런 게 아니에요."

히드리크는 크게 양손을 내저으며 부정했다. 그러나 할튼의 눈에 그의 행동은 영락없는 거짓 그 자체였다.

"불편했다면 사과드립니다. 부족한 것이 있다면 말씀하시죠. 충분히 편의를 봐드리겠습니다."

"정말 그런 것이 아니랍니다."

"하면 이런 중요한 시기에 떠나려는 이유가 무엇입니까? 지금은 전쟁 중이지 않습니까?"

약간 언성을 높이는 할튼. 그러자 히드리크의 표정에 냉소가 어렸다.

"잊었습니까? 제가 두 분과 동맹을 맺었던 것은 결코 땅을 차지하기 위함도, 권력도, 명예도 아니었다는 것을 말입니다. 제가 이쪽 진영에 있든 저쪽 진영에 있든 이제 더 이상 관여할 일은 없을 겁니다. 그 점을 믿으시지요."

"그대의……."

문득 할튼은 지금까지 이 노마법사의 목적이 무엇이었을지 생각한 적이 없음을 깨달았다. 생각해 보면 그의 제안에 반란을 계획하고 추

진행으며 뒤이어 칼버딘과 연계할 수 있게 도와주었지만 정작 본인은 어떠한 이권에도 끼어들지 않았었다. 그저 거사가 끝난 이후에 자신의 몫을 챙길 것이라 생각했었다. 한데 지금 갑자기 떠난다니, 무슨 소리인지 그는 감을 잡을 수 없었다.

“그대의 목적은 무엇입니까?”

질문하는 할튼의 목소리가 살짝 떨려왔다.

그러자 히드리크는 약간 생소하다는 듯, 조금은 연민의 눈빛으로 할튼을 바라봤다. 그리고 조용히 답했다.

“경이라면 내 목적을 알고 있으리라 생각했는데… 아니었던가요?”

“……?”

“이 나라의 혼란. 그것이 그대의 목적이 아니었나요?”

말을 마침과 동시에 히드리크는 미소를 지었다.

‘이 나라의… 혼란? 내가 그것을 바랬던가?’

“하지만 이제 혼란은 끝날 것입니다, 나의 왕국이 세워짐과 동시에.”

“경의 목적이 나라를 세우는 것이었던가요?”

이번엔 히드리크가 반문했다.

그의 질문에 할튼은 선뜻 대답하지 못했다. 히드리크는 이해한다는 듯 미소를 짓고는 다시 말을 이었다.

“어느 쪽이든 상관하진 않습니다. 저의 목적은 이루어졌으니까요. 그리고 이제 떠날 겁니다.”

“막겠다면?”

생각과 달리 툭 튀어나온 한마디에 할튼 자신도 깜짝 놀랐다. 하지만 히드리크는 여전히 느긋한 태도를 유지했다.

"그렇게 하지 않을 거라 믿습니다. 상대해야 할 마법사는 제가 아니라 수도에 있는 자 아니었던가요?"

할튼의 가슴이 철렁 내려앉았다.

'알고 있었구나?! 구렁이 같으니라고! 얌전히 성에 틀어박혀 있었던 게 아니로군.'

할튼이 놀란 가슴을 진정할 사이도 없이 히드리크는 허리를 숙여 인사를 마치곤 총총히 밖으로 나갔다. 하지만 할튼은 끝내 그를 잡지 않았다.

히드리크가 밖으로 나가자 그때까지 한쪽에 서서 두 사람의 대화를 듣던 크리스틴들은 조심스럽게 앞으로 나섰다. 어떻게 된 일인지는 모르겠지만 척 보기에도 할튼의 심기가 불편해 보여 말을 걸기가 힘든 눈치였다.

"폐하……."

"음."

"무슨 걱정이라도?"

"아니, 아무것도 아니다. 그보다."

크리스틴을 바라보며 할튼은 다시 미소를 지었다.

"네게 부탁할 일이 있다."

"맡겨주십시오."

"야론 대륙에 다녀와야 할 것 같다."

"예, 옛?"

"지원을 받은 것에 대한 대금을 갚아야겠지."

"끝난 것이 아니었나요?"

"아아, 마지막 대금이야."

"한데 그것을 왜 저희에게……?"

"막대한 금액이니까. 믿고 맡길 사람은 그대뿐이지 않겠나?"

"폐, 폐하……."

간절하게 부르는 크리스틴이었지만 할튼은 등을 돌리는 것으로 외면해 버렸다.

"군단은 윈저 성으로 출발했겠지? 이대로 윈저 성을 거쳐 포아스트 항구로 가면 그대를 위해 다섯 척의 배가 준비되어 있을 것이다. 그대로 모스 섬으로 떠나라."

"하지만 폐하, 한번 떠나면 몇 개월, 아니, 왕복하는 데 일 년은 족히 걸릴 텐데요?"

크리스틴의 반발에도 할튼은 요지부동이었다.

"영지의 백성들이 파르콘 원석을 채취해서 항구에 옮겨놨을 거다. 그것을 싣고……."

잠시 막사의 천장을 응시하던 할튼은 마지막 말을 내뱉었다.

"떠나라."

대지 위로 은은하게 울려오는 진동을 느낀 것은 하이렌이었다. 그는 모두의 행동을 멈추게 한 후 서둘러 몸을 숨기도록 지시했다. 그리고 진동이 어디서 시작된 것인지 주변을 살폈다. 분명 이 진동은 말발굽에 의한 것이었다. 그것도 엄청난 수. 틀림없이 기마대의 질주라고 하이렌은 판단했다.

"북쪽이로군."

나지막하게 하이렌이 중얼거렸다.

"그렇다면 윈저 성으로? 혹시 아군의 공격이?"

반문하던 알은 곧 고개를 저었다. 버나드도 반격을 시도하겠지만 이렇게 빠를 리는 없었다. 그렇다면 적진을 맹렬히 달려갈 기마대의 정체는 누구이겠는가? 소속은 모르겠지만 틀림없이 적군임은 분명했다.

그렇게 생각하던 알은 퍼뜩 떠오른 생각에 하이렌을 쳐다봤다.

"설마 저 말들도 언데드는 아니겠죠?"

"……?"

알을 돌아보던 하이렌도 금세 그의 생각을 눈치 챘다. 잠시 걱정스런 표정을 짓기는 했지만 그는 고개를 끄덕였다.

"시도해 볼 만하군."

그는 검을 챙겨 들고 알에게 손짓했다.

"가보도록 하지."

"어젯밤에도 정찰을 하지 않았습니까?"

나무 그루터기에 눈을 쌓아 만든 은닉처에서 제프가 고개를 내밀었다.

"저들은 언데드야. 밤이 아니라면 정찰의 의미가 없지. 게다가 충분히 수확도 있었고."

"그렇죠. 설마 저들이 윈저와 브리튼에 근거지를 마련할 거라곤 생각도 못했으니까요."

알도 고개를 끄덕였다.

"아니, 형님께선 예상했을지도 모르지. 생각해 보면 소금에 약한 언데드를 모스 섬에서 만들어 수송하는 것은 위험이 클 테니까. 어쩌면 할튼은 그 점도 계산에 두었을지도 모르겠지만 어쨌든 형님도 간파하고 계셨을 거야."

"그래서 우리에게 정찰이란 임무를 맡겼던 거로군요."

대꾸하는 제프의 목소리는 약간 투덜거리는 어조였다.

육로를 따라 며칠에 걸쳐 윈저 성에 도착한 그들은 밤이 되길 기다렸다. 그리고 하이렌과 알, 단둘이 윈저 성 정찰을 나섰다. 그때까지 여행의 목적을 이해하지 못했던 제프는 두 사람의 행동에 의아해했다. 설마 '수도로 급히 오라' 라는 명령에 '윈저 성을 정찰하여 적의 근거지를 파악하라' 라는 뜻이 숨겨져 있을 거라곤 생각도 못했던 것이다.

하지만 버나드의 예상대로 하이렌과 알은 성공적으로 적의 근거를 찾아냈다. 화려한 야경을 자랑하던 브리튼 도시는 죽음의 적막만이 흘렀다. 그 와중에 단 한 곳에만 불이 밝혀져 있었다. 바로 옛 '마법사 학회' 가 그곳이었다.

하이렌은 마법사 학회를 단독으로 잠입하였다. 그리고 마침내 좀비를 생산하는 증거를 포착함으로써 이곳이 적의 근거지라는 것을 확인할 수 있었다.

이제 이들이 해야 할 일은 이 소식을 빠른 시간 안에 수도로 가져가는 것이었다. 하지만 그들은 말이 없었다. 어떻게 해도 이것만은 어쩔 수 없는 일. 게다가 육로를 택해 걸어가기엔 겨울 날씨도 만만치 않았다. 윈저 성과 포아스트 항구 중간에 있는 언덕에서 이들은 발이 묶인 것이다.

한데 갑자기 천지를 울리는 말발굽 소리. 하이렌이 확인한 바에 의하면 학회에서 말을 좀비로 만드는 작업은 없었다. 그렇다면 이것은 살아 있는 말일 가능성이 컸다. 그것을 뺏을 수만 있다면 수도로 가는 시간을 단축할 수도 있는 것이다.

하이렌의 부름에 알이 나무 밑에서 몸을 일으키려 했다. 그러나 일어서려는 알의 어깨를 잡으며 대신 스레이가 일어섰다.

"제가 가겠습니다. 마스터라고 해도 먼 거리에서 마나를 느낄 수는 없겠죠? 하지만 전 반은 엘프, 눈으로 볼 수 있다면 생명체인지 아닌지는 저의 정령들이 가르쳐 줄 겁니다."

"그거 잘됐군. 따라오게."

하이렌과 스레이는 서둘러 언덕 위로 달려갔다.

그들의 모습을 보고 있던 제프와 알은 갑자기 키리모아가 움직이자 움찔했다.

"뭐야, 키리모아? 무슨 짓이야?"

주섬주섬 짐을 챙기던 키리모아가 묵묵히 말했다.

"말이 오면 즉시 떠날 수 있도록."

그의 대답에 제프와 알은 서로의 눈을 마주쳤다.

키리모아의 말이 옳았다. 하이렌과 스레이가 살아 있는 말이란 것을 확인한 후 그것을 빼앗아온다면 당연히 추격대도 쫓아올 것이다. 가만히 있다가 황급히 달아나게 된다면 상당 부분의 짐을 잃을지도 모르는 일이다. 다른 건 몰라도 식량은 매우 중요했다.

겨울. 게다가 여기까지 오는 동안 그들은 단 한 사람도 만나지 못했다. 그들이 가지고 있는 식량이 그들의 생명줄인 셈이었다. 알과 제프도 서둘러 짐을 챙기며 달아날 채비를 갖추기 시작했다.

"훌륭합니다. 훌륭해요, 전하."

좁은 밀실 같은 곳에서 중얼거린 이는 히드리크였다. 앞에 놓인 수정구를 응시하는 히드리크의 입가엔 옅은 미소가 어렸다. 수정구에 비치는 것은 페로즈 성의, 그것도 내성의 한 부분이었다. 그리고 몇 사람의 모습이 보였다. 회의를 하고 있는 듯한 그들은 리처드와 기리안을 포함한 몇몇 대신, 그리고 버나드와 군단장들이었다.

칼버딘 군으로 거취를 옮기겠다고 말했던 것과 반대로 그는 자신의 비밀 은거지로 이동해 왔다.

"해냈군요. 무슨 수를 썼는지는 모르겠지만 기어코 9써클의 마법사를 끌어냈군요."

이 시점에서 그는…

"레스터 가문을 끌어들인 것만으로도 놀라운데 말이죠. 운명의 추는 이미 전하께 기울었군요. 하지만 전하."

페나인의 역사 속에서…

"저 히드리크는 어느 쪽이든 상관없답니다. 내가 바라는 것은 녀석을 끌어내는 것. 그리하여 그가 펼치는 마법을 연구하는 것이니까요. 페나인을 혼동으로 이끌었던 것도 그를 끌어내기 위한 수단일 뿐, 누가 이기고 누가 죽든 내겐 중요하지 않습니다. 그러니까 이제."

자취를 감추었다.

"지켜보기만 할 겁니다."

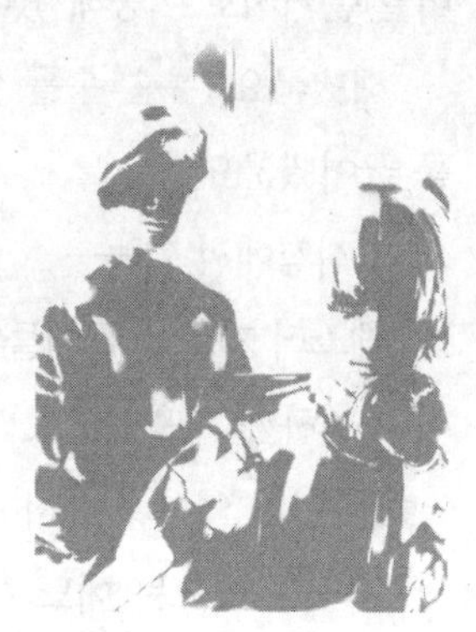

윈저에서 위클리프로 향하는 대로를 따라 일곱 마리의 말이 달렸다. 그중 두 마리엔 양쪽으로 묶인 짐을 안장에 얹고 있었고 나머지 다섯 마리엔 일곱 명이 타고 있었다. 말을 구하기는 했지만 세 사람이 말을 타지 못하거나 탈 수 없는 상황이었기에 부득이하게 두 사람씩 타게 된 것이다. 선두의 하이렌과 알, 그 다음으로 제프와 파운, 스레이와 줄리아가 타고 있었고 원체 거구인 키리모아만은 따로 말을 몰았다.

앞서 말을 달리던 하이렌은 종종 뒤를 살폈다. 일행들이 잘 따라오는지 보는 것 같았지만 실상은 추격대가 있는지 살피는 중이었다.

며칠 전 무사히 말을 빼앗아 윈저 성 주변을 벗어나게 되었지만 하이렌으로선 오히려 그 점이 이상했다. 말을 빼앗는 과정도 그랬지만 의례 따라붙어야 할 추격대가 없는 것도 이상했다. 마치 더 급한 일이라도 있는 양 그들은 쉽게 그들을 놓아주었다.

"조금 속도를 늦추도록 하지."

손을 들어 행군 속도를 늦춘 하이렌은 천천히 말을 몰았다. 말들도 지친 듯했고 일행 중에서도 알과 쥴리아가 지친 기색이 역력했다. 속도가 늦춰지면 어느 정도 숨을 돌릴 수 있으리라는 하이렌의 판단이었다.

그리고 정작 하이렌은 다른 생각에 빠졌다.

그날… 하이렌의 짐작대로 브리튼 도시를 질주하여 윈저 성으로 들어간 기마대는 모두 살아 있는 자들이었다. 당연히 말들도 살아 있었다. 그것을 확인한 하이렌과 스레이는 성으로 잠입하였고 마구간에서 몇 마리의 말을 훔칠 수 있었다. 하지만 말을 끌고 몰래 성을 빠져나오는 것은 불가능했다. 결국 보초병에게 발각이 되었고 곧바로 쫓기는 신세가 되고 말았다.

쫓기는 와중에 하이렌은 그들의 움직임을 눈여겨봐 뒀다. 잘 훈련된 정병과 같은 움직임이었다. 성으로 들어간 직후 휴식을 취하기 위해 그들은 흩어졌을 것이다. 그러나 호각 소리를 듣고 쏟아져 나온 적들은 일사불란하게 움직였다. 대열을 갖추고 화살을 쏘았으며 말을 잡아타고 추격대를 조직했다.

하이렌이 언덕을 오르며 봤을 때 성문을 나선 추격대는 세 방향으로 흩어졌다. 바로 뒤를 쫓는 자들과 좌우로 흩어져 포위를 담당하는 자들로 나뉘어졌다.

'잘못 건드렸군' 하고 하이렌은 속으로 후회했다. 성에서 빠져나올 때부터 유심히 살폈지만 목소리를 드높이며 명령을 하는 지휘관의 모습은 없었다. 즉, 적군 병사들은 지금과 같은 갑작스러운 상황에서도 자신들이 해야 할 역할을 잘 알고 있다는 얘기였다. 아주 훈련이 잘되었거나 엄청난 실전을 거쳐야만 가능한, 불행하게도 하이렌이 건드린 군대는 그런 자들이 잔뜩 있었던 것이다.

한 가지 다행스러웠던 점은 언덕을 올랐을 때 일행들이 도주할 준비를 끝내놓았다는 점이었다. 말 등에 올려놓기 편하게 밧줄 양쪽에 짐을 묶어놓았고 말을 탈 수 없는 사람들을 챙기기 위해 이미 조까지 짜놓은 것이다.

키리모아가 짐을 안장에 걸쳤고 제프가 파운을 안고 말에 올랐다. 알은 하이렌에게 달려왔고 줄리아는 잠시 쭈뼛거리긴 했지만 이내 스레이에게 달려갔다. 하이렌이 신호할 필요도 없이 그들은 한순간에 준비를 끝냈고 지체없이 자리를 이탈하여 서쪽으로 달렸다.

그 뒤로 적이 쫓아왔다. 아니, 어느 순간 적은 흔적도 없이 사라졌다. 하이렌이 그것을 깨달은 것은 대로를 따라 언덕을 내려온 직후였다. 화살 세례도 없고 말발굽 소리도 들리지 않는다는 생각에 뒤를 돌아보았을 때, 그곳엔 아무것도 없었다. 마치 처음부터 쫓을 생각이 없었던 것인지 추격대는 자취를 감춘 지 오래였다.

"이대로 가면 일주일 안에 수도에 도착할 수 있을 것 같습니다."

속도가 늦춰져 다소 여유가 생겼는지 제프가 큰 소리로 말했다. 그러자 하이렌도 상념에서 깨어나 천천히 고개를 끄덕였다.

"별다른 일이 없다면 그럴 것 같군."

"하지만 이 길을 따라간다면 곧 강을 만나게 될 겁니다. 위클리프와 윈저의 경계인 큰 강을 말이죠. 예전이라면 배가 있겠지만 지금 같은 시기엔 배가 없지 않을까요?"

이미 이 길을 지나간 적이 있는 알의 반문에 하이렌은 퍼뜩 정신을 차렸다.

"그렇군. 그걸 잊었군. 하지만 이제 와서 길을 돌릴 수는 없으니……."

"풍덩~ 하는 수밖에 없겠군요."

하하, 하고 제프가 농담조로 말했지만 어느 누구도 장단을 맞춰주진 않았다.

그때 하이렌이 말을 멈추고 북쪽 하늘을 바라봤다. 그가 멈추자 일행도 멈추었고 동시에 북쪽을 바라보며 의아해했다.

"뭔가 미심쩍은 부분이라도?"

알이 반문했다.

"강이라고 하니까 생각났는데, 여기에서 멀지 않은 곳에 성이 하나 있네. 꽤 오래된 성이지."

"어떤 성 말입니까?"

"페나인이 왕국으로 되기 전엔 지금의 대영지를 중심으로 육대 공국이 세워져 있었네. 그중에 지금까지 남은 것은 콘버드와 윈저인데, 특히 그 시절의 윈저엔 마스터에 이른 기사도 없었고 지리적인 이점도 없었지. 하지만 오랜 전쟁 속에서도 윈저는 건재함을 과시했지. 그 이유가 무엇인지 아는가?"

모두에게 던진 질문이었지만 누구도 답하지 못했다.

알은 역사에 관심이 없었고 다른 이들 역시 평민 출신이었기 때문에 역사와 같은 고급 학문을 접해본 적이 없었기 때문이다. 그들이 침묵으로 답변을 대신하자 하이렌은 다시 말을 이었다.

"전통적으로 마법사와 궁병이 강한 윈저는 당시에도 마법병단과 궁수들을 중심으로 중장거리에 강한 면모를 보였네. 게다가 뛰어난 검술을 지닌 기사는 없었지만 군사학과 용병술이 뛰어난 장군은 많았지. 역사학자들은 윈저가 살아남을 수 있었던 비결로 그것을 제일 먼저 손꼽고 다음으로 윈저의 서쪽에 위치한 요새가 있었기 때문이라고 하더군."

"산간 지대도 아닌 윈저에 요새라니요?"

대뜸 제프가 묻자 하이렌도 피식 실소를 머금었다.

"물론 평야에 요새라니까 이상하겠지만 나름대로 철옹성이었던 모양이야. 전해 듣기로는 이중의 성벽에다가 그 두께가 보통 성의 두 배에 이른다고 하더군. 평화 시에는 주변의 평원에서 거둬들인 곡식의 저장 창고로 사용되고 전쟁 시에는 성에 틀어박혀 끊임없이 솟는 지하수를 마신다고 해. 서쪽에서 들어오는 적군은 그 성을 점령하지 못한 채 물러나기 일쑤, 설사 성을 돌아서 수도로 진격할라치면 일단의 정예병이 후방을 급습하여 혼란에 빠뜨렸지. 성으로 지어졌지만 말 그대로 평원의 요새인 셈이지."

"그거 굉장하군요. 그 성이 이 북쪽에 있다는 말인가요?"

"그렇다네, 알. 예전엔 '평원의 요새'라고 불렸던 파스난 성. 수비병이 적다고 해도 어쩌면 지금까지 버티고 있을지도 몰라. 한번 확인해 보는 것도 괜찮겠지."

"가능할까요?"

"모르지. 하지만 윈저의 주민들이 모두 다른 영지로 피신했다고는 볼 수 없는 일. 사람이 모였다면 싸우고 있을지도 모르지 않겠나? 안 그런가, 스레이?"

스레이의 질문에 대한 대답이었지만 마지막 말은 하이렌 본인에게 한 것이나 다름없었다. 하이렌은 고삐를 채어 진로를 바꾸었다. 그리고 다시 속력을 높이며 외쳤다.

"출발이다!"

신호에 맞춰 일행들도 속력을 높여 그의 뒤를 따랐다.

다음날 정오가 조금 지났을 무렵 하이렌은 파스난 성에 도착했다. 멀리서 보기에도 오랜 세월을 견뎌온 파스난 성은 견고하고 웅장한 위용을 자랑했다.

페나인 왕국의 수도인 페로즈 성에서 윈저 성의 중간 지점인─물론 윈저 영지에 위치한 만큼 약간 윈저 성에 가깝지만─파스난 성은 강을 건너면 곧바로 바이나르 평원의 남단에 이르게 된다. 비록 잘 닦여진 대로는 없었지만 페로즈 성에 도착하기 위해서 하이렌은 이 길을 택했다. 파스난 성의 현재 상태도 알아볼 겸 강의 하류보다는 중류 쪽이 건너기에도 쉽겠다는 판단 때문이었다.

그리고 그 판단은 또 한 사람의 황당한 선택과 맞물려 엄청난 사건을 초래했다.

넓게 펼쳐진 지평선, 그 위에 군림하듯 우뚝 서 있는 파스난 성을 바라보던 일행은 그 위용에 감탄했다.

"정말 하이렌 경의 말이 옳군요. 이런 성에 식량과 물이 충분하다면 난공불락이란 말이 딱인데요."

"내 의견이 아니라 역사가 증명한 사실이네. 하지만 그런 파스난 성이라도 왕국 시대가 되면서 쇠락하고 말았지. 영지의 경계를 지킬 필요는 없으니까 말이야."

"그것도 그렇군요. 아무리 뛰어난 명검이라도 검술을 모르는 자에겐 무용지물이듯 말이죠. 예전엔 평원의 요새로 불렸을지라도 수비병이 없어서야……."

중얼거리던 제프가 말끝을 흐렸다. 언뜻 성벽 위로 보이는 깃발에 주목한 것이다.

"저, 저것?!"

"나도 보고 있네. 하지만 정말 믿어지지가 않는군."

제프가 가리킨 것을 응시하던 하이렌은 떨리는 목소리로 대꾸했다.

물론 하이렌과 제프가 보고 있는 깃발을 다른 이들도 보고 있는 중이었다. 그럴 수밖에 없는 것이 깃발은 성벽 위로 가득 날리고 있었기 때문이다. 하지만 하이렌과 제프, 키리모아와 스레이와 달리 알은 보고 있으면서도 그것이 의미하는 바를 몰랐다. 하이렌은 수도에서 기사 작위를 받았고 다른 세 명은 돌격기병단에 소속된 적이 있었다. 반면 알은 군대와 연결된 적이 단 한 번도 없었으니 어느 깃발을 봐도 알아보지 못하는 것은 당연했다.

한참을 더 바라본 후에 알은 체념하고 옆에 있는 스레이에게 넌지시 물었다.

"저 깃발이 뭔데 그래?"

다른 사람들만큼 놀랐지만 다른 사람들보다 담담한 눈길을 보내던 스레이는 싱긋 미소를 짓고는 답했다.

"저건 근위대의 깃발입니다."

"뭐? 근위대가? 그럼 버나드 공작 각하께서?"

"아닙니다. 공작 각하와 함께 있는 근위대는 4, 7근위대죠. 저들은 다른 군단입니다."

"내 기억이 맞다면 저들은……."

하이렌은 읊조리듯 중얼거렸다.

“제5, 6, 8, 9근위대인 것 같다.”

성문이 열렸고 도개교가 내려왔다. ‘텅’ 하는 소리와 함께 다리 너머에 중년의 기사가 손을 흔들며 마중을 나왔다. 그를 제일 먼저 알아본 사람은 바로 알이었다.

“렌베토 백작?!”

“오랜만이네, 알.”

“경께서 어째서 여기에……?”

경악하며 소리 지르던 알은 이내 성루의 확인 절차가 의외로 간단했다는 것에 생각이 미쳤다. 아마도 렌베토가 성루에서 알을 본 것이 틀림없으리라.

한데 일행들을 살피던 렌베토는 힐끔 하이렌을 보고는 곧 실망한 표정으로 바뀌었다.

“근데 레온은 어디에 있지? 자네와 늘 같이 다니더니?”

“레온 말인가요? 갑자기 레온은 왜 찾는 거죠?”

“그게 말이야…….”

멋쩍은 웃음을 짓고는 렌베토는 솔직하게 현재 사정을 토로했다.

“이곳엔 근위대 삼만 오천의 병력이 있지만 적을 막을 방법은 없거든. 마스터라도 있다면 사기 진작에 도움이 되니까.”

그리고 다시 렌베토는 ‘하하’ 하고 웃었다.

알은 곧 렌베토의 생각을 짐작했다. 성루에서 알을 알아본 후에 즉시 성문으로 마중 나온 이유에 그런 뜻이 내포되었던 것이다. 속으로 웃음을 참으며 알은 하이렌을 가리켰다.

“이분은 레온의 형입니다, 렌베토 경.”

“하이렌이라고 합니다.”

“어쩐지 레온 공자와 같은 금발이다 했더니 형제였군요? 염색했으니 청색일 텐데 하고 생각하면서도 그만 착각을……”

반갑게 하이렌과 인사를 나누던 렌베토가 곧 얼굴을 굳혔다. 레온의 성이 ‘레스터’ 라는 것과 레스터 가문 형제 전원이 마스터라는 데 생각이 미친 것이다.

“그, 그럼 하이렌 경도… 마스터?”

“보잘것없는 실력이지만 일단은.”

“이, 이거 정말 잘되었군요. 죄송합니다. 미처 알아뵙지 못했습니다.”

서둘러 예의를 차린 렌베토가 다시 일행들을 살폈다. 그제야 그들 중에 제프와 키리모아가 있다는 것을 눈치 챈 렌베토는 평범한 일행이 아님을 짐작했다.

“오랜만이군, 제프. 키리모아도. 음, 저쪽의 남자는?”

제프가 끌고 있는 말 위에 단정히 앉아 있는 파운을 살피던 렌베토는 곧 눈을 동그랗게 떴다.

“제1돌격기병단의 부관, 파운 경이 아닙니까? 저 친구도 염색을 했나요?”

뭐라고 대답해야 할지 곤군한 하이렌은 슬쩍 미소를 지었다. 내심 ‘원저 출신은 정보에 강하다’ 라는 옛말을 실감하기까지 했다. 함께 몇 년을 지냈던 제프들도 변한 파운을 알아보는 데 시간이 걸렸었다. 한데 렌베토는 단번에 알아봤으니 보통 정보력이 아니었다. 돌격기병대의 대장은 물론 그 부관을 알아볼 수 있다는 것은 웬만한 군단의 지휘

계통쯤은 속속들이 알고 있다는 뜻이나 다름없기 때문이었다.

하이렌은 잠시 머뭇거리다가 간단하게 답했다.

"현재 파운 경은 사람을 알아보지 못합니다. 위험에 처한 상태라 우선 제가 돌보고 있는 중이죠."

"그렇습니까? 겉으로 보기엔 멀쩡한데……."

중얼거리며 다시 한 번 파운을 쳐다보는 렌베토였다. 그리고 지나가는 투로 넌지시 물어왔다.

"한데 이런 굉장한 전력을 지닌 분들이 왜 윈저를 지나치고 있는지요?"

"그 점은 저도 묻고 싶군요. 어째서 근위대가 여기에 있는 겁니까?"

서로에게 질문을 던진 두 사람은 곧 눈을 마주쳤다.

어느 누구도 섣불리 대답할 마음은 없는지 잠시 동안 침묵이 오갔다. 한쪽은 왕국을 지탱하는 근위대였고 다른 한쪽은 레스터의 영주 대리인과 돌격단의 부관이었다. 게다가 렌베토와 알, 제프들은 이미 안면이 있는 사이였다. 그럼에도 적진 깊숙한 곳에서 만났다는 사실이 서로에 대한 완전한 믿음을 주진 못했다.

후우, 하고 한숨을 쉰 렌베토가 먼저 물러섰다.

"저희는 수도에 잔류한 마지막 근위대입니다. 바이나르 평원에서 적을 맞아 싸웠는데 패전하는 바람에 일단 이곳으로 피한 상태죠. 어쨌든 이곳은 제 성이니까요."

"예? 여기가 렌베토 경의 성이었어요?"

알이 깜짝 놀라 반문하자 렌베토는 싱긋 웃었다.

"몰랐나? 내 성이 파스난이라네. 렌베토 파스난이 내 풀 네임이야."

"한데 렌베토 경… 방금 '수도에 잔류한 마지막 근위대' 라고 하셨습니까?"

"아, 혹시 칼버딘 반란 소식에 대한 것은 듣지 못했습니까? 약 사만 가량 북쪽으로 이동했기 때문에……."

"아니, 그건 이미 알고 있습니다."

말하면서 하이렌은 슬쩍 스레이를 바라봤다. 그가 전한 버나드의 전언을 상기하며 뭔가 상황이 잘못 돌아가고 있다는 불안함이 들었다. 버나드의 계획대로라면 지금 수도엔 친위대와 레스터에 갔던 이만의 근위대, 그리고 이들이 집결해 있어야만 했다.

"나머지 근위대가 여기에 있다면… 리처드 전하와 형님의 반격은 무산되는 것이 아닌가?"

혼잣말처럼 중얼거린 하이렌의 말이었지만 듣고 있던 렌베토는 깜짝 놀랐다.

"지금 리처드 전하라고 하셨습니까? 그리고 버나드 공작이라고요? 그 두 사람이 수도에 있단 말입니까?"

"그렇습니다. 우린 원래 레스터 남쪽에 있었는데 집결령이 떨어져 수도로 가고 있던 중이었습니다."

"이럴 수가! 왕자 전하께서?! 이, 이건 비상 사태… 아니, 엄청난 희소식이군요!"

렌베토는 감격한 표정으로 두 손을 꼭 쥐었다. 그리고 얼른 이 소식을 다른 군단장에게 전해야 한다고 생각했다.

"여러분들은 우선 안으로 들어가십시오. 제가 다른 군단장들을 데려오도록 하죠. 자세한 이야기는 그때 듣도록 하겠습니다."

"잠시만요, 렌베토 경."

그때 알이 달려가려는 그를 붙잡았다.

“왜 그러나?”

의아한 듯 렌베토가 돌아보자 알은 터번을 고쳐 쓰며 천천히 주변을 둘러봤다.

“병사가 많은데… 이 중에 렌베토 경의 휘하로 몇이나 있습니까?”

“……?”

“에… 저, 그러니까… 물론 상급자의 허락을 받아야 한다는 것은 압니다만… 혹시 대규모 병력을 빌릴 수 있었으면 해서 말이죠.”

“대규모? 그게 무슨 소리지?”

“뭐 좋은 수라도 있는가, 알?”

“네, 하이렌 경. 생각해 보세요. 우리가 무엇을 정찰했는지 말이에요.”

알의 지적에 하이렌은 두어 번 눈을 깜박였다.

며칠 전에 정찰했던 곳, 바로 윈저 성이었다. 그곳에서 언데드가 만들어지고 있다는 것을 목격한 것은 바로 하이렌 자신이었기 때문에 잘 알고 있었고, 또한 그곳이 적의 근거지라는 사실도 세심한 관찰 끝에 확인을 마친 후였다. 당연히 알이 생각하는 것을 하이렌이 모를 리 없었다.

하지만 하이렌은 고개를 저었다.

“군대라는 것은 확고한 규율에 의해 움직이는 조직이네. 빌리고 말고 할 여지가 전혀 없어.”

“그러니까 렌베토 경에게 부탁하자는 거죠. 사실 좋은 기회잖아요?”

‘좋은 기회라…….’

속으로 중얼거리며 하이렌은 생각에 잠겼다.

그의 말이 틀린 것도 아니었다. 어떻게 이곳에 옮겨왔는지는 몰라도 적진 깊숙이 이런 대규모 병력이 숨어들 수 있었던 것은 행운이었다. 게다가 이곳에서부터 적의 근거지까지 적군의 흔적도 없었다. 수도로 이동한 후에 다시 재침공을 하는 것보다 훨씬 효과적인 수법이긴 했지만 과연 군단을 이끌고 있는 군단장들이 허락을 할 것인가 하는 점이 문제였다.

이들은 근위대였고 비록 하이렌의 형이 근위대장이라고 해도 하이렌의 군대는 아닌 것이다. 아무리 생각해도 부탁할 수 있는 입장은 아니었다.

그렇게 부정적인 생각을 끝낸 하이렌이 고개를 저으려는 찰나, 궁금한 듯 렌베토가 물었다.

"무슨 일입니까?"

"아니, 아무것도 아닙니다."

하이렌이 그렇게 말했지만 그를 바라보는 렌베토는 뭔가 의미가 있다는 것을 눈치 챘다. '아 그렇습니까?' 하고 넘어갈 정도로 렌베토는 호락호락하지 않았다. 게다가 처음 말을 꺼낸 사람은 알, 렌베토의 기억 속에 평가된 그는 기발한 재치가 번뜩이는 청년이었다.

잠시 하이렌과 알을 번갈아 쳐다보던 렌베토는 천천히 입을 열었다.

"이곳에 있는 삼만 오천의 병력 중에⋯ 최소한 내가 움직일 수 있는 병력은 만 명입니다. 저는 9근위대 군단장이니까요."

말을 마치는 것과 동시에 렌베토는 확인할 수 있었다, 알과 하이렌의 눈빛이 기묘하게 변했다는 것을.

파스난 성에서 하루를 지낸 알은 아침부터 어수선한 분위기에 잠을 깼다. 눈을 비비며 문을 나서던 알은 곧 스레이를 발견하고 손을 들었다.

"여어, 잘 잤나?"

"저는 잠을 많이 자지 않아요, 알. 알고 있잖아요?"

"어어, 알아. 그냥 아침 인사였을 뿐이야."

퉁명스럽게 말을 건넨 알은 기지개를 켰다. 그리고 창 바깥으로 보이는 병사들의 분주한 모습을 가리켰다.

"왜 저렇게들 바쁜 거야?"

"어젯밤 회의에서 수도로 진군하기로 했다더군요. 아직 수도의 상황을 아는 것은 아니지만 왕자 전하께서 무사하다는 사실과 버나드 경께서 근위대장으로 복직했을 거란 소문에 매우 고무적인 것 같아요."

"게다가 언데드를 퇴치할 방법이 있다는 것도 한몫했겠지."

"그렇죠."

스레이는 미소를 지었다.

"아아~ 안타깝군. 적군의 본부가 바로 코앞인데… 약간의 병력만 있어도 충분할 텐데."

"그 점에 있어선 렌베토 경께서 돕겠다고 했네."

갑작스럽게 들린 목소리에 알은 깜짝 놀라 창에서 시선을 거뒀다. 어느새 다가왔는지 하이렌과 렌베토가 정복을 차려입고 나란히 서 있었다.

"앗, 이거 죄송합니다. 늦잠을 자버려서……."

"이해하네. 그간 힘든 길을 왔을 텐데 무척 피곤했겠지."

손을 들어 걱정 말라는 신호를 보낸 렌베토는 곧 엄숙한 표정으로 말을 이었다.

"약 오십에서 백여 명 정도의 기사들을 차출해서 윈저 성을 공략할 생각이네."

"엣? 그 정도로 충분하겠습니까? 언뜻 봤을 때 언데드 이외에 정규군도 있었던 것 같은데?"

"상관없네. 우린 전투를 치르러 가는 것이 아니니까."

렌베토의 대답에 알은 고개를 갸웃거렸다.

전투를 치르지 않고 어떻게 근거지를 부수겠다는 것인지 선뜻 이해가 가지 않았던 것이다. 그러자 렌베토는 씁쓸한 미소를 지었다.

"우리 가문은 원래 원저 대공가의 가신에 속하네. 수도로 옮겨간 것도 대공을 따라서였으니 두말할 필요야 없지. 그렇기 때문에 수도에 있어도 원저에서 일어난 일들은 소상히 알고 있는 편이지. 적들이 원저 성을 근거로 하고 있다면 단번에 쓸어버릴 묘안이 내게 있네."

"그게 뭡니까?"

알은 다급하게 물었다. 반면에 렌베토는 짤막하게, 그리고 조용하게, 그러나 힘있게 대답했다.

"화약."

"화… 약? 미크가 만들었다던?"

"맞았네. 그게 본성 지하에 있네. 워낙 위험한 물건이라 지하 밀실에 숨겼는데, 그곳을 아는 사람은 원저 대공과 나, 그리고 내게 그 사실을 알려준 행크 경뿐이지."

분위기를 바꾸려는 듯 강하게 손바닥을 마주친 렌베토는 약간 쾌활하게 말했다.

"그러니까 사실 인원이 많을 필요는 없네. 나 혼자라도 충분한 일이고 당연히 지하에 들어가는 것은 나 혼자 갈 생각이니까. 다만 만약에 하나 적을 마주치기라도 했을 때 맞서 싸우려면 최소한의 수는 있어야 한다는 거야. 그래서 내 부하들 중에 천기장 몇 명과 백기장들을 뽑아 데려가기로 했지. 그러니까 이제."

말을 끊고 렌베토는 알을 응시했다.

"그쪽 차례야. 지금까지 함께 행동한 것은 알지만 전쟁터로 여자를 데리고 갈 수는 없지 않겠나?"

"나 역시 그렇게 생각하지만… 그대들의 의견도 들을 겸 해서 유보하고 있었네."

마지막으로 하이렌이 마무리를 했다.

"확실히… 차라리 파운 경이나 쥴리아는 수도로 가는 근위대에 포함시켜 보내는 편이 좋겠군요."

"안 됩니다, 하이렌 경."

뜻밖에 스레이가 강경한 태도로 반대했다.

"파운 경은 아주 위험한 상황입니다. 경도 보시지 않았습니까? 그런 파운 경이 수도로 가던 중 발작이라도 일으킨다면… 그리고 쥴리아가 막지 못한다면 어떻게 되겠습니까? 많은 인명 피해가 날 것입니다. 위험스럽긴 해도 저희가 데리고 있어야 합니다."

"으음……."

"나도 파운 경의 상태를 듣기는 했지만 겨우 한 사람이 군대에 얼마나 피해를 줄 수 있겠나? 오히려 우리에게 금세 붙잡힐 것이네."

렌베토는 무시당한 듯하여 불쾌했다. 그러나 스레이는 여전히 강경한 태도로 렌베토를 쏘아봤다.

"이곳에 정령사가 있습니까?"

"……?"

"마스터가 있습니까?"

“무슨… 뜻이지? 설마 광전사 하나를 막는 데 마스터나 정령사가 있어야 한다는 뜻인가?”

“그렇습니다. 광전사란 분노의 정령에 사로잡힌 자입니다. 정령사라면 분노의 정령이 움직이는 때를 알아챌 수 있죠. 그리고 파운 경은 이미 크루세이더 급의 기사, 마스터가 아니면 단번에 제압할 순 없을 겁니다.”

이렇게까지 말하자 렌베토도 별수없는 듯 어깨를 으쓱하곤 더 우기지는 않았다. 잠시 적막이 흐르자 하이렌이 결론을 맺었다.

“그럼 저희 쪽은 모두 가는 것으로 하겠습니다. 아무래도 군대 경험이 많으신 렌베토 경께서 통솔을 맡아주시길 바랍니다.”

“알겠습니다. 그럼 출발은…….”

렌베토는 잠시 창밖을 쳐다보며 시간을 계산했다.

“정오로 하겠습니다.”

하이렌의 동의를 기다린 렌베토는 곧 몸을 돌렸다.

알의 제안과 렌베토의 독자적인 판단에 의하여 단번에 전세를 뒤집을 윈저 성 함몰 작전이 시작되었다.

한편 그 즈음, 며칠 만에 나지드가 할튼 앞에 나타났다. 약간은 상기된 얼굴빛을 띤 나지드는 예를 차리지도 못한 채 성급하게 외쳤다.

“폐, 폐하! 큰일 났습니다!”

“무슨 일인가?”

크레멘트를 잃은 지 며칠이 지난 탓에 할튼은 평소와 다름없는 침착한 모습이었다. 어쩌면 포기한 것인지도 몰랐지만 확실히 할튼은 초연한 듯했다.

"리, 리처드가 수도에 나타났습니다!"

"뭐, 뭐라고?!"

어지간한 일엔 놀라지 않을 것 같던 할튼도 그 사실은 조금 의외였는지 자리에서 벌떡 일어섰다.

"리처드가 나타났다니? 그럼 저주를 풀었단 말인가?"

"그렇습니다, 폐하."

"그거… 의외로군. 하면 그때의 마법사는 9써클이란 말인가?"

할튼은 히드리크에게서 저주를 풀 수 있는 방법에 대해 들었다. 물론 정확한 주문은 히드리크 본인만 알고 있지만 그 이외에 방법은 알려주었다. 그렇다면 적진에 그 정도의 마법사가 있다는 얘기였고, 할튼은 좀비 병사들을 흙으로 돌려 버리던 마법사가 바로 그자일 것이라고 단정했다.

꿈틀 하고 할튼은 이마를 찌푸렸다. 얼마 전부터, 분명 페로즈 성을 눈앞에 두고 망설였던 때부터 상황이 좋지 않게 흐르고 있었다. 그런 할튼의 예감을 확인시키듯 나지드는 안 좋은 소식을 한 가지 더 알렸다.

"게다가 적의 총사령관이 버나드로 바뀐 듯합니다."

"뭐?"

할튼의 얼굴빛이 확 바뀌었다.

"또한 어찌 된 일인지 레스터에 파견되었던 근위대가 모두 수도로 복귀한 상태였습니다."

마지막 보고에 할튼은 기가 찬지 말을 잇지 못했다. 한참 나지드를 응시하던 할튼은 겨우 입을 떼었다.

"하면 레스터를 침공하던 우리 병사들은 어찌 된 것이지?"

"현재로썬 알 길이 없습니다. 알다시피 그곳엔 6써클 이상의 마법사가 없어서……."

"전서구가 있지 않는가!"

할튼은 버럭 소리를 질렀다.

"그게… 연락이 되질 않습니다."

듣고 있는 할튼의 표정은 대답하는 나지드보다 더욱 기괴하게 변했다.

오랜 세월에 걸쳐 준비한 것들이 한순간에 무너진 날이었다. 왕가는 생존했고 군대는 버나드가 통솔했으며 흩어졌던 근위대가 뭉쳤다. 게다가 적진엔 언데드를 붕괴시키는 마법사와 엄청난 마스터가 둘이나 있었고 할튼의 후방을 맡아줄 병력은 어딘가 실종되었다.

믿을 수 없는 사실이었지만 현실이었다. 경미한 현기증을 느낀 할튼은 책상을 짚었다. 그리고 힘겹게 나지드에게 말했다.

"알았다… 더 보고할 사항이 있는가?"

"한 가지 더 있습니다."

"안 좋은 얘기라면 나중에 듣고 싶군."

"아닙니다, 폐하. 이번 소식은 기쁜 것입니다."

떨구어졌던 할튼의 고개가 다시금 올라갔다. 그러고 보니 이런 안 좋은 보고를 하는 것치고 나지드의 표정은 어둡지만은 않았다.

"어떤 보고지?"

"두 명의 마스터에 의해 사라진 좀비들은 소멸된 것으로 추정됩니다만 페로즈 성에서 흙으로 돌아갔던 좀비들은 소멸된 것이 아니었습니다. 제가 '소환 의식'을 펼치면 그들은 다시금 폐하의 종복으로 부활할 것입니다."

"…그래서?"

"네?"

생각보다 기뻐하는 기색이 아닌지라 나지드는 당황하였다.

"그렇게 부활시키면 저쪽 마법사는 가만히 있겠다는 확답이라도 받았는가?"

"그렇지는……."

"저쪽에 마법사가 있는 한 결국 소용이 없는 일이 아닌가?"

"하지만 폐하……."

나지드의 입가에 야릇한 미소가 걸렸다.

"잊으셨습니까? 저희에겐 마지막 카드가 있다는 것을 말입니다. 이미 마법사와 두 명의 마스터를 죽일 준비를 마친 상태입니다, 폐하."

"……."

나지드를 바라보던 할튼은 '용의주도한 녀석이군' 하고 중얼거렸다. 며칠 전 페로즈 성의 지도와 워프 포인트를 받아가더니 아마도 성에 단독으로 잠입하여 적진을 탐색한 것이 분명했다. 그렇지 않고서야 이곳에 앉아서 수정구를 들여다본다고 적의 상황을 알 리도 없었고 중요 인물들을 암살할 준비도 갖추지 못했을 것이다.

문득 히드리크가 떠나면서 남겼던 말을 떠올렸다. 어쩌면 이번 전쟁을 정작 원하고 있는 것은 자신보다 앞에 있는 나지드일지도 모른다고 그는 자조했다.

"알겠네. 그대 계획대로 하게."

그래도 전쟁이란 승리해야 하는 것. 그리고 할튼은 군대를 이끄는 실질적인 리더였다.

"그 세 명 이외에 왕자를 암살하는 것도 추가하게."

명령을 내리는 할튼의 눈빛이 예리하게 빛났다.

파스난 성을 떠난 결사대는 며칠 후 윈저 성 북쪽에 도착했다. 남쪽 포아스트 항구로 가는 길은 작은 언덕이 있어 몸을 숨길 수 있었지만 북쪽은 평야뿐이었다. 게다가 한겨울에 내린 눈이 쌀쌀한 날씨에 전혀 녹지 않은 상태였기 때문에 숨을 곳도 없었다.

하지만 결사대는 미리 준비한 하얀 모포를 뒤집어쓰고 조심스럽게 성으로 전진했다. 조심스러운 행군 끝에 브리튼 도시 외곽에 이르렀고 그들은 재빨리 도시 내부로 잠입했다. 어느 건물에 숨어든 결사대는 하루 정도 상황을 지켜보기로 했다.

밤의 언데드는 물론 하이렌이 마주쳤던 기병대를 관찰하기 위해서 였다. 하지만 아무리 살펴도 윈저 성을 오가는 기병대는 없어 보였다. 아니, 살아 있는 사람의 흔적 자체가 없었다.

"이상하군? 분명 윈저 성에 기병대가 들어갔는데?"

하이렌이 고개를 갸웃하고는 창문에서 눈을 뗐다.

뾰족 지붕의 높은 건물이었기 때문에 비록 외곽이라고 해도 윈저 성 문이 똑바로 보였다. 하지만 하이렌을 제외한 다른 사람의 눈에도 이 렇다 할 특이한 것은 발견되지 않았다.

"혹시 그 기병대는 이곳을 지키는 수비대가 아니라 잠시 들러서 이 동하려던 것이 아니었을까요?"

"하면 어디로 갔지? 이동하는 군대라면 분명 전선에 투입하려는 것 일 텐데 도중에 마주치지도 않았지 않은가?"

"제 생각도 제프와 같습니다, 하이렌 경. 우리와 길이 엇갈렸을 수도 있겠죠."

알도 한마디 거들었다.

하이렌도 두 사람의 의견을 부정하진 않았다. 그들의 말이 옳다고 여겼지만 여전히 기병대가 어디로 갔을지 하이렌은 의문이었다.

"뭐, 어떻습니까?"

마지막으로 창가에서 눈을 뗀 렌베토가 씩 웃었다.

"어쨌든 지금이라면 수월하게 침투할 수 있다는 결론이지 않습니까?"

순간 모두들 굳은 얼굴로 그를 바라봤다.

"지금… 말입니까?"

"그렇습니다, 하이렌 경. 밀실의 위치는 저만 알고 있으니까 저는 꼭 가야 합니다. 대신 경께서 부대를 지휘해 주십시오. 이미 말은 해뒀으니까 지시대로 움직일 겁니다."

"하지만 밤의 상황도 보고 가는 것이 좋지 않겠습니까? 이제 곧 해도 저물 테니 말입니다."

"아닙니다. 이런 일은 서두를수록 좋은 거죠. 아참, 제가 데려온 천기장들은 데리고 가겠습니다. 그래도 괜찮겠지요?"

렌베토 휘하의 천기장 중에 이곳에 온 사람은 셋이었다. 나머진 군단을 이끌고 수도로 진군 중이었다. 그리고 천기장 정도면 크루세이더급의 검 실력을 지닌 자들이었다. 당연히 이곳에 온 오십여 명의 결사대 중 하이렌과 렌베토를 제외하면 최고의 실력자들이었다.

하지만 렌베토가 맡은 임무가 가장 위험하다는 것은 결코 부정할 수 없는 사실, 당연히 하이렌은 고개를 끄덕였다. 이런 일일수록 손발을 잘 맞춰야 할 테니 렌베토의 의견은 타당한 것이었다. 게다가 그들이 없어도 아직 제프와 키리모아, 두 명의 크루세이더가 하이렌을 보좌할 테니 큰 문제는 없었다.

"조심하십시오, 렌베토 경."

"하이렌 경도."

말을 마친 렌베토는 곧바로 밑으로 내려갔다.

잠시 후 건물을 빠져나간 네 사람이 성문 쪽의 골목으로 사라지는 모습이 보였다. 걱정스럽게 그들을 지켜보던 하이렌도 뒤를 돌아보며 입을 열었다.

"그럼 우리도 준비하도록 하지."

그때까지 그의 뒤에 있던 알과 제프가 명령에 따라 재빨리 움직였다.

밑으로 내려가자 이미 수십 명의 결사대가 조를 편성한 채 하이렌을 기다리고 있었다. 다섯 명씩 여덟 조로 나뉘어진 조를 하이렌은 예정대로 북쪽 대로를 중심으로 넓게 배치했다.

하이렌과 더불어 뒤에 남은 사람들이 할 일, 그것은 화약에 불을 붙인 렌베토의 퇴로를 열어주는 것이었다. 또한 유사시엔 적의 이목을 집중, 교란시켜 그들의 일을 수월하게 하는 것이었지 결코 전투가 목적이 아니었다. 그렇기 때문에 사방에 몸을 숨긴 결사대는 조용히 성을 주시하고만 있었다.

모두를 배치한 다음 하이렌은 일행을 데리고 지붕 밑으로 올라갔다. 북쪽 건물 중에선 가장 높았고 성문이 정면으로 보였으며 각지로 숨은 결사대를 가장 원활하게 지휘할 수 있는 장소였다. 이번엔 스레이와 더불어 제프가 그의 곁에 붙었다. 그의 손엔 소리 화살이 활에 재져 언제라도 신호를 보낼 준비를 갖췄다.

군대에 대해 통 모르는 알은 창가 곁에서 웅크리고 앉아 주머니를 만지작거렸다. 푸노란 마을을 떠날 때 챙겨온 비상 무기로 바로 소금이 담긴 주머니였다. 당연히 파스난 성에서 결사대도 소량의 소금을 챙겨왔다.

적막이 흐르는 동안에 어둠은 점차 가라앉았다. 기다리기에 지친 하이렌이 중얼거리듯 물었다.

"너무 늦는 것 같은데……."

"지하에서 빠져나오면 화살을 날리기로 약조했으니 그때까지 참는 수밖에요."

"그렇다 해도 들어간 지 꽤 된 거 같은데… 음?"

대꾸하던 하이렌은 말을 멈추고 눈을 크게 떴다.

북쪽 대로에서 얼핏 사람의 그림자가 보였다고 느낀 것이다. 그리고 동시에 조용히 구석에 웅크리고 있던 파운이 고개를 들었다.

"괜찮아요, 사일런스, 아니, 파운. 아무 일도 아니에요."

그의 어깨를 토닥이며 쥴리아가 중얼거렸다.

곁에 앉아 있기 때문에 파운의 행동이 이상해진 것을 쥴리아는 금세 알아챘다. 하지만 다른 사람들은 바깥을 살피느라 미처 그것을 몰랐다. 밖의 상황도 묘하게 돌아가고 있는 중이었다.

"죽은 자들이군요."

삼삼오오 흩어져 어기적 걷고 있는 사람들의 형체는 조금 더 많아졌다. 굳이 스레이의 말이 아니더라도 그것들이 죽은 자들, 좀비라는 것은 쉽게 눈치 챌 수 있었다.

"우리가 있다는 것을 눈치 챈 것 같은가?"

"그런 것 같진 않은데요."

제프의 대꾸였지만 그다지 확신에 찬 음성은 아니었다.

좀비들은 대열을 갖추고 있다거나 어느 한 지점을 향해 몰려드는 형상은 아니었다. 하지만 다른 거리보다 결사대가 숨어 있는 쪽에 유달리 많이 나타나는 점은 이상했다. 흐느적거리는 움직임으로 정처없이 걷는 그들의 모습을 하이렌은 유심히 바라봤다. 그리고 신음과 함께 제프에게 고개를 돌렸다.

"신호할 준비를 하게."

"네?"

엉겁결에 대답하긴 했지만 놀란 것은 제프뿐만이 아니었다. 갑작스러운 명령이라고 느낀 것은 모두가 마찬가지였다. 하지만 하이렌의 굳은 얼굴을 보고는 차츰 긴장감이 감돌았다.

조심스러운 동작으로 자신들의 무기를 꺼내 들고 바깥을 주시하며 하이렌의 신호를 기다리던 일행들. 그때 뒤에 앉아 있던 쥴리아가 다급하게 말했다.

"파운 경이 이상해요!"

뒤돌아보던 스레이의 얼굴이 확 바뀌었다.

"아차! 밖을 신경 쓰느라……!"

양 날개가 부러진 닻을 껴안은 채 앉아 있는 파운의 눈빛은 광기 그 자체였다.

어둠 속에서 쥴리아의 하얀 드레스가 보였고 그 옆에 거칠게 숨을 몰아쉬는 파운의 모습은 흡사 늑대와도 같았다. 당황한 스레이가 중얼거렸다.

"어째서? 여기엔 오크도 없는데 왜 분노하는 거지?"

"광전사가 된 것인가?"

지켜보고 있던 하이렌의 짤막한 질문. 그러나 대답은 필요없었다. 이미 그런 모습을 여러 번 봐왔기 때문이다. 그리고 그의 몸이 번개처럼 파운을 덮쳤다.

그것이 파운에겐 신호였다.

그때까지 그를 다독이던 쥴리아를 밀치고 하이렌을 향해 달려들었다.

"위험……!"

모두의 입에서 경악과 함께 새된 비명이 터졌다.

그러나 정작 파운은 덮쳐 오는 하이렌을 비껴 창을 향해 닻을 휘둘렀다.

콰차창!

유리가 깨졌고 파편이 사방으로 튀었다. 그와 함께 파운의 몸이 4층 높이에서 아래로 낙하했다.

"신호해라!"

갑작스러운 사태에 모두들 당황했지만 하이렌의 명령에 정신을 차렸다.

제프의 소리 화살이 허공을 가르며 휘파람을 불었고 동시에 하이렌과 스레이가 파운을 따라 몸을 날렸다. 그리고 사방에서 용감한 결사대가 문을 박차고 튀어나왔다.

마스터라고 해도 4층 높이에서 뛰어내려 곧바로 바닥에 착지하는 것은 위험했다. 그렇기에 하이렌은 옆 건물 2층 높이의 지붕을 거쳐 바닥에 떨어졌고 스레이는 곡예를 하듯 날렵하게 벽을 타고 내려왔다. 그리고 두 사람은 동시에 놀란 얼굴로 바뀌었다.

그 놀람은 결코 서로에 대한 반응이 아니었다. 그들보다 먼저 떨어졌던 파운, 그는 놀랍게도 4층 높이에서 그대로 추락하듯 떨어졌는데도 벌써 저만치 앞서 나가고 있었다. 원래 크루세이더라고 했지만, 아니, 그렇기 때문에 그들의 놀라움은 더 컸다.

"광전사란 이런 것도 할 수 있는 건가?"

"분노의 정령이 깃들면 육체의 한계까지 힘을 발휘할 수 있다고 들었습니다. 하지만 그렇다 해도 이런 일이……."

믿을 수 없다는 듯 스레이도 고개를 저었다.

"무엇 때문에 저렇게 분노한 것인지는 몰라도 혼자 적진에 돌입시킬 수야 없지!"

하이렌이 몸을 일으키곤 검을 뽑았다.

뒤이어 검신이 얇은 레이퍼어를 뽑던 스레이가 주춤 멈췄다. 문득 왜 파운이 분노를 일으켰을지에 생각이 미쳤던 것이다.

"혹시 파운 경은… 언데드를 알아볼 수 있는 게 아닐까요?"

"뭐? 마스터인 나도 이 정도 거리에선 적의 마나를 느낄 수 없는데 어떻게 크루세이더인 파운 경이 느낄 수 있단 말인가?"

"정령사인 저는 거리에 상관없이 언데드를 구별할 수 있지 않습니까?"

"……?"

"파운 경은 광전사, 바로 분노의 정령에 사로잡힌 겁니다. 그리고 광전사가 되면 한 가지만 기억하고 있게 되죠. 자신이 분노한 원인, 바로 그 한 가지에 사로잡혀 육체와 정신이 급격히 무너지게 되는 겁니다. 전 지금까지 파운 경이 '오크'에 분노하는 줄 알았어요. 하지만 그는."

말을 끊고 스레이는 파운의 등을 주시했다. 벌써 파운은 닻을 휘두르며 좀비를 뭉개고 있는 중이었다.

"언데드에게 반응하고 있어요. 그가 어떻게 좀비의 존재를 알았을까요? 크루세이더라고 해도 다량의 좀비와 싸운다면 목숨을 잃을 텐데… 그는 어떻게 적이 좀비라는 것을 알게 되었을까요?"

듣고 있던 하이렌도 뭔가 깨달았다. 확실히 레스터의 검술도 윈저와 마찬가지로 '신성력'이 결여되었다. 하면 파운은 좀비와 맞닥뜨리는 순간 정체를 파악하지 못한 채 죽었을지도 모른다. 포란 성에서 처음으로 적의 공격을 받았을 때 다니엘의 검이 통하지 않았던 것처럼.

즉, 비록 광기에 사로잡힌 광전사가 되었을지라도 살아 있다는 것은 그가 좀비를 뚫고 나왔다는 얘기였다.

"카슨! 그는 카슨의 마지막을 지켜본 것이 분명해!"

하이렌의 외침, 그리고 스레이도 외쳤다.

"그렇군요! 대장의 검술은 로딘 대장이랑 거의 비슷한 경지, 분명 좀비 따위 뚫고 나올 수 있었겠군요!"

말을 하지 못하는 상태라 묻지 못했기에 아무도 짐작하지 못했다. 하지만 잘 생각해 보면 파운은 기병대에서 부관의 직책을 맡은 자, 모스 섬에서 카슨과 함께 행동했을 가능성이 가장 높았다.

"무엇을 하는 겁니까? 파운 경을 도와야죠!"

어느새 문을 열고 튀어나온 제프가 두 사람을 향해 외쳤다.

그리고 쌍검을 뽑아 들고 전력으로 앞으로 달렸다. 그의 뒤로 키리모아도 거검을 어깨에 메고 무섭게 돌진했다.

정신을 차린 두 사람도 재빨리 키리모아의 뒤로 붙었다. 그들의 뒤로 숨어 있던 수십 명의 기사들이 따랐다.

제프의 쌍검이 교차했다. 키리모아의 거검이 대지를 갈랐다. 하이렌의 검이 빛을 뿜었고 스레이의 레이피어가 송곳처럼 찔러 들어갔다. 그 뒤로도 무수한 검이 베고 찌르고 때렸다.

벌써 몇 번에 걸쳐 좀비와 싸워온 사람들, 그리고 근위대에서도 정예만을 선별하여 온 기사들의 위력은 엄청났다. 순식간에 좀비들을 짓밟았다. 하지만 죽지 않는 좀비들은 그렇게 터지면서도 쉴 새 없이 기사들에게 달려들어 그들의 전진을 방해했다. 어느새 선두의 파운과 결사대와의 폭은 십여 미터로 벌어졌다.

다행스러운 것은 이곳의 좀비들은 행동이 느리다는 점이었다. 포랑성이나 바이나르 평원에서 마주쳤던 좀비들에 비해 현저하게 떨어진 움직임. 마치 몽유병에 걸린 듯 느릿한 움직임이었기 때문에 전투는 수월하게 진행되었다.

그렇다고 해도 어느새 대로를 가득 메울 것 같은 좀비를 이긴다는 것은 벅찬 일이었다. 겨우 십여 미터를 헤치며 전진했을 때엔 파운이 그 배의 거리를 전진한 후였다.

"너무 깊어! 물러서시오!"

다급한 듯 하이렌이 외쳤지만 파운은 들은 척도 하지 않았다.

그의 닻이 허공을 가를 때마다 살점이 튀었고 뼈가 부서지는 소리가 울렸다.

"뭡니까? 아직 신호도 하지 않았는데 왜 전투를 벌이는 거죠?"

어느새 성을 벗어난 것인지 좀비가 몰려 있는 후방에서 렌베토의 외침이 들렸다.

그의 목소리를 확인한 하이렌이 기쁨에 겨워 물었다.

"일은 잘 처리되었습니까?"

"그래요! 하지만 서둘러 벗어나야 합니다. 성 전체가 무너질 정도의 화약이니까요! 아마 이곳도 무사하지 못할 겁니다!"

말을 하며 달려오는 렌베토는 좀비를 벤다기보다 길을 튼다는 개념이 더 강했다. 그의 뒤에 있는 기사들 역시 같은 입장이었다. 그렇기 때문에 마지막 말을 하고 있을 때엔 벌써 하이렌의 코앞에 이르렀다.

"자, 이제 탈출합시다!"

무사히 적진을 뚫고 나온 렌베토가 의기양양하게 외쳤다.

"먼저 가십시오!"

"네?"

의외라는 듯 렌베토가 멈췄다.

그의 뒤에 있던 좀비가 창을 찔렀지만 하이렌의 검기에 동강이 나며 땅에 떨어졌다. 그 좀비를 두 쪽으로 가르며 하이렌은 왼손을 들어 적진을 가리켰다.

"아직 파운이 저곳에 있습니다. 저희들이 그를 구해서 빠져나갈 테니 근위대는 먼저 탈출하십시오."

뒤를 돌아보던 렌베토는 곧 적 중앙에 홀로 싸우고 있는 파운을 알아봤다. 그리고 눈을 동그랗게 뜨고 놀라 소리쳤다.

"뭐, 뭐 하는 겁니까? 폐인이라고 하더니 저렇게……."

뒤이어 렌베토는 소리쳤다.

"오! 저 무거운 철덩어리가 무기였단 말인가!"

먼저 물러서란 말을 듣긴 했지만 렌베토도 기사였다. 동료를 내버려 둔 채 후퇴할 수는 없다고 생각했는지 검을 고쳐 잡고 하이렌의 곁에 나란히 섰다. 연신 입으로는 '굉장한 힘이군', '오, 또 뚫었군' 하며 파운의 행동을 읊어대기 바빴다. 그의 눈은 초조한 듯 사방을 훑어봤다. 성을 바라보고 파운을 바라보고 자신 앞에 창을 들이미는 좀비들을 바라봤다. 그리고 결심한 듯 하이렌을 향해 외쳤다.

"시간이 얼마 남지 않았습니다! 지금 후퇴하지 않으면 폭발에 휘말릴 겁니다!"

"먼저 가도록 해요!"

"그럼 미안하지만 부하들만이라도 후퇴시키겠습니다!"

먼저 양해를 구하긴 했지만 렌베토는 어쩔 수 없다는 표정이었다. 이곳에 결사대로 와 있는 기사들은 렌베토의 기사들이 아니라 근위대의

기사들이었다. 성을 폭파한다는 렌베토의 무모한 작전에 참가시킨 것
만으로도 충분히 죄를 지은 것이다. 하물며 그들을 떼 죽음으로 끌고
갈 수는 없다고 판단한 렌베토는 따르고 있던 천기장들에게 소리쳤다.

"후퇴한다! 모두들 후퇴하라!"

곧 그의 명령이 좌우로 퍼졌고 한창 싸우고 있던 기사들은 서둘러
검을 거두고 뒤로 물러섰다. 2인 1조가 되어 한 사람이 물러서는 동안
다른 한 사람이 뒤를 지키는 것을 교대로 반복하였다. 그리고 그들은
일시에 십여 미터에 가까운 거리를 후퇴했다.

그동안에도 하이렌을 포함한 제프, 스레이, 키리모아는 적진을 뚫기
위해 종횡무진으로 검을 휘둘렀다. 그리고 그들 틈에는 정작 후퇴 명
령을 내린 렌베토도 검을 움켜잡고 싸우는 중이었다.

"대, 대장!"

뒤로 물러섰던 천기장들 중에 한 명이 렌베토가 남은 것을 보곤 비명
을 질렀다. 뒤이어 그는 다른 천기장들이 말릴 사이도 없이 앞으로 뛰어
들었다. 그러자 후퇴했던 결사대도 다시 앞 다투어 전장으로 달려들었다.

"바보들아! 왜 돌아오는 거얏!"

렌베토의 외침,

"대장은 왜 안 가는 겁니까?"

어느 기사의 반박.

"아군이 저쪽에 있잖아!"

"저희들의 아군이기도 한 거잖아요!"

"난 강하니까 괜찮아!"

렌베토의 어리석은 외침.

"저희들도 강해요!"

부하들의 어리석은 반박.

그렇게 아웅다웅하는 동안 어느새 물러섰던 기사들도 대부분 전장에 가담했다.

하이렌의 검이 좀비를 갈랐고 제프의 쌍검이 좌우를 베었으며 스레이의 정령이 허공을 훑었다. 그리고 마지막으로 약간의 간격이 벌어진 틈을 타 키리모아의 누운 검이 반회전을 하며 공간을 뭉갰다. 수십 마리의 좀비들이 허리가 잘려진 채 바닥을 뒹굴었고 그 순간 하이렌과 제프의 몸이 좀비를 밟으며 파운의 곁에 다다랐다.

그리고…

"늦었다!"

정신없이 말싸움을 하면서 검을 휘두르던 렌베토가 숨을 토해내며 외쳤다. 그는 지금까지 시간을 계산하고 있었던 것이다. 도주할 시간을 벌기 위해 도화선에 불을 붙일 때 꽤 길이를 길게 잡았었다. 하지만 어림짐작해도 충분히 화약에 도달했을 시간이란 것을 깨달았다.

그의 말이 끝나기 무섭게 윈저 성에서 엄청난 폭발음이 터졌다.

"피해!"

깊은 지하에서 시작된 폭발. 팽창된 열기는 복도를 따라 위로 솟구쳤다. 그러나 좁은 복도가 그 힘을 이겨내기는 무리. 벽이 무너졌고 건물이 무너졌으며 땅이 무너졌다. 그렇게 무너지며 생긴 바깥으로의 탈출구를 비집고 열기가 빠져나왔다. 그리고 팽창된 힘은 무너진 건물의 파편들을 위로 집어 던졌다. 만약 성벽에 가로막히지 않았다면 그 위력이 어디까지 미쳤을지 아무도 장담할 수 없을 정도로 엄청난 기세로 성 전체가, 아니, 주변의 브리튼 도시까지 울릴 정도의 폭발이었다.

북쪽 대로에서 보이는 것이라곤 성벽 위로 붉은 화염이 높이 치솟는 것과 건물의 잔해, 그리고 폭발을 이겨내지 못한 성벽의 중간이 무너지는 광경이었다.

그 엄청난 위용에 입을 쩍 벌린 결사대는 뒤이어 성에서 튀어나온 잔해를 피하느라 정신없이 뛰어다녀야만 했다. 비록 위에서 내리꽂듯 떨어지는 잔해였지만 빠른 결사대에겐 전혀 타격이 되지 않았다. 반면에 몰려 있던 좀비들은 대부분 잔해에 깔려 형체도 알아볼 수 없을 정도로 짓이겨졌다.

폭발이 시작되기 바로 전, 파운의 곁에 도착한 하이렌과 제프는 동시에 그의 팔을 잡아채어 뒤로 날았다. 다행스럽게도 파운은 아무런 반항도 없이 멍한 표정을 짓고 있었다.

세 사람이 뒤로 물러섬과 동시에 렌베토의 다음 신호가 이어졌다.

"엎드려!"

그러나 그의 고함은 귀청을 찢는 엄청난 폭발음에 묻혔고 달려오던 하이렌은 듣지조차 못했다.

또 한 번의 폭발음. 그리고 하이렌은 뜨거운 열기가 등을 강타하는 느낌에 정신이 아득해졌다. 거센 열기에 몸이 허공으로 밀려 올라갔고 미처 중심을 잡지도 못했는데 사정없이 바닥에 떨구어졌다.

"크윽―!"

하이렌과 제프가 동시에 비명을 질렀다.

뒤이어 렌베토가 화염을 뚫고 세 사람에게 달려왔다.

"괜찮습니까?"

"어째서 폭발이……?"

'두 번이나 연속으로?' 라는 말을 끝맺지 못하고 하이렌은 신음을 토했다. 하지만 렌베토는 곧 그의 궁금증에 대해 답변했다.

"지금의 폭발은 마법사 학회에 설치한 화약이 터진 겁니다. 성벽이라는 장해물이 없는 만큼 위력이 거리 전체에 미친 것이죠. 어쨌든 일어설 수 있겠습니까?"

"아직은 괜찮습니다. 아참, 적은 언데드. 아마 화약 따위로 적을 멈출 수는 없을 겁니다."

"걱정 말아요, 하이렌 경. 저들의 움직임이 갑자기 멈췄어요."

어느새 곁에 다가온 스레이가 손을 들어 좀비를 가리켰다.

그의 말대로 좀비들은 바닥에 쓰러진 채 움직일 기색이 거의 없었다. 아마도 마법사 학회가 붕괴되면서 좀비를 조종하던 주술사들이 사라진 탓이리라고 추측한 하이렌은 겨우 몸을 추슬러 자리에 앉았다.

붉은 화광이 밤하늘을 가득 메웠다.

다른 일행들도 그대로 바닥에 주저앉아 멍하니 불꽃을 바라봤다. 오랜 시간 좀비와 싸운 것보다 단 한 순간의 폭발에 휘말렸던 것이 더 위험한 순간이었다. 그리고 다들 방금 전의 폭발에 살아남은 행운에 대해 감사하며 안도의 한숨을 쉬었다.

한참을 앉아 있던 하이렌은 곁에서 반복하여 중얼거리는 소리에 귀를 기울였다.

"카이는 죽었을 거야… 카슨은 어떻게 되었지……?"

읊조리듯 나지막하게 들리는 목소리, 놀랍게도 그것은 파운의 목에서 흘러나오고 있었다. 지금까지 단 한 마디도 하지 못했던 파운이었기에 듣고 있던 하이렌은 놀라움을 감추지 못했다. 그는 서둘러 파운의 곁에 앉았다. 그러자 파운이 천천히 고개를 들어 초점없는 눈으로 그를 바라봤다.

"여기가… 어디죠?"

"정신이 드나, 파운 경?"

"여기가 어디죠? 당신은 누구……?"

"여긴 윈저 성에 직속 도시 브리튼이라고 하네. 그리고 난 하이렌 레스터, 레스터 영지의 영주 대리인이네. 알아보겠는가?"

"…그렇습니까? 지금부터 제가 하는 말을 즉시 수도로… 모스 섬의 할튼 리저드가 반란을 일으켰습니다. 적의 주력은 좀비와 같은 언데드 계열, 그리고 다수의 흡혈귀가 있어요. 섬에 들어간 오만의 돌격단은 전멸… 이라고 추정합니다."

파운은 힘겹게 말을 했다.

묵묵히 듣고 있던 하이렌은 잠자코 그를 바라봤다. 광기에 휩싸이고 도 완전한 광전사가 되지 않았던 이유가 어쩌면 이것이었을 거라고 하 이렌은 짐작했다. 수많은 동료와 부하를 잃었지만 끝내 수도에 보고해 야 할 막중한 임무, 어쩌면 이것이 카슨이 그에게 내린 마지막 명령이 었을지도 몰랐다.

파운의 어깨를 다독이며 하이렌은 고개를 끄덕였다.

"걱정 말게. 우린 이미 할튼의 반란을 접했네."

"…그렇… 습니까……."

대답과 함께 파운은 목을 늘어뜨렸다. 육체의 한계까지 싸워왔던 파 운 허드슨, 마지막 임무를 마쳤다는 생각인지 그는 곧 깊은 잠에 빠져 들었다.

자정이 가까운 시간, 버나드는 어둠에 잠긴 페로즈 성을 바라보고 있었다. 짤막한 노크 소리에 버나드의 시선은 창에서 떨어져 문으로 향했다. 들어온 이는 4군단장의 찰스였다.

"전하께선?"

"지금 잠자리에 드셨습니다."

"경계는?"

"충분합니다."

짧은 문답. 버나드는 만족한 듯 다시 시선을 창으로 옮겼다. 묵묵히 그의 뒤에 시립하고 있던 찰스가 조심스럽게 물었다.

"올까요?"

"오지 않을 수 없겠지."

"하지만 아직까지 그런 움직임이 없지 않습니까?"

“공격도 없었네.”

“통하지 않으니까요.”

그렇게 중얼거린 찰스는 짐짓 고개를 끄덕였다.

포란 성 전투에서 일주일, 페로즈 성 전투에서 삼 일이 지난 지금 전투는 휴전 상태였다. 오랜만의 휴식다운 휴식을 취하며 전열을 가다듬는 중이었지만 적군의 움직임이 전혀 없어 불안한 마음이 드는 것도 사실이었다.

“지금쯤이면 키렌 경도 콘버드 성에 도착했을 겁니다.”

“그렇겠지. 마법사를 셋이나 붙여줬는데 못해도 이삼 일 안에 도착해야지. 아마 지금쯤 맥클리스와 한바탕 설전을 치르는지도 모르지.”

“그렇다면 내일쯤 도착하겠군요.”

찰스의 목소리에 흥분한 기색이 역력했다.

콘버드의 신관들이 남쪽 전투에 참가할 경우 속수무책으로 당하던 것은 이제 아군이 아니라 적군이 될 것이 틀림없었다. 그리고 아군의 반격은 그때부터 시작되는 것이다. 지긋지긋한 언데드와의 전투를 승리로 끝낼 수 있다는 생각이 들자 침착한 찰스도 다소 흥분했다.

그러나 여전히 담담한 버나드의 반응에 찰스는 흥분을 가라앉혔다.

“뭔가 걱정되는 부분이라도……?”

“어디로 갔을까?”

“네?”

“근위대 말이야.”

“…모르겠습니다. 하지만 사방에 전령을 띄웠으니 곧 소식이 있을 것이라 생각합니다.”

“이건 내 추측이네만…….”

버나드의 담담한 어조. 문득 찰스는 그의 입에서 '전멸'이란 단어가 나오려는 것은 아닐까 긴장했다.

"그들은 아군 진영에 없을 것 같네."

"네? 무슨 말씀인지……?"

"아직까지 소식이 없는 것으로 미루어 위클리프 남부나 윈저 쪽에 숨은 것이 아닐까 추측된다는 말이네."

"거긴 적군의 영토가 아닙니까?"

깜짝 놀라 외친 찰스. 그러자 버나드는 창에서 시선을 거둬 그를 바라봤다.

"잊었는가? 원래는 같은 페나인의 땅이란 것을?"

"하지만 그것은 어리석지 않습니까? 그만큼의 대규모 군단이 들키지 않고 적진에 있다는 것은……."

"우리가 상대하는 리저드 군은 생각보다 적네. 그럴 수밖에. 원래 모스 섬에 들어간 인구가 적었으니까. 주력은 언데드, 그중 태반이 땅속에 묻혔어. 어쩌면 적진은 의외로 공황 상태일지도 모르네."

버나드의 분석에 찰스는 침묵했다. 차분하게 계산을 따져 봐도 그의 논리가 정확하다고 생각했다. 그렇다면 정말로 적진에 아군이 숨어들었을 가능성도 있었다. 물론 전멸당하지 않았다는 가정 하에서였지만.

만약 그렇다면 적군은 앞뒤로 적을 맞이하고 있는 상황이었다. 지금까지 승승장구하고 있었지만 이제 쫓기는 입장에 놓인 것이다. 게다가 이쪽엔 언데드를 무력화시킬 수 있는 마법사와 마스터 검사가 있다. 그런 상황을 단번에 뒤집을 수 있는 방법은……

"오겠군요."

"그래."

짤막하게 대꾸한 버나드는 다시 창으로 시선을 돌렸다. 뒷짐지고 있던 손을 가슴 위로 올려 팔짱을 꼈다는 것뿐 그의 태도도 표정도 크게 바뀌진 않았다.

하지만 그의 눈빛은 순간 강렬한 시선으로 어둠을 노려봤다.

‘카슨을 죽인 녀석들이 오겠지. 리저드에게 남은 마지막 수단일 테니까.’

“밤에 자고 싶어.”

어둠 속에서 케브가 중얼거렸다. 그리고 정말로 쪼그리고 있던 팔과 다리를 펴곤 그대로 길게 누웠다.

“뭐 하는 거야, 형?”

“지겨워 죽겠어. 포란에서의 전투가 끝나면서 결심했다고! 밤에는 절대 자겠다고 말야. 그런데 이게 뭐야? 왜 다들 쉬는데 우리만 이 고생이지?”

“하지만 아직 전쟁이 끝난 것은 아니잖아?”

“케사 말이 맞다. 이것은 버나드 공작께서 친히 부탁하신 거야. 함부로 생각할 문제가 아니니 케브, 너도 정신을 집중해라.”

“우린 ‘밤의 파수꾼’이 아니라고요.”

느킹먼의 질책에도 케브는 여전히 움직일 생각을 하지 않았다. 그리고 나지막하게 중얼거렸다.

“대체 뭐가 온다고 이 고생인지…….”

“말은 안 하니까 모르겠지만… 버나드 공작도, 타스틴 사제도 온다고 했으니 뭐가 오긴 오겠지.”

“괜한 걱정일 뿐이에요, 두 사람 모두. 게다가 온다면 성벽을 지켜야지 왜 지붕을 지켜야 하는 거죠? 이건 우리를 고생시키지 못해 안달난 두 사람의 농간……."

말을 다 잇지 못하고 케브가 벌떡 일어났다.

"왜 그래, 형?"

갑작스러운 그의 행동에 놀란 케사가 고개를 돌리자 이번엔 느킹먼이 손을 뻗어 그의 입을 막았다.

"쉿!"

"뭔가 왔다."

케사도 두 사람을 따라 시선을 하늘로 옮겼다. 까만 하늘에 점점이 박혀 있는 별빛, 그러나 순간 그 별빛이 사라졌다가 다시 나타나기를 반복했다. 하늘로부터 무언가 내려오고 있음을 케사도 눈치 챘다. 무의식적으로 그는 손에 쥐고 있던 활을 움켜쥐었다.

날개를 편 채 강하하듯 밤하늘을 가로지르는 일족의 모습에 선두의 시프터는 흡족한 표정을 지었다. 박쥐의 얼굴을 한 시프터는 뾰족한 이빨을 드러내며 히죽 웃고는 모두에게 전음을 날렸다.

[나의 형제들이여, 자룬의 일족이여! 우리가 기다리고 기다리던 때가 왔노라. 마음껏 피의 축제를 즐기고 우리들의 일족을 늘리도록 하자! 미스랜드 대륙을 밟은 첫 번째 기념이다! 우리들의 주인, 뱀파이어 로드 자룬의 이름을 미스랜드 대륙에 각인시키도록 하자!]

시프터의 전음이 밤하늘을 가득 메운 삼백 박쥐들의 가슴에 울렸다. 몰래 잠입해서 지정된 누군가를 죽여야 하는 그들이었다. 하지만 그것만 해준다면 성에서 무슨 짓을 해도 좋다는 약조를 이미 받아둔 터였다. 그들이 흥분하는 건 어찌 보면 당연한 것이었다.

선두의 시프터를 시작으로 삼백의 박쥐들이 왕궁의 지붕으로 세차게 강하했다. 그리고 그 순간 지붕 위에서 날카로운 화살이 그들을 향해 날아왔다.

벌써 자신들이 들켰다는 것에 찔끔하긴 했지만 시프터를 포함한 박쥐들은 냉소를 지었다. 조용한 밤하늘을 가로지르는 동안 들키지 않기 위해 날개를 퍼덕이지 않았을 뿐, 그깟 화살 정도는 날갯짓 몇 번이면 충분히 떼어놓을 수 있다고 자신했기 때문이다. 게다가 화살 몇 방 맞고 곱게 죽어줄 녀석은 일족 중에 단 하나도 없었다.

[훗! 눈치 채고 있었단 말이지? 그렇다면 더욱 잘되었군. 우리들의 강함을 몸소 느껴보는 것이 좋을 것이다!]

시프터는 전음을 날린 것과 동시에 일단의 박쥐에게 강하할 것을 지시했다.

그러자 허공에 떠 있던 무리가 아래를 향해 빠르게 날아갔다. 마치 화살을 향해 자살이라도 하려는 듯 박쥐들은 거칠게 날아갔다. 그러나 그것이 시프터와 박쥐들이 노리는 것이었다. 화살을 날린 상대가 누구인지는 몰라도 자신들의 강력한 무기가 전혀 소용이 없게 되었을 때 공포심은 배가될 것이다. 흡혈귀 일족이 좋아하는 피, 그것은 흥분에 젖어 신음하는 인간의 피와 두려움에 몸을 떠는 인간의 피였다. 모르긴 해도 첫 번째 돌파가 있은 후 지붕 위에 있는 자들은 흡혈귀 일족의 맛좋은 식삿거리가 되어줄 것이다.

강하하던 박쥐들은 화살과의 거리를 가늠하더니 일순 날개를 펼치고 허공에 멈췄다. 그리고 가슴으로 날아드는 화살을 펼친 날개로 강하게 내려쳤다.

푹!

푹, 푹, 푹, 푸욱!

시프터로선 생각지도 못했던 갑작스러운 사태가 발생했다.

아래로부터 쏘아진 화살을 박쥐들은 쳐내지 못했다. 화살은 날개를 밀치고 여지없이 가슴으로 파고들었으며 날카로운 화살촉은 강철 같은 박쥐들의 몸을 꿰뚫었다. 엄청난 기세가 실린, 분명 보통 궁수들의 솜씨가 아니었다.

[이럴 수가! 그렇지만 그깟 화살로 우릴 죽일 순 없을 것이다! 2진 나아가라!]

하지만 뒤이은 비명에 강하하려던 박쥐들은 멈칫할 수밖에 없었다.

[크억!]

[쿠억~]

[키엣!]

[시, 시프터님… 화살에 독이……!]

첫 번째로 강하하던 박쥐들의 날개가 하나둘 접히더니 그대로 바닥을 향해 곤두박질쳤다.

[어, 어째서?!]

시프터는 눈을 휘둥그렇게 떴다. 도저히 믿을 수 없는 일이 자신 앞에서 벌어졌다. 화살을 향해 돌진하던 일족이 한순간에 전멸당했다. 그것도 '고작' 화살 '따위'에!

그리고 그 무시무시한 화살은 연이어 위쪽을 향해 쏘아졌다. 서둘러 날개를 퍼덕이며 뒤로 물러서던 시프터는 날아오는 화살에서 풍기는 냄새에 코를 찡그렸다.

[이 이것은?!]

시프터도 잘 알고 있는 것이었다.

[물러서라! 저들이 쓰는 화살에 더러운 신들의 냄새가 배어 있다!]

그제야 처음 죽어간 일족들이 '독'이라고 외친 것을 시프터는 이해했다. 인간에게 독이 해롭듯 흡혈귀는 신성한 힘이 담긴 것에 약했다.

뒤로 물러선 시프터의 이마에 굵은 힘줄이 솟았다.

[어느 놈이 이런 더러운 짓을……!]

그의 전음이 밤하늘을 가르는 것과 동시에…

왕성 뒤, 친위대의 훈련을 겸한 연병장에서 불꽃이 타올랐다. 둥근 연병장의 끄트머리를 따라 횃불이 차례대로 켜졌고 뒤이어 중앙에서 커다란 모닥불이 밝혀졌다. 그리고 그 타오르는 붉은빛 사이에 두 사람이 모습을 드러냈다.

시프터의 눈이 가늘어지더니 흉측한 이를 드러내며 웃었다.

[저놈은?! 분명 우리가 죽여야 할 네 사람 중에 한 놈이렷다? 잘도 모습을 드러냈군! 얘들아, 가자!]

시프터를 따라 그를 죽이기로 했던 자룬의 일족이 뒤를 따랐다.

"음… 내려오는 건 반 정도인 것 같군요. 함정이란 것을 눈치 챈 것일까요?"

"설마! 뱀파이어의 자존심을 얕보지 말게. 함정을 눈치 채더라도 자신들의 강함을 더 믿는 녀석들이니까. 반만 내려온다는 것은 처음부터 네가 목적이기 때문일 거야."

"호오! 이거 영광인 건가요? 저를 죽이기 위해 절반이나 내려오다니."

"조심하게, 카슨 자작을 죽인 녀석들이네."

하강하는 박쥐들을 바라보던 타스틴이 얼른 주의를 주었다. 그러자 곁에 있던 로딘도 봉에 숨겨진 검을 꺼내어 불끈 쥐었다.

"뱀파이어 따위에게 마스터가 패할 리 없습니다. 카슨 대장은 지쳤던 겁니다. 놈들에게 진정한 마스터가 어떤 것인지, 그 맛을 보여주겠습니다."

대꾸하는 로딘의 얼굴에선 여느 때와 같은 미소가 사라졌다.

벌써 연병장을 내려온 박쥐들이 바닥을 스치듯 주위를 돌았다. 그리고 하나둘씩 박쥐의 형체에서 사람으로 변화하였다. '케케케' 하고 의미 모를 웃음을 흘리며 더러운 흡혈귀들은 충혈된 눈으로 로딘과 타스틴을 쏘아봤다.

백여 마리의 흡혈귀에게 둘러싸이고도 두 사람은 전혀 위축된 기색이 아니었다. 검을 쥔 로딘은 무서운 눈빛으로 흡혈귀들을 노려봤고 타스틴도 소매를 걷어붙이곤 주먹을 불끈 쥐었다.

엘프와 같은 뾰족한 귀였지만 흉측했고 머리 한 올 없는 대머리엔 붉은 반점이 군데군데 드러났다. 그러나 무엇보다 인간의 모습으론 절대 볼 수 없는 건 바로 입술 사이로 비죽이 튀어나온 이빨과 탐욕스럽게 흐르는 침이었다.

그들을 대표하여 구부정한 자세로 그나마 비교적 인간다운 모습의 시프터가 어슬렁거리듯 앞으로 나섰다.

"크크크, 그대가 미스랜드의 마스터란 존재냐?"

"그렇다. 너희들이 카슨 대장을 죽인 녀석들이냐?"

"카슨? 그건 누구지?"

시프터의 능글맞은 질문. 그러나 분노하기 전에 로딘은 검을 옆으로 뻗었다. 몇 번에 걸쳐 반복된 검법이라 이제 로딘에게 익숙한 것이었

다. 정면도 아닌 옆으로 뻗은 검에서 길쭉한 검기가 회오리치듯 뻗어
나갔다. 그리고 로딘의 오른쪽에 있던 흡혈귀 몇이 그 섬광에 먹혔다.

비명조차 지르지 못하고 소멸된 일족의 모습에 시프터의 표정이 일
그러졌다.

"오호─ 그러고 보니 섬에서 그런 검법을 쓰던 녀석이 있었지. 크크
크, 우리의 첫 번째 사냥감이 말이야."

"사냥감?"

순간 로딘의 눈에서 불똥이 튀었다.

만약 타스틴이 잡지 않았다면 로딘은 그대로 달려나가 시프터의 목
을 베었을지도 몰랐다.

"놓으세요!"

"침착하게. 흡혈귀를 얕보면 안 되네."

"오호! 이건 또 뭐야? 감히 우리에게 주먹으로 대적할 생각이냐?"

타스틴을 바라보던 시프터는 크게 웃었다.

그러나 그의 웃음은 곧 멈춰야만 했다.

침착하게 시프터를 노려보던 타스틴이 주먹에 신성력을 담아 몇 번
허공을 내질렀다. 그리고 슬쩍 미소를 지으며 흡혈귀들을 훑었다.

"이 정도면 너희들을 상대하는 데 부족하진 않을 것 같은데?"

"젠장! 더러운 신의 추종자 같으니라고!"

욕을 입에 담으며 시프터가 주춤 물러섰다.

"화살에 수작을 부린 것도 너렷다?"

"알아봐 주니 고맙군."

"고맙긴! 오늘 넌 더러운 신의 종에서 해방될 것이다. 이 밤이 지나
면 자룬의 종으로 다시 태어나는 거지."

"자룬 일족? 그건 야론의 뱀파이어 무리냐?"

"오호— 우리들의 로드 자룬님을 모르는 게로군. 하지만 그것도 괜찮아. 이제 곧 미스랜드 대륙에 자룬의 일족이 진출할 테니까. 그리고 네 녀석이 우리들의 첫 번째 가족이 되는 거야. 크크크크."

시프터의 웃음소리가 연병장을 울렸다.

그러자 타스틴은 어깨를 으쓱하고는 그를 따라 크게 웃었다. 폐부를 찌르는 듯한 시프터의 웃음과 달리 타스틴의 웃음에선 경쾌하면서도 용기를 북돋아주는 무엇인가가 있었다. 사람의 공포와 두려움을 자극하는 시프터의 웃음을 무마한 후에 타스틴은 씩 미소를 지었다.

"정말 우습지도 않은 녀석이군."

방해를 받은 탓에 시프터의 심기는 매우 불편했다. 예상보다 막강한 상대란 생각이 든 것이다. 그는 신경질적으로 외쳤다.

"시끄럿! 넌 곱게 우리들의 일족이 되면 되는 거야!"

"억지는 쓰지 말게. 내가 자네보고 신을 섬기라고 하면 어쩌겠나?"

"우욱! 그, 그렇게 더러운 욕을!!"

하하, 하고 타스틴은 다시 한 번 크게 웃었다.

웃음을 그친 타스틴은 슬쩍 뒤에 있는 로딘에게 물었다.

"어떤가? 조금 진정이 되었는가?"

"덕분에 괜찮아졌습니다."

"좋아좋아, 흥분해선 이길 싸움도 지고 마는 거네. 자네도 잘 알면서 뭘 그리 서두르나?"

"글쎄요… 대장을 죽인 녀석들이란 사실이 끝내 참을 수 없게 했던 것 같습니다."

"이해하네. 그것보다도."

두 사람을 포위하듯 자세를 잡은 흡혈귀들을 쓱 훑어본 타스틴은 알 듯 말 듯한 미소를 지었다.

"버나드 경도 정말 대단한 사람이야. 놈들의 마지막 수단을 이렇게 정확하게 알아내다니 말이야."

"…그렇군요. 그저 카슨 대장이 죽었을 때의 상처가 어땠는지에 대해서만 듣고…….."

로딘은 말끝을 흐렸다.

며칠 전 수도에 도착한 직후, 버나드는 갑자기 로딘과 타스틴을 불렀었다. 불려간 두 사람이 방에 들어갔을 때 그곳엔 포란 성주였던 프란츠가 있었다. 프란츠는 두 사람에게 카슨이 죽었을 때의 외상을 설명했고 버나드가 덧붙여 질문했다.

"살점이 마치 쥐에 뜯긴 것과 같다고 했는데 언데드 계열 중에 이런 존재가 무엇인가?"

잠시 궁리하던 타스틴이 대답했다.

"주술에 의해 만들어지는 것은 아니지만 일단 죽어야 만들어지는 존재가 있습니다. 뱀파이어입니다."

"뱀파이어? 그것은 피를 빼는 것으로 아는데?"

"아닙니다. 정확하게는 피에 담겨 있는 생명의 마나를 섭취하는 것이지요."

"하지만 인간의 치아로는 작은 이빨 자국을 내긴 무리라고 보는데?"

"많은 사람으로부터 마나를 뺏어 일정한 수준에 이른 뱀파이어의 경우 늑

대나 안개, 그리고 박쥐로 변신할 수 있습니다."

"…박쥐라… 그거로군!"

타스틴의 설명을 들은 후 버나드는 단정 짓듯 그렇게 말했다.

그리고 며칠 동안의 잠복 끝에 로딘은 드디어 그들을 대면하게 되었다.

시프터는 엉거주춤한 자세로 발을 움직여 로딘의 정면으로 다가섰다.

"검으로 나를 상대하기는 어려울 거야. 그런 가는 검신은 나의 손톱으로 여지없이 잘려지고 말거든."

시프터가 내민 손에 30센티 길이로 손톱이 솟구쳤다. 그리고 장난치듯 로딘을 겨누며 까닥였다.

하지만 로딘은 그의 도발에 걸리지 않았다.

"길고 짧은 것은 대봐야 알 일."

"오? 대보나마나야! 네 검은 족히 1미터는 넘을 것 같은데?"

가벼운 농담을 건네며 시프터는 자신의 손톱을 혀로 핥았다.

"하지만 강도는 내가 더 위지."

시프터의 혀가 손톱에서 떨어졌다.

그것이 신호였던 듯 둘러서 있던 흡혈귀들이 일제히 움직였다. 어느새 날카로운 손톱을 곧추세운 흡혈귀들은 로딘과 타스틴에게 달려들었다. 위아래의 구분도 없었다. 늑대로 변하여 날카로운 이빨로 다리를 노리는 녀석도 있었고 박쥐로 변하여 위에서부터 내리꽂듯 날아오는 녀석들도 있었다.

그리고 그것은 로딘과 타스틴에게도, 아니, 연병장 바깥에 대기하고 있던 근위대의 기사들에게도 신호가 되었다. 7군단의 도널드가 힘차게 '공격!' 하고 외쳤고 사방에서 백기장 이상의 기사들이 쏟아져 나왔다.

갑작스러운 함성에 이어 수많은 기사들이 나타나자 시프터는 당황한 기색이 역력했다.

"하, 함정이었단 말이냐?!"

"그렇다! 이런 뻔한 수에 당하다니… 본능에 충실해서 머리를 쓸 줄 모르는 족속이었군!"

어느새 시프터의 앞을 막아선 로딘의 일갈이었다.

그를 대하자 시프터는 다시금 입을 다시며 조소를 머금었다.

"이런 수를 쓴다고 우리를 죽일 수 있겠느냐? 어림도 없는……."

"크아아악~"

시프터의 말이 채 끝나기도 전에 사방의 흡혈귀들이 비명을 질러댔다. 깜짝 놀란 시프터가 주변을 훑어보곤 곧 상황을 깨달았다. 그는 매섭게 타스틴을 노려봤다.

"이, 이, 이 더러운 것! 무기에도 손을 썼구나?!"

"……."

이렇게까지 멍청할 것이라곤 생각도 못한 탓에 타스틴은 대꾸조차 못했다.

"이렇게 된 이상 약속이라도 지켜야겠다!"

시프터의 눈가에 붉은 광채가 어렸다. 그 시선은 그대로 로딘에게 향했다. 상대를 꼼짝 못하게 할 정도로 강렬한 눈빛이었다. 하지만 이미 평소의 침착함을 찾은 로딘에겐 통하지 않았다.

시프터가 손을 펼쳐 들고 로딘에게 달려들었다. 로딘은 재빨리 물러서며 상대의 손톱을 바라봤다. 열 손가락에서 길게 뻗은 손톱은 자체로는 짧은 단검에 불과했다. 하지만 양손에서 뻗어 나온 것은 모두 열 개. 그 숫자만으로도 충분히 위력적이었다.

로딘은 물러서는 와중에 바닥에 깔린 자갈을 발로 냅다 상대에게 차올렸다. 시프터의 손이 몇 번 접혔다가 펴졌을 때 자갈은 '푸스스' 하고 먼지로 변해 바닥에 떨어졌다. 가히 위력을 짐작할 수 있는 손톱이었다.

하지만 로딘의 입가엔 얇은 미소가 어렸다. 물러서던 발걸음을 멈추고 검을 늘어뜨렸다. 그 빈틈을 놓치지 않고 시프터가 달려들었다.

"옳지! 포기한 게냐? 보기보다 현명한 녀석이군."

시프터의 손톱이 막 로딘의 안면에 닿으려 했다. 그것을 기다렸다는 듯 로딘의 은빛으로 물든 검이 자취를 감추었다.

연병장에 있던 자들 중에 검기를 볼 수 있는 자는 하나도 없었다. 그러나 검을 볼 수 있는 자는 많았다. 하지만 로딘이 휘두른 검을 눈으로 쫓은 이는 단 한 명도 없었다. 그저 단 한 번 '슝' 하는 소리와 '챙' 하는 소리가 이어졌을 뿐이었다.

그러나 바닥에 떨어진 시프터의 손톱은 하나가 아니었다. 열 개 모두. 그리고 믿을 수 없다는 듯 시프터는 물러섰다. 힘겹게, 달려들 때와는 정반대로 매우 힘겹게 시프터는 물러섰다. 물러서는 시프터의 가슴에 넓적한 구멍이 뚫려 있었다.

"어, 어떻게……?"

"단검, 아니, 손톱 백 개를 내놔봐라, 마스터의 검기를 막을 수 있나. 흥!"

로딘은 그렇게 외쳤다. 그리고 무너지는 시프터의 목을 단숨에 쳐올렀다. 뒤이어 그의 몸이 흐릿하게 사라지면서 번개처럼 흡혈귀들을 헤집고 다녔다. 가호의 주문과 축복의 주문을 외우며 흡혈귀에게 주먹을 선물하던 타스틴은 물론, 근위대의 기사들조차 몸서리를 치며 그의 전투를 멀거니 지켜봤다. 백여 명의 흡혈귀가 고작 한 명의 로딘에게 맥없이 스러졌다.

공포와 두려움을 부르던 존재가 막강한 상대를 만나 오히려 공포와 두려움에 젖었다. 한참 허둥대던 그들이 박쥐로 변해 하늘로 피신하려 할 때는 겨우 십여 마리에 불과한 수만 겨우 남았을 뿐이었다.

그나마도 로딘이 고르고 고른 정예의 캐러디안 숲 사람들의 화살 밥이 되고 말았다.

전투가 끝났을 때 중앙에 서 있는 인물은 로딘과 타스틴뿐이었다. 검을 들고 주변을 포위한 채 로딘의 활약을 지켜보기만 하던 기사들은 그제야 찬사를 보냈다.

그들을 향해 미소와 함께 손을 들어 답례를 한 로딘은 천천히 왕성을 바라봤다.

"괜찮은가?"

"네, 괜찮습니다. 이제야 대장의 복수를 한 셈이군요."

중얼거리던 로딘은 곧 입을 다물었다.

"아니, 아직… 하나가 더 남았군요."

"……?"

"아닙니다. 그나저나… 왕성은 어떻게 되었을지 모르겠군요."

"별일이야 있겠나?"

"동쪽 3층, 서쪽 5층의 창문으로 놈들이 들어갔어요. 사전 조사가 철저했던 모양이에요. 정확하게 최단거리를 택해서 침투한 것으로 미루어 짐작하면 말이죠."

"그 와중에 그걸 봤단 말인가?"

로딘의 실력을 익히 알면서도 그 정도일 줄은 몰랐다는 듯 타스틴은 혀를 내둘렀다.

그러나 로딘은 대답 대신 싱긋 미소를 지었다. 언제나처럼, 아니, 전쟁이 시작된 이후에 처음으로 짓는 개운한 미소였다.

창밖에서 들려온 갑작스러운 함성에 레온은 잠이 확 달아났다. 몇 번에 걸쳐 들려오는 함성은 분명 전투를 행할 때 소리치는 것과 흡사했다. 레온은 손을 뻗어 머리맡에 있던 세이버를 움켜쥐었다. 손바닥에 검집의 가죽을 느끼며 레온은 안도하곤 천천히 몸을 일으켰다.

와장창—

유리창이 깨어지는 소리가 문 너머에서 울렸다. 뒤이어 파닥이며 날개 치는 소리에 레온은 잔뜩 긴장했다. 복도를 따라 문이 부서지는 소리가 들렸고 점차 레온이 잠자던 침실 쪽으로 가까워졌다.

레온은 벌떡 몸을 일으켜 침대 밑으로 내려왔다. 그때에야 어둠 속에 다른 존재가 있다는 것을 느꼈다.

"누구냐?"

"일어난 것 같군, 레온 공자."

어둠 속에서 노쇠한 음성이 들렸다. 상대도 긴장한 듯했고 완만한 움직임으로 소리없이 검을 뽑았다. 창에서 희미하게 들어오던 빛이 그가 뽑은 검에 반사되었다. 하지만 검이 겨누고 있는 것은 레온이 아니라 문이었다.

어디선가 들었던 낯익은 목소리라는 생각에 레온은 당황했다. 그리고 곧 기억해 냈다.

"데이비드 할아버지?"

"그래, 준비해라. 이제 곧 적이 들어온다."

자신의 침실에 그가 와 있다는 것에 의아해하던 레온도 곧 정신을 차리고 문을 노려봤다.

"뭐가 오는 거죠?"

"버나드 경의 말에 의하면 흡혈귀라더군."

"흡… 혈귀?"

"카슨을 죽인."

짤막한 데이비드의 대꾸에 레온의 눈빛이 무섭게 변했다.

레스터의 '사두마차' 라고 불리는 네 명의 마스터, 그중 최고 연장자인 데이비드조차 레온의 몸에서 뿜어지는 마나의 위력에 절로 감탄할 정도였다. 레온의 분노가 그대로 마나로 발현되기라도 한 것 같았다.

콰악—!

문이 부서지며 서너 마리의 흉측한 흡혈귀가 얼굴을 디밀었다.

"여……."

미처 말을 잇지도 못하고 데이비드의 검에 첫 번째 흡혈귀가 공중분해되었다.

"…기……."

뒤이어 레온의 몸이 가벼운 스텝을 밟으며 춤을 추었다.

"…다!"

마지막 녀석도 레온과 데이비드의 협공을 받고 겨우 한마디를 외친 채 사라졌다.

뒤이어 대여섯의 흡혈귀가 들어왔다. 그러자 레온도 이에 응수하듯 순식간에 세 명의 레온으로 변화했다. 마치 분신술이라도 펼친 듯한 움직임이었다. 잔상이란 것을 알면서도 눈으로 쫓을 수 없는 빠르기에 데이비드는 감탄했다.

"17세에 마스터가 되었다더니… 정말 윌리엄 공작이 자랑할 만한 실력이군!"

데이비드는 잠시 레온을 지켜보다가 곧 검기를 발산하며 자신도 전투에 가담했다.

레스터 출신의 아홉 명의 공인된 마스터, 그중 레스터 가문을 제외한 나머지 네 명은 오래전에 수도로 옮겨와 근위대에서 활동해 왔고, 사람들은 그 네 사람을 '레스터의 사두마차'라고 불렀다.

프란츠나 아벤이 윌리엄의 가신이었다면 그들 네 사람은 전대의 가신으로 일찍이 레스터 남부 해안을 지킨 경험이 풍부한 노장들이었다. 레스터 영지가 반란을 일으켰다는 누명을 썼을 때 제일 먼저 격리되어 감옥에 갇혔지만 리처드와 버나드의 수도 입성과 더불어 구속에서 풀려났다.

그리고 전쟁에 참전하면서 처음으로 받은 명령이 중요한 요인을 지키라는 것이었다. 레온을 지키는 데이비드처럼 다른 세 사람은 리처드와 버나드를 지키기 위해 그들의 침실 근처에 잠복 중이었다.

"하지만 이건… 누가 누구를 지키는 것인지 모르겠군."

싸움은 점차 치열해졌다. 1:1이라면 흡혈귀 따위 마스터의 상대는 결코 되지 못했다. 하지만 넓은 침실을 가득 메운 흡혈귀는 방향을 짐작키 어려운 공격을 해왔다. 바닥을 기듯 아래로부터 공격해 왔고 천장에 매달려 독기를 뿜었다. 게다가 불쑥불쑥 손톱을 길게 뻗어 공격하는 갑작스러운 기술을 갖고 있었다.

방금 순간의 판단 착오로 목숨을 잃을 뻔했던 데이비드는 레온의 도움으로 겨우 목숨을 건졌다. 슬쩍 뒤로 물러섰지만 레온은 전혀 그럴 기색이 아니었다. 더욱 사납게 흡혈귀들을 몰아붙였고 흡혈귀들도 물러설 생각은 없는 듯했다.

"저 정도의 능력이라면, 어쩌면 버나드 경이나 카슨보다 위일지도 모르겠는데? 대체 무엇 때문에 레온을 지켜야 한다는 것인지……."

중얼거리던 데이비드는 문득 레온의 뒤로 다가드는 흡혈귀 한 마리를 발견했다.

잽싸게 달려들어 그의 머리를 검으로 확 그어버렸다. 그의 죽음을 확인하곤 데이비드는 슬쩍 미소를 지으며 레온을 바라봤다.

"이거, 경험 부족이란 말이 맞는 것 같군. 그렇게 흥분해서 검을 휘두르다간 큰일 날 텐데."

그제야 적의 암습을 눈치 챈 버나드가 왜 레온에게 비밀로 했는지 짐작할 수 있었다. '카슨을 죽인 자' 라는 데이비드의 말 한마디에 레온은 분노하여 이성을 잃었다. 그런 레온이 방어를 생각할 리 만무했다. 또한 데이비드는 자신이 무엇을 해야 할지 깨달았다.

레온의 뒤로 다가서며 그의 안전을 지킬 것. 그것이 데이비드에게 주어진 책임이었다. 어차피 5층 복도로 들어온 흡혈귀는 모두 레온이 처리할 테니까.

복도는 넓었다. 족히 이십여 명의 기사들이 횡으로 늘어서도 될 정도로 넓었다. 그리고 그들 앞에 오십여 마리의 흡혈귀들이 어깨를 나란히 하고 달려들 정도로 넓었다. 놈들 너머에 그만큼의 숫자가 널브

러져 있어도 아직 발 디딜 틈이 보일 정도로 복도는 넓었다.

가쁜 숨을 몰아쉬는 기사들과 달리 선두의 두 사람은 아직 지친 표정이 아니었다. 오히려 두 사람은 술집에서 담소를 나누는 듯한 쾌활한 목소리였다.

"전하께서는?"

"나도 몰라! 사두마차 중에 한 분이 곁에 계시니 안전하겠지."

"내일 아침 편안히 일어나셔야 할 텐데?"

"키렌 경의 말에 의하면 원체 새벽잠이 많은 분이시라니까 아마 이 소란 속에서도 꿋꿋이 잠들어 계실 거라고 믿어."

"훗! 그래야겠지. 그나저나 키렌 경이 없다는 것이 못내 아쉽군. 결국 근위대의 손을 빌려야 했으니 말이야."

"케리드윈! 넌 너무 생각이 많아서 탈이야!"

로버트는 말과 함께 크게 검을 휘둘렀다. 달려들던 흡혈귀가 피를 뿌리며 두 쪽이 났다.

"뚫리지 않으면 근위대의 힘을 빌렸다곤 말할 수 없지!"

"그도 그렇군."

케리드윈도 짤막한 대꾸를 하곤 곧바로 검을 고쳐 잡았다. 그의 뒤에 있는 친위대의 기사들도 방패를 세우고 다시 전열을 가다듬었다.

타닥타닥.

저녁에 넣은 벽난로의 장작은 까맣게 재가 되면서도 여전히 타올랐다. 한데 방 안을 훈훈하게 데우던 벽난로에 갑작스러운 한기가 덮쳤다. 치직, 하는 소리와 함께 마지막 불꽃이 사라졌고 자욱한 그을음이 피어 올랐다. 그리고 그을음과 유사한 검은 안개가 위로부터 스멀거리며 바닥으로 흘러내렸다.

바깥의, 그리고 왕성 전체가 소란에 빠질 정도의 대규모 암습에도 불구하고 별궁에 위치한 이곳은 한적한 분위기를 자아냈다. 원래 주인이었던 리처드가 왕성으로 침실을 옮기면서, 그리고 전쟁 지휘부가 왕성에 자리를 마련함으로 인하여 상대적으로 별궁은 더욱 조용해질 수밖에 없었다.

그리고 마법사들의 특성상 혼자 있는 것을 좋아하기 때문에 리처드와 버나드는 그녀의 침실을 이곳에 마련해 줬다. 바로 애드리엔느의 침실을.

바닥에 흘러내린 검은 안개는 서서히 하나의 형상으로 바뀌어갔다. 인간과 같은, 그러나 인간이 아닌 존재 바로 흡혈귀였다. 하지만 여느 흡혈귀와는 다르게 그것은 흉측한 모습을 지닌 것은 아니었다. 이목구비가 뚜렷했고 특히 서글서글한 눈매가 매력적인 호남의 사내가 막 바닥을 딛고 일어섰다. 머리 위로 터번을 두르고 추운 겨울에도 소매 없는 외투를, 어찌 보면 조끼 같은 옷을 걸친 사내는 천천히 주변을 훑었다.

이윽고 그의 눈에 침대가 보였다. 그 위로 하얀 이불을 덮고 잠들어 있는 여자가 보였다. 잠에 취하여 꼼지락거리는 그녀는 턱 밑까지 이불을 눌러썼다. 하지만 그 위로 검은 머릿결을 확인한 사내는 미소를 지었다. 설명대로 그녀가 바로 죽여야 할 상대가 분명했다.

"하지만 조금 즐기는 것은 괜찮겠지. 그렇지 않은가, 나지드?"

사내는 넓은 보폭으로 침대를 향해 걸어갔다. 하지만 그런 큰 움직임에도 어떤 소리도 기척도 울리지 않았다. 그는 침대 맡에 서서 애드리엔느를 내려다봤다.

"땅의 마법사 애드리엔느여, 영광인 줄 알아라. 자룬의 오른팔이자 미스랜드 대륙을 지배할 나 하둠의 품에 안기는 것을."

말을 마치는 것과 동시에 하둠의 입이 벌어졌다. 그리고 흡혈귀들이 자랑하는 길고 뾰족한 송곳니가 드러났다.

푹!

"컥! 억? 우웃."

비틀거리며 하둠이 물러섰다.

갑작스러운 일에 하둠은 어떻게 된 것인지 상황 판단조차 못했다. 애드리엔느의 목덜미를 노리고 천천히 허리를 숙이고 있는데 갑자기 배에 뜨거운 것이 닿았다. 숨을 쉴 수 없을 정도로 강렬한 것이었다. 게다가 그것은 닿자마자 사정없이 배를 훑듯이 뚫었다. 강철보다 강하다고 자부하던 자신의 몸이, 방심했다고 해도 그렇게 한순간에 뚫렸다는 것이 믿어지지 않았다.

두어 발짝 물러서서 상처에 손을 짚고 하둠은 상대를 노려봤다. 이불을 걷고 냉혹한 눈빛으로 자신을 노려보는 여자, 그리고 그녀의 손에 차게 빛나는 검이 쥐어져 있었다.

대충 상황을 파악한 하둠이 얼굴을 찡그렸다.

"미스랜드에도 전투 마법사가 있을 줄은… 생각도 못했군."

"전투 마법사라니? 무슨 헛소리야? 사람을 착각하면 곤란하지."

"뭐라고?"

그녀는 머리 위로 손을 뻗어 검은 머릿결을 벗어 던졌다. 가발 밑으로 그녀의 짧게 자른 갈색 머리가 드러났다.

"자면서도 이름을 바꾸진 않아! 내 이름은 자네트 캐로딘! 자랑스러운 근위대의 기사다! 미안하지만 네가 찾고 있는 애드리엔느는 이곳에 없어!"

의기양양한 자네트의 대꾸에 하둠의 얼굴이 더욱 일그러졌다. 그러나 억지로 얼굴을 펴며 그는 냉소를 머금었다.

"벌써 눈치 채고 쥐새끼마냥 숨어버린 모양이군. 그렇다 해도 그깟 검으로 나를 막을 수 있겠나?"

하둠의 손에서 다섯 개의 손톱이 길게 뻗었다. 아물지 않는 상처에 신경을 쓴 탓에 하둠은 그저 손만 뻗었다. 하지만 손톱은 예리하게 자네트의 머리와 가슴으로 파고들었다.

챙 하는 소리와 함께 자네트의 검이 손톱을 막았다. 그러나 침대 위라는 특성상 중심을 잃으며 자네트는 뒤로 밀렸다. 다행히 하둠은 더 이상 공격을 하지 않은 채 기이한 눈빛으로 자네트를 쏘아볼 뿐이었다.

"어떻게? 어떻게 막을 수 있었지?"

다음 공격을 방어하기 위해 자네트는 침대 밑으로 내려섰다. 자네트와 하둠 사이에 하얀 시트가 깔린 침대가 가로놓였다. 기습적으로 상대를 먼저 찌르긴 했지만 흡혈귀의 능력에 대해선 자네트도 잘 알고 있었다. 하지만 일단 상대는 아직 공격할 의사가 없었고 자신은 방어할 채비를 갖추었다. 자네트는 약간 안도하며 하둠의 질문에 대꾸할 여유를 찾았다.

그녀는 의기양양하게 대꾸했다.

"내가 여자라서 애드리엔느의 대역이 된 거라고 착각하면 곤란하지."

"뭐라고?"

"홍일점이라고 해도 검 실력만 갖고 따지면 4군단에서 서열 네 번째로 강하단 말야!"

"그래도 보통 검사에 불과해! 물렁한 철덩어리로 나의 손톱을 막는 다는 것은 불가능해!"

하둠은 신경질이 났는지 으르렁거렸다.

"아, 한 가지 더! 신성력만 갖고 따진다면 난 4군단 최고거든. 그런 물렁한 손톱 따위에 부러질 정도로 허술하진 않아."

노골적으로 약을 올리는 자네트의 말이었다.

그리고 이미 하둠은 노골적으로 이성을 잃었다. 그는 의미 모를 괴성을 지르더니 자네트를 노려봤다.

"좋아! 더러운 신의 앞잡이였다니! 하지만 겨우 혼자서 날 상대할 수 있겠느냐?"

그리고 하둠은 상처도 잊었는지 냅다 허공을 가로지르며 자네트를 덮쳤다. 그의 잘생긴 얼굴은 이미 구겨질 대로 구겨졌다. 입술 사이로 튀어나온 송곳니는 흉측했으며 양손엔 길쭉한 손톱이 자네트를 노렸다.

놀랍게도 하둠은 한 번의 도약으로 천장에 도달했고 빙글 몸을 회전하여 오른발로 천장을 박차며 방향을 틀었다. 자네트에게 달려드는 그는 마치 비호와 같았다.

그리고 그 무시무시한 기세에 군단 내에서도 매섭기로 정평난 자네트는 꼼짝도 하지 못했다. 그저 눈을 질끈 감고 검을 뻗어 자신의 몸을 방어한 것이 고작이었다.

하지만 어느 손톱도 자네트를 건들진 못했다. 벽장에서, 장식장에서, 화장대 밑에서, 침대 곁에서 갑자기 쏟아져 나온 일단의 기사들이 하둠을 향해 검을 뻗은 것이다. 하나하나의 검마다 신성한 오라가 뿜어져 나왔고 그것들은 하둠을 사정없이 뚫었다.

"커어억!"

하둠의 비명. 실눈을 뜨고 하둠의 상태를 확인하던 자네트는 '후우' 하고 안도의 숨을 몰아쉬었다. 그리고 조소를 담아 하둠에게 외쳤다.

"멍청하긴! 아무렴 내가 혼자 널 상대했을 줄 알았어?"

반대로 하둠은 대꾸할 기력조차 잃었다.

그때 전등에 불을 밝힌 마크가 한쪽에 서서 숨을 몰아쉬는 하둠을 바라봤다. 그는 침착하게 기사들을 둘러보며 피해 상황을 체크했다. 특히 자네트가 상처 하나 없이 무사한 모습에 고개를 끄덕였다.

"우리 4군단의 홍일점에게 상처를 내려 하다니, 그것만으로도 넌 죽을 짓을 한 거야."

마크는 자네트를 바라보고 미소를 지었다.

"잘 버텼다, 자네트 경. 마스터가 없어서 불안했는데 다행이야."

"뭐, 군단 내에서 신전 출신을 총동원한 덕이지."

가볍게 대꾸하는 자네트였지만 얼굴 가득 식은땀을 흘렸다. 그녀는 아무도 듣지 못하게 속으로 중얼거렸다.

'혹시 잠복하고 있다가 잠든 건 아닌지 걱정하고 있었다고!'

자정을 지나 새벽도 중반으로 접어들 무렵, 홀에 있던 버나드는 각지에서 보내온 전령들에게 전투 상황을 보고받았다.

카네비스 산에서부터 활 솜씨를 눈여겨봤던 대로 유쾌한 사람들의 활약이 가장 눈부셨다. 그들이 하늘에서 날아오던 흡혈귀들을 1차로 막았다는 보고에 이어 7군단의 기사들을 중심으로 로딘이 파놓은 함정이 성공리에 마무리되었다는 전령도 도착했다. 5층 복도의 창문을 깨고 들어간 흡혈귀들은 예상대로 레온과 데이비드의 검에 전멸당했다.

3층은 케리드윈과 로버트를 중심으로 한 친위대의 기사가 투혼을 보이며 공격해 온 흡혈귀를 섬멸했다.

마지막 전령은 4군단의 부관 마크가 보낸 자였다.

"애드리엔느님으로 분장한 자네트 경께서 훌륭하게 적에게 상처를 입혔고 뒤이어 아군 측 기사들의 검에 적은 죽음을 맞이했습니다."

전령은 전투 상황은 물론 침투 경로까지 상세히 설명했다. 한참 듣고 있던 버나드가 질문을 던졌다.

"그쪽은 혼자만 왔던가?"

"그런 것 같습니다. 다른 불온한 움직임은 없었습니다."

의외라고 생각했는지 버나드는 고개를 갸웃했다. 그러나 금세 그럴 수도 있겠다고 추측했다.

"그만큼 실력이 뛰어난 녀석이었겠지. 게다가 침투 경로가 전혀 다른 것으로 미루어……."

잠시 생각에 잠겨 있던 버나드는 피식 실소를 머금었다.

"무슨 일이라도?"

보좌하고 있던 찰스의 질문에 버나드는 고개를 저었다. 그는 전령을 내보낸 후에 창가로 눈을 돌렸다.

"적이 시도하려 했던 요인 암살은 이것으로 대충 마무리된 것 같군."

"그렇습니까? 역시 자네트 경이 상대한 자가 이것들의 두목이겠군요?"

"그럴 것이다."

그의 예측은 한 치도 어긋남이 없었고 또한 완벽하게 방어해 냈다. 하지만 버나드의 목소리는 그다지 기쁜 기색이 아니었다.

"…이곳엔 오지 않았군."

"네?"

반문하던 찰스가 곧 버나드의 말뜻을 짐작했다.

아군의 중요한 인물들을 암살하기 위해 적이 침투해 올 것이란 버나드의 추측, 그에 따라 친위대와 근위대의 기사들이 만반의 준비를 갖추고 매복했다. 왕성 지붕은 물론 함정을 파놓은 연병장, 그리고 3층 복도엔 친위대가 대기했고 애드리엔느를 대신해 자네트가 위장하기도 했다. 리처드의 침실은 물론 레온의 침실에도 마스터를 숨겨두었다.

그리고 또 한곳, 바로 버나드가 있는 이곳 지휘부에도 레스터 출신의 마스터가 잠복하고 있는 중이었다. 한데 오지 않았다.

"그렇다는 것은 난 별로 안중에 없다는 뜻이겠지?"

버나드는 씁쓸한 듯 중얼거렸다.

"무슨 말씀이십니까? 아마 이곳의 경비가 삼엄할 것이라 예상하고 미처……."

"아니, 됐네."

손을 들어 찰스의 말을 막으며 버나드는 속으로 중얼거렸다.

'하면 리처드 전하의 침실을 노린 이유는 뭐란 말인가? 그곳이야말로 가장 경비가 삼엄한 곳임을 알고 있었을 텐데… 이거 참, 나보다 다른 세 사람이 더 두려운 존재란 건가? 언데드에게 타격을 입힐 수 있기 때문에?

문득 버나드는 행동을 멈췄다.

"각하, 무슨……."

그의 태도가 이상하다고 생각했는지 찰스가 질문을 던지려 했다. 하지만 그의 말은 버나드의 손짓에 멈춰야 했다.

버나드는 왼손으로 그를 제지하고 뒤이어 오른손 검지로 ‘쉿’ 하고 신호를 보냈다.

혹시 적의 침투가 아닐까 걱정한 찰스가 경계 태세로 주변을 살폈다. 한참을 살핀 끝에 별다른 이상이 없다고 여겼을 때 버나드가 다급하게 중얼거렸다.

“과연! 그런 방법이었군.”

“네?”

“기습은 끝나지 않은 것 같다. 지금 즉시 전군에 전투 명령을 하달하라!”

“기습이라니요? 암습이 아니고?”

질문하던 찰스도 곧 상황을 깨달은 표정으로 바뀌었다.

버나드는 요인을 암살할 흡혈귀가 온다는 것을 예측했다. 그리고 적이 노릴 요인을 정확하게 파악해 냈다. 리처드 전하야 왕국의 운명을 결정짓는 요인 중에 요인, 이외에 다른 세 사람은 언데드에게 타격을 줄 수 있는 유일한 사람들, 그리고 군을 통솔하고 있는 버나드. 한데 처음 예측과 달리 버나드가 빠져 있다는 것은 무슨 뜻이겠는가? 군대를 통솔하고 있는 실질적인 수장인 버나드를 암살하지 않아도 충분히 승산이 있다는 얘기, 즉 언데드를 투입하겠다는 뜻이나 마찬가지였다.

“하지만……!”

“그렇다! 지금 성벽 쪽엔 지휘관이 전무한 상태. 방어를 갖추기도 전에 뚫릴 수도 있다. 서둘러라, 찰스!”

“알겠습니다, 각하!”

대답을 마친 찰스가 사색이 되어 홀을 달려나갔다.

검은 로브를 걸친 나지드는 천천히 전방을 주시했다. 성벽 위로 밝혀진 화롯불이 성벽의 높이를 가늠케 해주었다. 그러나 나지드가 주시하는 곳은 성벽이 아니었다. 성벽 한쪽이 무너진, 그래서 높이도 위용도 한껏 깎아내린 한곳이 그가 바라보는 곳이었다.

설사 불을 밝히고 있어도 그들은 나지드를 볼 수 없었다. 그의 검은 로브는 어둠 속에 녹아 그가 있다는 것을 느낄 수 없게 해주었다. 그리고 나지드는 인간의 시야가 얼마나 허술한지 잘 알고 있었다. 그렇기에 그는 단신으로 적의 성 앞에 당당히 서 있을 수 있는 것이다.

그의 입가에 묘한 미소가 걸쳐졌다.

"어리석은. 그대들은 땅의 마법사를 너무 믿었어. 물론 대단한 자이긴 했지만."

약간의 착오가 있었지만 결국 승리는 자신의 것이라고 나지드는 굳게 믿었다.

야론 대륙에서 뱀파이어 로드 자룬의 일족을 모르는 이는 없었다. 처음 대륙을 떠나올 때 나지드의 군주는 자룬과 협약을 맺었고 그에 따라 자룬 일족 중에서도 가장 용맹하고 가장 잔학하며 가장 자존심이 센 하둠 일파를 내주었다. 협약은 간단했다.

나지드가 하는 일을 돕는다는 조건에―물론 그 조건엔 절대적인 복종도 겸했지만―미스랜드에 자룬 일족이 진출하는 것을 돕겠다는 것이었다. 즉, 서로의 세력을 넓힌다는 이해가 맞아떨어진 것이다.

적어도 나지드는 그들 하둠 일파를 믿었다.

야론 대륙에서도 공포 그 자체였던 흡혈귀들. 그런 그들을 당해낼 수 있는 자는 그리 많지 않았다. 또한 그들의 사냥감으로 지정된 자들 중에 아직까지 숨을 쉬고 있는 자들도 드물었다. 야론 대륙에서 흡혈 귀는 바로 그런 존재였다.

그리고 그들 중에서 가장 악랄한 하둠 일파가 나지드를 돕기 위해 왔다.

해가 지고도 한참이 지난 후에, 어둠이 완전히 성과 도시를 잠재웠을 때 그들은 출발했다. 그리고 어림짐작해도 지금쯤이면 나지드가 지목한 네 사람은 싸늘한 시체로 변하였을 것이다. 아니, 적어도 나지드가 특별히 지정한 마법사의 존재는 하둠에 의해 이 세상에 없을 것이 확실했다.

그 마법사가 없다면 설사 두 명의 마스터가 살아 있다고 해도 나지드는 별로 두렵지 않았다. 이미 그에 버금가는 마스터를 그는 손수 장사 지냈기 때문이다. 미스랜드 대륙의 검사가 뛰어나다는 것은 나지드도 인정했다. 하지만 그들도 사람이었고 결국은 지쳤다.

그리고 적어도 그들을 지치게 만들 정도의 병력은 얼마든지 있었다. 바로 페로즈 성문 바로 앞 땅속에.

나지드의 두 팔이 올라갔다.

"일어나라! 죽었으면서 죽지 못한 자, 살았으면서 또한 살지 못한 자들이여. 그대들의 지배자 나 나지드의 명을 받아 땅에서 일어나라."

나직하면서도 노래하듯 흥얼대는 나지드의 음성, 재차 반복하여 주문을 외우는 동안 땅이 살짝 들썩거렸다. 나지드의 부름에 죽음의 사자들이 반응했다.

나지드의 입가에 더욱 짙은 조소가 깔렸다. 결국 누가 뭐래도 나지드의 생각은 옳았다. 마법에 약하다는 평가는 잘못된 것이었다.

게다가 그의 뒤로는 할튼이 이끄는 언데드 오크가 신호를 기다리며 포진했다. 나지드가 심혈을 기울여 만든, 낮에도 싸울 수 있었고 불에 타면 스켈레톤으로 변하여 더욱 흉포함을 떨치는 무적의 언데드가.

땅속에서 몸을 일으킨 언데드 병사들의 눈이 기괴하게 빛났다. 손에는 흙 묻은 창을 거머쥐고 그들은 맹목적으로 앞으로 걸어갔다. 갈라진 성벽의 틈을 향해 느릿한 행군이 시작되었다.

문득 나지드는 고개를 들어 하늘을 바라봤다. 벌써 달이 지고 있었다. 새벽도 중간을 넘어 아침으로 내달리는 중이었다. 하지만 나지드는 별로 걱정하지 않았다.

"아침까지는 아직 많이 남았지. 겨울의 밤은 기니까."

그리고 어차피 지금 진군하는 병력은 혼란을 가중시키기만 하면 되었다. 나머진 그의 뒤에 포진한 할튼이 해결할 테니까.

찰스가 전한 버나드의 명령에 따라 제일 먼저 성벽에 도착한 이들은

7군단의 도널드와 그 휘하 지휘관들이었다. 하지만 그들이 도착했을 때 이미 혼란은 시작된 이후였다.

천기장 이상의 지휘관들이─7군단의 경우는 백기장 이상의 간부도 차출 되었었다─없었다고 해도 성벽을 지키던 근위대는 정예 중의 정예 4군 단과 7군단이었다. 또한 포란 성에서 근 한 달 가까이 언데드 병사와 싸웠기 때문에 좀비를 처음 접하는 것도 아니었다. 하지만 무너진 성 벽을 넘는 적군을 대하는 근위대는 혼란에 빠져 허우적거렸다.

우선 높이, 즉 성벽이 없었다. 같은 방어전이라고 해도 최소한 포란 성 전투는 성벽 위에서 아래를 내려다보며 치르는 전투였다. 화살을 쏘고 창으로 찔러도 죽지 않지만 적어도 밀어서 떨어뜨릴 수는 있었다. 두렵긴 해도 일단 떨구면 죽지 않을 수 있다는 명확한 사실이 있었다. 하지만 지금 적군은 그들과 같은 땅을 딛고 있었다. 화살도 창도 소용 이 없는 그들과 맞서 싸운다는 자체가 불가능했다.

다음으로 지휘관의 부재. 천기장은 고사하고 백기장도 보이지 않는 다는 점이 그들의 불안감을 부채질했다. 백여 명의 병사를 거느리는 백기장이라고 해도 근위대에서 천 명 안에 드는 대단한 실력의 기사였 다. 게다가 그들 중 절반 가까이 되는 인물이 원래 콘버드 출신으로 신 전 출신이거나 신앙이 깊은 가문 출신이 대부분이었다. 포란 성에서부 터 그들의 신성력이 위용을 떨친 것을 병사들은 지켜봐 왔던 것이다. 한데 그런 그들이 없다는 것은 지휘의 통제는 물론 선두에서 적군을 맞아 싸울 사람이 없다는 것을 뜻했다.

그런 이유로 병사들의 혼란은 극에 달했고 우왕좌왕하기에 바빴다. 그리고 그 혼란을 잠재우는 것은 도널드로선 역부족이었다. 그것은 뒤 에 마크와 자네트를 데리고 도착한 찰스도 마찬가지였다.

병사를 지휘해야 할 그들은 불행하게도 실제 전투 지역에서 너무나 멀리 있었다. 그리고 그곳으로 가기 위해 혼란에 빠진 아군을 뚫고 들어갈 방법도 없었다. 이미 병사들은 극도의 공포로 이성을 잃고 적과 아군을 분간하지 못할 지경이었던 것이다.

"진정하라! 모두 진정해!"

먼저 달려온 도널드는 물론 찰스도 목이 터져라 외쳤지만 혼란은 쉽게 가라앉지 않았다. 당연하게도 그 혼란을 일으킨 근본이 아직도 성벽을 넘어 몰려들고 있었기 때문이다.

찰스를 내보낸 후에 버나드도 급히 홀을 나섰다. 그의 뒤로 '레스터의 사두마차' 라 불리는 근위대의 마스터 두 사람이 따라붙었다. 처음부터 버나드의 안전을 책임졌던 만큼 우선 버나드와 함께 행동하고 있는 것이었다.

3층 계단에서 버나드는 내려오던 레온과 데이비드를 만났다.

5층 자신의 침실에서부터 복도에 이르기까지 흡혈귀를 소멸시킨 레온은 곧 리처드를 떠올렸다. 케리드윈과 로버트라는 친위대 역사상 가장 걸출한 두 명의 마스터가 지키고 있다는 데이비드의 말을 듣긴 했지만 레온은 직접 눈으로 확인하기로 마음먹었다.

그래서 부랴부랴 내려오던 중 이번엔 성벽 쪽에서 아련히 들려오는 함성에 의아했다. 잠시 멈춰 서 귀를 기울이던 레온은 곧 사색이 되었다. 아무리 좋게 쳐줘도 사기를 북돋기 위한 함성이 아니었다. 그것은 공포에 절어 신음하는 비명에 가까웠던 것이다.

레온은 뭔가 상황이 심상치 않다는 것을 짐작하고 서둘러 3층으로 향했다. 그리고 막 올라오던 버나드를 만났다.

"이건 무슨 소리죠?"

다짜고짜 레온이 물었다.

"적인 것 같다. 따라와라."

"성문으로 가는 건가요?"

"우선 안을 정비한 후에."

"우선 제가 먼저 가볼게요."

"전하께서 무사할 수 있도록 조치하는 것이 먼저다."

버나드의 단호한 말에 레온은 곧 고개를 끄덕였다.

사람들이 믿든 안 믿든 리처드는 수요였고 레온은 그를 친구로 생각해 왔다. 우선 그의 안전을 확인하자는 버나드의 말에 레온은 순순히 응했다. 그리고 그의 뒤를 따라 복도를 달려갔다.

얼마 가지 않아 온몸에 피칠을 한 친위대의 기사들과 그들의 대장인 케리드윈과 로버트의 모습이 보였다. 바깥에서 들리는 함성에―물론 그들도 함성의 의미를 알아채고 있었다―적지 않게 당황한 기색이 역력했다.

버나드를 보자마자 케리드윈이 외쳤다.

"상황이 어찌 된 겁니까?"

"암습에 이은 기습적인 돌입."

"그렇다면 성문은 지금… 지휘관의 부재 상태 아닙니까? 성벽 수비를 소홀히 하다니 경답지 않은 실수입니다!"

책망하는 로버트의 어조였지만 응수하는 버나드의 어조도 만만치 않았다.

"암습이 성공했다면 상황은 진작에 저들의 뜻대로 되었을 것이네. 비록 불의의 기습에 밀리곤 있지만 지휘관들도 속속 가세하고 있으니 걱정은 말게.”

따끔한 질책에 로버트도 곧 물러섰다. 확실히 버나드의 말이 옳았다. 적의 존재를 미리 알고 대비하고 있었기에 막은 것이다. 몰랐다면 방어는커녕 몰살을 각오했어야 했다. 하마터면 국왕에 이어 왕자까지도 ‘정말로’ 잃을 뻔한 것이다.

“그럼 저희가 해야 할 일이라도?”

짧은 시간 만에 흥분을 가라앉힌 케리드윈이 침착하게 물었다.

“그대들은 왕성을 수비해 주게. 상황이 상황인만큼 근위대의 지휘관을 모두 전선에 투입할 생각이네.”

케리드윈이 고개를 끄덕였다.

근위대의 지휘관 전부란 얘기는 리처드의 침실에 매복하고 있던 마스터도 예외가 아닐 것이다. 친위대에게 왕성을 수비하라는 명령이었지만 결국은 왕자, 즉 왕가를 지키라는 뜻이었다. 그리고 그것이야말로 친위대 본연의 임무였다. 거절할 이유는 전혀 없었다. 아니, 오히려 반겨야 할 일이었다.

“저희에게 맡겨주십시오.”

“부탁하네.”

짧게 목례를 취한 후 버나드는 뒤를 돌아봤다.

“데이비드 경, 다른 세 분을 이끌고 먼저 전선으로 가주십시오. 저와 레온은 잠시 후에 달려가겠습니다.”

“알겠습니다. 이쪽은 염려하지 마십시오.”

버나드의 두 배에 가까운 나이였지만 데이비드는 깍듯하게 예의를 갖췄다. 그리고 서둘러 자리를 떴다.

“그럼 맡기겠소, 케리드윈 경.”

말을 마친 것과 동시에 버나드는 레온을 데리고 서둘러 왔던 길로
돌아갔다.

그의 뒷모습을 바라보던 케리드윈은 감탄한 표정으로 중얼거렸다.

"어떠한 상황에서도 당황하지 않는 것. 어쩌면 버나드 경의 가장 무
서운 점은 바로 그것일지도 모르겠군."

그러자 곁에 있던 로버트가 응수했다.

"갑작스러운 일에 당황한 것이 우리 잘못은 아니잖아?"

"그렇지. 하지만 새로운 상황을 맞이해도 적절하게 대응할 수 있는
건 버나드 경뿐이지."

그렇게 중얼거리는 케리드윈의 시선은 이제 복도를 돌아 사라진 두
사람을 여전히 쫓고 있었다.

"어딜 가는 거죠?"

일단 버나드의 뒤를 따르곤 있었지만 레온은 불안했다. 그러나 불안
한 마음과는 달리 그의 어조는 평온해서 마치 담소를 즐기는 듯했다.

하지만 마스터의 힘을 잃은 버나드는 숨이 턱까지 차서 대답할 기력
이 없었다. 그저 손가락으로 천장을 가리키는 것이 고작이었다.

"천장? 천장에 뭐가 있나요?"

대답 대신 버나드는 달렸다.

그리고 복도를 돌아 위로 향하는 계단에 이르렀을 때 그는 멈췄다.
다행히 위에서부터 들리는 웅성거림이 그를 안도하게 만들었던 것이
다.

낯익은 목소리와 함께 일단의 무리들이 계단에서 몸을 드러냈다. 레
온도 그들을 알고 있었고 그들도 레온을 알고 있었다. 그들은 바로 캐

러디안 숲의 사람들이었다.

"어엇?! 왜 거기서 내려오는 거죠?"

레온의 질문. 그러나 선두에 있던 느킹먼은 대답 대신 버나드에게 외쳤다.

"바깥의 소란은 뭡니까요, 나리?"

가쁜 숨을 몰아쉬며 버나드가 힘겹게 말했다.

"제때에… 내려와서… 다행이군……. 자네들이 필요하네."

버나드는 크게 숨을 들이쉰 후에 내뿜었다. 그리고 약간 안정된 어조로 마지막 말을 내뱉었다.

"이것만은 쓰고 싶지 않았는데… 내성의 성문을 지키던 드워프 일족에게 '그것'을 달라고 하게."

그의 표정을 살피던 느킹먼이 고개를 끄덕이고는 곧 사람들을 이끌고 서둘러 계단을 나섰다. 그들의 모습을 지켜보던 버나드는 착잡한 어조로 중얼거렸다.

"그것 이외엔… 달리 방법이 없군."

"그것이 뭔데요?"

궁금한 듯 묻는 레온이 물었다. 그러나 버나드는 그저 고개를 저을 뿐 대답하진 않았다.

"연병장에 가면 로딘이 있을 것이다. 그를 찾아 전선으로 달려가라. 너희 둘이 힘을 합해야 위력을 발휘할 것이다."

그리고 레온의 어깨를 두드리는 것을 버나드는 잊지 않았다.

"나도 곧 따라가마."

잠시 혼자 남을 형을 불안하게 바라보긴 했지만 레온의 몸은 계단을 빠르게 내려가기 시작했다.

레온이 로딘을 찾은 곳은 재만 남기고 꺼져 가는 모닥불 앞에서였다. 그는 한가로운 표정으로 타스틴과 담소를 나누는 중이었다. 설마 그 정도의 사내가 지금 무슨 일이 벌어진 것인지 모를 리는 없을 텐데 너무나도 느긋한 태도에 한순간 레온은 당황했다.

"뭐 하는 거죠, 로딘?"

"아, 어서 와요. 잠이 오지 않던가요?"

"잠이 오지 않다니… 설마 흡혈귀가 왕성을 습격한 것을 모르는 것은 아니겠죠?"

"모를 리가 있나요? 누구보다도 그들을 기다렸는데요."

그의 대답에 레온은 더욱 아연한 표정을 지었다. 그의 말대로 어떤 흔적도 남지 않은 연병장이었지만 레온은 본능적으로 싸움터에서 느낄 수 있는 긴장된 공기를 감지했다. 아마 자신이 복도에서 죽인 흡혈귀들이 산산이 흩어졌듯 이곳에서도 흡혈귀들이 죽음을 맞이한 것이 분명했다.

이상한 것은 지금도 아련히 들려오는 함성에도 불구하고 조용한 로딘의 태도였다. 문득 레온은 그의 입가에 머금고 있는 희미한 미소가 예전과 다른 느낌이라는 것을 깨달았다.

"무슨 일 있었나요?"

"아무 일도 없었어요. 하지만 조금 개운한 느낌이긴 해요. 아마 사람들은… 이런 것을 복수라고 하겠지요?"

그렇게 대답한 로딘은 천천히 자리에서 일어섰다. 그리고 곁에 있던 봉을 집어 들며 타스틴을 바라봤다.

"아직 끝나지 않은 일이 남은 것 같아 이만 가봐야겠군요."

"카슨의 복수 말고 아직 남은 것이 있었나?"

가볍게 던진 질문이었지만 듣고 있던 두 사람의 몸은 움찔했다. 잠시 적막이 흐른 후 로딘은 응수했다.

"아직… 옛 동료들의 복수가 남은 것 같군요."

"자네는……."

'홀로 적진을 돌파할 생각인가?' 라고 물으려던 타스틴은 말끝을 흐린 채 고개를 끄덕였다. 대신 타스틴도 일어나 옷을 털고는 걸음을 옮겼다.

"녀석들은 내가 잘 이끌도록 하지. 느킹먼이 있으니 별일이야 있겠나만."

"그럼."

특별히 부탁한다는 말을 할 필요는 없었다.

그저 몸을 돌린 로딘은 레온에게 신호를 하곤 남쪽을 향해 몸을 날렸다. 그의 뒤를 바짝 추격하며 레온은 이상하게 차분하게 가라앉는 자신에게 의아했다. 그때 앞서 가던 로딘이 질문을 던졌다.

"레온, 내가 이 전쟁에 참가했을 때가 언제인지 기억하고 있나요?"

느닷없는 질문이었지만 레온은 그리 길게 생각하지 않았다. 아니, 생각할 필요도 없이 불과 몇 개월 전의 일이었다.

"하이렌 형을 구하러 레스터 성에 들어갔을 때부터. 아닌가요?"

"맞아요, 레온. 하이렌 백작을 구한 것은 카슨 대장에 대한 의리였습니다. 적어도 그의 가족을, 손에 닿는 거리에 있는 사람만큼은 구해주고 싶었으니까요. 그렇게 해서 전쟁에 끼었지만 솔직히 버나드 공작을 만나기 전까진 특별히 이렇다 할 목적이 있었던 건 아니랍니다."

"지금은 있다는 것처럼 들리네요?"

"있다는 것이 아니라 목적을 이루었다는 뜻이겠죠."

"……?"

"알고 있잖아요? 흡혈귀에게 카슨 대장이 죽었다는 것을 말이에요."

듣고 있던 레온이 이를 악물었다.

"내가 전부를 죽인 것은 아니더라도 적어도 몇은 내 검에 소멸된 것도 사실, 조금은 카슨 대장의 복수를 했다는 것이 기쁘더군요."

레온은 여전히 말이 없었다.

"하지만 아직 하나가 남았답니다."

묵묵히 듣고 있던 레온은 로딘이 가고 있는 방향이 남쪽에서 조금 벗어났다는 것을 눈치 챘다. 여전히 남쪽으로 달려가고 있지만 성문을 향해 일직선으로 달려가는 것은 아니었다.

"할튼을 말하는 건가요?"

"그렇지요. 나는 지금 그를 만나러 가는 겁니다. 그가 왜 이런 일을 벌였는지에 대해서 물어볼 겁니다. 그리고."

잠시 말을 끊었던 로딘은 단호하게 말했다.

"그를 상대할 겁니다. 미안하지만, 레온, 이것만은 저에게 양보해 줬으면 하는군요."

"……."

레온은 뭐라고 대꾸해야 할지 갈피를 잡지 못했다.

로딘이 복수하겠다는 말은 일리가 있었다. 하지만 그렇게 생각하면 자신도 복수해야 할 명분은 충분했다. 로딘은 친구이자 상관을 잃었지만 레온은 형을 잃었다. 로딘은 일만에 달하는 동료를 잃었지만 레온은 아버지를 잃었다.

그럼에도 레온은 로딘의 말을 거부할 수 없었다. 원래부터 로딘의 몫으로 내정되어 있었던 것 같은 생각이 문득 들었다. 형이 죽고 가문이 몰락하고 아버지를 잃었다. 그동안 레온이 주도적으로 뭔가를 했던 것은 감옥에 갇혀 있던 버나드 형을 구한 것이 전부였다.

내전을 예측한 것은 알이었고 군대를 장악한 것은 버나드였다. 심지어 자신의 검에 관련된 맹약자를 찾을 때조차 그는 키렌의 지휘를 받았다.

하지만 로딘은?

그는 사실 카슨과의 우정 이외에 전쟁에 참가할 이유는 전혀 없었다. 그저 입가에 미소를 머금은 채 타의적으로 움직인 것처럼 보였지만 사실 그는 카슨의 복수를 하기 위해 전쟁에 참가했던 거다.

그런 생각에 레온은 착잡해졌다. 잘은 모르겠지만 그가 양보해 달라고 부탁하는 것을 거절할 순 없었다. 그렇다고 무작정 수긍하기엔 레온이 잃은 것은 너무 컸다.

한편 굳이 대답을 들을 생각은 없었는지 앞서 달리던 로딘은 두 번 묻지 않았다. 그러나 보지 않아도 레온의 갈등을 짐작했다.

그는 입가에 희미한 미소를 지으며 레온에게 말을 건넸다. 그것은 목소리로 내는 것이 아니라 마음속에서 은은하게 울리는 것이었다. 아니, 정확하게는 로딘의 다짐이었다.

'엄청난 검기를 휘날리며 전장을 누볐지만… 레온, 알고 있나요? 당신은 아직 직접적인 살인을 한 적이 없다는 것을. 이유야 어찌 되었든 살인은 살인. 그것이 복수라고 해도 쉽게 뇌리에서 지워지는 것은 아닙니다. 나도, 그리고 카슨도 당신이 그런 짐을 지는 것을 원하지 않아요. 정말로 무엇인가를 지켜야 할 때… 그때라도 늦지 않을 겁니다. 그러니까 지금은 저에게 맡기세요.'

아수라장이 되기 직전이었던 전장은 하늘에서 하얀 가루가 쏟아지기 시작했을 때부터 차츰 진정되기 시작했다.

처음엔 그것이 왜 하늘에서 쏟아지는지 아무도 이유를 알지 못했다. 하지만 자신들을 쫓던 적군이 그것에 닿자 비명을 지르며 바닥을 나뒹굴고 결국엔 검은 물로 변해 소멸되는 광경에 차츰 그것을 주목했다. 똑같이 그것에 닿았는데 언데드는 소멸, 그러나 병사들은 거의 아무런 변화가 없었다. 그것이 무엇인지 의아했지만 이내 어느 병사의 외침에 그것의 정체는 밝혀졌다.

"소금이다!"

아마도 비명을 지르기 위해 고함을 치던 병사의 입에 소금이 들어갔기 때문일 것이다. 아니면 호기심을 참지 못한 병사 하나가 갑옷에 떨어진 그것을 혀로 핥아봤거나. 중요한 것은 소금이 하늘을 가득 메울 듯이 쏟아졌고 그것에 닿은 언데드는 맥없이 쓰러졌다는 점이었다. 공포가 사라지자 용기가 솟는 것은 당연한 일, 그리고 지휘관들 거의가 전선에 참가했다는 것에 병사들은 다시 전의를 불태웠다.

서둘러 병사들을 지휘하기 위해 각지로 뛰어가는 기사들의 모습, 그리고 사태가 급전되는 것에 천기장 이상의 지휘관들은 안도했다. 물론 그들도 소금이 그런 효과를 낸다는 것을 알고 있었다. 다만 부작용에 대해서 들은 후에 사용을 자제하기로 이미 결정을 봤기 때문에 부하들에겐 알리지 않았을 뿐이었다. 또한 조미료의 일종인 소금의 특성상 바닷가, 특히 염전을 행하는 곳이 아니면 쉽게 구할 수 없다는 점도 한몫했다. 내륙에선 구하기 힘들다는 특성상 대량의 언데드에게 쓰기 '부적절하다' 고 생각했던 것이다.

문득 찰스는 어두운 밤하늘을 가로지르며 적진으로 날아가는 화살을 발견했다. 촉이 있어야 할 자리엔 밑이 터진 주머니가 하나씩 달려 있었고 그 안에서 소금이 흘러나오고 있었다. 그제야 찰스는 이 일을 벌인 당사자가 누구인지 짐작했다.

며칠 전부터 왕성의 성문 앞에 드워프들이 진을 치고 뭔가를 만드는 것을 보기는 했다. 워낙에 손재주가 뛰어난 종족인데다가 장인보다 몇 배나 빠른 솜씨를 지닌 그들이었기에 관심이 가기는 했다. 하지만 버나드의 특명이라는 이름 하에 그들이 제조하는 것은 비밀에 붙여졌다. 그저 찰스는 그들이 대포를 만드는 것이 아닐까 어림짐작했을 뿐이었다. 그리고 실제로 대포도 몇 대 정도 만들었다. 그러나 실제로 그들이 그때 만들었던 것은 이 화살이 분명했다.

그리고 아마도 화살을 쏘고 있는 이들은…….

"역시 그들이군."

슬쩍 뒤를 돌아본 찰스는 녹색 후드를 걸친 삼백여 명의 사내들이 나란히 서서 화살을 날리는 장면을 발견했다. 그리고 그들 앞에 화살을 잔뜩 짊어진 드워프들도 보였다.

마스터의 힘을 잃지 않았다면 조금 달린 정도로 지칠 버나드가 아니었다. 그러나 지금은 그저 보통 사람보다 조금 신체가 건장한 것에 불과했다. 그래서 왕성을 나와 내성의 성문이 보이기 시작했을 땐 몹시 지쳤다.

그는 허리를 숙이고 숨을 몰아쉬며 잠시 쉬었다. 한심하긴 했지만 그가 간다고 해서 전황이 바뀔 것은 없었다. 대비할 수 있는 것은 모두 대비했고 조치할 수 있는 것도 모두 조치했다. 이젠 결과를 기다리는 것만 남았다.

잠시 쉬는 동안 생각을 정리한 버나드는 곧 허리를 폈다. 다소 안정을 되찾자 버나드는 천천히 걸음을 옮겼다. 어차피 가도 할 일이 없다면 굳이 서두를 필요는 없다고 생각한 것이다.

그런 생각과 함께 막 걸음을 떼었을 때 왕성 옆의 연병장에서 밝은 빛이 솟구쳤다. 새벽이라고 해도 아직 동이 트기엔 한참 남았다. 그런 까닭에 갑자기 주위를 환하게 밝히는 빛이 시작된 것을 버나드는 쉽게 알아챘다.

고개를 돌려 연병장을 바라보던 버나드의 눈에 이채가 어렸다.

빛의 기둥.

애드리엔느의 워프, 바로 타운 포탈이었다. 페르즈 성으로 옮겨올 때에도 연병장 근처였다는 것을 버나드는 기억했다. 그리고 지금 그것이 다시 열렸다면 누군가 오고 있다는 얘기였다. 그, 아니, 그들이 누구일지 버나드는 알고 있었고, 그렇기 때문에 그의 눈엔 처음으로 승리의 감정이 떠올랐다.

"왔구나!"

빛의 기둥에서 처음 모습을 드러낸 사람은 키렌과 애드리엔느였다.

뒤에 나타난 사람들은 두 사람을 콘버드 성까지 워프로 데려갔던 세 명의 노쇠한 마법사들이었다. 포탈에서 벗어나기 위해 걸어나오는 그들의 눈은 기이하게 빛났다. 자신들의 상상력으로는 도저히 믿을 수 없는 마법을 지금 지켜봤기 때문이었다.

그들 다섯을 뒤로 하얀 복장의 아리온 신전의 전투 사제들이 차례로 모습을 드러냈다. 일간의 사정을 들은 탓인지 잔뜩 긴장한 얼굴로 그들은 빛의 기둥에서 걸어나왔다. 그러나 그들의 표정은 걸어나온 후에 다시 급격하게 바뀌었다.

분분히 품에서 철제 메이스를 꺼내 들고 그들은 남쪽을 노려봤다. 선두에서 앞섰던 중년을 조금 넘겼을 듯한 신관이 엄숙하게 외쳤다.

"사악한 기운이다! 형제들, 모두 전투 준비를 하시오!"

그러자 아리온 신전의 사제들이 밀집 대형을 취했다.

그들뿐이 아니었다. 뒤이어 나타난 색색 가지 복장의 사제들도—그 중엔 갈색 복장의 가이아 신전의 템플러도 셋이나 있었다—선도자의 지시에 따라 각자의 전투 진형을 취했다.

버나드가 달려왔을 때엔 신관들은 이미 모든 준비를 마친 상태였다. 설명도 필요없었다. 그저 버나드가 남쪽을 가리키는 것을 신호로 신관들은 차례대로 달려갔다.

그들을 지켜보며 승리를 확신한 버나드는 고개를 끄덕였다.

"수고했다, 키렌."

"늦지 않게 와서 다행입니다."

키렌은 어깨를 으쓱했다. 그 몸짓에 어떤 고초를 겪었는지 버나드는 짐작할 수 있었다.

"콘버드 성의 이미지를 잡는 데 시간이 좀 걸렸거든요."

키렌을 변호라도 하듯 애드리엔느가 덧붙였다.

문득 두 사람을 돌아보던 버나드는 싱긋 웃었다. 키렌은 눈치 채지 못했지만 애드리엔느는 필요 이상으로 그의 곁에 붙어 섰다.

성벽이 무너진 탓인지 성벽 위에는 병사가 없었다. 당연히 몰려오는 적군도 없었다. 그러나 그 위엔 두 사람의 그림자가 있었다. 바로 레온과 로딘이었다.

흠칫, 떨리는 듯 레온은 아래를 내려다봤다. 상당히 높았다. 아무리 마스터라도 떨어졌다간 죽음으로 가기 십상이었다.

"저… 이걸 뛰어내릴 생각은 아니겠죠?"

불안한 듯한 레온의 질문이었지만 로딘은 미소로 답했다.

"농담이죠?"

"하지만 성문엔 적군이 가득 있습니다. 뚫고 가기엔 무리죠. 레온이나 저나."

"우리에겐 그……."

아직 검기에 이름을 정하진 않았다.

"하여튼 그게 있잖아요?"

"우린 지쳤어요, 레온."

짤막한 로딘의 대꾸.

그러나 그 말은 옳았다. 두 사람 모두 새벽 내내 흡혈귀와 결전을 치렀다. 로딘은 연병장에서, 레온은 복도에서. 게다가 각자의 위치에서 거의 혼자 흡혈귀를 쓸어버렸다. 그것도 최대 마나를 마구 방출하면서. 지치지 않았다면 그것이 이상할 정도였다.

"그렇다 해도……."

우물거리며 레온은 다시 한 번 아래를 쳐다봤다.

"걱정 말아요, 레온. 진짜로 뛰어내릴 생각은 아니니까요."

주변을 훑어보던 로딘은 곧 찾던 것을 발견했는지 희색을 띠었다. 그가 집은 것은 밧줄이었다.

"아하!"

레온도 곧 이해했는지 얼른 로딘을 도왔다. 성벽 난간에 밧줄을 묶고 두 사람은 줄을 늘어뜨렸다.

"출발해요."

먼저 로딘이 밧줄을 잡았다.

문득 레온은 전투 상황이 걱정되어 뒤를 돌아봤다. 그의 생각을 읽었는지 로딘은 침착하게 대꾸했다.

"걱정할 것 없습니다. 아마 숲 사람들이 소금 화살을 쏘고 있을 테니까요."

"소금 화살?"

"그리고……."

로딘의 몸이 성벽 아래로 사라졌다.

"조금 전 신관들이 대거 전투에 참가하는 것을 봤거든요."

"아―!"

언제 그런 것을 봐둔 것일까? 레온은 감탄과 함께 안도했다. 신관들이 왔다면 전투는 끝난 것이나 마찬가지였다. 백 명도 안 되는, 그들 중 태반은 거의 신앙심이 깊은 정도에 불과한 기사들임에도 불구하고 포란 성을 지켜냈었다.

신앙심과 연관되겠지만 어쨌든 신성력에도 등급은 있었다. 가이아 신전의 최고 전투 사제 템플러엔 미치지 못해도 보통 사람과는 비교할 수 없는 신성력을 지닌 이들이 전투에 참가한 것이다. 더 걱정할 필요는 없었다.

그리고 레온의 몸도 밧줄을 잡고 성벽을 타기 시작했다.

로브에 달린 두건을 눌러쓰자 나지드는 정말로 어둠에 가려진 것 같았다. 성 앞에 묻혀 있던 좀비들을 되살린 후 그는 여전히 자리를 지켰다. 승리를 확신하고 있었기 때문이다.

갈라진 성벽으로 좀비가 들어갈 수는 있었다. 하지만 그 틈으로 안의 사정이 어떻게 되어가는지 볼 수는 없었다. 그저 좀비의 행렬이 여전히 제 속도를 유지하며 들어가는 것으로 미루어 짐작할 뿐이었다.

좀비가 들어간다. 적은 막지 못하고 밀린다. 공간이 생긴다. 좀비가 들어간다…….

그 단순한 논리를 나지드는 믿었다. 그렇기 때문에 여전히 좀비의 행군이 들어가는 것에 아무런 의심도 품지 않았다. 하지만 그는 몰랐다. 성내의 방어진이 기사와 병사 중심에서 신관들에게 넘어갔다는 것을, 좀비의 행군에 지장을 주지 않으면서 퇴치당할 수 있다는 것을 전혀 눈치 채지 못했다.

좀비가 들어간다. 신관의 신성한 힘에 형체도 없이 소멸된다. 공간이 생긴다. 좀비가 들어간다…….

바깥에서 보기엔 똑같은 진행 상황이었지만 안의 진행 상황은 나지드의 예측을 완전히 벗어났다. 그러나 그것이 나지드의 실수만은 아니었다.

처음 성벽을 넘은 좀비들을 막을 수 있었던 것은 아무것도 없었다. 병사들은 뒤로 밀릴 수밖에 없었고 최후 방어선으로 구축했던 장애물도 붕괴되었다. 미리 북쪽으로 피난시킨 탓에 비어 있는 남쪽 도시까지 좀비들은 침투했다.

즉, 초반 전투는 나지드의 예상대로 무너진 성벽을 벗어나 시가전까지 치러야 하는 대규모로 바뀌었던 것이다. 그리고 넓은 공간이 아닌 도시에서의 전투는 병사들을 혼란으로 모는 데 한층 일조했다. 퇴로가 막히는 통에 더욱 공포를 자극했던 것이다.

이때 상황을 바꾼 것이 드워프들이 만든 소금 화살이었다. 궁수 셋에 드워프 하나가 조를 이루어 여기저기 흩어진 그들은 사방에서 좀비를 향해 화살을 발사했다. 병사들 사이에 혼란이 가라앉고 전열을 가다듬을 수 있었다.

그러나 아직 좀비를 밀어붙이기엔 부족했다.

여기에 콘버드에서 막 도착한 신관들이 가세한 것이다. 육대 신전에서 총동원된 전투 사제들. 그들의 위력은 확실히 대단했다. 적어도 언데드에게 있어선.

버나드의 예상을 훨씬 뛰어넘었다. 그들이 휘두르는 메이스는 물론 주먹에도 좀비들은 맥없이 소멸되었다. 그리고 신관들은 각자의 전투 대형으로 여섯 방향에서 무너진 성벽을 향해 진군했다.

그렇게 상황이 바뀌었다는 것을 나지드는 전혀 알지 못했다. 오히려 절반 가까운 병력이 성에 들어갔을 때 그는 소리 내어 웃었다. 두 사람의 마스터에게 소멸된 것을 뺀다 해도 절반이면 대략 만 칠천의 병력. 그 정도 숫자가 들어갔으니 승리를 예감한 것은 당연했다.

"이봐요?"

나지드는 소스라치게 놀랐다.

크게 웃다가 깜짝 놀란 탓에 사레가 걸릴 정도였다. 갑작스러운 부름에 고개를 돌린 나지드는 이번엔 숨이 멎을 정도로 놀랐다. 귀공자 풍의 소년과 녹빛 후드를 걸친 준수한 청년이 눈에 잡힌 까닭이었다. 게다가 나지드는 그 두 사람을 너무나도 잘 알았다. 하둠 일파를 보내 제거하려고 마음먹었던 자들이 바로 그들이었기 때문이다.

"컥, 커억—!"

너무 놀란 탓에 나지드는 말을 잇지 못했다. 두 눈동자는 튀어나올 것처럼 떠졌고 벌어진 입은 다물어지질 않았다.

"여긴 전쟁터예요. 위험하니 어디 다른 곳에 피해 있도록 해요."

자신을 부른 목소리가 소년의 입에서 다시 들렸다.

그의 걱정스런 어조에 나지드는 곧 침착함을 찾았다. 아직 두 사람은 자신의 정체를 모른다고 판단했다. 그들이 어떻게 살아 있고 왜 이곳에 있는지는 몰랐지만 대충 상황을 무마하면 손쉽게 빠져나갈 수 있을지도 모른다는 생각이 들었다.

"마법사로군요."

예리한 눈빛으로 쏘아보던 사내의 말이었다.

다시 한 번 나지드의 숨이 덜컥 멎었다. 당황한 탓에 워프 주문이 흐트러졌다. 사내의 손이 봉의 손잡이를 매만질 때는 두 무릎이 떨릴 정도였다.

거리는 5미터 정도. 그 거리라면 쉽게 피할 수 있을지도 몰랐다. 그저 워프 주문을 외우며 캐스팅을 걸고 시동어를 발하면 되는 것이다.

하지만…….

나지드는 눈앞의 두 사람이 보여준 능력을 잘 기억하고 있었다. 굳이 보지 않았어도 충분히 느낄 수 있었다. 이미 그런 자를 만나봤기 때문이었다.

10미터 거리의 적을 단숨에 꿰뚫고 10미터 거리의 상대에게 단숨에 다가서는 자들. 겨우 5미터 정도의 거리는 안전지대라고 말할 수 없었다. 아마 시동어를 외치기 전에 보이지 않는 검에 꼬치가 될지도.

나지드는 등 뒤로 식은땀이 흐르는 것을 느꼈다. 벌써 몇 번째 워프 주문을 틀린 것인지 짐작도 못했다. 그리고 도망쳐야 한다는 조바심은 급기야 그를 달리게 만들었다. 황급히 등을 돌리고 할튼이 진군해 오고 있을 방향으로 달렸다. 숨이 턱까지 올랐고 뼈마디가 삐걱거리는 느낌이었다. 그래도 그는 달렸다.

한순간 두 사람의 몸이 그를 제치고 앞으로 나아갔다. 그들은 나지드를 전혀 염두에 두지 않는지 앞으로 쭉쭉 뻗어갔다. 그리고 그들의 경이적인 속도는 금세 어둠 속으로 사라졌다.

'그들이 떠났다' 라는 안도와 함께 나지드는 온몸에서 힘이 쭉 빠지는 기분이었다. 털썩 무릎을 꿇고 그 자리에 주저앉았다. 그리고 크게 숨을 몰아쉬었다. 하지만 목구멍이 꽉 막혔다.

"커억!"

기침과 함께 붉은 피가 뿜어졌다. 천천히 고개를 숙인 나지드의 시야에 피에 젖은 로브가 들어왔다. 그리고 눈꺼풀이 그의 시야를 가렸다.

"무슨 짓이에요, 로딘! 왜 선량한 사람을!"

"선량한 사람이었다고 믿나요?"

"네?"

"전쟁터에 버젓이 서 있는 마법사가 세상 천지에 어디 있겠어요?"

"그가 적군이란 증거도 없잖아요?"

"그는 적입니다."

"어째서 그렇게 생각하죠?"

"함락당하기 전의 성을 보면서 그렇게 웃을 수 있는 사람은 적뿐이니까요."

단정 짓는 로딘에게 거부감이 들었는지 레온은 이마를 찌푸렸다.

"실제는 우리가 좀비를 퇴치하고 있었잖아요? 그는 그것이 기뻐서……."

"불행하게도 그가 있었던 곳에선 그런 장면이 보이지 않아요. 결단코 장담하는데 그는 적의 마법사입니다. 아마 제 짐작엔……."

"……?"

"그가 언데드를 만든 자일 겁니다."

"그, 그럴 리가?!"

믿을 수 없다는 듯 레온이 소리쳤다. 그리고 곧 이어 미심쩍은 듯 중얼거렸다.

"확인해 보지도 않고 어떻게 그것을……."

그때 앞서 가던 로딘이 손을 뻗었다. 레온을 세우고 그 자신도 급정거하듯 제자리에 멈췄다.

"쉬이―"

무슨 일인가 정면을 바라보던 레온도 곧 말을 탄 누군가가 있다는 것을 눈치 챘다.

새벽이 끝나려는 움직임이 보였다. 동쪽 하늘은 뿌옇게 밝아왔고 주변은 짙은 회색으로 물들었다. 하지만 아직은 어두웠다. 그 어둠 속에 마상의 기사는 묵묵히 서 있었다.

누가 먼저랄 것도 없이 레온과 로딘은 나란히 그의 앞으로 걸어갔다. 조용한 분위기를 풍기고 있었지만 분명 살아 있는 사람이라는 것을 알아챘다. 어느 정도 그에게 가까이 다가갔을 때 기사는 손을 들어 투구를 벗었다.

강인한 눈매를 지닌 중년의 얼굴이 나타났다. 그리고 그는 자신 앞에 서 있는 두 사람을 번갈아 쳐다봤다. 그리고 쓸쓸한 어조로 물었다.

"페로즈 성에서 오는 길인가?"

"그렇소."

대답하는 로딘의 말투는 평소와 달랐다. 그러나 상대는 별로 개의치 않았다.

"나지드는 죽었는가?"

"그게 누군데요?"

레온의 반문. 그러자 사내가 잠시 생각하더니 다시 물었다.

"오는 길에 검은 로브를 입은 마법사를 만나지 못했는가?"

"내가 죽였소."

짤막한 로딘의 대꾸에 기사의 눈동자가 잠깐 흔들렸다.

"그렇게 된 거였군."

그러나 금세 평정을 찾은 그는 로딘을 뚫어져라 쳐다봤다.

"그대의 검 솜씨 잘 봤다. 괜찮다면 이름을 알려줄 수 있겠나?"

"로딘."

"성은?"

"평민이오."

기사의 눈이 다시 레온을 향했다.

"소년은?"

"레온이라고 합니다."

"평민인가?"

잠시 주저하다가 레온은 고개를 저었다.

"레스터라는 성이 있었는데요."

기사의 눈빛이 또 한 번 흔들렸다.

"사형제인 줄 알고 있는데?"

‘있다’ 와 ‘있었다’ 에는 차이가 있지만 상대는 다른 것에 주목한 듯했다.

“지금은 사형제입니다.”

대답하던 레온은 자신의 담담한 목소리에 오히려 놀랐다.

“…그렇겠군. 그럼 자네가 막내인가?”

“그래요.”

“마스터이고?”

“네.”

“내가 보기엔 형제 중에 가장 뛰어난 것 같은데?”

그 질문엔 레온도 선뜻 대답하지 못했다. 한참 망설이고 있는데 곁에 있던 로딘이 대신 대답했다.

“다른 형제들도 인정하고 있소.”

“그런가? 그렇군. 패인은 거기에 있었군. 레스터 최강의 마스터를 몰라보다니……”

기사는 고개를 숙이고 혼자 중얼거렸다. 물론 그렇다고 앞에 있는 두 사람이 듣지 못한 것은 아니었다. 하지만 그의 태도가 너무 진지해서 레온은 섣불리 말을 걸 수가 없었다.

그때 로딘이 입을 열었다.

“당신의 이름을 밝힐 차례인 것 같은데?”

기사는 천천히 고개를 들었다.

“나 말인가?”

그의 입가엔 희미한 미소가 어렸다.

“한순간에 병사를 잃은… 왕이라고나 할까?”

그 미소엔 깊은 회한이 묻어났다.

잠시 주변을 둘러보던 상대는 말에서 내리며 중얼거렸다.

"그래도 하나는 남았군. 잠시 기다려 주게."

그의 걸음이 옮겨질 때마다 중장갑의 갑옷이 육중하게 땅을 울렸다. 얼마 걷지 않아 그는 허리를 숙이고 긴 장대를 집어 들었다. 길이가 족히 4~5미터는 됨 직한 것으로 검은색인 것으로 미루어 재질은 철인 것 같았다. 척 보기에도 기마대가 돌격용으로 쓰는 창보다 무거울 것 같았다. 하지만 기사는 그 장대를 한 손으로 쉽게 올렸다. 그리고 힘껏 땅에 박았다.

그의 행동을 지켜보던 레온과 로딘이 눈을 마주쳤다. '적어도 크루세이더 이상' 이라는 생각이 일치했는지 두 사람은 짧게 고개를 끄덕였다. 다시 정면을 바라보니 장대 끝에는 네모난 깃발이 펄럭이고 있었다. 원래 무기가 아니라 깃발이었던 것이다.

레온이 고개를 들어 깃발을 보다가 '아' 하고 탄성을 질렀다. 그리고 사내를 바라보며 외쳤다.

"할튼 리저드?!"

레온의 외침에 기사는 갑옷을 벗던 행동을 중지하고 레온을 바라봤다. 그의 얼굴 가득 미소가 번졌다.

"그렇다네. 내가 바로 페나인의 여섯 번째 대영주이자 반란군의 총대장, 그리고 병사 없는 국왕 할튼 리저드이지."

적이라고 깨닫는 순간 레온의 손은 검을 잡았다. 하지만 미처 뽑기도 전에 로딘이 그를 제지했다. 그리고 한 걸음 앞서 나간 후 로딘은 할튼을 노려봤다.

"몇 가지 묻고 싶은 것이 있소."

할튼은 의외라는 표정을 지었다. 그러나 다시 갑옷을 벗으며 담담하게 대꾸했다.

"해보게."

"왜 반란을 꿈꾸었지?"

"복수하고 싶었으니까."

'무슨 복수?' 하고 물으려던 레온은 곧 입을 다물었다. 할튼이 다시 말하기 시작했기 때문이었다.

"내가 모스 섬에 간 이유와 거기서 무엇을 했는지, 그리고 어떤 대가를 받았는지는 알고 있겠지?"

당연히 레온은 알고 있었다. 그리고 로딘도 카슨이 놀러 왔을 때 상세한 이야기를 들었었다. 두 사람이 동시에 고개를 끄덕이자 견갑을 벗던 할튼은 다시 말을 이었다.

"크레멘트 에란스라고 아나? 얼마 전 그대의 손에 소멸된 저주의 기사네. 그는 나와 함께 모스 섬에 들어갔고 나와 함께 전투를 치렀지. 그리고 나의 가장 소중한 친구이기도 했어. 그런 그가 갑자기 밀어닥친 오크 떼에 죽임을 당해야 했네. 그때의 내 슬픔… 잊을 수 없네. 그리고 결심했어. 복수하겠다고."

"누구에게 말인가?"

흉갑을 벗기던 손이 멈추었다. 그리고 할튼은 눈을 들어 로딘을 노려봤다. 담담하게 말하긴 했지만 로딘의 반응이 상상 이상으로 냉랭했던 것이다.

하지만 곧 할튼의 손은 다시 갑옷을 벗기 위해 움직이기 시작했다. 어차피 로딘은 타인, 그가 자신을 이해해 줄 거란 생각은 들지 않았다.

"내 계획을 처음부터 따라줬다면 우린 그렇게 힘겹게 싸우지 않아도 되었어. 일이 다 끝나고 나서 국민적 영웅이니 현대의 영웅이니 떠받

들고 역사상 최초의 여섯 번째 대영주라는 직위에 후작의 작위를 떡 안겨주었지만 그건 아무 소용이 없었던 거야. 그리고 난 크레멘트가 죽었을 때에서야 비로소 알게 되었지. 나와 함께 들어간 최초의 동지들 중에 살아남은 것은 나 하나뿐이란 것을. 우린 무슨 대가를 바라고 그곳에 들어갔던 게 아냐. 그저 페나인에 평화가 찾아오길 바랬을 뿐이야. 처음부터 나의 계획에 동참해 줬다면, 아니, 하다못해 지원이라도 해줬다면 우린 거기서 개죽음을 하지 않아도 되었어!"

옛 기억을 떠올리다가 다시 격앙되었는지 그의 어조가 다소 높아졌다. 그리고 그의 손이 거칠게 갑옷을 더듬었다.

"크레멘트도 동지들도 살아남을 수 있었단 말이다!"

외침과 함께 가슴을 덮고 있던 갑옷이 둔탁한 소리와 함께 바닥에 떨어졌다.

질문하면서도 그의 행동을 유심히 바라보고 있는 로딘의 표정은 매우 차가웠다.

"한마디 해도 될까?"

검을 뽑으려던 할튼이 행동을 멈췄다. 그는 다시 허리를 세우고 똑바로 로딘을 바라봤다.

"네 녀석은 스스로 만든 평화를 그렇게 파괴하고 싶었나?"

"내가 반란을 일으킨 게 못마땅하다는 뜻인가?"

하하, 하고 할튼은 웃었다.

"평화에 젖어 썩는 것보단 낫겠지. 모두에게 경각심을 일으키는 데는 전쟁이 최고니까."

그의 냉담한 어조에 로딘은 주먹을 불끈 쥐었다. 그의 얼굴 위로 분노의 감정이 스쳐 지나갔다.

"이게 전쟁인가? 네가 한 짓은 대규모 학살이었어!"

"훗! 내가 태어나기 전에도 이랬어. 남부 일대는 항상 침략당했다. 해적이 들끓었고 오크가 넘실거렸단 말이다! 조금 규모가 커진 것 같고 뭐 어쨌다는 거야?"

"좋다!"

로딘은 흥분을 가라앉히려고 애를 쓰는 기색이 역력했다.

"그럼 섬에 들어간 군단은 왜 죽였지? 그들을 불러들여서까지 죽였어야 했나?"

"그래요! 그것만은 어떠한 변명도 통하지 않아요!"

잠자코 듣고 있던 레온도 소리쳤다.

그러자 할튼은 조소를 담아 비웃었다.

"말했잖아? 복수라고."

"이, 익!"

흥분한 레온이 달려들려는 찰나 어느새 뽑혔는지 로딘의 검이 그의 앞을 막았다. 움찔 레온이 물러서자 로딘은 나지막한 어조로 말했다.

"여긴 제게 맡겨요, 레온."

"하, 하지만……."

"그래, 그는 레스터 가문. 복수라는 이름을 입에 담을 자격은 있지. 오게, 레온. 그대의 형은 내 손에 죽었네."

이죽거리는 할튼의 말에 레온의 화가 머리끝까지 치밀었다. 하지만 로딘은 벌써 할튼에게 다가서선 검을 겨누었다.

"나 역시 그대에게 복수할 자격은 있는 것 같군."

할튼의 눈이 로딘을 향했다. 무슨 뜻인지 영문을 모르겠다는 표정이었다.

"그대가 친구를 잃었듯 나도 친구를 잃었지. 그대가 동지를 잃었듯 나도 동료를 잃었다. 제1돌격기병단 9대대 1소대장의 자격으로 그대와 겨루겠다."

"…그런가? 그러고 보니 카슨이 군단장이 되기 전에 9대대를 맡았었지? 군단장을 살인하고 수도를 탈출했다던 백기장이 너였군?"

"그렇소."

"후훗, 떠난 자가 동료 운운하는 건 심한 것 같은데?"

"몸은 떠났어도… 마음은 그들과."

로딘의 검이 가볍게 허공을 그었다. 언제라도 공격할 수 있다는 신호였다. 그러자 할튼도 천천히 자세를 잡았다. 검을 뽑아 상대를 겨누며 웅크리듯 허리를 낮췄다.

"갑옷을 벗었다고 나의 스피드를 잡을 수 있을까?"

"과연 그런 뜻일까?"

말이 끝나기 전에 할튼의 몸이 움직였다. 땅에 붙다시피 낮게 깔렸지만 두 발이 보이지 않을 정도의 잰걸음이었다. 눈 하나 깜짝하는 사이에 벌써 로딘의 앞에 다가선 할튼이 어깨를 폈다. 머리 뒤로 육중한 장검이 올라갔다. 일격에 로딘을 박살 내겠다는 의지가 그의 눈빛에 가득했다.

기선을 제압당하긴 했지만 스피드에 있어서 로딘을 따라잡을 사람은 거의 없었다. 하지만 그저 왼발을 한 걸음 뒤로 물리고 오른팔을 접어 방어 태세를 취한 것이 전부였다. 로딘도 전혀 피할 기색은 아니었다.

할튼의 무서운 기세. 레온은 '아' 하고 비명을 질렀다. 대결을 지켜보던 레온의 눈은 지금까지 깨닫지 못한 사실을 발견했다. 로딘이 검집이 아니라 봉을 사용하고 있었기 때문에 몰랐었다. 그의 검은 얇은 검신, 레이피어와 같은 것이었다. 바로 카슨의 것이기도 했던 것으로 평소엔 봉에 감춰두기 때문에 가드 부분이 전혀 없었다. 레온이 지금까지 착각했던 이유 또한 그것이기도 했다.

로딘의 접혔던 오른팔이 달려드는 할튼의 가슴을 향해 곧바로 뻗어나갔다. 동시에 오른발과 왼발이 교차하며 2미터 가까운 거리를 물러섰다.

할튼의 가슴엔 검이 닿지 않았다. 하지만 피가 분수처럼 솟구쳤다.

"아!"

레온의 입에서 탄성이 터졌다.

"이건 카슨 형의……?"

오른쪽 어깨를 앞으로 내밀고 비스듬한 자세로 팔을 접는 것은 카슨의 공격 자세였다. 검신이 얇은 무기를 주종으로 쓰는 레스터의 특성을 살려 카슨은 찌르기를 고도로 발전시켰기 때문이다. 단지 그 자세를 취할 때의 카슨은 앞으로 전진하며 오로지 공격을 추구하지만 로딘은 물러서는 방어와 더불어 사용했다는 차이가 있을 뿐이었다. 그의 검에서 검기가 내쏘아진 것도 똑같은 방식이었다.

그러나 검기는 약간 비스듬하게 할튼의 가슴을 비켜갔다.

"어째서?"

레온이 의아한 듯 중얼거렸다.

"어째서?"

로딘도 의아한 듯 중얼거렸다.

레온의 의아함은 그의 실력이라면 충분히 가슴을 찌를 수 있었을 텐데 '왜?' 라는 뜻이었고 로딘의 의아함은 자신을 향해 내려쳐져야 할 장검이 왜 할튼의 뒤에 떨구어져 있어야 하는지를 묻는 것이었다.

"이것도… 복수라고나… 할까……?"

무너지듯 무릎을 꿇은 할튼의 몸이 서서히 기울었다. 그러나 그는 가득 조소를 머금은 채 로딘을 주시하고 있었다.

그의 몸이 쓰러지고도 한참을 로딘은 멍하니 서 있었다.

"복수를… 개운한가?"

자세히 귀 기울이지 않으면 들리지도 않을 정도로 힘겨운 목소리였다. 그리고 질문을 받고 나서야 로딘은 분개한 듯 할튼을 노려봤다.

"더러운……."

"자살을… 도와줘서… 고맙네……."

웃을 힘도 없는지 할튼은 살짝 입을 실룩이더니 그만뒀다. 하지만 그의 눈엔 조롱의 빛이 어렸다.

"갑옷… 벗으니… 개운하군……."

쓰러진 할튼의 시선이 회색 하늘로 향했다. 폐로 피가 스며들었는지 힘겹게 기침을 쿨룩이더니 마지막 힘을 짜내어 말했다.

"윈저 성… 나지드가 만든… 언데드 공장… 소멸… 시켜야 할 거야……."

그리고 할튼의 기침이 멎었다.

터벅터벅, 허탈한 걸음으로 할튼의 시신 곁으로 다가간 로딘은 검을 들었다. 허공에 잠깐 띄웠다가 다시 고쳐 잡으니 검신이 엄지 쪽이 아닌 새끼손가락 쪽으로 향했다. 일그러진 표정으로 할튼의 가슴에 검을 꽂아 넣으려던 로딘은 곧 한숨과 함께 검을 내렸다.

"전쟁은 끝났습니다. 돌아가요, 레온. 아직은 보고해야 할 것들이 남았으니까요."

"미, 미안해요……."

뭐라고 더 말하려다가 레온은 입을 다물었다. 사실 뭐가 미안한지 자신도 잘 몰랐기 때문이었다. 다만 로딘이 겪어야 할 일이 사실은 자신이 했어야 할 일이라고 어렴풋이 짐작할 뿐이었다.

로딘은 웃었다.

"미안할 것 없어요, 레온. 그러니까 이제 돌아가요."

그리고 로딘은 먼저 발길을 돌렸다.

페로즈 성을 향해 걸어가며 로딘은 생각에 잠겼다.

'이 남자 처음부터 승리할 생각은 없었던 것일까? 아니면 크레멘트가 소멸되었기 때문에?'

하지만 결론은 나오지 않았다. 할튼이 아니고서야 그의 생각을 짐작한다는 것은 어려운 일이 분명했다.

잠시 쓰러진 할튼을 바라보던 레온도 곧 로딘의 뒤를 따랐다.

  페로즈 성문 전투는 신관의 참전 이후 언데드를 거의 반 이상 소멸시켰다. 그리고 그 순간 적군은 갑자기 자취를 감추었다. 나중에야 그 시간에 로딘에 의해 주술자가 죽었다는 것을 알게 되었지만 당시로선 영문을 몰라 잔뜩 긴장한 채 주변을 살피기만 했다.

  그리하여 레온과 로딘이 돌아온 아침이 되어서야 피해 상황을 점검할 수 있었다.

  4, 7근위대의 병사들은 거의 반수 이상이 중상을 입었다. 전투 불능이란 심각한 상황에 직면한 것이다. 그럴 법한 것이 그 두 군단은 레스터에서부터 페로즈에 이르기까지 언데드하고만 전투를 해왔다. 정상적인 전투였다고 해도 지금까지 군단을 유지할 수 있었다는 것은 기적인 것이다. 게다가 성벽에 의지하지 않았다는 것과 지휘관의 부재라는 조건 탓에 단시간 만에 치명적인 타격을 입었다.

물론 더 이상 언데드와 전쟁을 치르지 않아도 되었다. 주술자의 죽음으로 성문을 공격하던 좀비는 물론 할튼의 본대도 소멸되었다는 로딘의 보고와 충분한 조사 끝에 사실을 확인하기까지 했다. 이제 남은 것은 잔당―그래 봐야 모스 섬에 남은 소수의 병력과 모스 섬 출신의 제5돌격기병단―과 윈저 성에 있다는 언데드 공장을 파괴하기만 하면 그만이었다. 그 정도 전투라면 비교적 소규모. 지금 남은 전력으로도 충분했다.

하지만 콘버드로 갈 지원군이 없다는 점이 문제였다. 남쪽을 중심으로 반란을 일으켰던 할튼이 정리된 만큼 이젠 북쪽의 칼버딘을 섬멸해야 했는데 그렇게 하자니 병사의 부상이 심하다는 문제가 생긴 것이다.

그러나 그 문제도 곧 오후가 되면서 접혔다.

갑자기 남쪽 바이나르 평원에서 대규모 병력이 나타난 것이다. 그들은 사라졌던 근위대였다. 그들이 수도에 입성하고 그간의 사정을 버나드에게 보고했을 때 그는 실소를 머금었다.

"그대로 계속 숨어 있었다면 반란군으로 치부될 뻔했군. 하지만 병력을 이만큼이나 온전하게 유지시키다니, 렌베토는 올바른 선택을 한 것 같네."

그는 돌아온 근위대의 지휘관들에게 책임을 묻지 않았다. 오히려 렌베토가 윈저 성을 폭파시키러 하이렌과 떠났다는 말에 깊은 관심을 보이기까지 했다.

"성공할까요?"

찰스의 조심스러운 질문에 버나드는 턱을 매만졌다. 그로서도 막연한 정보만 가지곤 뭐라고 확답을 할 수 없었다. 하지만 한 가지는 확실했다.

"하이렌과 알, 내 의도를 정확히 헤아렸군. 이제는 우리들도 적의 근거지를 알게 되었지만 거리로 따지면 그들이 가장 가까웠던 셈이야. 성공하길 바래야지."

"만약 성공했다면?"

도널드의 질문에 버나드는 당연하다는 듯 고개를 끄덕였다.

"싸울 병력도 도착했으니 곧바로 북쪽으로 떠난다."

다시 며칠이 흘러 페로즈 성도 안정되었다.

그리고 그들이 돌아왔다. 하이렌과 렌베토를 선두로 윈저 성을 폭파한 일행이 도착한 것이다. 그들이 버나드 앞에 나섰을 때 버나드는 하이렌을 깊이 얼싸안았다.

"무사히 돌아와서 다행이다."

"전투는?"

"끝났다."

그의 대답에 하이렌도 버나드를 끌어안았다.

"형님도 무사해서 다행입니다."

포란 성에서 한바탕 설전을 벌이고 헤어졌던 두 형제는 그때의 앙금을 완전히 풀었다.

한편 알도 레온이 손을 흔드는 것을 보고 가까이 다가왔다. 문득 그의 곁에 있는 잘생긴 낯선 청년을 보고 알은 몇 번 눈을 깜박였다. 아래위로 몇 번 훑어보며 붉은 머리칼을 확인한 알이 대뜸 물었다.

"니가 수요냐?"

"아니, 이젠 리처드야."

"어어, 그래."

"앞으로 국왕 폐하가 되실 분이다! 말조심해라, 알!"

뒤에 서 있던 키렌이 눈을 부라리며 으름장을 놓았다. 하지만 리처드가 그를 제지하며 웃었다.

"괜찮아요, 키렌 경. 이봐, 알. 우리 여전히 좋은 친구인 거지?"

슬쩍 키렌의 눈치를 살피며 알은 터번 밑으로 손을 넣어 머리를 긁적였다. 그의 질문은 언젠가 알이 가르쳐 줬던 것이었다. 그때는 레온에게 써먹었었다.

잠시 망설이긴 했지만 알은 시원스럽게 답했다.

"네가 원한다면. 그런데 나 맞아 죽는 거 아닌가 몰라?"

"넉살은 여전하군."

퉁명스럽게 말했지만 얼른 고개를 돌려 키렌도 나직하게 웃었다.

문득 알은 생각난 듯 물었다.

"스레이에게 듣자니 칼버딘도 반란에 동참했다고 하던데?"

"그랬지."

"그럼 전쟁은 아직 끝나지 않은 거 아냐?"

"그런 셈이지."

영문을 모르겠다는 듯 알은 눈을 동그랗게 떴다.

"너, 거기도 따라갈 참이냐?"

보고 있던 리처드가 호탕하게 웃었다. 곁에 있던 레온이 대신 설명했다.

"북방 전투는 근위대로만 하겠다고 형이 명령했어. 그리고 전쟁이 끝나는 대로 대금을 지불하겠다고 리처드도 그랬고. 더 이상 전투에 참가할 필요는 없을 것 같아."

"그도 그렇군."

수긍하는 것인지 알은 고개를 끄덕였다. 슬쩍 버나드를 바라본 후—어차피 그의 말을 들을 수 있는 사람 천지니까—담담하게 대꾸했다.

"자존심이 센 분이니까."

그의 말이 끝났을 때 리처드는 웃었고 키렌은 얼굴을 찡그렸다. 찰스와 도널드는 똥 씹은 얼굴로 바뀌었고 본심을 들킨 탓에 버나드는 멋쩍은 미소를 지었다.

다만 레온만은 무슨 뜻인지 몰라 눈을 동그랗게 떴다.

페로즈 성에서 모두가 모였던 다음날, 파스난 성에서 돌아온 근위대는 애드리엔느의 도움을 받아 버나드와 함께 북으로 떠났다. 나머지 근위대 중 부상하지 않은 잔존 병력은 찰스와 도널드의 지휘 하에 잔당 소탕에 들어갔다.

카네비스 산에서 내려왔던 드워프 족과 유쾌한 사람들도 그날로 떠났다. 다만 드워프들은 열 문의 대포와 굴착기를 놓고 갔다. 그리고 타바비아는 레온의 곁에 남았다.

신관들은 언데드가 휩쓸고 지나간 곳을 정화하기 위해 각지로 흩어졌다. 대개 신전 단위로 일정 지역을 배당받았는데 레스터, 특히 가장 피해가 극심한 포란 성 지역은 가이아 신전의 템플러들이 맡았다. 그들도 타스틴으로부터 수석 사제의 죽음을 듣고 눈물을 흘렸다.

세 번째로 워프를 준비하던 애드리엔느는 주변을 둘러봤다.

하이렌과 프란츠, 그리고 레온, 알 이외에 타바비아와 타스틴, 그리고 세 명의 템플러가 그녀를 바라봤다.

"레스터 성으로 떠날 사람은 이것뿐인가요?"

"그런 것 같습니다."

잠시 타바비아를 쳐다보던 애드리엔느는 눈살을 찌푸렸다.

"할아버지도 갈 생각이에요?"

모두의 눈이 타바비아, 아니, 그의 어깨에 둥지 틀듯 앉아 있는 로이니스를 향했다.

"당연하지. 어차피 너도 갈 거잖아?"

"아니오, 전 당분간 여기에 있어야겠어요."

"왜?"

그녀의 눈이 리처드에게 향했다.

"궁정 마법사가 될 생각은 없지만… 당분간은 도와야 하지 않겠어요?"

그 말과 함께 이어지는 하늘거리는 손동작과 웃음소리.

하지만 레온은 그녀가 바라보는 것이 정확하게는 키렌임을 눈치 챘다. 레온은 미소를 짓고는 애드리엔느를 격려했다.

"잘해봐요, 누나."

"고마워, 동생."

의미를 알 수 없는 두 사람의 대화에 모두들 의아한 표정을 지었다. 레온으로선 처음으로 다른 사람들이 눈치 챌 수 없는 비밀을 간직한 셈이었다.

그리고 포탈이 열렸다.

해가 바뀌었다.

그리고 겨울이 끝났다.

북방 전투는 연승과 연패 끝에 겨울과 함께 끝났다.

칼버딘 군은 버나드가 이끄는 칠만 오천 근위대의 압박을 견디지 못하고 후퇴를 거듭하다가 길목을 지키던 카르디프와 다니엘의 스고우 군에게 기습을 당하고 궤멸당했다. 샤임은 자결했고 주브노는 렌베토의 용병에 말려 힘 한번 써보지 못하고 죽었다.

북방 전투가 끝나기 전에 남쪽은 이미 정돈이 끝난 상태였다.

제5돌격기병단은 군단장 크리스틴과 함께 어딘가로 사라졌다. 백성들 말에 의하면 바다로 나아갔다고 했다. 물론 반란을 주모했던 리저드의 가신들도 함께 사라졌다.

이렇게 하여 반란의 주모자들은 모두 죽었다. 다만 마지막 한 사람, 히드리크가 어떻게 되었는지는 아무도 몰랐다. 그는 전쟁이 중반으로 접어들었을 때 완전히 종적을 감추었다.

전쟁은, 이제 완전히 끝났다.

초원의 이름 모를 풀들이 봄의 시작을 알렸을 때 논공행상과 함께 리처드의 대관식이 결정되었다. 그리고 그 소식은 포란의 한 귀퉁이, 대지 모신의 신전에도 전해졌다.

"…하여 다음과 같이 상회의 분들을 초청합니다. 레온 레스터, 알베자스, 바론, 소나임……."

중요한 인물들은 거의 적혀 있었다. 리처드가 이곳에서 몇 달을 일했기 때문에 사정을 잘 알고 있기 때문이리라.

문득 알이 아래를 가리켰다.

"그 밑엔 뭐냐?"

"… '꼭 와라. 안 오면 죽어' 라는데?"

서신에서 눈을 뗀 레온이 알을 바라봤다. 알은 눈을 동그랗게 뜨고는 장난스럽게 대꾸했다.

"가지 말까? 정말 죽일지 궁금해지는데?"

"그럼 대금은?"

"자자, 소나임! 바론을 불러와. 수도로 '진군' 할 채비를 하자구!"

대관식에 참석하기 위해 전국 각지에서 몰려온 귀족들의 수는 엄청났다. 그리고 왕성 연회장의 분위기는 그보다 더 엄청났다. 그런 곳에 물정 모르고 버젓이 발을 들였던 상회의 인물들은 눈이 휘둥그레졌다.

"이, 이거… 잘못 온 게 아닌가 모르겠군."

바론의 중얼거림, 뒤이어 소나임도 한마디 했다.

"전부 귀족이잖아?"

"아무렴 어때? 우리 쪽에도 귀족은 있잖아. 게다가 저쪽에도 평민이 있는데 뭐."

알이 가리킨 곳엔 얼빵한 표정을 지은 채 주변을 둘러보는 브리튼 대학 교수의 모습이 보였다.

"우리도 저들이랑 비슷한 표정을 짓고 있겠군."

고리스도 푸념했다.

그쪽도 알과 레온을 발견했는지 서둘러 다가왔다. 가까이 보니 질린 표정을 짓고 있는 것은 미크와 칼브뿐이었다. 노만은 여전히 자신에 가득 찬 표정으로 고개를 빳빳이 쳐들고 귀족들을 마주 바라봤고 케이스는 약간 찡그린 인상을 짓고 있었다.

"여, 오랜만이야."

먼저 알이 인사를 건넸다. 그들을 대표하여 케이스가 인사를 받았다.

"오랜만. 그보다 네 녀석의 신경도 정말 굉장하군."

"뭐가?"

"주변의 따가운 눈총이 전혀 안 보이는 거냐? 아마 우리들에 대해서 수군대는 모양인 것 같은데."

"맞아. 방금 저쪽에 있는 콧수염 난 기사가 '얼씨구, 끼리끼리 모이는구만' 이라고 말했고 저쪽의 아가씨는 '아휴, 지저분해' 라고 말했어."

설명한 것은 레온이었고 다들 묵묵히 듣고 있었다.

모두의 표정이 무겁게 가라앉는 동안 레온은 아는지 모르는지 계속 주변에 귀를 기울이는 표정이었다.

"어이, 레온. 그런 건 가르쳐 주지 않아도 돼."

알의 정중한 부탁. 하지만 레온은 눈을 동그랗게 뜨고 반문했다.

"난 그냥 케이스가 궁금해하는 것 같아서……."

"전혀 궁금하지 않아! 대놓고 그런 말을 듣는 것보단 그냥 추측만 하고 있는 게 더 기분이 낫단 말야!"

케이스가 날카롭게 반박했다.

그때 탄성과 함께 좌중이 갈라섰다. 그곳에 당당히 걸어 들어오는 한 사람의 모습이 보였다. 바로 리처드 폰 카프. 다음 페나인의 국왕이었다. 그 뒤로 반란을 진압한 총사령관 버나드와 진압을 도왔던 카르디프, 맥클리스, 하이렌, 키렌이 따랐다. 아직 공식적으로 발표되진 않았지만 그들은 페나인의 다음 대영주의 자리를 차지한 인물들이기도 했다.

리처드는 주변을 둘러볼 것도 없이 곧장 레온 일행에게 다가왔다. 주변의 시선이 의아하게 바뀌는 것은 당연했다. 오히려 이번엔 입장이 바뀌어서 그들이 두 눈을 휘둥그렇게 뜨고 경악하고 있었다. 놀랍게도 차기 대영주들조차 리처드를 말리지 않고 그들에게 다가가 인사를 건네기 시작했던 것이다.

그들 가까이 있던 젊은 귀족이 가까스로 대화 한 구절을 주워들었다. 그리고 그는 주변의 다른 귀족에게 경악과 함께 소문을 퍼뜨렸다.

잠시의 웅성거림, 그리고 탄성과 함께 누군가 외쳤다.

"페나인의 검성!"

다른 귀족들도 그를 따라 외쳤다.

"페나인의 검성!"

엄청난 환호에 얼떨떨한 레온이 주변을 둘러봤다. 보고 있던 맥클리스가 그의 등을 밀어 앞으로 내밀었다.

"손이라도 들어주게, 검성 레온."

"에엣? 서, 설마… 이게 절 부른 거였어요?"

"지금 전국의 모든 사람들이, 본 사람도 보지 못한 사람도 네 활약에 대해 환호하고 있단 말야. 넌 현대의 영웅이지. 근데 정작 당사자는 아무것도 모르고 있군?"

맥클리스는 기분 좋게 웃었다.

"하지만 저 혼자 싸운 것도 아닌데……."

당황한 레온의 얼굴이 발갛게 물들었다.

쑥스러워 어쩔 줄 몰라 하는 레온을 바라보던 리처드가 고개를 돌렸다. 그리고 알과 눈이 마주쳤다. 두 사람은 동시에 미소를 짓고는 레온의 곁으로 다가섰다. 그리고 좌우에서 그의 손을 잡고 모두에게 답례했다.

떠나갈 듯한 함성이 왕성 연회식장을 가득 메웠다.

갑자기 주인공으로 떠밀려 정신 못 차리고 연회에 휩쓸렸던 레온, 그리고 알은 연회가 끝나고 따로 리처드와 자리를 했다.

"으아아~ 피곤했다."

늘어지게 기지개를 켜며 리처드는 두 사람을 바라봤다.

"야, 이제 말 놔도 돼."

아직도 귀가 먹먹한지 레온은 상기된 표정이었다.

"그보다 말야, 논공행상에서 너희들을 뺄 수는 없잖아? 뭐 원하는 거라도 있어?"

"돈이나 줘."

"로딘은?"

알과 레온이 동시에 말했다.

리처드는 키득거리더니 먼저 알에게 답했다.

"돈은 줄 테니 걱정 마. 내가 말한 건 그 이외에 더 바라는 것이 없 냐는 뜻이야."

"장사꾼이 돈 벌면 됐지 뭐가 더 필요해?"

뚱한 표정으로 알이 대꾸했다.

"너도 참 욕심이 없구나?"

하하, 하고 웃더니 리처드는 얼굴을 바짝 대고 조심스럽게 말했다.

"이번 반란은 칼버딘과 리저드의 영주가 반란을 일으켰던 만큼 '영주 전쟁'으로 명명되었어. 레스터는 윌리엄 공작의 사후 버나드 경에게 승계되었고 콘버드는 기리안 대공을 하야시키고 맥클리스 경으로 대체되었지. 그러니까 사실상 대영주가 바뀌지 않은 곳은 스고우뿐이고, 그런 이유로 영주 전쟁으로 명명한 거지. 뭐, 대외적으로 '우리 나라에 반란이 일어났어요' 라고 떠벌릴 수도 없고 말야. 문제는 전쟁이 끝난 후에 공백이 되어버린 대영지가 꽤 많게 되었다는 점이지."

"칼버딘과 리저드는 당연한 것이고… 대공이 전사했으니 윈저도 비었군."

"맞았어. 혹시 작년 여름에 윈저를 찾았을 때 저스틴 대공이 한 말 기억나?"

잠시 두 사람은 침묵했다.

기억력이 좋은 레온은 저스틴의 말을 거의 기억하고 있었지만 리처드가 무엇을 말하는 것인지 짐작 가지 않았다. 반면에 알은 리처드가 당시 어떤 말에 반응했는지를 떠올리려고 노력했다. 그리고 잠시 후 먼저 기억을 떠올린 알이 질문했다.

"왕권… 강화?"

"딩동댕."

손가락까지 흔들며 경쾌한 어조로 답한 리처드는 다시 말을 이었다.

"난 가급적이면 대영지를 해산하고 국영지로 만들고 싶어. 그 안에 살고 있는 농노들도 해방시켜서 자유민으로 승격하고 싶고."

"한데?"

리처드는 어깨를 으쓱했다.

"내가 워낙에 미력해서 말야. 맥클리스와 카르디프는 왕국의 대영지는 카네비스 산을 중심으로 대각선을 그리는 것이 가장 좋다는 거야. 그게 가장 균형적인 왕국 형태라는 거지. 물론 섬인 리저드 령은 논외로 치고 말야."

"흐음……."

"그래서 내가 수작을 좀 부렸어. 어차피 대영주를 다시 세워야 하는 만큼 이번에 공이 큰 사람들을 전면에 내세우겠다고. 처음엔 두 사람도 반대하지 않았지만 내가 하이렌 경과 키렌 경의 이름을 언급하자 곧 난색을 표했지."

"그렇군. 그건 국영지가 늘어나는 것이 아니라 레스터 영지가 늘어나는 거잖아?"

"맞았어. 하지만 그들만큼 공을 세운 사람도 없지. 물론 버나드 경은 이미 대영주니까 예외고."

"흐음."

잠시 궁리하던 알은 고개를 끄덕이며 리처드를 바라봤다.

"결론을 말해, 결론을. 연회식장에서 보니까 다들 하이렌 경이나 키렌 경도 대영주로 쳐주는 분위기였잖아. 결국 네 뜻대로 일이 처리된 모양이지?"

'역시' 하고 생각하며 리처드는 미소를 지었다.

"그래, 맞았어. 레스터가 세력을 넓히는 것보단 국영지가 낫겠다고 생각했던 모양이야. 그렇다고 내 직속으로 두자니 그것도 불안했겠지. 해서 칼버딘과 리저드는 국영지이지만 국왕의 위임을 받은 두 사람에 의해 다스려지는 방안이 채택되었지."

"그리고 넌 그 하이렌 경과 키렌 경을 위임시켰다?"

"옳지!"

"그럼 뭐가 문제야? 다 끝났잖아."

"아니, 아직 하나가 남았지. 윈저 령!"

잠시 침묵이 돌았다.

그의 의도를 짐작했기에, 아니, 그 엄청난 부와 권세에 두 사람은 질린 듯 앉아 있었다. 알은 한숨과 함께 의자에 기대듯 앉아 천장을 바라봤고 레온은 입만 뻐끔거리고 있었다. 먼저 입을 연 것은 레온이었다.

“그, 그걸 우리에게 주겠다는 거야?”

“결론은 그런 거지. 어때?”

“어째서 우리에게 주려는 거지? 우린 마지막 전투엔 참가도 하지 않았는데?”

기댄 채 알이 물었다.

“하지만 나를 지킨 것은 너희였으니까. 애초에 처음 만났던 날부터 지금까지 너희가 날 지켜왔잖아? 그건 가장 크고 가장 중요한 공이야.”

“하지만… 그래, 로딘은 어때? 그 녀석도 꽤 한몫했잖아?”

“아아, 그 친구 얘기는 꺼내지도 말아. 어쩌나 고집이 세던지…….”

리처드는 고개를, 아니, 두 손까지 휘휘 저었다.

“왜?”

“애드리엔느까지 보내서 의사를 타진했는데, 자신은 죽어도 산에서 벗어나지 않겠다는 거야. 전쟁에 참가했던 것도 친구와의 의리 때문이었지 공을 세우기 위함이 아니었다고 하더군.”

레온은 알 것 같다는 듯 고개를 끄덕였다.

“대신 그곳 사람들의 죄는 사해달라고 하더군. 거기 산적들이 원래는 칼버딘 령에서 도주한 마을 사람들이잖아. 당연한 부탁을 정중한 거절과 함께 보내왔는데 더 제의할 수가 없겠더라고. 그래서 아예 전원 산림관으로 승격시켜 버렸어.”

그리고 리처드는 유쾌한 듯 웃었다.

“설마 산림관이 산적질을 하진 않겠지! 그럼 언젠간 기어나오지 않겠어?”

“그야 모르지.”

덤덤한 알의 반응에 리처드의 얼굴이 굳어졌다. 사람의 성격을 잘 꿰뚫어 보는 알이니, 정말로 로딘은 나오지 않을 수도 있었다. 한참 후 리처드는 중얼거리듯 말했다.

"그건 곤란한데……."

"그보다 리처드, 아까 그 제안 말인데……."

리처드의 눈이 알에게 향했다.

"거절하겠어."

"뭐어?"

고함과 비슷한 신음이 리처드의 입에서 흘렀다.

"만약에 그 제안을 일 년 전에 했다면… 물론 일 년 전이었다면 난 보통 하급 중개상에 불과했으니 그런 제안을 할 리도 없겠지만 말이야. 하여튼 그때였다면 '옳다구나' 하고 당장 받아들였을 거야."

"그런데?"

"의외로 괜찮더라구."

"뭐가?"

"장사하는 거."

리처드의 입가에 쓴웃음이 걸렸다. 그의 시선이 레온에게 흘렀을 때 레온도 아무런 주저 없이 고개를 끄덕였다.

"나도 알과 같은 의견이야. 미안하지만 네 제안은 거절하겠어."

"이거 참."

난감한 듯 리처드는 고개를 숙였다.

"그런데 말이야……."

레온의 마지막 말에 리처드는 내심 기대하는 눈빛으로 다시 고개를 들었다.

"윈저 성은 주면 안 될까?"

“뭐?”

“그거 붕괴되었잖아?”

알도 영문을 모르겠다는 듯 물었다.

“아냐, 나도 나름대로 조사해 봤는데 무너진 곳은 구 윈저 성이고 칼브가 짓고 있었다던 신 윈저 성은 건재해. 내가 달라는 건 바로 그 성이야. 음, 이왕이면 브리튼 도시도 떼어주면 고맙고.”

“소영주가 되겠다는 뜻이야?”

반문하는 리처드의 목소리에 희색이 돌았다.

“아니, 그런 뜻은 아니고… 쓸 데가 있어서 그래.”

점점 더 영문을 모르겠다는 듯 리처드와 알은 서로 마주 봤다. 그리고 누가 먼저랄 것도 없이 동시에 물었다.

“그걸 어디다 쓰겠다는 거야?”

미소를 지으며 레온은 두 사람을 바라봤다. 이제는 제법 자라 귀 위는 금빛, 밑은 청빛의 머릿결을 긁적이며 레온은 수줍게 말을 꺼냈다.

“윈저 성을 벗어날 때 내가 말했잖아? 백화점을 세우겠다고.”

성대하게 치러진 대관식이 끝나고 며칠 더 레온과 알은 왕성에 머물렀다. 대금을 받는다거나 윈저 성을 인계받는 실무적인 절차 때문은 아니었다. 그것은 케이스와 바론 사이에서 거의 끝났다.

참고로 브리튼 대학의 네 교수는 전쟁이 끝난 시점에 리처드의 요청을 받고 수도에서 일하는 중이었다. 노만은 정치적인 면을 보좌했고 케이스는 경제를 맡았다.

그리고 수도 생활에 싫증을 느낀 칼브와 미크는 레온과 함께 윈저로 가길 희망했다. 대부분의 일이 마무리되었을 때 레온과 알은 단둘만의 여행을 계획했다.

얼마 되지 않는 거리였지만 마차 한 대를 타고 페로즈 성에서 윈저 성으로 단둘이 떠나기로 합의한 것이다. 다른 일행은 상회를 정리해 윈저로 옮기기 위하여 레스터로 떠나야 했기 때문에, 게다가 두 사람이 없어도 바론의 능력으로도 충분했기 때문에 두 사람을 말리진 않았다.

그리하여 봄도 한창으로 접어들어 초원이 푸르게 덮인 어느 날, 두 사람은 페로즈 성을 떠났다.

한적한 길에 접어들었을 때 알은 소리쳤다.

"이렇게 단둘이 여행한 것도 정말 오랜만이군!"

"그러게 말야. 음…….

잠시 기억을 더듬던 레온은 기가 막힌지 입을 쩍 벌렸다.

"이게 두 번째야!"

"뭐?"

"처음에 성 앞에서 너와 만난 다음 지금까지 단둘이 여행한 것은 이게 두 번째라고."

잠시 기억을 더듬던 알도 황당한지 눈을 깜박였다.

"그러네?"

그리고 두 사람은 서로 마주 보고 크게 웃었다.

"대관식에 참석해서 다행이야. 멀리 있어서 통 소식을 알 수 없었던 사람들까지 죄다 만나봤잖아?"

문득 레온이 말했다.

"그건 그렇군. 아참, 키렌 경하고 애드리엔느님은… 좀 묘한 분위기 던데?"

"풋, 알아챘어?"

"오호? 그럼 역시?"

그리고 알은 또 한 번 웃었다.

"로딘이랑 둔 족장… 카네비스 쪽 빼곤 다 본 셈이네."

"그들은 언제라도 볼 수 있으니까 상관없잖아?"

"그건 그래."

고개를 끄덕이곤 레온은 정면을 주시하며 잠자코 앉아 있었다. 그리고 못 참겠는지 결국 입을 열어 물었다.

"있잖아? 나 옛날부터 무진장 궁금했던 건데 괜찮다면 대답해 줄 수 있겠어?"

"뭐를?"

"네 이름 말이야. 알 베자스잖아?"

"그렇지."

"알이 이름이면 대체 '베자스' 는 뭐지? 야론 식의 이름일까 하고 생각해 봤는데 넌 야론에 대해서 거의 아무것도 모르고 있잖아. 그렇다면 성? 혹시 너, 원래는 귀족이었다거나… 뭐 그런 거야?"

진지하게 묻는 레온이었지만 알은 마차 위에서 자지러지듯 웃었다. 웃겨 죽겠다는 듯 한참을 웃자 레온은 뾰로통한 표정으로 빤히 그를 쳐다봤다.

"미안미안, 하지만 귀족이라니? 네가 그런 착각을 하고 있을 줄은 생각도 못했어. 진작 묻지 그랬어?"

"아, 그게… 왠지 네겐 중요한 일일 것 같아서 도저히 묻지 못하겠더라고."

알은 다시 한 번 크게 웃고는 천연덕스럽게 대꾸했다.

"이건 내 엄마 이름이야."

"에에?"

"난 고아원에 버려진 게 아니고 맡겨진 거였거든. 언젠가 내가 철이 들었을 때 애리오트 사제님께서 말해 줬거든. 날 맡긴 사람은 베자스라는 창녀였다고. 네 피부가 비록 황색이지만 네 어머닌 페나인 사람이라고. 그러니까 너도 반은 페나인 사람이라고 말씀해 주셨지. 그때부터였어, 내 이름 뒤에 '베자스'를 붙였던 것은."

하얀 이가 드러나게 씩 웃으며 알은 말을 맺었다.

"언젠가 어머니를 찾아야 할 텐데 이름을 잊어버리면 안 되잖아. 안 그래?"

〈끝〉